有爱的青春陪伴者

春日沼泽

殊娓 著

江苏凤凰文艺出版社

图书在版编目（CIP）数据

春日沼泽 / 殊娓著. -- 南京：江苏凤凰文艺出版社, 2024. 10. -- ISBN 978-7-5594-8763-6

Ⅰ. I247.5

中国国家版本馆CIP数据核字第20245WD012号

春日沼泽

殊娓 著

责任编辑	王昕宁
特约编辑	欧雅婷
出版发行	江苏凤凰文艺出版社
	南京市中央路165号，邮编：210009
网　　址	http://www.jswenyi.com
印　　刷	天津睿和印艺科技有限公司
开　　本	880mm×1230mm 1/32
印　　张	9
字　　数	323千字
版　　次	2024年10月第1版
印　　次	2024年10月第1次印刷
书　　号	ISBN 978-7-5594-8763-6
定　　价	45.80元

江苏凤凰文艺版图书凡印刷、装订错误，可向出版社调换，联系电话025-83280257

目录 / contents

第一章　　　春日　　/ 001

第二章　　　交集　　/ 024

第三章　　　频繁　　/ 044

第四章　　　关系　　/ 071

第五章　　　想见你　/ 098

第六章　　　相恋　　/ 122

目　录 / contents

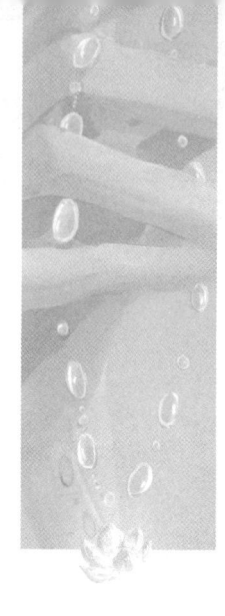

第七章　　　　心惊　　/ 146

第八章　　　　失而复得　/ 176

第九章　　　　长长久久　/ 203

番外一　　　未婚妻　　/ 221

番外二　　　喜讯　　　/ 248

番外三　　　想要的　　/ 275

后　记　　　　　　　　/ 279

第一章
/ 春日

春节之后,气温逐渐回升。

过完正月十五,汤杳的寒假也即将告罄,哪怕再不舍,也不得不收拾行李,搭乘火车回到学校去。

抵达京城时,是第二天下午三点钟。

透过车窗,淡淡霾色中鳞次栉比的高楼陆续后退,火车减速,缓缓驶入站台。

广播里的提示音响起:"旅客朋友们,列车即将到达终点站……请您整理好随身携带的行李物品,准备下车……"

汤杳的行李早已经收拾妥当,拔掉手机连着充电宝的线,拨通妈妈的电话,给家里报平安。

汤杳妈妈是特别爱操心的家长,在电话里重复着汤杳离家时那些千叮万嘱:"三餐一定按时吃""洗漱用温水""和室友们好好相处""认真读书"……

汤杳知道妈妈是牵挂自己。

尽管类似言语已经听过太多次,她仍然在嘈杂环境中,把手机尽量贴在耳侧,细细聆听那些来自妈妈的碎碎念,鼻腔隐隐泛酸。

挂断电话前,汤杳妈妈又心事重重地嘱托,让汤杳开学前记得抽空去看看小姨。

汤杳:"今天就去,我和小姨约好了,待会儿下火车我先到她家里,晚上还要一起吃饭。"

"那就好,那就好……"

手机里出现了几秒沉默。

汤杳其实明白妈妈的欲言又止,安慰地开口:"妈妈,回头我和小姨好好聊聊,他们都多久没见小姨了,能知道什么?好多话都是乱猜的,无凭无据,您别太担心了。"

"哎!"汤杏妈妈似是松了一口气,"那你出站注意安全,手机装好,人多的地方容易有小偷。"

汤杏的小姨在京城生活了很多年,交了男朋友,对方家庭条件蛮不错的。最初听说小姨这段感情,是几年前,汤杏刚上高一。她背着书包从学校回家,进门就看见妈妈举着座机电话听筒在和小姨通话。

"什么时候有机会,把人带回来让姐姐也瞧瞧,帮你把关。"

汤杏竖着耳朵听完,激动得连拖鞋都没穿就冲进屋里,按了电话上的免提键:"小姨小姨,你有男朋友啦?"

"是啊,一个人太没意思了。你好好学习,到时候考过来陪小姨。"

"那等我考到京城,要让'小姨夫'请客吃饭!"

汤杏说完这句,头上挨了一下,见妈妈手上卷着杂志,叫她不要乱讲话。妈妈还说:"你小姨和男朋友才刚开始接触,叫什么'小姨夫'?"

电话里传来小姨的笑声和承诺:"那我们杏杏要加油了,到时候让他请你吃烤鸭、喝小吊梨汤。"

那时候汤杏和妈妈都以为,家里很快会多一位亲人,也以为她们很快就会见到小姨的那位男朋友。然而三四年的时间晃眼就过去了,小姨的那位男朋友却迟迟未露面,婚事更是无人提及。

汤杏老家是北方五线的小城市,发展得不好。本就有些思想落后的亲戚,认为小姨三十多岁了还不结婚,是不对的。再加上小姨的男朋友总也不露面,神神秘秘的,关于小姨的话题也就逐渐变了味道,令亲戚们暗生疑忌。

今年过年,小姨说工作忙,还要抽空搬家,没回老家。

寒假回家,亲戚们明里暗里试探过汤杏,"你小姨在京城怎么样啊""她和男朋友感情还好吗""她男朋友你见过没,到底是什么样的人"等等。

亲戚们还拉着汤杏妈妈说:

"这都几年了,佳英那男朋友怎么都没个消息?"

"之前不是说两人都住在一起了吗?男方家不打算来提亲?"

"那些有钱人啊,心眼多,别是被骗了。"

小地方出去的漂亮女人、经常名牌傍身、男友又对婚姻只字不提,只这几条,对亲戚们来说已经有太多遐想空间。

汤杏和妈妈本来没有往这些方面想的,听得多了,难免会担忧。刚才汤杏妈妈心事重重地沉默,也是为了这些事。

火车到站开门,汤杏排着队慢慢地出站。她手机里有小姨发来的新家地址。离火车站不算远,乘坐2号线,下地铁后再走上十几分钟应该就到了。

汤杏穿一件长款的黑色羽绒服,背着大书包,又拖着重重的行李箱,几乎是踉跄着随人群挤进地铁里。

离小姨家越近,她心里越乱。结不结婚这些事,都是小姨的自由,汤杏并不想打着"关心"和"爱"的幌子,去干涉小姨。

可她很害怕,怕那些流言蜚语有千万分之一的可能性是真实的。她怕小姨受伤害。毕竟,自去年夏天她到京城上学,整整一个学期里,隔三岔五就会和小姨见面,也从来没见过小姨的男朋友。哪怕她在小姨面前提及那个神秘的家伙时,已经熟稔地称他为"小姨夫"。

小姨总说"小姨夫"很忙。

可是邻居家的叔叔要兼顾苗圃和养马,夏天总是累得又黑又瘦,在老婆家的亲戚来时,也还是会汗流浃背地从马场跑回来——哪怕只是匆匆见一面,也提着不少吃食,问候老婆的亲戚,聊表心意,甚至会表现得有些紧张。

汤杏认为,邻居叔叔那样的表现,是因为在乎他妻子,尊重他妻子的家人。

地铁到达"东四十条"站,车身轻轻一晃,停住。

这会儿正是寒假末期的高峰,没有座位,汤杏站在门边,尽力把身子和行李箱往车厢里面缩,给要下车的乘客让路。

她脑子里还在愤愤不平地想着:那个男人,是不是真的不够在乎小姨?

又过了几站,下地铁后,汤杏按照手机导航步行到小姨的新家。

站在小区外面,她愣了愣。这不是普通住宅小区该有的样子,楼体造型独特、时尚,看起来好气派,就算是汤杏这种对房地产完全不懂行的象牙塔姑娘,也能看明白,眼前的住宅是很豪华很贵的那种高端社区。

京城市区寸土寸金,她没想到小姨说的搬家,是搬到这种地方,心里的不安隐隐扩大。尤其是,当汤杏在和门口保安人员沟通,说她要去"16栋5层",无意间抬眼,瞥见保安人员对她那一缕意味不明的打量目光时,这种不安达到顶峰。

说不上那种打量透着什么意思,让人十分不舒服,是因为她看起来像家庭普通的学生,不像能住得起这里的人?还是另有原因?

汤杏敏感地察觉到,那位保安的打量目光里,藏有一些她无法理解的轻视。

核对过业主留言后,保安人员给汤杳的小姨打电话询问,这才放汤杳进去。

小区里人车分离,车辆走地下通道,汤杳则拖着行李箱走进了行人入口。

人工湖水波粼粼;被修剪整齐的树木还未萌发新芽;白头鸭落在枝丫上,偶尔叫两声。

16栋是"L"形楼体,电梯门是亚光的玫瑰金色。

汤杳等电梯时,心不在焉,又难掩慌乱,她知道自己在慌什么。

她隐隐记起回家过年前,和小姨的最后一次会面:那时候小姨收到助手发来的账单,用计算器细细核算过,说工作室行情一般,算上租金和人员开销,这一年并没赚到几个钱。

心里装着这些事,进电梯时,汤杳察觉到有另一个人的存在,但并未去留意。她连眼神都没分过去半分,只愁容满面地按下自己要去的楼层,然后站在电梯正中间的位置,持续走神。

怎么办?小姨会不会像那些亲戚说的,遇见了玩弄感情的男人?

电梯抵达一个楼层,"叮当"一声,汤杳回神的同时,身后的人也开了口。

他说:"不好意思,借过。"

声线偏低。

一人一箱占据了人家的必经之路,汤杳抱歉地推着她的大行李箱,让出空间。

男人从她身旁经过,她才发现,他真的好高,自己已经有一米七,但她感觉眼前的身影比班级里带队晨跑的班长还高一些,差不多有一米九?

男人穿着宽松的马海毛毛衣,颜色是很特别的绿色,柔和,不扎眼。他拿着手机的那只手,手臂上搭着大衣。皮肤很白,像个养尊处优的公子哥,和眼前昂贵的装潢很相衬。

他从裤子口袋里拿出东西时,掉了张卡片,落在走廊的地毯上,无声无息的。

汤杳脑子里担心着小姨,心里也乱成一团麻,本能地提醒他:"你的东西掉了。"

于是在电梯门缓缓闭合前,她看见男人转过身,拾起卡片,没什么笑意,但足够礼貌地对她说了声"谢谢"。

电梯上行,抵达楼层,金属门再次打开。公共区域被保洁员打扫得一尘不染,墙面瓷砖亮到反光,窗台上摆放着白色蝴蝶兰,清雅、素洁。宽敞的空间里香薰弥漫,沁人心脾的香调,不像小地方的商场,只会喷廉价的空气清新剂。

小姨早已经等在门边，穿着黑色的羊毛连衣裙。她瘦了些，精致妆容也遮不住眼里的疲惫。

不等汤杳问起，小姨已经主动开口，说这阵子搬家实在是太折腾人，昨晚又熬夜赶了个急单，累死人了。

也许是自己过于敏感，汤杳总觉得小姨这番话先说出来，是在堵她没问出口的那些疑问，像欲盖弥彰。

思绪万千间，小姨已经走过来，笑着拉了汤杳往家里走："傻站着干什么？快进来，带你看看小姨的新住所。"

这处房产面积大得惊人，室内又是那种极简的装修风格，浅色调，视野更显开阔。长方形的大茶几上摆着4寸大的翻糖小蛋糕，一看就是出自小姨之手。

陶瓷壶里煮了英式红茶，小姨很开心地说："杳杳坐了一路火车肯定累了，我们先喝个下午茶，你休息会儿，晚点再出去吃饭。"

里间缓步走来一个女人，面带笑容，年纪看上去和汤杳妈妈差不多。女人接过汤杳脱下的羽绒服，打算帮她挂起来。这举动让汤杳很不好意思，无措地看向小姨。

"是帮忙做家务的阿姨，每天下午都会过来，你叫她'唐姨'就行，羽绒服给她吧。"

汤杳讷讷开口："谢谢唐姨。"

被唤作"唐姨"的女人挂好羽绒服，又要来提行李箱。

汤杳难以适应陌生长辈这种低眉顺眼的周到，耳根都在发烫，紧握着行李箱拉杆，摇头："我自己来吧。"

这是一个崭新的世界，新到让人觉得危险。豪宅、家政阿姨，这些曾经都和普通家庭的她们相隔甚远。

心头那些疑问更甚，令汤杳茫然，她顾虑重重地把沉重的行李箱放倒。

行李箱塞得太满，拉链才拉开一半，已经有东西掉落出来。

小姨就站在汤杳身旁，见状"扑哧"一声笑出来："你这细胳膊细腿的，姐姐还真把你当大力士了，怎么什么都让你背着，带了这么多东西？"

行李箱里有汤杳妈妈亲手灌的已经蒸熟的香肠、街上熟食店热卖的熏鸡、小姨和她都爱吃的果脯、蜜饯……

汤杳把东西一样样地掏出来，心里盘算着，该怎样开口。在她眼里，小姨是非常优秀的女性，漂亮、独立、又十分聪明。能只身闯到京城来，还能在商业街上开翻糖蛋糕的定制工作室。

小姨身上的那些名牌服饰，也许有"小姨夫"赠送的，但汤杳以为，更多应该是小姨自己赚钱买的。

汤杳担心自己贸然开口，会变得像那些捕风捉影的亲戚，让小姨受伤。她揣摩着，想要找一个不那么突兀的切入点，问问关于"小姨夫"的事情。可她本来就不是城府深的女孩子，再开学也才上大一下半学年，周围都是和她差不多大的大学生。她们宿舍里的仨姑娘，加一起也凑不齐仨心眼。别说藏点什么心事了，就连买刮刮乐中了二十块钱，都能乐得嘴角咧到耳朵根去，最后半栋宿舍楼的同学都知道，有个宿舍买刮刮乐中了奖。

汤杳那些愁绪，都明明白白地写在眉宇间，东西刚从箱子里被掏出一半，已经被小姨看穿。

小姨拿起一袋香肠撕开，掰了一小截，边吃边说："今年过年我没回家，那些乱嚼舌根的亲戚都说什么了？"

小姨到京城之前，都是和汤杳生活在一起的，大她十几岁，更像是姐姐，而且小姨主意多，从小就是她的主心骨。

听小姨这么问，汤杳一下就绷不住了，一点也没藏着掖着，把那些亲戚的话委婉地转述后，又小心提及了自己和妈妈的担忧："小姨，她们可讨厌了，我和妈妈担心死了，怕你遇见坏人，怕'小姨夫'对你不好。"

小姨很平静，似乎并没有把流言蜚语放在心上，捏着香肠，心大地插了一句："还是姐姐做的香肠好吃。"

对"小姨夫"不露面的解释，小姨的说辞还是老一套——

"他是生意人嘛，很忙的，最近都在南方谈生意，要五六月份才回，我连人都见不到。"

汤杳没谈过恋爱，对爱情，多少还有些浪漫的幻想。她蹙着眉反驳："赚钱是要紧，但婚事也很重要啊，总是这样拖着也不是办法，难道要等你老了才结婚吗？"

小姨端着陶瓷壶，倒了两杯红茶，又用餐刀切了块翻糖蛋糕给汤杳："尝尝，新研究的配方，柚子和梨。"

很久之后，她才俯身，从茶几的抽屉里翻出一枚钻戒，钻石有黄豆大，在灯光下闪着璀璨光芒。小姨说："钻戒都买了，小孩子别乱担心，结婚的事，小姨自己有计划。"

钻戒应该很贵，如果"小姨夫"是玩弄感情的坏人，应该不会买这么贵的戒指给小姨吧？

见汤杳似有松动，小姨笑着，语气轻松："你们担心什么，他要是敢对我不好，我就立马甩了他呗。你小姨我还能受人欺负？"

后来小姨还给汤杳妈妈打了电话，先夸香肠好吃、诉苦说想家，又说了自己感情的事："姐，你就放心吧，大城市的人都没那么早谈婚论嫁的；

我也想再搞两年事业啊。"

那天汤杳和小姨聊了很多,又去湘菜馆吃了剁椒鱼头。晚上她没回宿舍,留在小姨家里住了一夜。

都说饭饱神虚,容易犯困,可汤杳躺在床上,睡意全无,烙饼似的翻来覆去,怎么也睡不着,总觉得哪里不对。

她反复琢磨小姨把钻戒套在无名指上的动作、神情,又想起以前过年,她和小姨冒着风雪去小超市买五香瓜子,眼看着要到家了,发现瓜子里面有"再来一包"的卡片,两人也还是会冒着大雪,快乐地小跑着,回去找老板兑换。

曾经小姨也和她一样,一丁点城府都没有,高兴就大笑,有惊喜就欢呼,受了委屈就在饭桌上和家人吧啦吧啦地吐槽。

汤杳曾以为,到小姨被求婚那天,戴上钻戒给她看,她会抱着小姨喜极而泣,可那枚钻戒的出现,好像并没有让她们那么开心。

小姨住进豪宅,好像也没有多令人激动,况且房子大也有一点不好,夜深人静时,空旷得让人心里发毛。

汤杳睡不着,举着手机照明,去了洗手间。原路折返时,她又临时改了主意,留在客厅里,没回卧室。

不愧是高端社区,夜景也是美的。楼下的人工湖被砌成大小不一的四边形,水面映着灯光,波光粼粼,像洗砚池。

白日里小姨曾指给她看过,东南方向那一片,是樱花公园,据说过些天樱花盛开时,会很美。

此时深夜,那里漆黑一片,只剩零星灯光。

站在客厅的落地窗,能看见小姨那间主卧的露台,也能看见楼下邻居家的。

汤杳在窗前驻足良久,无意间看见楼下露台的某个颀长身影。他站在半明半暗的灯光里,尽管换了衣服,但从身高判断,应该就是在电梯里遇见过的男人。

何况每层只有一户人家,往下数数,人影果然住在三层,确实是他没错了。

那天汤杳怀着满腹复杂、无头绪的担心,静静地站在窗边,看夜景,看月亮,试图平复复杂心绪。

那个男人也一直站在露台,偶尔按亮手机,不知道在想些什么。这种感觉很微妙,竟然像一种陪伴。

转眼到了开学时间。

开学之后，汤杳很忙，除去上课时间，还有社团活动和一份兼职要做，但她还是每周都跑去看小姨。从学校到小姨家，要换乘两趟地铁，再改乘公交车，光是路程就要花上一个小时。

后来想一想，也许人类对灾祸有种天生的敏锐。即便没能抓住实际的端倪，她当时也一定有种潜意识的警觉，才会风雨无阻地往小姨家里跑。

跑得勤了，难免碰见那位邻居。碰面通常是在电梯里。且最近那位先生，总是戴着墨镜，无论白天还是晚上，像杂志里走出来的人。

汤杳性格还算外向，哪怕出入豪宅，她也心思单纯，心里没有那些所谓的"圈层文化""权与富"。

只觉得左邻右舍的经常碰面，她还提醒过对方东西掉落，其实见面可以点点头，打招呼的。

对方显然没有要和她做"点头之交"的熟人意思，只是沉默地站在电梯里，和她共乘三层电梯，然后离开。

再次碰面，是在三月下旬。

背阴角落的积雪已经融化，樱花公园里满树烂漫的粉白色樱花绽放。那天是周末，汤杳刚拿到半个月的兼职薪金，买了炸鸡，乐颠颠地去找小姨。

电梯快要闭合前，汤杳余光瞥见有人在往这边走，她单手提着装炸鸡的纸盒，另一只手去按了开门的按键，然后探出半个脑袋，很好心地用眼神示意外面的人："快点呀。"

还是那个遇见过很多次的男人，他也许有些意外，进了电梯依旧没什么笑意，和第一次遇见时一样，只说了"谢谢"这两个字，礼貌又冷漠。

他走进电梯，在电梯门将合未合时，抬手按了楼层，修长的指尖轻触，数字"3"周围亮起淡淡的白色光晕。

汤杳发现，这位邻居今天戴的墨镜不是纯黑镜片，有些偏茶色，隐约能看清他的眼睛轮廓。

不知道是不是错觉，电梯壁的镜面里，他似乎在按了楼层的瞬间，看向她按的楼层数字。

汤杳移开视线，垂下头，佯装端详自己手里提着的炸鸡纸盒。她莫名紧张，呼吸都放轻了些。

他确实是她见过的，相貌最好看的那类人。

最初的碰面，也可以用"惊艳"来形容。

汤杳甚至和室友们提起过这位很帅气的邻居。

那天她趴在床铺上，托着脸，这样说："他好高，鼻梁也高，特别适合戴墨镜。"

他的服饰上，倒是没什么显眼的 logo，但一看就知道他是个养尊处优的人,一身的贵气。

可惜这种贵气,是汤杳形容不出来的。

室友吕芊故意逗汤杳:"贵气是什么样子?戴大金链子、镶金牙?"

汤杳急急否认:"不是的!"

另一位室友陈怡琪也跟着开起玩笑:"那就是肥头大耳那种,圆脸,胖点的,一身运动品牌,看着就不缺吃穿。"

汤杳更急了:"当然不是!"

她们是三人宿舍,两位室友一个是京城本地姑娘,一个是南方姑娘。姑娘们都是单身,谁也没谈过恋爱,偶尔会谈起各自的偶遇、怦然心动,但她们对这类话题的兴致,明显不如聊聊吃喝,话题很快就转到"明天中午吃什么"上面去了。

连汤杳也不例外。她觉得邻居长得好看,不否认自己乘坐电梯时曾用余光偷瞄过人家一眼半眼的,但也没动过什么特别的心思。

这栋楼里住的人都神神秘秘的,比如她那位没露过面的"小姨夫"。都像是与外界有隔阂,和她是两个世界的人。

碰到了,也会有点开心、紧张,但不会有更多的情感了。

何况今天,她一心惦记着要和小姨一起吃饭,早晨也只喝了早餐奶,这会儿胃里空荡荡,简直前胸贴后背,人快要饿死了,哪还有心情偷瞄别人。

手里的炸鸡扑鼻的香味,已经穿透纸盒,弥漫在电梯里。

抵达三层,高冷的邻居走出电梯时,汤杳甚至还有些庆幸。电梯里只剩下她自己,终于可以光明正大地咽口水了。

其实每次来这边,汤杳都会被刷新一些认知——炸鸡吃到一半,有社区的工作人员来按门铃。

穿着旗袍的工作人员笑容得体,送来两枝带着花苞的桃花,说插在水里桃花会开,是送给每家住户的"春日礼"。

"谢谢。"小姨接过桃花枝,关上门,很自然地唤了唐姨,叫她拿个花瓶过来。

唐姨正蹲在冰箱前整理采购回来的食材,听见小姨的话,忙放下果蔬,去储物间找了水晶花瓶出来,插好花枝,又到餐桌这边,贴心地收走了汤杳和小姨啃过的几根鸡骨头。

汤杳对这种生活不习惯,拘谨地坐在沙发上,吃着手里的鸡翅。

阳光很好,透过明亮的玻璃窗,落在壁龛上。壁龛里有一些精巧的摆件,还摆放着小姨和"小姨夫"的一张合影。

这张照片汤杳去年就见过,"小姨夫"的目光有点傲慢,拍照都是仰

009

脸的，看起来是那种性子很张扬的人。

老实说，汤杳并不喜欢他的面相。她没什么看人的眼光，这种不喜欢，也许是觉得他不够在乎小姨吧。这阵子她跑来这么多次，都没听见小姨和他联系过，小姨也没戴钻戒，它仍然被丢在抽屉里。

周末，晚上汤杳依然留宿在这边。

她不是个挑床的人，在火车上、大巴上都能睡得很沉，到了小姨的新家却总是失眠，心里总觉得不踏实。夜里出去喝水，她遇上同样失眠的小姨，两人坐在窗边聊天。

楼下突兀地闪过一道光，细细看去，是有人拿着手电筒在走动。

小时候跟着家里人看过一些警匪片。

汤杳很警觉地压低声音："小姨，是坏人吗？会不会是小偷在寻找可下手的人家？"

"是小区的安保人员。"

汤杳是听小姨讲过，才知道，原来这个小区里住着很多厉害的人，非富即贵。小区非常注重安保工作，工作人员都是二十四小时值班的，夜里也有人巡逻。

夜色温柔，下午送来的桃花枝静静立在水晶花瓶里，不知在什么时候开了一朵。

楼下拿着手电筒的安保人员，已经走远。

小姨眺望着窗外，语气平静得像是在说和自己无关的事："也住了些在电视上能见到的明星、表演艺术家之类。"

汤杳随口说了句"难怪"，小姨便敏感地转过头，看向她，问："难怪什么？"

她不愿意承认此刻脑海里浮现的是谁的身影，只说："难怪这里的邻居都好高冷，乘电梯时常碰见，也都不理人的。"

这只是很家常的聊天内容，小姨却皱了皱眉，脸色实在算不上好看。小姨问汤杳，她碰见了谁、在哪里碰见的。

汤杳被问得一愣，她刚才明明已经说过，是在电梯里，不知道小姨反应为什么这么大。

"电梯里……"

"下次遇见电梯里有人的情况，不要进去。"

小姨说这里的住户都很注意隐私，不喜欢和陌生人打交道，也不喜欢与外人共乘电梯。还说，万一对方是个名人，以后发生什么事情住址被曝光，很可能会优先联想到不熟悉的邻居。

"我们刚搬来,别坏人家规矩,也别惹不必要的麻烦。"

"这是什么不成文的规矩?"汤杏无法苟同,"有钱人真是复杂,真要是这么不喜欢和别人打交道,他们怎么不去住别墅呢?"

小姨没说话,她知道一些事,不愿说给汤杏听,她希望汤杏离那些人远远的。

那个圈层人际关系复杂,买了这处房产不一定就是喜欢,也许是为了给开发商那边某层关系一些面子,也许还有其他不为人知的缘由,左不过一套房子而已,八位数对有些人来说,也只是一笔小钱。

"要真是一次只能乘一人,还安那么大的电梯干什么,不是浪费嘛。"汤杏当然不懂那些弯弯绕绕,嘟囔几句,随后打了个呵欠。

梦里她都在猜测,有没有可能那位经常戴墨镜的邻居,其实是个明星,只不过自己不常追剧、看电影所以没认出人家。

为了不给小姨惹麻烦,之后在电梯里见到有人,她都等在门外。

转眼又是周末,汤杏又住在小姨家。小姨早起去了工作室,给汤杏打电话,说是有人送了东西过来,叫汤杏下楼去取。

汤杏匆匆出门,乘电梯到地下车库。

她真的是那种对物质不太敏感的女孩,满车库的豪车她都视若无睹,或者说,真"睹"了她也不认识,还以为最贵的就是奔驰和宝马,几十万的车子已经是天价。

至于什么是顶配、什么是柯尼塞格,恕她并不知晓,更不知晓,有人坐在她路过的其中一辆车里,刚好瞧见她像阵风一样,从眼前匆匆跑过。

送东西的人早已经到了,是小姨在这边的一位朋友,也是做甜点生意的,这次自驾从海边回来,带了些注氧的海鲜送给小姨,装了三个挺大的泡沫箱。

"自己能拿吗?要不要我送你上去?"

人家都把东西送来了,万万没有再添麻烦的道理,汤杏连忙说:"能的能的,我自己可以。"

代小姨道过谢,目送车子驶离,汤杏才把泡沫箱摞起来,抱着往回走。

箱子摞得高,没看见旁边的车位里,有人迈着长腿下车,走在她前面。等汤杏感觉到有人在她之前按了电梯,便自觉地放慢脚步。

她虽不认同这里的"规矩",但不得不为之改变。

不和人共乘,不惹不必要的麻烦。

这几天是"倒春寒",地下车库的穿堂风很冷,汤杏出来得急,外套都没穿。身上的毛衣看着厚实,其实不抗风吹,一吹就透,凉飕飕的,吹得她汗毛都要竖起来了。

泡沫箱严严实实地挡着视线，汤杳只听见电梯门开，迟迟没等到关门运行的声音。

她侧了侧身，从箱子后面露出眼睛，才发现电梯里站着的，是那位见过很多次的邻居。那人倒是不怕冷，穿了件比她毛衣还薄的格子毛衣，宽松，慵懒风。

男人就在电梯门边，抬手挡着门，意思很明显，是在等人——这举动让汤杳有些意外。

她还特地往身后瞥了一眼，确定没有其他人在，才抱着泡沫箱进了电梯。她也学着他之前的样子，说了声"谢谢"之后，就闭口不言，演足了这楼里"邻里疏离"的戏份。

三箱海鲜实在是沉，重量让汤杳有些难以负荷。

可能是她的那声"谢谢"吐得艰难，也可能在别人眼里，她已经处于用力到脸红脖子粗的窘迫境地。邻居似乎看不下去，第一次主动和汤杳说话，他问她："需要我帮忙吗？"

想到那天深夜小姨讳莫如深的严肃表情，汤杳愣是拒绝了人家，一个人硬撑着把海鲜搬回了小姨家里。

后来汤杳把这件事讲给吕芊听，还挺骄傲，竖起三根手指："三箱海鲜，加起来四十多斤，我自己给搬上去的。"

吕芊刚把洗好的衣服晒在阳台，拿了剩余的衣架往回走。路过汤杳身边，吕芊用衣架戳戳她的手臂："人家是不是对你有意思，想借机留个联系方式啊？就这么让你给拒绝啦？"

"不可能。"汤杳想都没想就否决了。

"准是我说的那么回事儿。"

两个姑娘闹起来，互相攻击对方肋侧的痒痒肉。

吕芊边笑边嚷嚷："我们汤杳盘靓条顺，把人家给迷住啦！"

"别乱说，才没有——"

嘻嘻哈哈闹了半天，汤杳被吕芊打趣得脸都有些红了，才发现陈怡琪一直趴在床上，没吭声。

这情况有些反常。

她们三个性格很合得来，天天形影不离，换作往常，有两个人在闹，另一个早就加入进来了，怎么会这样安静？

凑过去才发现，陈怡琪戴着耳机，在和人聊微信。

具体内容她们没看清，也就瞧了个大概界面，陈怡琪已经猛地把手机扣在床上,像受到惊吓的条件反射,脸瞬间涨红成番茄色。

"你们两个吓死我了。"

室友间倒是没什么秘密,都不用问,陈怡琪已经顶着红扑扑的脸主动招了。对方是她在社交媒体软件上遇见的男生,他们聊得投机,就加了微信,昨天几乎聊了通宵,今天也还在联系。

用陈怡琪自己的话说:"就……先交个朋友嘛。"

"你是想交朋友,还是想交男朋友?怎么交朋友脸能红成这样?"吕芊捏着陈怡琪的脸问。

"真的是交朋友。"陈怡琪羞涩地把话题岔开,推着她们往外走,"走吧走吧,到吃饭时间了。"

食堂新开了个咖喱饭的档口。

咖喱吃到一半,吕芊忽然捂住嘴:"完了完了,我忘记摘掉牙齿矫正器了。"

汤杏和陈怡琪茫然地抬头,看见吕芊拢在唇边的手,缓缓打开一条缝,龇牙给她们看:"牙套变成黄色了吗?"

吕芊戴的是那种隐形牙套,透明材料。

现在吃了咖喱,材料被染,确实已经变色了。

汤杏和陈怡琪虽于心不忍,但也不得不点头。

回宿舍后,吕芊洗了又洗,想尽各种办法,还是没能让牙套恢复,最后她给医生打了电话,约好第二天下午去换牙套。

吕芊约好医生后,才一拍脑门:"明天下午我答应了发小,给他做助理的。"

吕芊是京城本地姑娘,有个发小。她发小喜欢拍短片,还组了几个人做自媒体,把短片发到网上去,也有些流量。

听说吕芊的发小这次接到个小广告,挺重视的,还请了位网红小姐姐帮忙。他们团队都是一帮大老爷们儿,需要找个女生给网红小姐姐当助理,帮忙整理衣服、递递东西之类的,反正干的都是端茶倒水伺候人的活儿。

壮丁当然不好抓,抓来抓去,就抓住了从小一起长大的吕芊,结果她还要临阵脱逃。

"姐姐,我的亲姐姐,您不是答应我了吗?可别放我鸽子啊。"发小在电话里声嘶力竭地哀号,"你说我一男的,上手给人家小姐姐整理衣服,人家不得认为我是变态啊?"

"我要是不换牙套,这周都不能说话,张嘴一口大黄牙,你叫我怎么办?"

汤杏在旁边看着吕芊为难的样子,自告奋勇地举起手:"那要不我替你去吧,反正明天下午我也没课。"

事情就这样定下来。

第二天下午一行人出发前,吕芊耳提面命,让发小务必照顾好汤杳:"我告诉你,你捡大便宜了。汤杳这条件当什么助理,给你们那短片当女主还差不多,回头脏活累活可别让汤杳干啊!"

发小双手合十,请老佛爷似的把汤杳请上了车,搞得汤杳特别不好意思。

拍摄地点在郊区,是个私人的葡萄酒庄园,据说建得挺漂亮,不少婚纱照摄影会租用那边的场地取景,出片好看。

车上,有人调出照片给汤杳看,照片里一片欧式尖顶建筑,像隐世古堡。

吕芊的发小说:"我请人吃了好多顿饭,托了关系,咱们不在外面拍,能去室内,但也就这一次机会,都上点心。"

路程远,车子开了两个多小时才到地方。

汤杳和这群人不熟,只管陪在网红小姐姐身边,帮忙拿拿东西。

他们步行穿过大片葡萄园,走进主建筑楼体。楼里有一条深邃的走廊,透过两侧玻璃窗,能看见发酵区和冷冻机房里不知名的硕大机器。

接洽他们的人早已经打过招呼,说今天酒庄里有人做客,让他们别声张、别到处跑。

路上遇见过几拨人,人家对他们这群扛着摄影机的人没兴趣,正眼都不给一个。吕芊的发小却一直把姿态放得很低,见谁都点头哈腰地说声"打扰了",再继续前行。

借用的拍摄地点在二楼,上去后,忽然听见一阵笑声。汤杳顺着声音,下意识地回眸,却意外看见了一张熟悉的面孔。

那是一间私人品酒室,玻璃擦得明净,那位经常在小姨家电梯里遇见的邻居,此刻就坐在品酒室的长桌旁。他坐姿不怎么端正,慵懒自如地倚在椅子上。

桌面上珍馐美馔,盛在高脚杯和醒酒器里的红酒,在灯光下泛着红宝石般的光泽。

不知道旁人说了什么,他撑着额头在笑,神色挺愉悦的。

这是汤杳第一次见男人露出笑容。以前他们碰见,他都是不笑的,以至于汤杳和室友讲起他,还用了某电视剧里的热梗,说他可能生性不爱笑。

这人笑起来特别好看,眉眼舒展,唇红齿白,所以汤杳回头,一眼就在人群里看见了他。

似有所感般,他笑着笑着,也抬眼看过来。

汤杳知道，那个瞬间他绝对看见了她，也认出她了，但他只是敛了笑容，把目光移开，和以前在电梯里一样，没有任何要打招呼的意思。

汤杳莫名有种感觉，在这里遇见自己，他好像并不是那么高兴。

"汤杳，我们在这边拍摄。"吕芊的发小压低声音叫她。

"来了。"

汤杳跟上同伴的步伐，没再回头，能在这地方遇见眼熟的人，已经很让汤杳意外了，根本没想过，自己还会遇见第二个。

拍摄特别顺利，结束后网红小姐姐想要去洗手间。她那条裙子，裙摆实在太长，纱料拖地半米多，又是迈不开步子的鱼尾款。汤杳怕她绊倒，陪着她一起。

这地方太大，环境陌生，也没个指路标识。

汤杳扶着网红小姐姐走了几分钟，左顾右盼，没找到洗手间，倒是碰见一对男女。

那男人坐在皮沙发上，敞开着腿；女人穿着包臀裙，紧贴着坐在他身上，两人像连体婴。

光天化日，动作暧昧得让汤杳她们不好意思直视。

好不容易找到洗手间，汤杳在外面等时，刚才那对男女，也往这个方向走来。

真的只是无心一眼，汤杳像被雷电劈中，整个人愣在原地。那张脸，汤杳在小姨家的一张合影照片上看见过无数次，连微微仰头有些不屑的看人神态，都和照片里如出一辙。

她从来没想过，会以这样的方式见到"小姨夫"。

"小姨夫"显然不认识汤杳。他亲昵地揽着女人的肩膀，进了一间房，门"咔嗒"一声关上。

扶着网红小姐姐回去的路上，汤杳像在梦游，终于回过神时，已经随着大家一起走出了庄园的主楼。

天色有些暗了，春风里吹来一丝凉意。吕芊的发小他们因为拍摄顺利，交谈声里都带着愉快，正在商谈晚上去哪家饭馆聚餐。

汤杳忽然觉得，不能就这样算了。她和同伴打过招呼，说自己还有些事情要处理，先不回去，让他们先走，然后在众人惊讶的目光中，转身往回跑。

绝对没有认错人，那个被她私底下叫了几年"小姨夫"的人，骗小姨说在南方出差，却出现在郊区和其他女人暧昧不清。

汤杳在这地方没有人情关系，她怕被赶出去，进了主楼就放轻了脚步，生怕引起谁的注意。可到底是心急，速度也就没降，她快步走到二楼，按

015

记忆里的路线去寻找那间房。

还是被人拦住了。

面前倏忽多出一道人影,汤杏险些撞上去,心蓦然一沉。他身上有淡淡的香水味,站在走廊里,沉默地看着她。

汤杏对这位眼熟的邻居先生,感觉很复杂,他们见过几次面,却总是不冷不热。这会儿他拦在面前,又好像没有要驱赶她的意思。

"我落了东西在里面……"汤杏说了谎话。

走廊尽头的品酒室里传来欢声笑语,有人在弹奏某种乐器。

汤杏紧张地盯着他。

他沉吟片刻,摇摇头,神色居然有些悲悯,语气似规劝,也似叹息:"别去了,没什么用。"

走廊这侧比较偏,除了洗手间和几间供人休息的卧室,再没什么其他房间。那群人都还在喝酒玩闹,才刚开了桌麻将,这会儿正打得起劲,没人会往这边来。

闻柏苓看着眼前的姑娘,觉得自己有些多此一举。这姑娘给他留下的印象挺深的,尤其是最近,频繁遇见她。

她有一双清澈的眼睛,应该还是个学生,和圈子里的人不同,不怎么懂得趋利避害,待人接物中的和善感不带丁点圆滑,反而像老胡同里那些大爷大妈般,有种天然的热情劲儿。

遇见她多是在电梯里。

他听见过她和人通电话,说自己很饿,夸张地连说了两个"超级","超级超级饿"这句说完,还要加上一句"肚子都在叫了,待会儿给你听"。

闻柏苓见到过有那种怀着目的的女人,用反复演练过的妩媚嗓音,说"给你听听我的心跳"这种话,意在和男人们调情,却从来没见过有谁打算给人听自己饥饿时的肠鸣,也算是他生活里不太一样的风景了。

那天闻柏苓无声地勾了勾唇,觉得她还挺有趣的。

他见过她脸上涂着白泥面膜,穿黑色帽衫,像"无脸男"似的从楼里跑出去,在楼下拦住一个中年女人,接过对方手里的几袋蔬果。

闻柏苓住三层,露台没封,小区里又安静,不用刻意去留心听,也能辨清她的声音——"唐姨,我帮您一起拿。"

也见过她细胳膊细腿的,非要充当大力士——她搬着三个大泡沫箱,在电梯里都不知道放下去歇一歇,僵着背默默用力,一路都抱在怀里,生怕被人抢走似的。

几十秒的电梯共乘时间,闻柏苓闲来无事,也短暂地揣度过——从为人处世来看,她像是那种生活简单、心思单纯的姑娘。

但偏偏,她的目的地总是"5"。

在偏僻的走廊拦住她,其实是闻柏苓的无心之举。他只是嫌那群打麻将的朋友太吵,举着手机走到这边接了个电话,无意间,瞧见她失魂落魄地快步潜入。

不需要多想,他已经了然,她悄悄溜回来是要找谁。

某个瞬间,闻柏苓动了恻隐之心。她要去找麻烦的那位,是有名的"疯狗"。那位真要疯起来,连血脉至亲都不放过,手段也残忍,根本没有怜香惜玉那一说。

闻柏苓不爱管闲事,只说了一句,就打算离开,但她突然哭了。

汤杏根本没听懂面前人的意思,在信息极度不对等的情况下,她还以为他那句"别去了,没什么用",是在轰自己出去。

哪怕家境普通,汤杏也是家里人爱护着长大的,根本没遇见过大风大浪,也就还没历练成成熟稳重的性格。她尚不能对生活见招拆招,这会儿已经蒙了,一时急火攻心,垂下头,默不作声地掉眼泪。

隐隐听见几个人的声音,像是找什么人,声音由远及近,转个弯就要看见她。还是面前的男人帮她推开了身后的门,稍一偏头,示意她可以进去。

汤杏失去思考能力,抓住救命稻草般躲进屋里,抹着眼泪,还没说出什么,门板已经闭合。

房间是暗的,窗帘闭合,没开灯。

门外传来几句聊天,她完全没听进去,脑子里反复只有一句"小姨怎么办"。

一会儿后,门再次打开,廊灯把闻柏苓的影子投进来。他有些诧异为什么她不开灯,顿了一下,抬手把灯打开,才迈进来。

汤杏正蹲在地上不知所措地抹眼泪,光亮笼罩陈设,她才后知后觉地发现,这是一间宽敞的卧室。

她脑子里倒是灵光一闪。

如果这间房是卧室,那"小姨夫"带着女人走进的那间房,会不会也……这么一想,眼泪更泛滥。

小姨是汤杏最亲的人之一,在她心里,自己的家人好到无可替代,怎么会比不上那个矫揉造作的女人?

那位不怎么熟的邻居从桌上拿了一盒抽纸,也跟着蹲下来。他把花纹复杂的木雕盒子递到汤杏眼前,像是拿她没办法,无可奈何般地开口:"擦擦眼泪,待会儿我送你出去?"

汤杏拿纸胡乱擦着,很倔地摇头。

她也不说落了东西的谎话了,声音还带着哭腔:"我不走,我小姨的男朋友还在里面,他和别的女人在一起,我得去问问他,到底是什么意思……"

她有点讨厌自己的性子,明明做错事的是别人,她应该拿出提刀要人命的气势去质问的,可她居然哭得停不下来。

"小姨的男朋友?"

邻居也是个奇怪的人,听见这么狗血的事情,单单挑了这么个问题来问。

汤杳情绪太激动,说不出话,胡乱点头。她爸爸去世得早,给爸爸治病时花了不少钱,东拼西凑,后来爸爸家的那些亲戚嫌她们穷,怕借钱借到他们身上,都与她们断了往来。

汤杳只剩下三位亲人——瘫痪在床的姥姥、妈妈和小姨,这世界上她最爱的人也只有她们三个。

哪怕是她自己被骗被伤害,她也不希望小姨被伤害,不希望小姨难过,可她现在该怎么办呢?

是邻居给了建议。他说,既然是关于你小姨的事情,你要不要打电话问问她该怎么解决?

汤杳不知道怎么和小姨说,犹豫良久,眼泪都干了,才终于拨通电话。

电话里传来小姨快乐的声音:"杳杳,怎么这个时候打电话来,今天没课吗?要不要小姨去学校接你,工作室有新品点心,想不想尝尝看?"

汤杳好不容易憋回去的眼泪,又不争气地往下流:"小姨,我好像看见'小姨夫'了。"

小姨问她在哪儿遇见的,她就把下午代替室友出来当助理的始末说了。提到"小姨夫",她又艰难地精简了措辞,只说:"他身边有个女人……"

小姨的声音比她想象中冷静,说"小姨夫"出差回来和今天的应酬自己都知道,女人的事情回头她亲自去问。

"这是小姨和他之间的事情,你千万别插手,我自己和他谈。你先回学校,千万不要去见他。打车回学校去,车费小姨给你报销。"

小姨声音很稳,甚至安慰她说:"我们只不过是谈恋爱,他要是做了不好的事情,甩掉他就好了。小杳别哭,现在就回学校,千万别冲动。"

小姨应该也是紧张的吧?不然不会叫她的小名——"小杳"。但也是很久很久以后,汤杳才想明白,小姨那些紧张并不是针对"小姨夫",而是针对她。小姨连说的三个"千万",都不是在担心自己的感情,而是在叮嘱她,小姨紧张的人,是她。

"小姨,我去陪你吧?"

"你回学校,我约他谈谈,有结果了再联系你。"

挂断电话，汤杳发现邻居不知道什么时候已经出去了，偌大的房间里只剩下她。她拉开厚重的门板，看见他靠在走廊里，在看手机。和小姨的通话给了汤杳勇气，知道小姨能解决，她也少了些慌乱，情绪稳定不少，终于能礼貌地和人交流。

"我和小姨通过电话，她说会自己解决，让我先回去。"

对方像是早就料到是这种结果，表情没什么变化，只是在她说话时，把屏幕按灭，将手机放回裤子口袋里。

汤杳："刚才谢谢你，再见。"

他略略颔首，表示自己听到了，随后迈开步子，先汤杳一步离开了这里。

重新走出主楼时，天色更暗。

葡萄酒庄处于六环外还未开通地铁的郊区，附近也没有公交站台，汤杳尝试着用手机软件打车，发现费用过于昂贵，因此作罢。

汤杳站在傍晚微风里，思考回去的方法，最终决定步行二十分钟，去最近的一处公交车站，再倒两趟公交回学校。只不过乘公交车时间很久，要四个小时，市里又堵车，不知道能不能赶在十点钟宿舍关门前回去。

一辆黑色的车子停在眼前，司机她并不认识，但后排车窗落下来，露出一张熟悉的脸。

刚刚对她施以援手的人，此刻坐在车子里："回市区的话，顺路送你一程。"

汤杳摇摇头，她不去小姨那边："今天已经给你添麻烦了，我要回学校，我们不在一个区，应该不顺路。"

车里的人点头，似是认同她的话。但车子也没急着开走，他反而像个料事如神的人，推开车门："这边公交车没有快线，你要回去得坐到什么时候？带你到顺路的地铁站，上来吧。"

汤杳坐进他的车子里，拘谨地把手交叠在膝盖上，路上也没说什么话，其实心里已经后悔了。之前是她慌了神，和人家说了太多不该说的。

汤杳："刚才的事情，你能保密吗？而且万一是误会……"

他淡淡地"嗯"一声，算是答应了。

"谢谢。"汤杳说过这句后，车里又陷入沉默。

路上听他接了个电话，似乎有人问"怎么走了"，他语气淡淡："遇见个不想见的人。"

他的车直接把汤杳带到了青年路，坐地铁回学校只需要不到一个小时，确实免了不少折腾。

下车前，汤杳从随身的背包里拿出便利贴，认真地写下自己的名字和电话。

虽然人家口里说的是顺路,但得到实惠的人是她,她不能什么都不表示,想了个尽量不冒犯的方式,不问对方姓名、电话,只留了自己的。

汤杳语气特别诚恳:"今天真的很感谢你,等你时间方便,可以联系我,我请你吃饭。"

那天小姨说自己会解决,说得那么笃定,汤杳也就信了。她不敢贸然跑去小姨那边,怕撞见那位"小姨夫"。其实在心里,她已经不再叫这个称呼,觉得那个家伙配不上小姨,暗暗叫他"渣男"来着。她巴不得小姨早点甩了他,找个靠谱的男人。

可没想到几天后小姨开车来学校接她,竟然轻描淡写,说事情解决了,他们已经和好。

京城到了真正的春天,车窗半敞,温暖的风拂面而来。路东侧是一处文化公园,草木葱茏,迎春花黄得娇俏,鸟雀活泼地落在草坪上叽喳,有人带着孩子在放风筝,一派欣欣向荣的景象。

汤杳的心却沉下去。她还以为自己听错了,惊愕地转过头:"小姨……你就这么原谅他了?"

"嗯,我们认真谈过,那天是他喝多了,神志不清醒没把持住。他向我保证过,不会再有下次。"

每每提到有关"渣男"的事情,小姨总是这种态度,不欲多说般。她们以前凑在一起聊天、分享各自的小秘密,总是废话连篇,没个重点,却也总能滔滔不绝地说下去。

现在小姨学会了简明扼要,汤杳却不知道怎么接话了,憋了半天只憋出一句:"那你们以后还会结婚吗?"

"会吧。"

透过车窗,已经能看见那几栋"L"形建筑。

那些落地窗映着天空的颜色,澄澈透亮,却不知为何看起来岌岌可危,像大厦将倾。

车子驶入地下停车场,小姨把车倒进车位里,忽然侧过身,眉心是紧皱的,紧盯着汤杳:"可是杳杳,如果你谈恋爱不幸遇见这种事,千万、千万不要原谅他。"

汤杳不能理解小姨轻而易举的原谅,也不能理解她自相矛盾的告诫。她无法评判小姨的解决方式是否草率,但心里始终有疙瘩,无法认同这样的结果。

因为这个离谱的结果,汤杳连续几天都无精打采,在宿舍楼道里不小心摔了手机。手机被送去修理,换了些零件,几天后才拿回来。

再回到手里,手机已经焕然一新。碎裂的屏幕和摄像头恢复如初,像刚买回来时的样子。生活也和修复的手机一样,像是回到了以前的平静模样。

听说"渣男"又去南方出差,周末空出时间,汤杳也还是会去陪小姨。

她们没再谈论过关于那天的任何事,小姨看起来也挺快乐,口中话题都是与工作相关,说工作室最近订单好多,生意真是不错。只是偶尔,汤杳会坐在小姨家那张昂贵的定制沙发里胡思乱想,觉得眼前浮华,都是镜花水月,特别不真实。

她几乎都快忘记了,自己还留过电话给别人。再次见到邻居,已经是葡萄酒庄园那次见面的半个月之后。

那天小姨在工作室里加班,打了电话说要晚一些才能回来。汤杳想等小姨一起吃饭,没什么事情可做,主动提出帮唐姨下楼丢厨余垃圾。

唐姨当然不肯,但又拗不过汤杳,眼睁睁地看着她灵活地把袋子抢走,穿上鞋出门去了。

还是心有旁骛的,汤杳站在电梯里忘记了按楼层,电梯门打开,她才发现自己到了负一层。

有陌生女人同她擦肩,走进电梯,在空气里留下一丝香气。

记忆里,地下车库也有垃圾桶,多走几步路而已,都已经下来了,不妨就丢在这边吧。

汤杳提着垃圾袋在车库里找寻,本该设立在此处的垃圾桶却不见踪影,地面墙面干净如新,她还在纳闷,忽然听见有人叫她的名字。

"汤杳。"

她闻声回眸,发现身后不知道什么时候停了一辆车,邻居先生正从车上迈下来,回头简单地和司机说了句什么,才向她走来。

汤杳感到意外,又不知道他的名字,抬起没提垃圾的那只手,摆了摆,算是打招呼:"嗨。"

他只看了她一眼,便了然地指了指左手边的方向:"垃圾桶换地儿了,走吧,带你过去。"

能在这地方遇见汤杳,闻柏苓心里已经明白她小姨的选择,何况五层那位业主,身边莺莺燕燕不断,具体是什么品性,他不信他小姨全然不知情。

知情还甘愿这样,难评。不是有句老话嘛,"良言难劝该死鬼"。

这件事里,一个愿打,一个愿挨。恐怕只有眼前这个姑娘还傻乎乎地被蒙在鼓里,忧心忡忡地瞎操心,瞧着她精气神都比以往减了三分,垂头丧气的。

闻柏苓不是喜欢置喙旁人旁事的人,不评价汤杏小姨,只随口问她:"怎么了,还因为你小姨的事情不开心?"

汤杏有些讶异,一是没想到他能看出来;二是觉得,从过去他冷淡的态度来看,她没想到能和这位先生多熟稔。

小姨的事情,汤杏没和妈妈说。妈妈已经很辛苦了,要赚钱养家、供她上学,还要照顾瘫痪在床的姥姥。毕竟是小姨自己的感情,她们很难要求什么,既然什么都不能改变,她也不想让妈妈跟着担心。

可憋在心里,她自己又实在难以消解,所以他一问,汤杏就忍不住叹了口气:"嗯,小姨说他们和好了。"

汤杏踩着脚踏板,把垃圾袋丢入弹开盖子的巨大垃圾桶。

她和他吐槽了几句,说小姨可能有自己的考量,毕竟他们在一起这么多年了,也在计划结婚,可能感情上还是难以割舍吧,也能理解的。

这些话说起来,是向着小姨的。只不过她说这些时,脑子里全都是那个讨厌的"渣男"揽着其他女人的暧昧场景,她觉得恶心,微表情也就不太掩饰得住,眉心不由得蹙起来。

邻居笑了一声:"看你这表情,不像能理解。"

汤杏垂头丧气:"其实我真的特别不理解。"

他们并肩同行。地下车库的灯是那种极具线条感的设计,冷白色,耳畔有穿堂风掠过,像走在一条时空隧道里。只是不知道时空隧道的尽头,是通向哪里。

她说什么,邻居先生就安安静静地听着。他今天没戴墨镜,偏过头来,垂下视线看她时,目光很深。

那时候汤杏有种"初生牛犊不怕虎"的坦荡勇气,对"阶层固化"并不清楚,不觉得人与人之间能有什么鸿沟。

那天走在地下车库里,汤杏不想总是提愁怨的事情,想了想,大大方方地发问:"我可以知道你的名字吗?"

"为什么不可以?"

"小姨说这边住户很多名人,怕惹麻烦。你之前不是总戴着墨镜吗?我以为你是明星之类的。"

闻柏苓停下脚步,凑过来些,闭上右眼,指给她看:"前些天火气大,起了麦粒肿才戴着墨镜。"

仔细去看,他眼尾处,果然还有一点非常不起眼的红色,看上去炎症已经消退。

人家一指,汤杏也就跟着凑近去看,反应过来才觉得靠得太近了些。尤其是他睁开眼,他们就这样近距离对视着,有种说不清的气氛。

他有一双挺迷人的眼睛，没有墨镜阻挡着时，目光是柔的，眼里噙着笑，让人有种错觉，像有千言万语要说。

汤杳有些招架不住，倏地移开视线，却听见他笑着报了名字："闻柏苓。"

她不知道是哪几个字，闻柏苓拿了手机打给她看。他身上有淡香水的清新味道，修长的手指游走在屏幕上。

看到手机，汤杳忽然想起些什么："对了，闻柏苓，你有给我打过电话吗？"

她这阵子心烦意乱，倒没多期待过接到他的电话，会这样问，也只是不想失礼。

汤杳和人家解释，说自己的手机前些天坏了送去修理，关机过几天。

"我答应请你吃饭的，如果你打过电话而我没接，不是我食言，是真的没接到。"

对话间，他们已经走到大堂，玻璃门自动向两侧开启，瓷砖映出他们的身影。这次汤杳按了电梯，和闻柏苓一起进到电梯里。

想要请闻柏苓吃饭的人实在太多，真要一个个记下来排着，那些饭几年都吃不完，但目的单纯成这样的，汤杳是唯一一个。

她目光清澈，说话的样子很认真，特别像闻柏苓哥哥家里今年刚满四周岁的小侄女。

闻柏苓心情很好地逗她，狮子大开口，故意拣那些贵的说："还没打过。没想好吃什么，东三环那边有家米其林餐厅，你觉得怎么样？"

被逗的人先是一愣，随后红着脸，一本正经地和他打着商量，说自己还是学生，米其林可能请不起，对她来说太昂贵了。汤杳虽然挺不好意思的，但她素来是个实在的姑娘，不太能做出打肿脸充胖子的事情。

她还老老实实地问人家："不好意思呀，能选一家人均消费稍微低一点点的饭店吗？"

电梯已经升至三楼。

"叮"的一声，金属门缓缓向两侧滑开。

闻柏苓摆摆手，大笑着踱步出去。他没回头："没想真让你请，那天只是举手之劳，你不用放在心上。"

第二章
/交集

接到闻柏苓的电话，是一个周末的下午。那阵子小姨没在京城，出差去外地，进修玛德琳课程。汤杳也就不必再往小姨家那边跑，能够有更多时间忙自己的事情。

这天兼职结束，汤杳到学校的图书馆里上自习。书本才翻了没几页，调过静音的手机屏幕亮起来，显示有陌生号码来电。她还以为是快递，举着手机往自习区域外面走。走到一半，电话已经挂断。

汤杳是在走廊里回拨电话的，压低声音，她礼貌地开口："您好，是快递吗？"

"汤杳，是我。"闻柏苓的声音偏低，很容易分辨。

他在电话里问汤杳今天晚上有没有空，想约她一起吃饭。

汤杳没多想就应下。

闻柏苓在电话里笑起来，问了她的学校名字，然后说："那你准备准备，晚点去接你。这会儿堵车，我大概四十分钟到。"

上次闻柏苓说"没想真让你请"的话，汤杳转眼就给忘了。她是有那么点一根筋的傻姑娘，死心眼，只觉得自己答应过人家请客，就一定会有需要兑现的时候。

连这个月的生活费预算里，汤杳也已经预留过请客的这部分钱，还忍痛多留了些，怕他们这种有钱人嘴刁，吃不惯小饭馆。

对于这场突如其来的饭局，起初汤杳并没有太浪漫的幻想，只觉得和欠债还钱般天经地义。可回宿舍的路上，她抑制不住地加快步伐，有种说不出的紧张感，像有什么东西，将要从胸腔满溢出来。

柳絮随风飘落，像雪花纷飞。路上一树一树的玉兰花开，汤杳抱着自习的书本，在春日暖阳下迎着微风一路小跑，很难说没有生出其他情愫。

宿舍里只有吕芊坐在桌边玩电脑,还诧异地问汤杳,不是说要去自习,怎么这么快又回来了?

汤杳把闻柏苓叫她出去吃饭的事情说了。吕芊放下键盘和鼠标,扭过半个身子,在身旁扬着调子逗她:"哦——原来是要和男人出去吃饭呀?"

汤杳:"琪琪呢?"

"没起床,她都躺一天了。"

陈怡琪一直和在社交媒体上加的那个男生联系,每天聊天。有挺长一段时间,汤杳和吕芊都经常打趣她。

所以吕芊还加了这样一句玩笑:"汤杳,你这是要超越琪琪,成为咱们宿舍第一个脱单的人呢?"

提到陈怡琪,汤杳边放好书本,边又往上铺看了一眼:"琪琪怎么了,不舒服吗?"

吕芊:"可能是经期吧,让她躺着吧,反正今天也没什么事,等我打完这局游戏再叫她下楼吃饭。"

汤杳拉开自己的柜子,有点犯愁。大学开学她就找了兼职,一直在攒钱,生活开销上也比较节俭。她计划在大二就自己负担学费,平时也没给自己添过什么品牌的衣服,翻来翻去,春季能穿的最体面的一条长袖连衣裙,还是小姨去年买给她的。

裙子布料上有洗衣液的淡香,她套在身上,竟然感觉到自己有些心跳加速,很像去年高考走进考场时的那种感觉。

吕芊玩游戏也不专心,还逗了汤杳几句,后来游戏结束,她熟稔地爬上了陈怡琪的床铺。

汤杳听见吕芊在叫人:"还不起床吗?这都快到吃晚饭的时间了,要不你说你想吃什么,我带回来给你?"

这是阳光很好的下午,闻柏苓应该还没到,汤杳坐在光线明媚的窗边,把通话记录翻出来。

重新看那串数字,汤杳暗笑自己傻。他的电话号码顺到都不需要刻意去背,连串重复的某个数字排下来,是看一眼就能记住的程度,她怎么就把人家给当成快递员了?

汤杳想着把闻柏苓的电话号码存起来,刚准备操作,忽然听见吕芊一道惊讶的声音:"你这是怎么了?"

她抬起头,看见陈怡琪坐起来。

陈怡琪穿着格子睡衣,长发蓬乱地披散着,脸上没什么血色,只有一双眼睛哭得又红又肿,虚弱地靠着墙,像被人抽走了魂魄似的。

这画面惹得汤杳心里一惊,她放下手机,手脚并用地匆匆往陈怡琪的床铺上爬。她跪在床边，拉住室友冰凉的指尖："琪琪，你怎么了？是哪里不舒服吗？还是家里出了什么事？"

陈怡琪只是抱着吕芊哭，边哭边摇头。

吕芊急得不行："不是，到底怎么回事儿啊？能不能说句话，你是想急死我们两个吗？"

再三追问下，她们才得知事情经过。

陈怡琪在网上加的那个男生，一直和她聊得很投机，感情也在升温。最近两人决定见面，本来男生和她约了这周末来京城看她，机票都已经买好，但他妈妈突然生病，还是重病。

陈怡琪抽抽噎噎："他给我发了他妈妈的照片，在重症监护室，随时都可能有生命危险。"

照片上是模糊的老人侧脸，和扎着输液管的枯槁手臂。

老人皮肤上生着老年斑和皱纹，肤色呈现出不健康的灰黄，看起来确实触目惊心，让人忍不住难过。

陈怡琪说："他说他妈妈治病需要很多钱，他家里负担不起，正在四处借钱，说完人就联系不上了，今天一整天都没有消息。怎么办，我好担心他……"

宿舍里的床铺很小，宽度才90厘米，三个人都挤在陈怡琪的床上，像抱团取暖。

汤杳想起爸爸去世那年，心里也跟着发酸。她一下下顺着室友的背，温声安慰："在医院里事情多，要检查各种项目，还要陪护病人，很难抽出时间聊天的。你别哭了，有空他应该会联系你。"

"就是，也许情况没有你想得那么糟，他妈妈已经好转了呢？"吕芊这样说。

"我给他转了钱，他收了之后还没回复我，也不知道手术费凑够没有，打电话也没人接。"

她们都是单纯善良的女孩，喜欢一个人是真的会设身处地为对方担心的，也是真的会为此寝食难安。所以她们并没有察觉到，此刻她们的信任和心软，已经被有心之人利用，成了他们敛财的手段。

汤杳只顾着安慰室友，忘记了约会。

手机是静音状态，等她爬下床，想给伤心的室友倒杯温水喝，看见桌面上的手机，才猛然想起自己是有约在身的。

手机里有两通未接来电。

还有一条未读信息：我到了，南门停车场等你。

收到这条信息已经是二十多分钟前，汤杳感到非常抱歉，但宿舍里还一团乱,陈怡琪也还在哭,她今晚并不能安心跑出去吃饭。

在室友和闻柏苓之间,她坚定地选择了室友。

汤杳拿起手机,嘱托吕芊:"你在宿舍陪着琪琪,我出去一下马上就回来。回来时给你们带晚饭,还有什么需要的一会儿都发我手机上。"

她知道放人鸽子不对,但是也顾不得那么多了,决定亲自去和闻柏苓解释。

其实这天的约饭,也并不在闻柏苓的计划之中。他是代替亲哥哥,去参加了一场某商业领域的所谓峰会。说是技术交流,其实都在招商引资。他被那些名利场里的人情世故烦得要命,午宴时饭都没吃几口,下午直接拒绝出席,先一步离开了让人糟心的环境。

出了会场,闻柏苓坐在车里,给远在国外处理项目事务的哥哥打电话,挺同情地问:"哥,你这天天过的都是什么日子,周围一群溜须拍马的围着,看着那些人你不烦吗?"

闻柏芪在电话里笑:"这日子以后你也得过。今年你硕士毕业就来帮我。晚上还有个饭局,你去不去?"

"不去。"

闻柏苓拒绝了,就在挂断电话的空当里,忽然想起一双清澈的、没心机的漂亮眼睛。他临时改变主意,没去朋友那边,给汤杳打了电话,约她吃晚饭。

她答应得特爽快,这让闻柏苓心情转好。

去学校前,他担心这辆库里南太过张扬,给汤杳惹来不必要的闲话,没让司机送,反而借了司机家里贷款还没还完的一辆普通轿车,自己开着到了汤杳学校。

真到了这边,汤杳显得不怎么热情,闻柏苓等在停车场里,拨出的电话迟迟没人接,信息也不回。

他倒是没有多着急,反而有些好奇。像汤杳那种很礼貌、很乖的女孩,迟到会是因为什么事情?

等了不知道多久,汤杳的身影终于出现在闻柏苓的视线中。

这个时间,宿舍楼和食堂附近很多学生,熙熙攘攘。她穿了一条浅蓝色的衬衫连衣裙,外面套着一件白色的毛衣开衫,神色挺焦急的,提着裙摆飞奔。

闻柏苓开门下车,站在纷飞的柳絮中等她,想要开口提醒她过马路小心些,但汤杳像一只焦急的鸟,已经飞奔过来。

她大概是跑得脱力了,没刹住脚步,几乎扑进他怀里,被他扶住。

终于把人给等来了,结果这姑娘拉着他的衣袖,气都没喘匀,开口就要放他的鸽子。

她说:"闻柏苓,抱歉,我今天不能和你去吃饭了。"

这件事是汤杳有错在先,她答应了闻柏苓的邀约,现在不仅迟到,还要爽约。她不想让闻柏苓误会自己,尽可能把遇到的情况解释给他听。

"我室友现在的状态太差了,我不能丢下她出去吃饭。万一有点什么情况,宿舍里多个人在她身边商量,也是好的……"

从图书馆回去到现在,汤杳还没喝过水,刚刚又跑了一路,说话间喉咙有些发干,无意识地清了两次嗓子。

她话未说完,闻柏苓已经反手开了身后的车门,从车门的储物格里拎出一瓶矿泉水,拧开递给她:"喝点水,慢慢说。"

汤杳微怔,接下矿泉水瓶:"……谢谢。"

真正接触下来,汤杳发现他真的很平和。在车里白白多等了半个多小时,不见他语气里有半分责备,情绪十分稳定。在她讲室友的遭遇时,闻柏苓就抱臂站在一旁,认真聆听。

听过之后,他摇摇头:"说句比较消极的话,你室友可能遇见骗子了。'杀猪盘'听说过没?"

汤杳一愣。她不是没听过这个词,网络新闻也报道过,但确实从来没有想过,那些弄虚作假的诈骗手段,会真的发生在身边人身上。

前些天宿舍停止供暖,室内阴冷,她们三个女孩子抱着热水袋窝在一床被子里聊天。

陈怡琪点开手机相册,脸颊红得像那晚的晚霞,给她们看那男生的照片,她说:"他好像很爱运动,你们说我要不要也攒钱,去办一张健身房的卡?"

她记得那时室友的手机一振,有语音信息进来,听到那个男生关切地说:"看天气预报你那边降温,多穿衣服不要着凉。"

那些嘘寒问暖,都是假象吗?

汤杳很着急,不愿相信闻柏苓说的那种可能,替室友的感情开脱:"不会吧,我们都看过男生的照片,也有他妈妈住院的照片……"

说到后面,她自己也不太确定。

清风徐来,柳絮迷人眼。

闻柏苓抬起手,动作很轻地帮汤杳拂掉落在眼睑上的柳絮。他没有反驳她,也没有和她争论任何,只是静静点了下头,像个置身事外的旁观者。

是汤杳自己先绷不住,慌了神。想起陈怡琪确实给那男生转过一笔钱,她越想越害怕,拿不定主意,喃喃发问:"真的有可能是骗子,对吧?"

"涉及金钱的网恋,被骗概率挺大的。"

闻柏苓没走，开车把汤杳送到宿舍楼下，让汤杳再去问问室友情况。他其实没比她们大几岁，却给人一种特别可靠的感觉，遇事沉稳。

他对汤杳说："你上去再问问情况，需要报警的话，我送你们去派出所。"

"那你……"

闻柏苓站在飞满柳絮的黄昏中，对她微微一笑："不走，在这儿等你的消息。"

汤杳回到宿舍，哄着劝着让陈怡琪给那男生打电话。

可怜的姑娘面露难色，她担心得一天都没好好吃饭，哭成个泪人，拿起手机却还在替对方着想，虚弱地问她们："万一他在忙，我这样打过去不是给他添乱吗？"

幸好回宿舍的路上汤杳已经给吕芊发过信息，吕芊配合着一起劝人，好说歹说，电话才终于拨了出去。

电话无人接听，再打又是关机。这情况已经很诡异了，更诡异的是，当室友发微信消息时，对话框里忽然冒出了红色叹号。

陈怡琪怔怔地盯着手机，像是难以理解眼前的情况："他好像把我删了？"

汤杳如坠冰窟，艰难地向室友解释，可能有被骗的概率。可即便后来已经被吕芊和汤杳架着下了楼，坐进闻柏苓开来的那辆车子里，陈怡琪仍然拒绝相信这些天的遭遇是一场骗局。

前面副驾驶位没人坐，三个姑娘挤在后排。汤杳和吕芊极力在劝，当局者却迷失在假象里，冥顽不灵，像个叫不醒的人。

派出所不算远，十几分钟后，车子已经停在派出所门外。陈怡琪仍然不愿意相信那男生是骗子，死活不下车，也不想去报警。

她拿了手机在和室友解释："你们看，他给我发过身份证照片，机票买了很多天了。这次如果不是他妈妈突然生病，他已经来见我了。可能他太忙，只是按错才把我删了……"

这些天真的维护，连前面驾驶位里被当成司机差使的闻柏苓听了，都忍不住在心里叹气。

他不太想插手，可抬起视线，从后视镜里看到了汤杳。小姑娘苦口婆心，为了劝室友，这会儿急得额角都是汗，把碎发都打湿了。

闻柏苓降下车窗透气，随后探身看了眼那位室友的手机。那张机票照片，假到他都震惊的程度。

简直是让人开眼了。

他只能简单提醒："纸质登机牌要在登机前到机场取，不能提前太多天取票。"

汤杳此刻心急如焚,有人能帮忙劝说,她觉得多了份助力,于是翻了那个骗子的身份证照片给闻柏苓看。

吕芊压低声音询问汤杳和闻柏苓:"你们拿着这个进去报警,有用吗?能抓住人吗?"

闻柏苓瞥了一眼。不看不要紧,这么一看,照片上热爱健身、笑容阳光的那张嘚瑟脸,还是个熟面孔。

"快进去报警吧,照片里这人是我一朋友。土生土长的京城人,不是什么南方人,最近家里也没人生病。"

半个小时后,一辆宝蓝色的车停到他们的车子旁边。车门拉开,贴着黑色面膜的男人从车里探出头。

男人穿着长袖长裤的家居服,披着风衣外套,见面先和闻柏苓打招呼:"闻哥,什么事情这么着急?我 SPA 做到一半就跑出来了。"

闻柏苓拿了汤杳室友的手机,把大致情况和朋友说了一下,吩咐人家:"你去劝劝那姑娘,简直是魔怔了,现在还不死心。"

那男人看了眼那些被盗图的照片,无语到面膜都掉下来,被他团成团,丢进身边的垃圾桶。

男人走到汤杳她们几个面前,挠挠头,像在措辞,然后掏出手机,给她们看他在网上晒的照片。

"那就是个盗图的骗子,我这健身房多少钱一天你们知道吗?十万八万的还不够我买条手链,我能因为这点小钱就着急到手机关机?还找你一个学生借钱?

"要不我给你看看我妈照片吧。

"我妈年轻着呢,她走出去说她是我姐姐都有人信,怎么可能满手皱纹、老年斑。她要是真变成这样,我们家全国三十多家美容院,那不都得关张?

"再说了妹妹,我这种长相、这种条件,真犯不着找妹子网恋,身边想加我联系方式的女孩,我都拒绝不过来。"

汤杳知道,闻柏苓那朋友出现时,室友已经动摇了。毕竟人家一口京城方言,根本不像假身份证信息里那样是南方出生的人。

她在心里暗暗松了口气。不过闻柏苓那位朋友,说话太实在,也没稍微修饰修饰,有那么一点戳人痛点的意思。

男人还在帮忙"唤醒",拢了拢风衣外套,极其不解地看着陈怡琪:"你们赶紧报警去吧,你说他给你灌什么迷魂汤了让你这么死心塌地?这明显就是遇见杀猪……"

在汤杳想出口阻拦的时候，闻柏苓已经先她一步行动了。

他从身后捧了那男人一拳，皱着眉，挺跋扈地打断对方的话："行了，闭嘴吧。"

梦境被打碎。最后陈怡琪失魂落魄地进了派出所，吕芊陪着她一起，汤杳则留在派出所外面，感谢他们。她想给闻柏苓和他的朋友鞠躬道谢，被闻柏苓给拦住了。

事情算是解决了一部分，那男人坐进车子里，挥挥手，对闻柏苓说："闻哥，没什么事我先走了，算你欠我一顿饭啊。"

派出所门口重新安静下来。绿化带边有些来路不明的积水，柳絮落在里面，看起来脏脏的。

这个下午发生太多事情，汤杳脑子也乱了，幸好有闻柏苓在场，不然她们三个可能还在相信骗子的话，傻等着那边"忙完"的回复。

"闻柏苓，真是太感谢你和你朋友……"

闻柏苓没让她把那些客气的话说完，提了超大一袋子汉堡、薯条递到她眼前，他抖了抖手里的牛皮纸打包袋："先垫垫肚子。"

他说时间太晚了，眼下这种情况也不方便请她们出去吃什么。快餐他也买了汤杳室友的份，等她们出来，他再送她们回宿舍，笑称自己这是"帮人帮到底"。

"你什么时候去买的？"汤杳问。

闻柏苓自己也拿了杯饮料，戳上吸管，指指不远处的一辆SUV，说是给司机打过电话，差司机帮忙买的。

那辆车汤杳虽然见过，也坐过，但印象并不深刻。

天色已暗，路灯亮起来。

怀里的牛皮纸袋子封口不严，飘散出熟悉的某家快餐店的食物味道。

汤杳抱着那些汉堡和薯条，只觉得自己实在是给闻柏苓添了太多麻烦，欠下的人情，似乎怎么还都还不清。

等人做笔录的时间里，闻柏苓接到一通电话，走到路边去接听。之前借的那辆车，已经吩咐司机开回去了，汤杳她们的东西也都移到闻柏苓的车上。

停车位宽敞，车门半开着。

从闻柏苓的角度，能看见车子座椅上那袋拆开的快餐。

那些食物几乎没怎么动过，先前汤杳拆开的汉堡也只被吃了两三口，还不到三分之一，又被她重新用纸包好，放在车座上。她大概是担心室友，和他打了声招呼，就一头扎进了派出所。

闻柏苓电话打了二十几分钟，汤杳她们才从里面出来。

她那位室友已经接近崩溃了，行尸走肉般被汤杳和另一位室友左右搀扶着，脸色苍白得像一张纸。

想也知道结果不会太好。这种情况下，被骗的钱很难追回来，看似普通的聊天账号背后都有庞大的诈骗组织，很可能骗子人都在境外。

手机挨在耳侧，越洋电话里传来哥哥的声音，在给闻柏苓讲新项目的目前形势。他有些走神，目光落在汤杳身上，分了几分注意力去留意她的动作、声音。

汤杳身高得有一米七，穿平底的小白鞋看起来也还是挺高的。长了张和身高不太相符的脸，是那种五官很秀气的长相，文静又耐看，偶尔偏头一笑，很是灿烂，挺引人注目，看起来会觉得她性子也是软的，但她有种江湖义气，见不得亲人朋友受难。

这不，现在这姑娘就在充当宿舍里的主心骨，小心翼翼地扶着人，还把戳了吸管的可乐递到人家唇边。

她温言软语地开解着室友：

"琪琪，你有我们呢。我上学期兼职攒了些钱，饭卡没钱了回头帮你充。

"衣服什么的我们三个都是差不多的尺码，想换换心情时换着穿就好了。

"困难都是暂时的，总能挨过去，你别再想那个人了，警察不是说了吗，都是有组织的……"

马路上车辆川流不息，嘈杂声音盖过一些话语，但看表情也知道，汤杳不是那种独善其身的人，势必会和室友同甘共苦。

"我是希望你先回来帮忙，你自己怎么想？"连续几句话抛出来都没得到正经回应，电话里的闻柏芪才察觉到闻柏苓的心不在焉，笑着问，"柏苓，怎么，在忙什么其他事情吗？"

闻柏苓回神，也笑了："没在忙，不过旁骛确实是有一些。"

被哥哥再问到旁骛是指什么事，他看着不远处的身影，挺不正经地说，是一位女少侠。

"哥，先不和你说了，我这儿助人为乐呢，晚点再给你回电话。机票让助理那边帮我订了吧，明天或者后天我都可以。"

闻柏苓开了自己的车，把她们送回学校，他有自己的考量，没开到宿舍那边，就停在校门外的停车场。

汤杳没和室友们一起下车，让吕芊陪着陈怡琪先回去。麻烦了人家这么久，她总不好就这样一走了之，留下来和闻柏苓单独相处。她想要再说些什么，可想来想去，常用的感谢话语也就那么几句，说多了反而让人觉得不真诚，浮于表面，能付诸行动的也只有以前说过的——

"我请你吃饭。"

车里空间很宽敞，暗香浮动。

闻柏苓这次倒是没拒绝她的承诺，只是半开玩笑地说："这阵子你们宿舍的人手头都不会太宽裕，你就别总惦记着请客了。好饭不怕晚，你这顿我记着呢，以后有的是机会。"

他解开安全带，送她往宿舍那边去，也没说什么过于暧昧的话语。

只在她将要离开时，他拉住了她的手腕，凑到她耳边，轻声说了一句："回去再吃点东西，你吃得太少了。"

再回忆时，那个春天好像连接着很多个人生的交叉路口，错综复杂，生活也不再是单纯的只要埋头刷题就能解决大部分忧虑。可细细回忆起来时，那天晚上，闻柏苓带着笑意的眼睛，总在脑海里无比清晰。

已经是四月。

整个春天，陈怡琪都没能从被骗的打击里走出来，她人是麻木的，夜里经常会做噩梦、会哭。

好在汤杳和吕芊一直陪着她。

她们约定好了的，宿舍永远保证有人在，不留陈怡琪独处。周末汤杳去兼职或者去小姨家，吕芊就会把陈怡琪带回自己家里，让家里人给她包饺子吃。

陈怡琪终于振作起来时，春天已经过去，天气越来越热，烈日下的蝉鸣一波又一波。

转眼到了六月底。

临近暑期时，汤杳在学习之余，找到了新的兼职，和陈怡琪一起在附近的儿童运动机构做晚课助教，工资日结。

生活好像重新顺利起来：期末考试汤杳发挥得很不错，算是给大一一整年学习交了份满意的答卷，大二评定的奖学金也势在必得；她的两份兼职都比较稳定，老板人也很好，手里渐渐有了更多的积蓄；而且小姨也答应要空出十几天时间，和她一起回老家。

只是在暑假离开京城前，汤杳心里还有件事放不下，她还欠着闻柏苓一个人情，也没兑现请客吃饭的诺言。

汤杳给闻柏苓发了信息，先报了名字，然后告诉他自己手头宽裕些了，如果他最近方便，她可以在回家前请客吃饭。发过信息后的几分钟里，手机都没什么动静。

汤杳有些怀疑地想，会不会是上次见面时，她们给他添了太多麻烦，闻柏苓虽然嘴上没说，但心里已经不太乐意了，故意疏远了这点本就浅淡的关系？

吕芊洗过澡从浴室出来，头发上包着毛巾，见汤杳拿着手机在发呆，提着浴筐凑到她眼前，摆了摆手里的梳子："汤杳，你想什么呢？"

之前吕芊她们也见过闻柏苓，汤杳就说了实情，说自己打算在回家之前请人家吃饭。

吕芊想了想，拉着椅子坐到汤杳身边，问她："那天后来，他都没再联系过你吗？"

汤杳摇头，说不清心里是不是有过失望："没有。"

他们确实没有联系过，两个多月的时间，闻柏苓这个人就像是人间蒸发了，她在小姨家的电梯里也都没再碰到过他。

"这样啊，那可能是我看错了。"吕芊把头发散开，用毛巾摩擦着发丝，"去派出所那天他不是一直都在吗？我以为他是想追你，才不厌其烦地帮忙。其实他人感觉还挺不错的，不过……"

室友话锋一转，叫汤杳小心些，说闻柏苓看起来实在是太有钱了，看着就很危险。

汤杳细细回忆那天，觉得闻柏苓并没有做过什么特别露财的行为，甚至还没有他叫来的那位被盗图的朋友行事张扬，于是好奇地多问了一句，问吕芊是怎么看出来的。

"车啊。如果我没看错的话，他那辆车，应该是宾利的库里南，我发小的梦中情车，贵得吓人，天天逮着我给我看网上的图片、视频。"

说完这些，吕芊翻出吹风机吹头发去了。

宿舍里限电，吹风机功率很小，风不大，要吹很久才能把头发吹干。卫生间一直传来"嗡嗡嗡"的声音，并不安静。汤杳在这些嘈杂声响里，拿出手机搜索了"库里南"，跳出来的图片酷似闻柏苓那辆车，价格也确实高得惊人。

手机响起来，闻柏苓的名字突然出现在屏幕上。

汤杳举着手机，在阳台接起电话。她这边正午的艳阳高照，蝉鸣不歇，阳台的金属扶栏都是烫的，掉漆的部分反射着阳光，直晃眼。

闻柏苓却像没睡醒，声音都带着困倦。不过电话里，他的声音是带着笑意的："怎么，终于想起请我吃饭了？"

汤杳"嗯"一声，想到今天是周末，一时有些拿不准自己是不是扰人清梦了，只能试探地问问他："闻柏苓，你是还没有起床吗？"

"是还没睡。"闻柏苓说自己在国外，有时差，现在是晚上十二点多。

没想到他在那么远的地方，这顿饭肯定是约不成了，找他又没有其他事情，汤杳有些语塞，不知道说些什么好。

闻柏苓没挂电话，随口和她聊了几句。他说他今年硕士毕业，还没想好是要继续读博还是回家里的企业帮忙，因此两边的事都尝试着准备些。

"最近我太忙，短时间内没有回国的打算，请客的事儿别着急，你再攒攒，等我回国联系你。"

汤杳想了想："那好，你要是等我们下学期再回来，万一赶上我拿了奖学金，还能请你吃顿好点的。"

她说话总是这样，有种傻乎乎的真诚。哪怕他家境优越，不差这一顿半顿的饭，她也还是认真地对待。

闻柏苓调侃着问她"这么有信心"，汤杳就有些不好意思了，声音小了些，但没退却，带着小小的骄傲回答他。

她说："嗯，其实我学习成绩还挺好的，我还是我们班的班长呢。"

闻柏苓被她逗笑："那行，等你奖学金下来联系我，无论忙不忙，我都回去找汤班长请客，一言为定。"

暑假时间过得很快，再回到京城上学，又是一年九月。

小姨开始筹备开翻糖蛋糕工作室的新店，要和设计师谈装修风格和费用，又要拟订新店的营业计划，忙得几乎见不到人影，汤杳也就很少再去小姨那边。

偶尔过去留宿，她在空旷的豪宅里仍然习惯性地难以入眠，睡着了也睡不踏实。偶尔夜里醒来，汤杳会从床上爬起来，悄悄潜入针落可闻的昏暗客厅，站在落地窗边向下看。

三楼露台上那些郁郁葱葱的绿植隐在夜色里，只剩下墨色轮廓。

这种时候，她就会在某个瞬间，突然心急一下奖学金的申请进度。

不是因为手里的钱不够用，而是惦念着有人曾在电话里和她说过一句"一言为定"。

其实刚开学那会儿，汤杳手里的钱是有些吃紧的。为了减轻妈妈的负担，她开始承担起自己的所有学杂费用和生活开销。开学交了学费后，之前兼职的那家儿童运动机构才通知她，说生意不怎么好，不需要再请人帮忙了。

找稳定的兼职不算容易，汤杳费了一番心思，最后还是吕芊帮忙联系了她的发小，才得以解决难题。他们做的自媒体账号现在有了一些广告，特缺人手，汤杳聪明又有责任心，成了吕芊发小团队里的小助理。

吕芊的发小大名叫孙绪，家里拆迁得了一笔钱，日子过得挺滋润的，平日里搞搞爱好，剩下的时间就拿来吃吃喝喝。

孙绪是个挺仗义的人，就是感觉有些过分热情，每次拍摄结束，都要张罗着聚餐。

在汤杳成为团队的小助理之后，每每聚餐，孙绪都会约一约汤杳和吕芊，问她们来不来。

汤杳对那些烟酒嘈杂的聚餐并不感兴趣，况且她还要兼顾学习成绩，时间不能都用在娱乐上，不常去，只有偶尔盛情难却，才跟着去吃个饭、在KTV里帮忙点点歌。

那天是圣诞节，汤杳她们有班会，没去兼职。

班会结束后，吕芊接到孙绪的电话，说拍摄已经结束，又是过节，团队打算聚聚。聚餐的地点就在她们学校附近，问她们要不要过去一起吃饭。

班会刚散，走廊里都是同学，趁着环境喧嚣吵闹，吕芊直接调侃孙绪："差不多得了。"

孙绪那边嘻嘻哈哈，装作听不懂，还在问吕芊："什么差不多得了？哎，不如你们宿舍的人都来吧，人多热闹。吃完饭咱们还可以接着唱歌去，我这儿还有张减一小时费用的优惠券没用呢。"

"别人看不出来，真以为我也看不出来嘛，我们可是从小一起长大的。"吕芊看了眼身后和陈怡琪走在一起的汤杳，笑道，"你真是想请我和琪琪吃饭唱歌吗？"

电话里的人可能有些不好意思，"嘿嘿"两声，求着吕芊帮忙。

吕芊答应下来，也先表了态："大一开学那会儿就已经有人追汤杳了，我看她跟哪个男生都不多接触，可能不想谈恋爱。人我可以帮你约，但是你要注意分寸，人家要是没那个意思，你可别整那些死缠烂打的戏份给我丢人。"

孙绪一口答应下来："没问题，我哪是那种莽夫，察言观色我还是会的。"

汤杳对他们这通电话毫不知情，只是拗不过室友的热情相邀，再加上过节，学校周围都是这种喜乐气氛，陈怡琪也挺想去放松一下，她也就跟着一起去了。

饭桌上没有陌生人，大家说说笑笑倒也挺开心的。店里放了圣诞节的歌，服务员戴着红色的帽子，拿着活动宣传单和他们讲，消费满五百元会送限定凉菜和果盘。

男生们在烤鱼店里喝了不少啤酒，等转场到KTV再喝时，多少有些醉了。

春天那件事之后，陈怡琪一直心情不顺畅，难得出来玩，室友又在身边，也破例跟着喝了两瓶啤酒。

汤杳不会喝酒也不会唱歌，到 KTV 之后就坐在角落，甚至还点开手机背了几个英语单词。

后来吕芊打电话过来，说陈怡琪吐了，让汤杳过去给她们送些纸巾。

"再拿瓶矿泉水过来吧，得让琪琪漱口。"

"好，我马上过去。"

洗手间在走廊尽头，汤杳抱着抽纸和矿泉水跑进去帮忙。她太着急出去，手机没拿，放在包厢的沙发上。刚巧就是这天，晚上临近九点钟，闻柏苓给汤杳打过一个电话。

聚餐开始得早，当时一群人已经喝得酩酊大醉，手机在沙发上又亮又响的，还是团队里负责摄影的男生看见的。

那男生醉眼昏花，以为放在孙绪身旁的就是孙绪的手机，接了电话就把手机贴到孙绪耳边："哥，你来电话了！"

闻柏苓的手机开了扬声器，举在面前，接通后刚想笑着和汤杳说声"Merry Christmas"，里面传来一阵乱七八糟的人声，听起来挺闹腾，像在酒吧。

他有些意外，笑容收敛起来。

听电话里的男声"喂"了几遍之后，闻柏苓冷静地问："汤杳在吗？"

"你说谁，汤杳？汤杳去哪儿了，我问问啊。喂，汤杳去洗手间了。"

不知道是闻柏苓声音低，那边听错了，还是接电话那人喝得实在多，竟然还给他来了这么一句："叔叔，您放心吧，汤杳跟我在一块儿，那是肯定安全……"

闻柏苓都气笑了，没听那男生说完，直接挂断了电话。这边还是早晨，没隔几分钟，真正叫他叔叔的人出现了。

哥哥家的小侄女连门都没敲，冲进来闹他："起床啦，爸爸妈妈叫你下楼吃饭啦！"

闻柏苓抬手一抛，手机落在床上，起身去抱起小侄女，往楼下走。

他自己没觉得有什么不对，但小侄女却戳了戳他的侧脸，瞪着一双好奇的大眼睛，问："小叔叔，你怎么在皱眉头呀？"

"我有吗？"

"有的。"

小侄女抬手捏着她自己的眉心："就是这里，皱起来啦。"

闻柏苓笑了笑："啊，那可能是你太重了吧。"

远在国内的汤杳并没感受到闻柏苓的情绪，甚至不知道他给自己打过电话。

圣诞节那晚大家都喝太多了，清醒的就剩下汤杳和吕芊，后来听吕芊说，孙绪他们都喝断片了。

那晚的车都是汤杳帮忙打的，光是代驾和出租车司机的电话，她就接了好几个，又和吕芊互相通过话。通话记录里闻柏苓的名字，早就不知道给挤到什么地方去了，汤杳根本没发现。

奖学金终于打到汤杳卡上时，已经是期末考试期间，她天天挑灯夜战，埋头在复习资料里，也还是给闻柏苓发了信息。

对话框里的聊天记录，还停留在秋天，是闻柏苓先发起的聊天，和她说他身边也有个朋友最近遇见骗子了，损失惨重，被骗走将近八位数金额。其实和汤杳没什么关联的事情，但他在汤杳回信息后还是打了电话过来，问了她室友有没有好些，也问了她最近的情况。

那时候刚好是中秋节前，通话后汤杳给闻柏苓发了"中秋节快乐"。

他也回复了她同样的句子，对话也就停在了这句祝福上。

这次汤杳只发了一句话过去：闻柏苓，我有钱啦。

太久没联系过，她打了很多问候的话，最后却都删除了。她有点傲气地想，如果闻柏苓还记得他们的约定，一定知道自己发的是什么意思，但闻柏苓并没有回复她。直到一周后汤杳的所有科目考试都已经结束，她都没收到闻柏苓的任何回复。

倒是在寒假回家的前一天，孙绪给汤杳打了电话，说自己就在她宿舍楼下，问汤杳有没有空下来一趟。

"我正好路过这边，给吕芊买了点吃的，刚才给吕芊打电话，她说没在宿舍，你帮忙拿上去呗？"

汤杳没多想，应下来，穿上羽绒服下楼去接孙绪的东西。

外面微风细雪，气温有些低。

孙绪的车确实就停在楼下，他提着很大的袋子，见面先问了汤杳什么时候回家。

一个学期的合作下来，两人也算是比较熟识的朋友了，汤杳也就随口和孙绪聊起来，说车票她提前订好了，明天下午就回家。

"那正好，我买了很多特产，你们分分，还能带回家去吃。"

汤杳接过袋子连连道谢，也代室友们和孙绪说谢谢，却不想孙绪还没打算走，显然有其他事情。

"汤杳……"孙绪挠了挠头，有些犹豫似的，"我其实有话和你说。"

"怎么了？"汤杳一时没反应过来，见孙绪这般为难，以为他是因为临时有什么拍摄工作要她帮忙。

不远处有一辆车低调地停在风雪中,雨刷器尽职尽责地左右摆动,扫掉车窗上的落雪。

闻柏苓坐在开着暖风空调的车里,看着汤杏头发上落的雪花和被风吹红的耳朵,忍不住腹诽两句。

这大冷天的,有什么事情非得站在外面说?要说就快说,挺大一个男人,扭捏什么?他腹诽完,站在汤杏对面的男生突然转身从车里拿出一束玫瑰花,塞进了汤杏怀里。

"汤杏,我想追你。"

宿舍楼下是风口,风疾,雪花几乎是砸落在红玫瑰上。

面对孙绪的突然告白,汤杏感到意外,也有那么一点点尴尬。但她抱着花束,只愣神了半秒,就大大方方地拒绝了这份感情,说自己并没有这种想法,希望他们能像以前一样相处。

之前吕芊和他聊过,孙绪心里有最坏的打算。他也算是比较拎得清的性格,挠挠头,和汤杏商量:"你把花拿回去吧,吕芊和你说过吧,我们那个小区是回迁楼,住的都是些老街坊老邻居,我突然拿一束火红火红的玫瑰花回去,整个小区都得知道我追人失败,也太丢人了……"

汤杏"扑哧"一笑:"那这花我就先收下了,回头转钱给你吧。"

"哎,不用,真不用,你可别寒碜我了。"

孙绪将汤杏转了个身,推着她的背把人往宿舍楼的方向推:"你赶紧进去吧,可别转钱啊,转了我也不收。"

顺着力道往楼里走了两步,汤杏又转回半个身子:"那谢谢你的花和零食,等寒假吕芊回去,就让她代表我们宿舍请你吃饭吧。"

"嘿哟,可算了吧,那位姑奶奶要是知道今天这事儿,不让我请她吃个十顿八顿的'封口饭'就不错了。"

汤杏笑着挥挥手:"我上去啦,拜拜。"

天气实在太冷,又起了一阵冷风,孙绪把脖子缩进羽绒服领子里,也挥挥手:"那成,拜拜,年后见。"

到底是朋友,孙绪没搞那种求而不得就撒泼打滚的狗血戏码,汤杏也算应对得比较自然。

两人说说笑笑的样子,剔除对话内容,落在旁人眼里,倒挺像校园里那种刚谈起恋爱腻腻歪歪的小情侣。

在他们告别的同时,几米外一辆白色轿车在风雪里掉头,驶离宿舍楼下。

汤杏抱着花束和特产回到宿舍,等着吕芊回来。吕芊一进门,就被她火速擒拿,手伸进人家的羽绒服里,开始"用刑"。她也是后知后觉才想明白，之前和孙绪他们的聚餐、见面里，藏有室友推波助澜的痕迹。

"好呀你，吕芊，你可是宿舍长，居然胳膊肘往外拐……"

吕芊被汤杳挠痒痒肉弄得笑声连连，倒在椅子里求饶："我哪敢呀？孙绪不是我发小吗，知根知底，我是觉得这小子人还不错，就帮过他两次，以后不敢啦，我发誓！"

两人半真半假地闹着，陈怡琪本来在挑那些特产尝的，不甘寂寞，也凑过来，用肩膀轻轻撞了下汤杳的背，问："不过汤杳，孙绪其实还挺不错的，你一点都不考虑他吗？要不要接触接触，试一试？"

汤杳摇头，在摇头的瞬间里，憬然有悟，想到过某个人，只是还未来得及细想，手机铃声先响起来。

吕芊捧着那束玫瑰花在自拍，腾出一只手把汤杳的手机递过来给她："你的电话。"

是闻柏苓。

汤杳还记着他没回信息的事情，接起来时多少带了些赌气的成分，没吭声。

"晚上一起吃饭吗？"闻柏苓这样问。

只这一句，汤杳已经瞬间忘了前嫌，她愣了愣，再开口时语气甚至是惊喜的："你回国了？"

电话里传来闻柏苓低低的笑声："嗯，你不是说你有钱了嘛，我特地回来让你请我吃饭的。"

汤杳故意这样说："可是我发信息你也没回复我，我早就把钱花光了，没钱请你吃饭了。"

闻柏苓也就顺着她的话继续玩笑："这样啊，那太不巧了，那我现在订机票，再飞回去？"

"食堂七块五毛钱的牛肉面你吃不吃？"

"也行，凑合凑合呗。"

汤杳问："那你现在在哪儿？"

"楼下。"

"你是说……"

"对，就是你们宿舍楼下。"

汤杳几乎是用最快的速度，换了套衣服就往楼下冲。宿舍在六楼，她跑出楼道，远远看见闻柏苓站在风雪停歇的落日余晖里。

路上白雪皑皑，他穿着一件黑色的长款羽绒服，两只手插在口袋里，在车外等她。

他大概换了辆车，是白色的，汤杳没见过。

汤杏小跑着过去,有些不好意思地抬手理了理被风吹乱的头发,听见他说:"好久不见。"

他们确实很久没见过了,汤杏问闻柏苓什么时候回来的,他说才下飞机没几个小时,航班中午到的。

"你真是因为要我请吃饭才回来的?"

"不然呢?"

闻柏苓替汤杏拉开车门:"上车吧。"

车是新买的,挺普通的牌子,开进学校也不会太显眼。空调暖风烘烤着,密闭空间里有些崭新皮饰的味道。

闻柏苓这人顺风顺水惯了,家里又有个大他十几岁的哥哥撑腰,长这么大就没遇见过什么让他太劳神的事情。

他觉得汤杏有趣,偶尔想起这个姑娘,可也远远没到非她不可的地步。

下午瞧见她和别的男生恩爱的模样,他兴趣索然地掉头离开,去找朋友。

他们这帮人有几处固定的玩乐场所,天天都热闹。

会所茶台里煮着上好的茶,专门请了人坐在案边弹古筝。

闻柏苓手里捏着一把好牌,眼看着就要赢了,心里却怎么都痛快不起来。他把扑克牌往桌上一丢,起身拿了车钥匙和羽绒服,往外走。

有朋友问他,马上到晚饭时间了,这是干什么去?

闻柏苓头都不回:"太闷,出去透透气。"

身后开会所的那位朋友嗷嗷叫冤,说自己装修时花了大价钱:"新风系统我都用的是市面上最好的,花了六位数,不可能会闷。"

"买到假货了吧。"闻柏苓凉飕飕地丢下一句,开门离去。

说是出来透气,这车开着开着,就开到了汤杏的宿舍楼下。

更神奇的是,听汤杏在电话里说了一句惊喜的"你回国了",闻柏苓突然就不闷了,这会儿还有心情和她开玩笑,问她食堂怎么走。

汤杏茫然地看着他:"你真要吃食堂?"

闻柏苓继续逗人:"不是你说没钱了,食堂省钱,还近。"

"……我其实还有钱,我们可以去吃饭店的。"汤杏坐在副驾驶的座椅里,偏头看闻柏苓,还挺关心他,"国外饮食习惯不一样,你都出去这么久了,有没有什么特别想吃的?"

本来没有的,闻柏苓有自己的厨师,哥哥家也有,不止会做北方菜系,本帮菜做得也不错,在国外和在京城对他来说其实没什么区别,但汤杏这样认真询问,他忽然来了食欲,挺想吃火锅。

"汤杏,想吃火锅吗?不是麻辣的那种,老京城的清汤火锅,怎么样?"

汤杳点点头："我都可以，不忌口的。"

闻柏苓没选那种人均上千块的店让汤杳为难，车停在老城区的胡同口，步行进去找了家口碑不错的老字号。

他们其实接触得并不多，闻柏苓也不是那种特别多话的人，但这顿饭吃下来，汤杳并没有感到拘谨。

席间闻柏苓用公筷捞了一筷子毛肚，催她把餐碟递过去："快点，煮老了就不好吃了。"

毛肚落入餐碟，汤杳蘸了芝麻酱料吃，口感刚刚好。

眼看着闻柏苓把手机里的计时器归零，汤杳有些好奇，这还是她第一次见有人用秒表看着时间煮火锅食材的。

把毛肚咽下去后，她才忍不住开口问："你平时吃东西这么讲究的？"

闻柏苓把手机锁屏，说："没有，我自己吃就很随意，这不是为了服务你嘛。"

饭后汤杳主动起身去买单，他们两人吃了不到五百块，价钱还算在她能接受的范围内。

宿舍是有门禁时间的，闻柏苓开车送汤杳回宿舍。他在夜色里微微笑着，探身从后座提了个印花精美的纸袋，递给她。

汤杳一时没想明白，他为什么送她东西，迟疑着没接。闻柏苓却语气轻松地说，是回程时在机场逛到的小零食，不值钱，勉强算是新年礼物。

"不然我一个大男人，空着手要你请客，多没面子。"闻柏苓故意这样说，说完把话题岔开，"什么时候回家？"

汤杳抱着精致的纸袋："明天。"

"一路顺风。"

回宿舍后，汤杳和妈妈通了个电话，入睡前才想起闻柏苓送的礼物。

是一盒巧克力。

只不过写着"新年快乐"的折叠卡片里，还夹着五百元崭新的纸钞。汤杳瞬间反应过来，闻柏苓这是把请客吃饭的钱还给了她。

送汤杳回宿舍后，闻柏苓直奔机场，接到她电话时，他正在登机。

闻柏苓没带任何行李，手里只有机票和手机。他举着手机边听电话边走进了机舱，在空乘小姐的引导下，落座在他的位子上："怎么了，这么晚了还打电话来？"

汤杳大概是那种不怎么会发脾气的姑娘，她声音挺不高兴的，但也还是先礼貌地道了谢，说刚才拆开了礼物，谢谢他的巧克力。然后她才深吸一口气，询问道："不是说好了我请客，你怎么把钱给我了？这个钱我不要,你来拿回去。"

窗外有其他航班准备起飞,停机坪上指示灯闪烁。

闻柏苓看了眼航站楼,笑着道:"回不去,我已经登机了。"

电话里的姑娘沉默几秒,大概是想不通他的行程,有些不可思议地问他:"你……这就要回去了?"

"嗯,饭也吃了,就准备走了。"

闻柏苓忽然想起吃饭时的一帧画面。

当时汤杳在和他讲学校里的趣事,没留意,把刚从沸水里捞出来的丸子放进了嘴里,烫得一激灵,却不好意思吐出来。她用纸巾掩着嘴,脸红透了,和他商量:"闻柏苓你能不能先不看我?"

记忆里的声音和电话里的声音重合,汤杳在问他:"那这些钱怎么办,说好我请的,钱我不能收。"

闻柏苓人还没飞走,已经把下次约会给敲定了:"那你先保管着,下次吃饭让你请。"

好不容易结束考试,宿舍里一个提倡健康作息的都没有,个个都是夜猫子。

在遭遇了那次被骗经历之后,陈怡琪在网上发了很多自己被骗的过程,分析骗子的手段和技巧,用来提醒其他被忽悠的女孩。也会每天去那些经历下面,更新鼓励的话,和受害女孩们互相加油打气,希望她们也能快点走出来。

这个晚上,陈怡琪又在网上遇见了新的受害者,叹着被骗的女孩好可怜,咒骂着骗子,手底下键盘被敲得噼啪响。偶尔,她会仰头问一问已经躺下的汤杳,某句话说得是否妥当。

吕芊也躺在床上,边敷面膜边和孙绪打电话,威胁人家说:"我可是与玫瑰合影了的,这顿饭你要是不请,我就和咱那群发群讲讲,这火红火红的玫瑰是谁买的……"

墙壁不算隔音,能听到些隔壁宿舍的对话声、播放电视剧的声音。汤杳就在这些热闹的声音,借着床头一盏夜灯的光亮,把崭新的五百块纸钞收进钱包里,不知道他说的下次,是什么时候。

第三章
/ 频繁

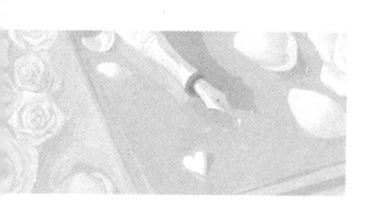

这一年的春节，小姨依然没有回老家。

说是工作室分店刚开业，人手不足，又做了些招揽生意的优惠活动，忙不过来，她要亲自坐镇。

小姨不在，那些亲戚来串门，自然又少不了说三道四的闲话。

汤杳坐在姥姥床边，给姥姥喂稀饭时，那些闲言碎语就从门缝里溜进来，还是老生常谈的话术："老这么拖着不是办法""再过几年都要四十岁了""有钱男人不靠谱哦"……

这一次，汤杳对这个话题并没有那么敏感。她甚至暗戳戳地想，如果拖到最后小姨突然想通了，不结婚，反而选择和那个"渣男"分手，才是她心里最期待的结局。

只不过汤杳并不知晓，这世上的缔结，除了真心真情，还有种畸形的、只靠着金钱维系的所谓情感，你情我愿，皆为利往，分开时并不需要说一声"分手"或者"珍重"。

除了那些闲言碎语惹人讨厌，回老家过年还是比较开心热闹的。

亲戚们都住得近，街坊邻居也是熟悉的面孔，今天提着礼盒来串门，明天又提着礼盒去别家串门，走动不断。家里那些整箱的水果、饮料、牛奶，把汤杳都养得胖了两斤。

汤杳也有自己的社交圈子，在过年期间参加了高中好友组织的小范围聚会。

出门前，她接到了闻柏苓的电话。上次那顿饭后，闻柏苓偶尔会打个电话过来。他的电话在时间上没什么规律，不分工作日或者休息日，更谈不上联系频繁。

几乎都是国内的傍晚时分，汤杳意外地接到他的电话。

他们之间隔着十多个小时的时差。有时候汤杳会觉得,他是在新一天的开始,给她打电话。

话题也没什么固定的,多是随口聊几句,说说他那边的天气,问问她家乡的新年习俗,还给她听过他小侄女上钢琴课弹的钢琴曲。

这天电话打来时,汤杳已经穿好羽绒服外套,在换鞋子了。

他们刚聊几句,她说了句"等一下",然后和家里的长辈告别,老旧的防盗门关闭的声音有些沉重,这些声音统统传进闻柏岑的耳朵。

他问汤杳:"要出门?"

"嗯,和朋友约好了出去吃饭。"

电话里的人沉默几秒,又忽然开口:"男的女的?"

当时汤杳没反应过来,只中规中矩地回答闻柏岑说,男女都有,是她在高中时期玩得比较好的一群人。

"不过有点可惜,今天聚不齐了。"

听见她在叹气,闻柏岑就多问了她一句"怎么了",声音里似有关切。

汤杳把缘由讲给他听:"有个朋友今天不能来,是男生,他谈恋爱了,女朋友管得比较严,聚会也不让他来参加。"

闻柏岑说:"可能你们班女生长得太漂亮,避嫌吧。"

"你又没见过。"

"我不是见过你吗?"

那天聚会回家后的夜里,乍然从喧嚣中抽离,汤杳有些失眠,拿着手机翻看着朋友圈里的动态,忽然毫无征兆地想起闻柏岑的问句。

汤杳没有闻柏岑的微信,手指还在惯性地翻动着那些不相干的分享,朋友们五花八门的寒假生活跃然眼前,她的心思却已经不在这里了。

——"男的女的?"

多简单的问句,只有四个字而已,汤杳却忽然领会了其中的某种微妙含义。

假期总是过得特别快,只是赖赖床、看几遍电视里重播的春晚小品节目、陪妈妈逛逛街,寒假就这样匆匆结束了。

汤杳又一次拖着行李箱离开家,到京城,也仍然是先见了小姨。

小姨倒是神采奕奕的,亲自开着车来火车站接汤杳。在拥堵的东二环街道上和汤杳说,要带她去工作室新开的分店看看。

"小姨,你好像又瘦了。"

"忙的呗,新店生意好,有时候连饭都顾不上吃。"

小姨"哈哈"笑着,心情很不错的样子:"你妈妈又给我带香肠和熏鸡了吧？我就等着吃这些好东西增重呢。"

新店里聘请的店员已经足够多，小姨这个老板终于可以轻松些，领着汤杳参观完店面，又带她到楼上的DIY区域："这是我新加的项目，可以打电话预订，让客人自己动手做翻糖蛋糕，款式随便挑。"

汤杳看着玻璃橱窗里那些精美的蛋糕，有些怀疑："那要是客人做得不好，挑毛病怎么办？"

"有老师带着的，真正复杂的步骤都是老师帮忙做，不难，目前还没有过差评。"

小姨换了白色的烘焙工作服，将一条格子围裙系在腰间，也找出一套给汤杳："要不要体验一下？"

那天汤杳跟着小姨埋头在烘焙教室里，尝试做人生的第一个翻糖蛋糕。她选了最简单的样式，也还是有点犯难。

到了给翻糖调色的步骤，汤杳悉心听着小姨的指导，颜色一点点加进去，想要的浅蓝色没调出来，却无意间调试出一种特别的绿色。

这颜色好眼熟，去年春天在电梯里初见闻柏苓时，他身上穿的毛衣，就是这种颜色。

烘焙教室里有其他工作人员在，说她调的颜色很像"苍筤"，是春竹初长时的颜色。

小姨不知道汤杳此时心系何人，随口说了一句："这颜色适合你。"

像是谶言。

她们在工作室里待到很晚，又订了外卖和员工们一起吃过晚饭，临近十点钟，小姨才开车带着汤杳一起回住处。

汤杳提着蛋糕盒子，和小姨一起从车库里走过，困得压抑着呵欠，眼里都含了些眼泪。

电梯抵达负一层，门缓缓打开。

她垂着头听小姨说话，没看见里面有人。只是在电梯门打开的瞬间，小姨突然噤声，沉默地往旁边撤了半步，像在给人让路。汤杳也就跟着挪了步子往旁边避让。

电梯里的人在打电话："嗯，我下来了，挂了。"

这声音太过熟悉，汤杳抬头看过去，电梯里站着的人果然就是闻柏苓，她不知道他是什么时候回来的，愣了愣。

闻柏苓也在看她。

其实按照他们的熟识程度，要是小姨还在身边，汤杳肯定是要和人家打招呼的，可能"什么时候回来"这种问题早都已经抛出去了，但小姨在，她犹豫着没有开口。

汤杳自认为和小姨之间没有什么秘密可言。可她也确实从来没有和小姨说起过，自己和闻柏苓之间的那些交集。

她知道，小姨虽然欢迎她来这边，却并不希望她和这栋楼里除了自己以外的任何人、任何事有牵连。

汤杳抿着唇，心虚地避开了闻柏苓的目光。电梯里那位也没说话，双方擦肩而过，像是陌生人。

直到他走远，电梯关门上升，小姨才继续说起刚才的话题，仿佛根本没遇见闻柏苓，还在语气轻松地和她商量着："进门我们先去泡个澡吧，我给你买了新睡衣呢，等会儿你试试……"

闻柏苓坐进车里，还在想汤杳那抹心虚避开的目光，真行，教她一句避嫌，结果避嫌避到他这儿来了。

车上除了司机，还有闻柏苓一朋友，话比他多点，跟司机也能喋喋不休侃半路，吵着要去吃夜宵。

司机询问去哪家店时，也是这位朋友替他给回答的："去总店，去总店，别看这家这么多分店，就总店的牛腩炖得最地道、最入味。这个时间估计也不会堵车了，你就往总店开吧。"

朋友念叨完司机，转头和闻柏苓勾肩搭背，见他拿着手机在翻看，又好像没看进去什么，纳闷地问："怎么半天不说话，有事儿啊？"

手机里没有收到任何新的信息。

闻柏苓闹心地拍掉朋友的手臂："一边儿去，这么大的车，非得挨着我坐？"

直到坐进饭店里点完菜，朋友心心念念的煲牛腩都端上桌了，闻柏苓还是没压下那点闹心，忍不住拿出手机给汤杳发信息。

一发就是两条。

闻柏苓：不认识我？

闻柏苓：想赖账，饭都不请了？

小姨的状态有些奇怪的亢奋，像好不容易拉了小姐妹来开睡衣趴，闲不住似的，进门就带着汤杳往浴室走，让她泡澡、换衣服。

还塞了个盒子给她。

小姨自己先从里面掏出颗紫红色的球状物品，香气袭人："这个泡澡精油球，是我店里的前台小妹妹推荐的，刚买回来几天，你快去试试，我就在隔壁。"

被推进浴室，汤杳在关门前探出头，提醒道："小姨，蛋糕还没放进冰箱……"

047

"知道了,我去放。"

泡过澡,汤杏换了小姨给她买的新睡衣出来,发现小姨靠在客厅沙发里,手里捏着高脚杯,酒瓶里的酒已经被喝了大半。

客厅过于宽敞,落地灯只点亮一隅之地。

白日里事业顺遂的女强人,坐在寂寥灯光下,素颜,眼里糅着蒙眬醉意。

小姨抬抬手,招呼汤杏:"小杏,过来坐。"

又叫了她的小名,看来是真喝多了。

手机还在玄关的鞋柜上,汤杏一时忘记自己打算要给闻柏苓发消息,顺着小姨的话坐过去:"睡衣特别合身,我好喜欢,谢谢小姨。"

"和你小姨还说什么谢不谢的。"小姨自顾自地拿了红酒续满高脚杯,仰头喝掉大半杯。

之前在葡萄酒庄园拍摄,墙上挂着的英文贴士写了品酒步骤。

汤杏英语成绩很好,怀着增长知识的心态特地去看过,要闻香、摇杯看挂壁,根本不是这样牛饮。

小姨现在不像是在品尝,反而像是在利用酒精冲淡疲惫。

"我们小杏也长大了。"

有时候小姨很像妈妈,也喜欢唠叨人——

"以后找男朋友,可要擦亮眼睛。

"找个真诚的、爱护你、对你好的。

"有没有钱都不重要,小姨有钱,小姨的新店赚到钱啦!"

赚钱是好事,可是小姨眼睛湿润着,拉着汤杏喃喃而言:"小杏,千万不要像我……"

汤杏始终陪在小姨身边,看她喝了很多酒,又听她没头没尾地说着醉话。

汤杏想起很多年前,自己和妈妈在老家接听小姨从京城打回来的电话,小姨声音很兴奋,说大城市怎样繁华、怎样发达。

"姐,我要是能在这边找到稳定的工作,一辈子定居在京城就好啦。"

现在看来,小姨的愿望已经实现了,喜欢的工作、高端住宅、精致生活,可她好像并不快乐。

汤杏心疼小姨,也跟着抹眼泪,心里不断琢磨着,小姨的不快乐里,有几分是因为创业压力大,又有几分是那个偷腥的"渣男"带来的。

看见闻柏苓的信息,已经是深夜。

经历过十多个小时的火车,还在小姨店里待过大半天,她的手机和充电宝双双罢工。连上充电器,手机恢复开机状态后,连着响了两声提示音。

汤杳察觉到闻柏苓的不高兴，想着好好解释，认认真真地输入了好长的文字，像篇小作文。

时间太晚，她的思维混沌如糨糊，打出来的句子啰啰唆唆，想删改，却脑子一抽按错了发送键，直接给发出去了。

短信没有撤回功能，又是深更半夜，她怕再发什么会吵到人家，想来想去，还是决定等睡醒再说。

寒假里汤杳已经把早起的习惯给丢了，睡到不知道几点，听见房门"砰"地关上，才从记不清情节的梦境里惊醒。

小姨已经出门，玄关只剩下两只拖鞋。小姨给她留了字条，说工作上有急事，晚上才回来。

汤杳无所事事地在空荡荡的房间里晃悠半圈，猛然想起闻柏苓这个人，跑回卧室去翻找手机。

手机里有闻柏苓的回复信息。

比她的作息还要不健康，昨晚她发信息时已经是夜里一点钟，他竟然是三点多回复的。

内容只有一句：醒了回电话给我。

闻柏苓在露台坐了半天，上午十点钟才接到汤杳的电话。

本来想装作冷漠，故意逗逗她，结果接起电话，听她忐忑不安地询问他"你是不是有点不高兴了"，连声音都是紧张的，闻柏苓忽然就笑了："还是班长呢，起这么晚？"

"……我昨天睡得晚。"汤杳像只软柿子，被吐槽了也不还嘴，心善地关心道，"看你回信息的时间，你睡得也好晚，这就已经起床了吗？"

"是啊，遇见了也不理人，发出去的信息也没人回，气得睡不好呗。"

他记得她哄室友的时候特别会说，到他这儿，倒是语塞了，就说了一句："你别生气了，好不好？"

其实闻柏苓也没有真的生气，汤杳小姨那边什么情况，恐怕他比她还更清楚些。

两人联系上了，他这会儿心情也舒畅了，开着玩笑逗她："今天不用和我避嫌了？打电话不怕被你小姨听见了？"

汤杳说小姨出去了，只剩她自己在家。

于是闻柏苓顺理成章地发出邀请："没吃早饭吧？正好我也还没吃，下楼来我家，一起吃。"

汤杳有些犹豫："……不方便吧？"

"怎么不方便，我这儿又没有什么需要避嫌的人。"

"那你等我一下，我还没洗漱，收拾好就去找你。"

049

挂断电话后，昨晚借宿在闻柏苓家的那位朋友，顶着鸡窝头出现了。朋友足足灌下去半瓶矿泉水，才开口问他："你刚刚和谁打电话呢？柏芪哥？"

"不是他，别人。"

"哦，我以为柏芪哥打电话来骂你了。"

朋友理了理头发，和闻柏苓聊起他回国的事情："倒也不用年年都躲开吧，那么多家的姑娘，你就没有一个看上的？"

每年春天，家里两位老人连续过寿，总要热闹个十天半个月的。多家平日里交好的长辈们凑在一起，话题也并不新鲜，无非是谈谈生意，再聊聊各家的那点小事。

他们聊到最后，总会绕到闻柏苓身上，想给他牵线搭桥介绍女友。

闻柏苓顶烦这个话题，这次尤甚，在寿宴当天晚上就坐飞机回来了，眼不见为净。

这会儿被朋友问到，他都一阵烦躁。说当朋友还行，恋爱结婚就算了。那些人他又不是没见过，有的从小就认识，真要是来电还用等长辈介绍？

说这话时，闻柏苓忽然抬头，往五楼那户落地窗上瞥了一眼。

"看什么呢？"

朋友姓费，大名费裕之。

费裕之外号叫"废话多"不是没道理的，话是真的不少，见闻柏苓抬头看了眼楼上，已经脑补出一场大戏。

人干脆也跑到露台来，拖了把椅子坐下，挺八卦地问："五楼住着的，还是那孙子？"

"嗯。"

"怎么说，咱俩找他干架去？"

"……你闲的吧？"

他们说的人，是韩昊。

韩昊去年非常张扬，花重金加价买了这栋楼的五层住宅，给养着的女人住，还在酒桌上嘚瑟，说闻柏苓才住三楼，他女人都能压闻柏苓一头。

他们那圈子没人搞这种幼稚把戏，难得遇见这么个神经病，像"癞蛤蟆趴脚面"，不咬人但挺恶心人的。

闻柏苓对此倒不怎么在意。他在国外上学，回国时间本来就少，也不止这一处房产。之前他很少来这边住，不知道是从去年什么时候开始，这边成了他最常落脚的一处房产。

不喜欢韩昊，但总住这边，这操作着实让人捉摸不透。

让费裕之捉摸不透的，还不止这一件事。他拿了闻柏苓面前煮沸的茶壶，给自己倒了杯热茶，问："对了，昨晚在车库里看见的那辆小破车，你买的啊？"

"怎么了？"

"我发现我越来越看不懂你了，怎么突然买这么便宜的车？你们这小区，车位都比那辆车贵个二十多万吧？"

说的是那辆白色的车。

闻柏芩笑了笑："开着方便。"

待朋友再想问什么，闻柏芩就"咝"了一声，嫌吵，反问朋友怎么这么多问题，能不能安静些。

费裕之和闻柏芩同岁，生日月份也挨得近，本来都是互相称呼姓名的，但这几天费裕之"离家出走"，借住在闻柏芩家。蹭吃、蹭喝、蹭住，天天嘴可甜了，张口都是闻哥长、闻哥短的。听闻柏芩这样说，费裕之马上做了个把嘴拉上拉链的动作，表示自己能安静。

但也就安静了几分钟。一杯茶喝完，费裕之就忍不住举起手："最后一个问题，闻哥，您在这儿坐一上午了，真心不觉得冷吗？"

三月初的京城，天气没有那么暖和。

杨柳还未萌生新芽，槐树更是满树光秃秃的枝干，连飞去南方过冬的燕子都还没回来，闻柏芩却在没封的露台上披着羊绒围巾，坐了半天。

他没说冷或者不冷，只是又往楼上瞥了一眼。五楼落地窗边，刚好站了个特别眼熟的身影。

汤杳穿着整套的绿色睡衣，龇着沾满泡沫的牙齿，边刷牙、边往楼下看。

闻柏芩端起茶杯，对着楼上的汤杳抬了抬手。

楼上的姑娘应该是没想到自己会被看见，神情肉眼可见地慌乱起来，胡乱地对他挥了挥手，人就跑离窗边，不见了。

闻柏芩轻笑出声，被身边的费裕之听见，也跟着抬头往楼上看。但什么也没瞧见，倒是寒风吹来，吹得费裕之直哆嗦，裹紧睡袍，问他："不是，你真不冷啊？咱进屋喝茶不行吗？"

闻柏芩没动："冷你就进去，在这儿和我废什么话。"

汤杳穿戴整齐，从冰箱里拿出昨天下午做的蛋糕，又带了些老家背回来的香肠、果脯。她已经看见闻柏芩家有其他人在，辨不出关系，但也多装了些，满满一纸袋，提在手上。

只是没想到电梯到三层时，她会看见如此荒诞的一幕——闻柏芩靠在门边，有个和他身高差不多的男人，穿得像大学生，死死地扒着防盗门不松手："不行，我不走，你什么朋友我能不认识，我也要留下和你们吃早午饭，我饿死了……"

是闻柏苓先看见汤杳，抬手和她打了招呼。

费裕之跟着回头。

看见汤杳，他愣住了两秒，很快回过神，笑得可八卦了："闻哥，这要是你朋友，我更不能走了。"

闻柏苓："不走就有点眼色，去帮人家拿东西。"

费裕之不需要闻柏苓介绍，口中的客套话像设计好的程序似的，接连往外蹦："你好啊，闻哥的朋友，初次见面，我叫费裕之，该怎么称呼你？"

"你好，我叫汤杳……"

"汤杳啊，名字真好听。你看你来就来吧，还拿什么东西，这么客气。我来拎，给我就行。"

这种热情好客的架势，把汤杳说得都有些发怔，只能无措地看向闻柏苓。

闻柏苓拽着费裕之帽衫上的帽子，把人拉开，好些好笑："你能不能有点人样？"转头对汤杳说，"进来吧。"

这是汤杳第一次来闻柏苓家。她本来挺紧张的，被费裕之这么一搅和，倒是打消了她原有的拘束。

闻柏苓家里的格局和小姨家是一样的，只有装修风格不同。他家是深色系，黑色的皮质沙发、黑色的异形茶几，柜子也是亚光的黑色，连玻璃柜门都是深茶色，神秘，有质感。

汤杳带着蛋糕来，闻柏苓便去了厨房，找能切蛋糕的刀具。

见费裕之垂涎那些香肠，汤杳撕开包装，分给他吃，还给费裕之介绍，说是自己妈妈做的。

费裕之像饿狼转世，迫不及待地捏着香肠咬了一口，竖起大拇指："这味道真绝了。"又问她，"汤杳你看着好小，还在上学吗？"

汤杳点头："今年大二。"

"那是挺小的呢，比我们小个五六岁，二十还是二十一岁？"

"二十。"

闻柏苓提刀回来："查户口呢？"

费裕之笑嘻嘻地接过刀具，大言不惭，说自己是在帮闻柏苓招呼客人，还主动帮忙拆了蛋糕盒、切蛋糕、分蛋糕。

见汤杳拿了这么多东西，闻柏苓问她："回宿舍还有得吃吗？"

"有的，妈妈给我和小姨带了很多。"

汤杳抬起一只手拢在唇边，小声地给闻柏苓讲："我在楼上就看见你家里有其他人在了，怕不够分，就想着多拿些。"

在场一共三个人,她还这样和他说悄悄话。这举动有些取悦到闻柏苓,觉得这姑娘还挺会分亲疏远近。

他们说蛋糕味道不错,汤杏没好意思说图案是自己做的,只提了小姨的店名,说那里可以买到。

会面时间晚,聊了几句就已经到午饭点。

香肠和蛋糕不足以满足费裕之这种饕口馋舌,提议要出去吃饭。

之前被闻柏苓发信息说过"想赖账",汤杏心里总惦记着要请客,听说要出去,她眼睛都亮了,总算有机会把人情还回去一些。

汤杏指一指天花板:"那我回去穿羽绒服,马上就下来。"

费裕之有些意外:"你也住这栋?几楼?"

看着不太像啊。

汤杏一点防备心都没有,提上鞋子,往外跑:"五楼。很快的,你们等我一下。"

在她走后,费裕之放下蛋糕叉,伸手对闻柏苓比了个"五"的手势,神情莫测:"不是吧,现在什么情况,该不会是我想的那样吧?"

闻柏苓瞥费裕之一眼:"不是她。"

都说大学即社会,人情世故不同于初高中,但和真正的社会比起来,学校仍然算是象牙塔。

作为生活在象牙塔里的女孩子,汤杏脸皮薄,总不好意思给别人多添麻烦,生怕他们久等,拎上羽绒服匆匆下楼。

去的是一家川菜馆,车停在停车场一棵未萌新芽的树下。

司机师傅解开门锁,费裕之先下了车,和出来迎接他们的酒店经理浅聊几句,再转头,看见汤杏同闻柏苓并肩而行,刚好走到他身后。

汤杏个子高挑,皮肤白皙、细腻,生得一张秀气的面庞。

初见时,费裕之没觉得她美得多出彩。

早春干燥凛冽的风吹过,汤杏眯起眼睛,眼睑和鼻尖泛起浅浅的水红色,微扬着头,在和闻柏苓说话。她不经意间露齿一笑,竟然让人有些挪不开眼。

这姑娘性格也挺特别的。费裕之没弄明白汤杏到底是什么人,好像和身边接触过的女孩都不太一样。

汤杏正拿着扁扁的小钱包,认真地在和闻柏苓商讨:"闻柏苓,进去前先说好,这顿饭一定要让我请客。你给我的五百块钱,我还留着呢。"

闻柏苓往她钱包里看了看:"哪儿呢?"

"就是这些,过年的时候妈妈要给亲戚家的孩子包红包,我把新钞换给妈妈了,数目上总是没错的。"

经理给他们安排了视野极佳的包间,窗外有精心打理过的竹林,不茂密,风吹过时也还是有"沙沙"脆响。

服务员给了两份厚厚的菜单簿,费裕之拿了一份,另一份放在汤杳的面前。

她没来过这家店,把菜单簿推给闻柏苓。

闻柏苓翻了翻,越过主菜,先给汤杳点了份粑糕。

饭桌上几乎都是费裕之在说,水煮鱼和毛血旺根本堵不住他的嘴。

闻柏苓嫌聒噪,但架不住汤杳偏着头,听得还挺认真,他也不好打断,接个电话都不得不自己起身,拿着手机避出去接。

刚好费裕之讲到自己"离家出走",汤杳有些疑惑:"你和家里人闹矛盾了?"

费裕之擦掉唇边的红油,说也不是他要和家里人闹矛盾,都是他亲妹妹惹的祸。他妹妹现在被关在家里天天鬼哭狼嚎地闹绝食,全家都不得安宁,他实在住不下去。

汤杳家里虽然只有姥姥、妈妈和小姨,但从来没有过这种事情发生,一时表情微妙。费裕之看见了,摆着手说:"你可别误会,我家都是正经人,不是变态。"

"那丫头缺心眼儿。"费裕之是这样和汤杳说的,"家大业大的,你说她什么样的男人找不到?铁了心要和司机家的儿子谈恋爱。我妈天天拜佛,也没拜出什么财运亨通来,现在资产还停留在 A10。倒是给家里拜出个慈善家,上赶着给人家司机'扶贫'呢。"

汤杳没谈过恋爱,但爱情观显然和费裕之家人不一样,关注点也没有那么势利:"那个男生,他人品不好吗?"

"应该还行吧,我妹也不至于瞎到连人品都看不明白。听说是重点大学毕业的,现在在我家公司上班。"

汤杳很不解。人品好、学历好、工作也不错,然后这个男生和费家妹妹又是真心喜欢对方的话,有什么非要棒打鸳鸯的必要呢?

可能是她脸上的不解太明显,费裕之给她浅浅上了一课:"我们这种家庭,找结婚对象都得差不多的条件。当然,能联姻更好。家庭之间互为助力,起码风险来了也能多些保障。不然闻哥家里给他介绍女朋友,怎么总是熟悉的那几家?"

这种婚姻间的利害关系,是汤杳还没涉及过的。她忽然联想到小姨,有些担心小姨也遇上了这种状况,有些分心,听得不是特别仔细。只是在最后,费裕之提到闻柏苓的名字,她才回神,刚好就把那句"闻哥家里给他介绍女朋友"给听进去了。

闻柏苓接完电话回来,这个话题几乎结束,费裕之已经在用这样的句子做结尾:"我感觉你和我妹妹像是一路人,你俩要是认识,没准能当好朋友。"

闻柏苓在心里嗤笑,心说,真会给自己脸上贴金,费琳那丫头疯疯癫癫的,怎么能和汤杳比?

后半程饭局,汤杳显得有些沉默。

汤杳心里对闻柏苓其实是很有好感的,不然不会在他在电话里问一句"男的女的"后,她就在夜里辗转反侧,来来回回细想这句话。

费裕之说的"A10"汤杳听不懂,他们这些云端上的"助力"和"保障",她也不知其意。

但她听懂了一点——闻柏苓家里,对他的结婚对象有所期许,长辈们也在积极撮合,也许闻柏苓本人,也比较满意这种安排,对某个女生很是心仪。

这顿饭终于如汤杳所愿,是她请客。

价格不便宜。

闻柏苓看了眼账单,说让她以后别总惦记着再请客吃饭,这事儿就算两清了。

汤杳"嗯"一声。

吃过饭,司机开着车来接人,汤杳和他们结伴回去。

路上,闻柏苓问汤杳下午要不要和他们一起,费裕之也从副驾驶扭过身子,说他们三个刚好能组局打扑克牌。

汤杳兴致不高地摇摇头:"我就不去了,你们玩吧。"

回到小姨家里,汤杳几乎昏睡了整个下午,还是小姨回来才把她叫醒。

小姨坐在床边,怜爱地揉揉汤杳的头发,还以为是昨晚自己拉着汤杳聊天熬得太晚,把小姑娘给累到了。

外面天已经黑了,汤杳从被子里坐起来,顶着一头乱糟糟的头发,睡眼惺忪:"小姨,你忙完了?"

"忙完了。起来收拾收拾,小姨带你出去吃好吃的。"

东三环的夜色很美,街道两旁是灯光璀璨的高楼大厦,有种大城市特有的繁华。只是道路有些拥堵,车开了四十几分钟,才终于抵达目的地。

那是一家开在普通住宅区外的小饭店,店面不大,经营一些比较有京城特色的吃食，有正宗的老京城炸酱面、卤煮、炸灌肠，还有炒肝和爆肚。

小姨站在做成灯箱的菜单下面，仰头看了一圈，问汤杳："杳杳，想吃什么？爆肚要不要？"

在她们老家的菜系里，没有什么关于毛肚的菜，是到这边上大学后，汤杳才接触到这种食材。

她第一次吃，是和室友在南锣鼓巷里。店家做好了递给她们，黑灰色的毛肚丝上面淋着辣椒油、香菜、芝麻酱，汤杳还有些不敢尝试。是吕芊拍着胸脯保证，说绝对好吃，汤杳才勉强动筷子的。

她尝过觉得不错，口感脆脆的，确实挺好吃的。

但小姨提到爆肚，汤杳却忽然想到上次和闻柏苓一起吃火锅。他独树一帜，点开手机计时器，看着时间煮毛肚，把煮好的都给她。那天铜锅里的山泉水，水汽蒸腾；各式酱菜一碟碟整齐地摆在桌边；店里很暖，垒成金字塔形的羊肉卷有些融化，塌下去一些。

在这样日常且温馨的画面里，闻柏苓浅笑着对她说："这不是为了服务你嘛。"

藏在心里的失落都是真切的。

汤杳垂下头："小姨，我不想吃爆肚。"

"那就吃别的，炸酱面怎么样？一份卤煮、一份炸酱，再加个凉菜，北冰洋汽水来两瓶，要常温的……"

小姨点单时，汤杳去消毒柜里自取了餐碟和筷子，又用餐巾纸把桌面上铺着的玻璃板擦干净，才落座。

店里人不多，上餐快。吃到一半时，外面下起春雨，淅淅沥沥，淋湿了这座快节奏的忙碌都市。

她们的车子停得远，又没带雨伞，看见外面下雨，也就不急着吃完。

小姨放下筷子，看了眼外面天色，像叹息："我第一次来这家店时，也下了雨，雨势比今天大多了。有个人把他的雨伞借给我，说淋雨容易着凉生病，然后自己跑进雨里，真是个傻子。"

小姨在京城结交的朋友，汤杳也见到过、听说过几位。听小姨的语气像是在说很相熟的人，她便猜了两个名字。

小姨摇摇头，耳朵上的双C坠子在灯光下一闪："不是，是我的初恋男友。"

这事汤杳从没听过，一直以来，她都以为"渣男"就是小姨的初恋。

小姨认识初恋男友，是在刚来京城的第一年。对方是房东家的儿子，在解决出租房的各种小问题时，和小姨打过几次照面。他对小姨特别照顾，小姨也对他有好感，两人很自然就在一起了。

在一起后,初恋男友的长辈极力反对,因为小姨是外地女孩,且家庭条件太过普通,他家里有些看不起,觉得小姨在高攀。

汤杳:"你怎么没有和我们说过……"

"怕你和你妈妈担心。"

小姨抬起筷子,指了指店对面的小区:"他家就住那里,右手边第二栋楼,六层,阳台亮着黄色的灯。"

汤杳顺着小姨的描述看过去,寻见那个灯火昏暗的阳台,听见小姨说了这样一句:"我当时真的很喜欢他。我们分手后,我发誓一定要赚钱、要在这里混出点名堂。"

从来没听小姨用这种语气提起过"渣男",此时的她像在怀念,落寞的笑容里还藏着些柔情。

"小姨,你已经很厉害了。"

小姨脸上的笑容很淡:"还差得太多太多……"

北冰洋汽水喝到见底,也许是因为汽水喝得多,也许是这个故事里的不幸和费裕之那套"门当户对"的理论有些相似,汤杳总觉得胃里是堵的,很不舒服。

雨停后,小姨开车送汤杳回学校。

第二天开学,汤杳和室友们聚在一起,结伴去交学费、去上课、去食堂。作为班长,她经常要跑老师们的办公室,或者帮忙组织一些班级活动。

周末休息就去兼职,跟着孙绪的团队去京城各个地方拍摄视频。

今年团队的视频拍摄格外多,孙绪边调试装备边和汤杳说:"幸好这些广告甲方慧眼识珠,愿意多给我们一些活儿,不然我要穷死了。整个寒假,吕芊天天拿着那张玫瑰花的照片勒索我。"

汤杳手里忙着准备道具:"孙老板这是不想涨工资,跟我们这些员工哭穷呢?"

"果然近墨者黑,你都跟着吕芊学坏了!"

开学后,闻柏苓给汤杳打过两次电话。

汤杳也会接听,但没过去那么热络。大多数时间里,汤杳都在听闻柏苓说,偶尔给些不咸不淡的回应。她只是善良单纯,并不是傻子,知道怎样回应能阻止自己和闻柏苓接近。

可能闻柏苓也对她的态度有所察觉,估计是觉得她挺无趣的吧,后来就没再打电话来了。

没有闻柏苓,日子也能过得充实且快乐,只是偶尔,汤杳会在拂面的春风里,想起某个人。

想起她问他:"你真是因为要我请吃饭才回来的?"

他回答说:"不然呢?"

开学半个多月后,他们几位班干部商量着要组织班级聚餐,在群里发过信息征求意见后,获得同学们热情支持,这一提案就算通过了。

汤杳班里人数算多,百分之八十是女生。

女生宿舍挨得都很近,掐着时间往外走,总能碰见同学。十来个女生聚在一起,边走边商讨晚上去哪家饭店。

吕芊说学校附近新开的那家铁锅炖不错,她前天才和朋友们去吃过,强烈推荐去吃。

也有同学想吃炒菜、想吃烤鱼,吕芊抱着汤杳,故意闹腾,给她吹耳边风:"你是班长你说了算,快定下来,就说吃铁锅炖。"

闻柏苓的车停在汤杳她们宿舍楼下,看见汤杳被几个女生围着,她们在和她开玩笑:"班长,你可不能假公济私啊!"

在熟悉的人面前,汤杳很活泼,一颦一笑都是灵动的。

她站在人群里举起手,像腹黑的小狐狸,笑眯眯地祸水东引:"饭店是学委帮忙订的,你们快去给她提建议……"

汤杳没留意路边的停车位,怀里抱着帆布包,说笑着和同学们从那辆白色轿车旁边经过。

她走出去十来步,忽然听到身后有人叫她。

"汤杳。"

她下意识地停住脚步,回过头去,看见闻柏苓站在车边。

其实那天吃过饭,闻柏苓隐约感觉到汤杳的情绪不太对劲。最初他没太反应过来,还觉得汤杳可能是熬夜太晚,困得打不起精神,也就让她先回去多休息。

汤杳走后,费裕之吵着要去打牌,闻柏苓靠在会所的沙发里喝完一壶茶,忽然有些警觉。他把费裕之从牌局里揪出来,问对方是不是和汤杳说了什么,惹了人家姑娘不开心。

费裕之有点蒙,觉得很冤枉。

他确实是因为汤杳性子讨喜,和人家多聊了几句,但绝对没惹过人家,于是一口否决:"不可能。"

"真没有?"

"没有啊,我说了什么你不是都听着嘛,聊的就是咱们圈里那些笑话什么的。汤杳看着脾气就好,不可能因为我几句话就生气,她不像那样的人。"

费裕之发誓自己绝对没惹汤杳不开心,但闻柏苓从汤杳对自己的态度来看，不太像是这么回事儿。

第一次通话的冷淡，可以理解为她刚开学，忙。后面再通话时，那种不冷不热的样子，都不只是避嫌了，简直就是在划清界限。

那天在川菜馆吃完饭，汤杳结账时，闻柏苓确实和人家姑娘说过"两清"的话，但他的"两清"只是想着替她省钱，怕她总惦记请客还人情，又没让她"两清"得这么彻底，接电话都冷冰冰的。

汤杳和同学说了声，然后走到闻柏苓面前，心跳其实很快，但还是狠狠心，拿出公事公办的态度，问他怎么过来了。

此时是下午五点钟，风里夹杂着一丝寒意，闻柏苓的外套放在车里，只穿了薄毛衣，站在她对面。

他语气仍然是温柔的，甚至带着些笑意，只是这些天感冒，嗓子有些沙哑："最近家里忙，我哥打电话来催我回去，今晚的机票。"

说到这里，他微微咳了两声。

又要走了吗？

汤杳一时不知道该说什么。

"本来想找你吃顿告别饭的。"

闻柏苓偏头看了眼等在不远处的几个女生，问她："看来，我来得不是时候，你已经有约在先了？"

"嗯。"汤杳还挺果断的，"我们班今天聚餐，都得参加，不好意思，不能和你吃饭了。一路平安。"

面对汤杳的拒绝，闻柏苓没表现出过多的情绪。

汤杳身后还有等着她的同学和室友，好奇的目光来来回回落在他们身上。这里不是说话的地儿，不方便多谈。

闻柏苓略略颔首："那还挺遗憾的。"

宿舍楼前的路两旁种着玉兰树，新叶未发，倒是花苞裹着绒毛立在树枝上。

两人面对面又站了几秒，汤杳逼着自己说出口："那……我先走了？"

"嗯，去吧。"闻柏苓说。

汤杳转身离开，清冷的风吹过，她听见身后闻柏苓的咳嗽声，心里有些不是滋味。

学习委员订的饭店是街口的家常菜馆，以前班级聚餐也去过。那些炒菜和砂锅，味道好、菜量大、价格实惠，很适合他们这些学生党。

路程不远，有同学笑问汤杳："班长，刚才那个男的是谁呀？长得很帅呢。"

汤杳本来想说是朋友，却不知道自己是什么心理，脱口而出的竟然是

059

一句近乎赌气的撇清关系的话:"我小姨家的邻居而已。"

这天晚上的班级聚会,汤杳始终有些心神不定。

班里人多,一张圆桌坐不下,学委找了个大包间。

包间里有两张桌子,同学们嘻嘻哈哈开着玩笑,也有凑在一起抱怨:"为什么我们一学期比一学期课多""课表都要排满了""教育学院都是早八,就我们要早六""英专生真的是伤不起"……

菜肴一道道被服务员端进来,摆放空间不足,碟子逐渐摞起来,地三鲜的盘子压着松仁玉米,可乐鸡翅每人夹走一个后干脆撤了盘子。

汤杳连同其他班干部一起,带着同学们共同举杯:"祝大家新学期顺利、愉快。"

用餐时间过半,几个班干部研究的聚会小游戏也开始进行,都是些老牌的"逢7必过"和"接歌"这类餐桌游戏,只不过考虑到他们的专业,把内容都换成了英语,算是增加些难度。

汤杳本就魂不守舍,连着在"thirty-seven"和"seventeen"上栽过两次跟头,再开局,又遇见了最难的27连着28。

一个是含有7的数字,一个是可以被7整除的数字,待她反应过来不能出声时,已经来不及再用筷子敲击桌面,下意识脱口说出了"twenty-eight"。

"twenty-eight?该罚该罚。"

有同学起哄:"来来来,把可乐给汤杳满上!"

班里只有几个男生,出来聚餐向来是不喝酒的,输了游戏的惩罚也是喝可乐。

喝可乐有规矩,必须喝完满满一杯。不然怎么说是惩罚呢,碳酸饮料特别胀,喝多了真的不太舒服。

汤杳人缘好,刚端了杯子,副班长已经站出来帮忙:"班长连喝好几杯了,再喝下去晚上指定睡不着,这杯我替班长喝吧。"

"代喝可不行,代喝那得喝两杯。"

副班长仰天长啸:"你们这群……"

这么玩着闹着,时间过得飞快,晃眼间便过了九点半。

还是同学里有个女生看了手机时间,惊呼着提醒大家:"同学们,我们是不是该回去了,再晚就进不去宿舍了!"

"散吧散吧,明天还有早六呢。"

一群人做鸟兽散,只剩下汤杳和室友留下结账。

可乐喝得太多,汤杳感觉自己精神得可以去体育馆再上一节排球选修课,路上和吕芊、陈怡琪手拉手飞奔,也不觉得有多累。

只是走到宿舍楼下，她忽然像被碳酸饮料灌醉，人有些恍惚了。

闻柏苓那辆白色的轿车，仍然停在楼下。

天边缀着一弯月亮，玉兰树的影子落在车上，车里亮着淡淡灯光，像是车的主人也还在似的。

吕芊拉着陈怡琪先回去洗漱了，汤杳独自走近那辆车，凑过去看了眼驾驶位。

里面没人，她心里泛起一股始料不及的失落。

也只是一瞬间而已。

汤杳还没来得及笑话自己，忽然听见咳嗽声，很轻很轻，却引得她猛然向车子后排看去——

闻柏苓抱着手臂，仰头靠在后排的皮质座椅里。

他大半张脸都隐在昏暗中，合着眼，像是已经睡着了。

早春夜里很冷，连汤杳都在回来的路上裹紧了毛衣外套。

闻柏苓明显是在生病，晚饭前见面时，他就总是咳嗽。都病了，还这样坐在车里，就不怕冻着自己，病情加重？

汤杳尝试着拉了下车门把手，没锁，门轻松被她拉开。

打开车门，暖气扑面而来。看来是她想多了，这位金贵的公子哥肯定知道怎么照顾自己，反正有钱，又不怕费油，车里空调暖风恐怕是一直开着的，真是不怕闷着。

闻柏苓感觉到动静，睁开眼睛。

他只撑着看了汤杳一眼，又倦倦地合上眼，问她："几点了？"声音哑得不像话。

"快十点了。"汤杳还是没忍住，探了身子进去，"闻柏苓，不是要乘飞机吗……"

"进来说话吧。"闻柏苓偏过头，又隐忍地咳嗽一下，"把车门关上，有点冷。"

闻柏苓的声线本来就偏低，生了病，听起来更加低沉。

专业课的老师推荐过很多英文原版的书单，偶尔也会有课程让学生上台阅读某段节选。汤杳忽然觉得，如果是闻柏苓去读，一定很吸引人。

本来打定主意离他远点的，但看着闻柏苓怠倦地靠在车里，汤杳又有些心软了，迟疑半秒，顺着他的意思上车，关好车门。

密闭空间里只有他们两个人，连她调整坐姿时的衣物摩擦声，都格外明显，这让她感到紧张，只能抛出个问题："你怎么还没走？"

"待会儿就走。"闻柏苓说他有些头晕，原本打算歇一歇再开车去机场的，结果靠在车里睡着了，刚醒。

之前出于好奇，也出于某种其他情愫，汤杏曾上网查过飞国外的航班时间。她知道他要飞去哪个国家，查过才发现，直达航班要十几个小时航程，转机更久，要二十几个小时。

这么久的时间，闻柏苓还病着，会不会有问题？

缓了片刻，闻柏苓睁开眼睛，人也坐直了些，自己拧开矿泉水喝了两口，清清嗓子："普通感冒，没什么大碍，退烧就好了。"说着，他拉起汤杏的手腕，"好像已经退烧了，你试试看。"

隔着毛衣衣袖，她都能感觉到闻柏苓的手是热的，指尖落在他额头上，更是滚烫一片。哪有半点像是要退烧的样子？偏偏闻柏苓还真觉得自己是铁人，问她，是不是已经不烫了？

"还是很烫……"汤杏抽回手，担心地问他，"你吃过药了吗？"

"没有。"

汤杏对疾病很重视，无论大小病症，只要身体出现不适，她从来不含糊。可能在别人看来显得有些矫情，但她是经历过噩梦的。

很小的时候，有一段时间爸爸下班回家总说自己很累，也总是没什么食欲。那是十几年前，各方面观念相对落后很多，她家里条件又不好，总觉得去医院很贵，那些检查七七八八做下来，要花很多钱。再加上没什么具体症状，还以为是累的，所以拖着没去看病。

等后面发现，慢性肾病已经发展成了尿毒症，每三天要去医院做一次透析，也还是不太好。

后面有了并发症，在生病的第三年，爸爸离开了汤杏和妈妈。

"闻柏苓，附近有家药店，真的很近，我去买退烧药回来给你。"

闻柏苓怕她着凉，皱了眉："不用……"

但汤杏突然很强势，目光犀利，像在谴责："药肯定要吃的。我很快就回来，你等一下。"说完下车甩上车门，往药店方向跑去。

她跑得急，没感觉到手机在口袋里振动，也就没接到宿舍门关闭前，室友打来催促她的这通电话。

来回路程确实不远，十几分钟后，汤杏已经提着印着绿色字体的塑料袋返回来，重新钻进闻柏苓的车里，借着微弱灯光，翻看塑料袋里的药物。

外面应该是很冷，汤杏身上都染着寒气。

她也许跑过，头发有些松散，垂下一绺，发丝在空调暖风里轻轻晃荡。

车里响起展开纸质说明书的声音，然后是按压铝箔板的声音。

汤杏的目光落在说明文字上，费力地辨别着过分小而密的字体。

她很温柔地操心着，跟闻柏苓说明哪个药是退烧的，需要吃一粒，哪个是治疗咳嗽和咽喉肿痛的，要含服。

说完，汤杳忽然想起什么似的，顿住，又抬头看他："这些都要饭后服用，你吃饭了没有？"

这次感冒来得又凶又猛，闻柏苓确实提不起什么精神。

但他听着汤杳的句句关切，还是笑了："想约的人没约成，没食欲。"

汤杳板起脸，蹙眉睨他，似乎很不赞同他这种做法。

闻柏苓于是抬手去拉汤杳，没有拉她藏在毛衣袖子里的手腕，而是捏住了她的食指。

"还生气呢？"

闻柏苓用他温热的手指，摩挲汤杳的指腹。

他长这么大第一次放低姿态哄人，不太习惯地顿了顿，才继续说："那天费裕之说了什么让你不开心的话，我代他向你道歉，或者，叫他当面给你道歉也成。"

车厢空间不算宽敞，被空调风烘烤得十分干燥，闻柏苓指尖带着病态的温热，眸如潭湫，引人心悸。

汤杳还拿着药品说明书，傻傻地举在眼前，怔着没有放下去，被他捏着的手指，也没有及时收回来。

她摇头，强作镇定，否定掉闻柏苓的推论，说是和费裕之无关，自己根本没有在生谁的气。

但关于不愿意再顺势与他接触的原因，汤杳避而不谈。

怎么谈呢？毕竟闻柏苓只是偶尔出现在她生活里，饭也才吃过两次，根本没说过要和她怎么样。

闻柏苓收回手，目光始终落在她身上，似探究。

密闭车厢本就空间狭小，汤杳被他这样看着，艰难地撑过半分钟后，就已经熬不住，脸颊发烫，把手里的说明书和药袋子胡乱地往他那边一推："你到底吃不吃药……"

回应她的不是闻柏苓，是手机接连不断的振动。

屏幕光亮透过毛衣织纹，露出微弱的光。电话是汤杳妈妈打来的。

汤杳和家里通话经常是在晚上的这个时间段，怕自己叽里呱啦的聊天声打扰到身旁满脸倦容的病人，她握着振动的手机，准备下车。

闻柏苓拦住她："车上接吧，外面冷，我下车转转。"

"可你还在发烧……"

他拿了外套，丢下一句"正好去透透气"，便拉开车门迈出去。

"喂，妈妈……"

手机贴在耳侧，汤杳听妈妈说起很多琐碎日常，说姥姥这两天食欲好，稀饭都比平时多吃半碗；又说老家那边天气不错，白天有阳光时特别暖和；她今天晒了被子，还洗了窗帘……

"杳杳，京城那边天气好不好？"

"很好的，和老家一样，也是白天暖、晚上凉。"

汤杳想和妈妈说，宿舍楼下的玉兰也快开了，但视线一偏，看见了车窗外闻柏苓的身影，霎时语塞。

汤杳妈妈没有发现汤杳的异样，还在悉心叮嘱她，说老话都讲"春捂秋冻"，叫汤杳不要急着换下厚外套，受了凉对身体不好，换季时最容易感冒。

"你小姨刚才打过电话来，和我唠了一会儿，妈妈突然就想你了，想问问我的乖女儿这几天学习累不累。"

汤杳和妈妈是无话不谈的，很自然就说起今天的班级聚餐、大家对课程太满和早六的抱怨、玩游戏用了英语、输的人要喝可乐……

可是她没有和妈妈说起，这个夜晚最牵动她情绪的存在。

挂断电话，汤杳下车去找闻柏苓："不好意思，让你在外面等了这么久。"

话只说了半句，她看着闻柏苓身后灯光稀稀落落的宿舍楼，忽然反应过来什么，大惊失色，声音都变了调："现在几点了？"

闻柏苓看了眼手机："十点三十七分。"

大学读到第四个学期，这是汤杳第一次错过门禁时间。

回不了宿舍，汤杳一时陷入困境。看她那副神情慌乱的样子，窘迫全都写在眉眼间，不用猜也能知道缘由。

夜风吹多了，闻柏苓咳得比之前严重，咳过之后，他才开口："在附近酒店开间房？"

汤杳猛地抬头，看向闻柏苓。

闻柏苓扬眉："只是建议你找地方休息，总不能一直在楼下待着吧？"

其实汤杳没有把人往坏处想，她只是在暗暗责怪自己，怪自己今晚浑浑噩噩，万事都心不在焉的，没有看时间。

去酒店开房间也不是不行，之前也有备考的学姐嫌宿舍吵，在附近订酒店通宵复习，但那都是家庭条件比较好的。

学校附近的酒店不便宜，汤杳心疼钱，有些舍不得。可事情已经这样，后悔也没用，人总要为自己的疏忽和失误买单。

不知道哪个幽暗角落有流浪猫在打架，尖锐的对峙声划破深夜里的平静。

风又凉了几分，吹得树枝发出轻响。

汤杳裹紧毛衣外套，拿出手机，去翻看团购软件的酒店信息。

连评分4点多的快捷酒店也要三百五十多块，竟然还写着"房型售罄"，再往下翻，一连很多家酒店，房价都在五百多、六百多……

汤杳缺少财大气粗的那股劲头，还在踌躇着，忽然被闻柏苓拉上了车。

他自己嗓子哑得像砂纸打磨过似的，却还挺替她着想："上车再想办法。你们这地儿是风口，别把你也给吹感冒了。说实话，发烧的滋味确实不太好受。"

这车不是豪华型，后排统共就这么大点地方，闻柏苓只需要往她的手机屏上瞥两眼，就知道汤杳在犹豫什么："附近有家连锁酒店，是我家远房亲戚开的。前些年开业给过我一张卡，里面有钱又不能套现，留着也是浪费，房间我帮你订吧。"

汤杳摇头，不肯接受。

闻柏苓就坐在她身边，耐着性子问她："那不然怎么办，要么你在车子里睡会儿，我帮你守着？"

那天后来，汤杳还是跟着闻柏苓去了酒店。她没考过驾照，没办法替病人分担代劳，车是发着高烧的他开过去的。

路上汤杳和室友发信息汇报情况时，听见闻柏苓用扬声器接了个电话，那边的声音有些熟悉，像是费裕之。

费裕之在电话里问："我这边都已经开始登机了，你人呢？"

闻柏苓说自己不舒服，没去机场，打算先歇一晚上，机票改签到明天再出发。

"你先过去吧，我和我哥说过了，到那边有人接你去我住处。"

手机里隐隐传来空乘人员说话的声音，费裕之还在喋喋不休地抱怨："那你怎么不提前说啊？说了我可以等你明天一起飞……"

可能是嫌对方啰唆太久，闻柏苓清了清嗓子："别贫了，嗓子疼不想说话。"

他说不想说话，挂断电话后却没让车里太过安静，偶尔会和汤杳说上几句。

闻柏苓说费裕之的"离家出走"还没结束，简直是赖上他了，听说他要去国外，干脆也买了票跟着，甩都甩不掉。

到酒店后，闻柏苓去开了房，两间。这个时间余房不多，他们不在同楼层。

闻柏苓在电梯里把低楼层的那张房卡递给汤杳，在电梯抵达时，同她说了一句"晚安"，算是告别。

闻柏苓都做到这种程度了，汤杳又不是被水泥封过心，不可能一点触动都没有，思维又混乱了几分。

酒店房间很宽敞，连办公桌都有。木制桌面上摆着酒店的介绍册、意见簿和房间服务的菜单。

汤杏坐过去，翻了翻菜单，发现有鸡丝粥可以点，七十八元一份。

但对闻柏苓来说，这个价格肯定不算贵。

她其实没有考虑清楚下一步要怎么走，犹豫再三，还是拿起手机，拨通了闻柏苓的电话。

那边接得很快，问她："怎么了？"

"闻柏苓，我刚才看见菜单里有粥可以点，你要不要喝点粥再吃药？"

"你是在关心我？"

这几句话本该很暧昧的，但汤杏郑重其事地举着手机，给人家讲解起重视身体健康的重要性："以前爸爸生病，大家都觉得是小毛病，没有认真看过医生，也没有吃药，后面发现时已经很严重了。你还是注意些比较好。"

电话里的人沉默几秒，似有些无奈："知道了，现在就打电话点粥。"

汤杏心事多，睡得不太好。早晨不到五点她已经起床了，洗过澡，收拾好自己的随身物品，然后坐在办公桌前，给闻柏苓编辑了信息。

她在字里行间很客气，说自己早六，要退房回学校去了，非常谢谢他昨天的帮助，让他把银行卡号发给自己，把房费转账给他。

短信发出去，汤杏换好鞋子，拔卡出门，拉开房门却看见闻柏苓等在走廊里。

汤杏吓了一跳："……你怎么起得这么早？"问完才想起，昨晚他在车上说过，改签了今天的早班飞机。

算算时间，他也该准备出发了。

他却这样回答："来堵人。"

闻柏苓应该是真的吃过药了，已经退烧了，看上去不像昨晚那样委顿。

他不知道从哪里弄来了换洗衣物，整个人神清气爽，脸上倒是没什么笑容，很像是最初在电梯里时常遇见，但互不认识的那段时间那副模样，淡漠，不易接近。

其实昨晚汤杏说她没在生气时，闻柏苓已经听懂了弦外之音。

他看着她："汤杏，你想和我划清界限，是吗？"

汤杏迟迟没有开口。这真的是她想要的吗？她真的希望闻柏苓这个人，永远从自己的生活里消失吗？

"你不说话，我就当你是还没想好。"话说到这里，闻柏苓才露出些笑意，"那希望你多犹豫一下，等我到那边，再打电话来确认答案？"

酒店的廊灯有些昏暗，汤杳踩在深灰色的地毯上，勉强稳了稳心神，回答闻柏苓："那等你到了那边，我们再联系。"

那天是风和日丽的好天气，闻柏苓差了司机送汤杳回学校，自己则开着另一辆车去机场。

分开时，闻柏苓对汤杳说，酒店的钱不用太在意，这家酒店的环境和设施，实在是不合他心意，餐饮味道不尽如人意，卡里的钱放着也是浪费，他不会再来。

"你是给我买药才错过了门禁时间，本来我也有责任，甭想着还钱了。"

一黑一白两辆车先后驶出停车场，又在路口遇见红灯，并排停下来。往汤杳学校去的方向，需要左转，闻柏苓的车停在她右侧的直行线里，他们刚好能看见彼此。

路口红灯只有十几秒。

快要跳到绿灯时，汤杳看见闻柏苓单手扶着方向盘，腾出手，笑着在脸侧比了个"六"的手势。

他示意她电话联系，随后发动车子，驶离。

司机把车停到学校门口，汤杳下车，很认真地同人家道谢："谢谢您，真是给您添麻烦了，回程慢些开。"

"汤小姐，请您稍等。"

司机下车，从后排座椅上拿了个牛皮纸袋子，递给汤杳："这是闻先生吩咐给您准备的早餐。"

袋子印着酒店的logo，里面整齐摆放着三明治和热牛奶，还有一小盒切好的水果。

汤杳又道过谢，才走进学校。

食物的香气透过纸袋，隐隐飘入春日早晨的冷空气中，她抱着牛皮纸袋，心里五味杂陈。

下课回到宿舍后，汤杳爬上了陈怡琪的床，翻出室友呕心沥血总结的防"杀猪盘"语录，朗读了一遍。

这举动把陈怡琪吓得不轻，直接冲上来没收了汤杳的手机，还喊来了宿舍长吕芊。

两人合力按住汤杳，像按住待杀的猪仔，严刑拷打："汤杳，你说，你最近是不是遇见什么奇怪的人？是不是交网友了？"

汤杳哭笑不得。

她其实只是隐隐察觉到，事情发展有些失控，想要让自己头脑清醒些，才去读了那些出自陈怡琪的"名言警句"，没想到被误会得这么深。

067

她们关上宿舍门，像要杜绝家丑外扬。

吕芊叉着腰，站在屋子中央，特别有宿舍长的范儿："你昨晚到底和什么人出去的，不是说是闻柏苓吗？"

"真的是他……"

昨晚汤杳在宿舍群里发过信息，和室友说明自己的情况，怕她们担心，连酒店位置和房间号都发了。

确定是闻柏苓，吕芊似是松了一口气。

陈怡琪却还瞪着眼睛，无差别地怀疑每个突然出现的男人："什么，是闻柏苓？他和你借钱了？是哭穷卖惨，还是说家人生病了？"

汤杳摇头："都没有，他没有找我借钱……"

"汤杳，你给我小心一点。我们宿舍只能有我一头'猪'，不能再多了！"吕芊推了一下陈怡琪的脑门："你快歇歇吧，是闻柏苓的话，就不用防'杀猪盘'这事儿了。"

陈怡琪问吕芊为什么，吕芊坐在学习椅里，边翻开专四的复习资料，边问陈怡琪："你买彩票希望中多少钱？"

"当然是 500 万啊！"

"我这么说吧，你连着中两次 500 万，加起来都不够闻柏苓买辆车。他昨天给汤杳订的酒店，我查过了，最便宜的房型也要一千六百多一晚。"

吕芊和孙绪一样，都是拆迁户，家里有点小钱。

她用笔在某句英文下面画了横线标记，才继续说："像闻柏苓这种条件，要真是骗子，肯定得是高级诈骗犯了吧，犯罪金额不到千万级别估计都不会收手。你说他骗我们这些穷学生图什么呢，费尽心思骗走两千块钱，用来住酒店吗？"

陈怡琪听得有些愣："也是哦。这种要是说家里生意出问题，找人借几千块，人设得塌出个马里亚纳海沟吧。"

汤杳这时候突然起了些胜负欲，一点也不想长他人志气，灭自己威风，小声补充："可不都是他在花钱的，我也给他买药了呢。"

"花了多少钱？"

"五十块零五毛巨款呢……"汤杳说。

吕芊无语。

"天哪，这么多钱！"陈怡琪很配合，故意做出夸张动作，鲤鱼打挺般从床上坐起来，挥舞着手里的手机，"快报警，找警察叔叔帮忙。"

汤杳拿了袋锅巴，砸到陈怡琪床铺上去："你讨厌！"

有室友陪着聊天分神，汤杳心里那些堵着的纠结，也舒畅很多。

晚上吃饭时，她们在食堂里遇见同班同学。

同学在档口兼职，有意偏心照拂，挑了最大的烤猪手给她们。

三个姑娘欢欢乐乐地捧着热乎乎的烤猪手，一路都在傻笑："啊，幸运，食堂里有自己人就是好啊，我们太幸运了。"

接到闻柏苓的电话，是第二天晚上七点钟。他人刚落地，还在机场，周围都是嘈杂外语，还有去接机的费裕之的大嗓门。

汤杳的心几乎提到嗓子眼。她没想好自己要怎样回答，心里是忐忑的，可闻柏苓最先说的，并不是早晨提过的那件事。

闻柏苓说，他在飞机上想了想，觉得汤杳之所以会对生病这件事紧张，可能是因为她爸爸病情比较严重，给她留了心理阴影："汤杳，我家里长辈认识一些比较厉害的医生，都是正高级的主任医师，各领域都有涉及。如果你爸爸有需要，我可以帮你联系。"

汤杳举着手机，愣在阳台上。

所有忐忑最终化为一缕春风，暖的，熨帖的，它轻柔地拂过心头。那天傍晚，太阳已经隐入层叠的宿舍楼群之后，喜鹊落在光秃的树枝上，对面楼里有人边晾衣服边唱了什么歌。

可是这些，都已经成为她周围虚无的存在。

汤杳说："不用了闻柏苓，其实我爸他……在我很小的时候就已经去世了……"

闻柏苓的病没好，还在咳嗽。咳过之后，道歉的人又是他："很抱歉，让你想到伤心事。"

机场那边大概有人接机，在闻柏苓的"稍等"之后，汤杳等来的人，变成了费裕之。

费裕之压低声音，还有那么丁点不易察觉的幸灾乐祸："完喽完喽，柏苠哥来了，在训人了。"

汤杳知道闻柏苓有个哥哥，但她不懂为什么他会挨训，甚至有种激愤，心想，闻柏苓都已经病成那样了，还坐了二十几个小时的飞机，真有什么事，就不能晚点再说他吗？

"为什么要训人？"

费裕之像个大漏勺，声音又低了些，鬼鬼祟祟地解释："你也知道，柏苓是烦别人给他介绍女朋友，才躲回国的嘛，那挨训是必然的。晚点再让他给你打回去吧。"

挂断电话，汤杳有种奇怪的轻松感。

闻柏苓说过，费裕之外号叫"废话多"，也叫"费漏勺"，有他在的地方就别想有安静的时候。可是，她几乎是感谢费裕之的这些废话，让她

069

找到了某种可以继续的理由。

后来闻柏苓再打电话来，汤杳没有刻意回避和疏远，他也就没再问过她究竟犹豫得怎么样。

只是从那天起，他们的联系开始变得频繁，像某种心照不宣。

第四章
/关系

到国外后,闻柏苓去医院查了嗓子,炎症很严重,足足一个星期才好。

医生叫闻柏苓少说话,但每天晚上,闻柏苓都会拨个电话过去,和汤杏随便说几句。

他们的生活交集很少,竟然也总是有话可聊。

每次挂断电话,闻柏苓都笑着和她说"晚安",汤杏则对他说"早安"。

某次通电话时,闻柏苓状似随意地问过汤杏:"你手机尾号的0331,是随机数字,还是有什么意义?"

汤杏当时埋头在找手机充电器,于是有口无心地回答他,是她的生日。

三月最后一天,确实是汤杏生日。室友们背着她订了蛋糕,将蛋糕取回来,藏在隔壁宿舍,空着手进门,刚好撞见汤杏在学习桌旁做专四的真题试卷,吓了两人一跳。

陈怡琪心虚地问:"汤杏,你今天不是有社团活动吗,没去啊?"

"没有,社长去系里开会了,时间改到明天。"

汤杏随口问她们去哪儿了,吕芊和陈怡琪没想好对策,只能支吾着讲起在蛋糕店里听来的八卦,试图转移话题。

"对了,汤杏,我们刚才在外面听说啊……"

她们去的那家蛋糕店,在学生圈里口碑比较好,很受附近几所大学里学生们的欢迎。

吕芊和陈怡琪取蛋糕时,店里还有其他顾客在。有两个女孩坐在桌边吃甜点,听对话内容,像是其他学校的。那两个女孩当时在吐槽室友,说室友认识了个大她十几岁的男人,之后每月出去住几次,再回来会拿着新的奢饰大牌包。

吕芊坐在汤杏身旁,像个小老太太似的,摇头叹息:"唉,世风日下。"

她们都不是那种特别犀利的性子，转述时隐掉了很多不太好听的词汇。

汤杳听懂了，但不予评价。她想到老家那些亲戚，那些人坐在麻将桌旁，手边搁着茶水和橘子，推牌掷骰子，唏嘘地说着关于小姨的闲话。她不喜欢亲戚们那种时刻的嘴脸，因此总在心里警告自己，希望自己不要变成那样捕风捉影的大人。

陈怡琪也缺少聊这种事情的经验，干笑着说："啊哈哈哈，确实是世风日下哈……"

吕芊和陈怡琪靠着拙劣的演技、生硬的话题转折，愣是引开了汤杳的注意力。

汤杳对惊喜毫不知情。

只是天黑之后，她洗过澡，顶着吹得八成干的头发出来，宿舍里的灯却突然熄灭了。

她一时反应不及，还以为是宿舍楼里有人用大功率电器，导致跳闸停电，刚想要打开充电台灯，宿舍门被推开。她可爱的室友们托着点了蜡烛的小蛋糕，唱着英文版的生日歌走进来，声音喊得震天响："祝我们家汤杳，二十岁生日快乐！"

汤杳被她们按在座椅里，闭着眼睛对蛋糕许愿、吹蜡烛。

陈怡琪找同乡借来了拍立得，汤杳用吃过蛋糕沾了奶油的嘴亲室友脸颊的画面，被定格在感光印纸上。

一人一张，放进各自钱包里。

"爱不爱我们？"

"超——爱——"汤杳抱着室友们，"孙绪马上要给我结工钱啦，发了工资，我请你们吃饭。"

原以为，这是她二十周岁生日里的最大惊喜。

却没想到九点多和妈妈通电话时，手机里进来了陌生号码的来电。打来一次，被挂断，又再次打来，不接不罢休的架势。

汤杳只好匆匆结束和妈妈的通话，回拨过去。

一听那边就是费裕之的声音："汤杳，下楼下楼下楼，快点下楼，闻柏苓托我带了东西给你。"

汤杳穿了外套，跑出宿舍楼，看见费裕之拿着礼品袋站在楼下。

还不等她走近，费裕之已经开口："他说你们宿舍门禁是十点钟，下了飞机我就往这边赶，紧赶慢赶，终于让我给赶上了……"

说到这里，费裕之停顿住——汤杳站在一盏路灯下，灯光染上她柔顺的发梢。估计是和室友们庆祝过，她头发上还沾了奶油。她眉目间都是喜悦，眼睛亮亮的，美得很干净、很纯粹。

费裕之顿了半秒,才把手上的纸袋递给她:"柏苓说你今天生日,他在那边帮他哥忙项目,回不来,正好我要回国,就让我带份礼物给你。生日快乐啊,汤杳。"

"谢谢。"

"那你快上去吧,我也走了,还有个饭局,朋友都等着呢。"

费裕之像一阵喧嚣的风,刮过之后,又火急火燎地钻进车子里,跑掉了。

汤杳是在回宿舍后,才拆开礼物的。

素白的纸袋,装着扁扁的正方形盒子。她深深吸气,掀开盒盖。

看见里面躺着一支白色钢笔,她紧绷的神经终于松懈下来。

幸好。幸好不是名牌包。

钢笔是万宝龙缪斯系列的梦露款,白色,笔夹上嵌着珍珠,很精致。打开笔帽,金色笔尖上的通气孔,是心形的。

汤杳握着这支钢笔,喜悦一丝丝蔓延开。

她拨了电话给闻柏苓。

那边的人接起电话,开口说的第一句就是含着笑意的"Happy birthday",然后问她礼物喜不喜欢。

"很喜欢,谢谢。"

汤杳不是关注名牌的人,但也猜得到他送的东西不会很便宜:"这支笔是不是很贵?"

闻柏苓说不贵,又说:"我找人问过,送你这种爱学习的姑娘,钢笔最合适,寓意好。不是报了专四和六级嘛,祝你旗开得胜。"

闻柏苓话说得随意,但汤杳从他咨询他人的举动里,敏感地品出些"在意",心里像涌进一群欢天喜地的小人,锣鼓齐鸣地敲响着。

那天之后,汤杳给钢笔配了墨水。

复习时她一直在用,偶尔从那些英语题里分神,视线落在金色笔尖时,那个心形的小气孔,都能让她感到开心。

吕芊目睹过汤杳对着专四真题和星火英语傻笑,她还以为汤杳是中邪了,凑过去一看,了然地勾起嘴角:"哦,睹物思人呢?"

汤杳被吕芊说得不好意思,只能清了清嗓子,胡诌:"我是热爱英语。"

"我那天说,闻柏苓不可能是骗子,只针对钱财。其他方面,你还是要注意。"

"注意什么……"

吕芊板着脸,拍了拍她的肩膀:"那些混迹在名利场里的人,骄奢淫

073

逸惯了，把虚情假意当成日常，少有真心。汤杳，你要小心。"

汤杳心一紧，却见吕芊拿出一本书，封面写着 Vanity Fair 的字样，是英文原版的《名利场》。

刚才的严肃也消失了，吕芊哭丧着脸："我的选修课读书作业还没做完，早知道选本页数少的书看了。"

原来是玩笑。

汤杳笑起来："下次你就选诗集，字数少，很容易读完。"

生日那天晚上的"请客吃饭"承诺，汤杳也和闻柏苓说过。只是他那几天一直很忙，没有回国计划，她也就难以兑现。

等到闻柏苓回来，已经是清明假期。

假期连着周末，共休三天。

汤杳去小姨家时，小姨给了汤杳一张卡，卡上印了两个繁体字。

那是某家高档餐厅的 VIP 储值卡。

小姨说是餐厅老板送的，自己没有时间去吃，留着没什么用，让汤杳带着室友去改善改善伙食。

于是在假期第一天，汤杳拿上卡，约陈怡琪和吕芊出去吃饭。

之前她就答应过要请客，原计划是去吃比萨，她们都查过了，用学生证可以打八折，但有小姨的卡，能吃到更好的，室友们也都挺兴奋，换了衣服一起出门。

她们坐地铁到餐厅附近，说说笑笑地走上台阶。

干净到透明的无框玻璃感应门向两侧滑开，汤杳她们迈进去，突然就噤了声。

里面是纯白色的装修，不像餐厅，更像是艺术展馆。

有穿着职业装的侍者站在门边，温声细语："您好客人，欢迎光临，请问您有预约吗？"

"没有……"

"那您是几位用餐呢？"

"三位。"

"那好，您里面请。"

过道墙上摆着各种进口酒的酒瓶，汤杳她们随侍者走进厅堂。

餐桌上摆着极具艺术感的细花瓶，鲜花是她们不熟识的品种，静雅地插在瓶中。有其他食客在用餐，汤杳看见一个穿黑色连衣裙的女人，耳朵上坠着通体碧绿的翡翠耳饰，很优雅地切牛排。

这是她们难以融入的环境，连点餐都束手束脚。

陈怡琪拿着手机凑过来，声音很小，但掩不住惊讶："这家餐厅人均一千多。"

吕芊有些担心："汤杳，这太贵了，你卡里钱够吗？"

汤杳也有些心里没底，商量着挑价格低的菜点。

菜名几乎是把食材罗列一遍，类似于"橙香三文鱼排配菠菜鳄梨"这种，价格惊人。

几人头挨头商量了好久，终于点完，像经历过一场鏖战。

菜量特别迷你，吕芊说她一口能吃五盘。说话声音没控制住，引来旁边餐桌客人的注视，三个人脸颊都有些发烫。

她们很想安静地吃完走人，偏偏侍者服务得过分周到，穿着西服，像保镖似的全程站在餐桌旁，帮忙介绍菜品，还给某道看起来像坨泡沫的甜点，喷了可食用香水……

那些餐食制作得精致如画，汤杳还是有些后悔，觉得不如带室友们去吃比萨自在。

吃饭时唯一的高兴事，是她接到了闻柏苓的电话。

汤杳说话声音特别小，像做贼，闻柏苓笑着问她："这是在哪儿呢？"

"在一家特别贵的餐厅吃饭。"

闻柏苓是昨天半夜回京的，睡了一上午，刚起来收拾过："那你吃吧，我也出去吃个便饭，晚点联系你，我们见一面怎么样？"

终于熬到结账，汤杳拿着卡去前台。

侍者依然是那样温柔又礼貌，笑着推过来一个类似于pos机的东西："请您输入您的VIP消费密码。"

汤杳眼皮一跳，赶紧说了声"稍等"，拿出手机给小姨拨电话。

手机里传来接连的忙音，小姨可能在忙。

她正局促时，身后忽然有人笑着说："汤杳，我们这么有缘分吗？"

汤杳回过头，刚好看见闻柏苓走进餐厅。

她无从知晓，当时自己不安地站在收银台前，突然看见他，眼睛里亮晶晶的，像瞧见了什么惊喜。

这举动还被同行的费裕之打趣："汤杳，你没看见我啊？怎么只盯着闻柏苓看？"

以前看书里那些偶遇，还觉得过于巧合。没想到京城餐厅无数，他们竟然走进了同一间。

真的是缘分吗？

密码是闻柏苓帮忙输的，他说这家店的新卡都是用初始密码，是姓名的字母缩写，再加上"123456"。

075

只不过闻柏苓没说，这张卡的主人是韩昊。

遇见闻柏苓，汤杳也就没再和室友回学校。

她已经吃过饭，仍然陪着闻柏苓和费裕之坐了片刻。

费裕之挥挥手，赶走了身旁的侍者："我们这儿不用服务，有事再叫你。"

汤杳都愣住了，原来还可以这样的。

他们倒没有吃很久，快吃完时，闻柏苓问汤杳："假期有安排吗？"

汤杳摇头。

"那你和我们一块儿得了，是吧，柏苓？"

闻柏苓说他们要去郊区住几天，那边有马场和高尔夫球场，问汤杳想不想去散心。

汤杳正在用餐巾纸折小兔子，想都没想，兔子少了只耳朵也没发现，像中蛊似的答他："好啊。"

出发去郊区前，汤杳回了趟学校。

她和室友们打过招呼，又拿了换洗衣物、备考资料装进书包里。

背着书包重新出现在闻柏苓他们面前时，汤杳很是礼貌地先询问他们想要坐哪里。

费裕之故意逗她："那你坐副驾呗，我和柏苓坐后面。"

汤杳居然真的答应，拉开车门就要往副驾驶座里钻，被费裕之揪着书包把人拎出来。

平时和男人们打闹惯了，费公子这次下手力道没掌握好，拽得汤杳脚下有些趔趄，被闻柏苓虚踢了一脚。

"不是，你们两个……"

有时候费裕之特别看不懂闻柏苓和汤杳之间的关系，说有暧昧吧，坐车又可以不坐在一起。

就说现在，汤杳人是坐到后排去了，可她摘下来的大书包，居然就放到了后排座椅最中间的位置，跟楚河汉界似的，横在她和闻柏苓之间。看不懂，真是让人看不懂。

车程据说要两个多小时，蛮久的。

费裕之嘴巴闲不住，上车就开始逮着司机侃大山，时不时还要哼几句歌。哼着哼着，忽然感觉肩膀被人戳了两下，力道很轻，还没有他妹妹养的那只缅因猫有劲儿。

费裕之扭过头，汤杳正收回手指，抱歉地对他笑了笑。可她也不好意思多说什么，只用气声委婉地提醒："闻柏苓睡着啦。"

"……哦,那我闭嘴。"

只憋了五分钟不到,"废话多"又忘记了自己的承诺,连路两旁的绿化带也要吐槽几句:"也不知道这地方的规划谁做的,真会糟践人,也忒丑了吧?"

说这话时,嗓门还是很大。

汤杳人就坐在费裕之身后,听得直吸气,差点把自己气成河豚鼓起来,咬牙切齿,特别想打费裕之的后脑勺。

闻柏苓睁眼,刚好就看见这画面,着实可爱。

他轻笑:"别管他了,他不说话会憋死的。"

"那你不睡了?"

"不睡了,陪你聊聊天。"

真正在车里睡着的,是汤杳。

她几乎睡了半段路程,感觉到有人叫自己时,已经抵达郊区目的地。司机和费裕之站在距离车子十来米的地方,和人说话,只有闻柏苓还在她身边。

闻柏苓抬手,动作自然地抚了下她被阳光烤得粉红的脸颊,温声说:"起来吧,到了。"

正是下午阳光最好的时候,汤杳被闻柏苓拉着,从车里钻出来。

看到眼前景色,她有些惊讶。

这地方像世外桃源。正是桃花开的季节,淡粉色的桃花压满枝头,微风吹皱的湖面上映着蓝天白云,几匹白色骏马在水边漫步。

"哟嗬,汤杳醒了?"

费裕之说这是属于他们的小天地,几个朋友自己投钱建的,常年有人打理着,在市区里待得烦了倦了,就开车过来住两天,放松放松。

汤杳跟着孙绪的团队去葡萄酒庄园借场地时,觉得庄园已经很漂亮了,但这边的景色比庄园更美,一望无际的草地如绿毯般平整地展开,只是不见有人租场地来拍摄。

汤杳拉了拉闻柏苓的衣袖,悄声问:"你们这边生意不好吗?"

"哪方面的生意?"

她对经营方面并不很懂,一时也说不清楚,只说记得去年在葡萄酒庄园里看到有很多拍摄的人,穿婚纱和西装的情侣都好多对。

"人各有志。"

闻柏苓和汤杳说,葡萄酒庄园那边,是另一位朋友的产业。有人青睐那地方,那位朋友也不介意租一租,收些小钱。

这边的马场和高尔夫球场,他们并不打算用来盈利。

他这样点评:"每年倒是要搭不少钱维护。"

有钱人确实可以随心所欲。找到一处风水宝地,建成自己喜欢的样子,投资款如流水般花出去,却不指望它再生财,烧钱也心甘情愿,只因为喜欢。

湖边有栋三层小楼,有十来间房。

闻柏苓一路帮汤杳提着书包,把她安排在阳光最好的一间:"我就在你隔壁。"

等高尔夫球车开过来,费裕之跑上楼找球友,却只拉到了闻柏苓。

汤杳那边房门没关,费裕之探头瞅了一眼,见她在阳光下摊开书本奋笔疾书,有些诧异:"这就开始学上了?不去和我们打高尔夫吗?"

"不去啦,我又不会。"汤杳没什么仇富心理,也不会贸然拿自己和别人比较,很自然地笑一笑,"你们这些出生在罗马的人去潇洒吧,我还要再努力努力。"

看样子费裕之还打算再劝些什么,闻柏苓及时出现,把人给抓走了,还挺严肃地警告:"别打扰汤杳。她六月有重要考试,压力大。"

汤杳心里一暖,追了几步到门边,说:"闻柏苓,等我学完了,过去找你们。"

"好。"

他们走后,汤杳埋头苦学良久,一直到日落西山才放下钢笔,站起来活动酸痛的脖颈。

窗外风景迷人,她突然想起小姨。想起很多天前的夜晚,小姨落寞地看着对面老旧却昂贵的住宅区,说自己曾经发过誓,一定要赚钱,要在这里混出点名堂。

她好像突然有点能理解小姨当时的心理了。

汤杳给小姨拨了电话。

之前假期她都会抽空去小姨那边,她想和小姨说一下自己和朋友在郊区玩,当然,会模糊掉闻柏苓的名字,但小姨一直没接,连中午她拨出去问密码的电话,小姨也还没回复。

今天小姨这么忙的吗?

汤杳发了微信,希望小姨忙完可以联系自己。

她重新坐在桌前,等来的却是闻柏苓的电话。

得知汤杳已经在休息,他问汤杳,想不想过去透透气,然后说让人开高尔夫球车来接她。

汤杳过去时,天边一片晚霞。闻柏苓换了身白色运动衣裤,立在霞光与天地之间,对她招手:"过来试试。"

他教她打球,没有趁机暧昧,动作特别君子。

只是汤杳这个做学生的,实在是有些拿不出手,白瞎了闻柏苓这么好的老师。

汤杳觉得自己身体好像不太协调。看着很简单,挥杆就可以,但等到她屏息凝神把手里的球杆挥出去,球没打到不说,还用球杆砍掉了一块草皮。

她蹲在地上,把那块草连同根部的泥土埋回去,听到身旁费裕之的大笑,一点面子都不给,笑得几乎抽搐。

汤杳回头看闻柏苓,他居然也在笑!

这场面顿时激起了她的好胜心,汤班长拍掉手上的泥土,重新举起球杆:"我只是没发挥好,这次一定能行。"

现实是,她不怎么行。在她的反复尝试下,面前那块草被打得稀碎,球仍然还好好地立在球钉上,纹丝不动。

汤杳放弃了这项娱乐,坐到一旁吃果盘去了。

但看他们也玩得兴致缺缺,她还是多问一句:"你们累了?"

"这边是练习场,玩着没劲。专门为了教你才过来的。"费裕之说。

时间不早了,他们也停下来,坐在休息区和汤杳聊天。

汤杳又看了几次手机,都没有收到小姨的信息或者回电。

晚饭是在院子里自己生火烧烤。

汤杳原以为,像闻柏苓和费裕之这种矜贵的少爷们,肯定是不会亲自动手的,却没想到他们站在炉火旁,手法十分娴熟。

烤出来的肉串味道也好,她吃了一串又一串,怕给人家留下好吃懒做的印象,拿着手里的半串肉,特地跑去炭火旁陪他们聊天。

就是地方挑得不太好,她才说几句话,被烟火气呛得咳嗽起来。

闻柏苓给她拿了水,让她老老实实坐在一旁等着吃,别捣乱。

"我没有捣乱,我是给你们加油的。"

"带你出来一趟,你不加油,也得让你吃饱。"

闻柏苓戴着一次性手套,捏了辣椒粉,体贴地询问:"辣椒放不放?"

汤杳说:"放吧。"

费裕之在旁边嘴欠:"怎么没有人问我吃不吃辣椒?"

汤杳笑着垂下头,心头有种难言的欣喜。

他们的谈笑风生间很少涉及正经事,但隔行如隔山,偶尔冒出几个词,汤杳也还是听不明白,比如什么期权,什么热钱。

可能是怕她无聊,他们把话题扯到她身上。

费裕之问她在准备什么考试,汤杳就和他说了自己的专业,说自己这

079

学期要考六级和专四。

闻柏苓常年在国外,所以费裕之把她的努力给想偏了些:"那你以后打算出国留学吧?"

汤杳却说自己没有那方面的打算:"留学费用太高,我想考我们学校的研究生。"

这顿饭吃一会儿聊一会儿,不知不觉到了深夜。晚饭结束后,闻柏苓到汤杳房间里小坐,陷在沙发里,忽然见桌上摆着那支钢笔,随手拿起来把玩,问她钢笔是否好用。

房间里拉了窗帘,台灯光线照亮他的侧脸。

汤杳点点头,说:"很好用。对了,闻柏苓,你是什么时候生日?等你生日时,我也送你一份生日礼物吧。"

"又惦记着把人情还回来?"

汤杳说不是的,就算是她的室友们,她也答应过请客吃饭的,而且等她们生日,她也一定会精心挑选礼物。

"快了,我的生日是六月份。"

汤杳特别藏不住心事:"那希望你过生日时能在国内。"说着拿出手机,打算添加备忘录。

可是按亮手机的瞬间,她又想起小姨。

小姨还是没有消息,汤杳一心二用,边记录闻柏苓的生日,边思索怎么与小姨取得联系。

钱包里有小姨新店的名片,于是她摊开钱包,想找名片上的座机号码打过去问问。

翻找时,她生日那天和室友合拍的拍立得照片掉出来。

闻柏苓见她手忙脚乱的,弯腰帮忙拾起。

照片里三个姑娘头挨着头凑在一起,汤杳白皙的小脸上沾着奶油,唇边也有,红润的唇微微噘起来,在亲室友的侧脸。

他盯着照片,眯了眯眼。

"汤杳。"

"嗯?"汤杳拿着手机在输新店的座机号码。

闻柏苓忽然拉住她的手腕。

他抽走她的手机,丢在沙发上,靠近过来。他衣服上的淡淡香水味道令人紧张,汤杳活像是被突然触碰的仓鼠,整个人都僵住,手紧紧攥住身旁的实木桌角,呼吸也变得艰难。

闻柏苓的指尖落在她耳朵上,轻轻揉捏。

汤杳隐隐察觉后面要发生的事,但他只是垂着眸子看了她一会儿,又克制地退开，坐回沙发里。

　　房间里没开大灯，只靠着一圈氛围灯带和台灯照明。汤杳几乎是失神地看着闻柏苓靠回沙发里，隐入昏暗，柔软的皮质发出窸窣声响。
　　他敞着腿，喉结滑动，偏开视线，不知道在想什么。
　　这些动作无不昭示着，刚才的暧昧行径不会再继续。有那么一瞬间，汤杳分不清自己的情绪是不是算失望。
　　见她红着脸，久久僵在那里，纹丝不动，闻柏苓先笑了："不碰你，过来坐，别在那儿罚站了，好像我虐待你似的。"
　　汤杳挪着步子坐过去，晕乎乎地沉默半晌，最后竟然问他："真的不碰了吗？"
　　很多年以后，汤杳再回溯这段往事，都不禁莞尔。原来自己二十岁时，勇气那样可嘉。
　　她那句傻话，把闻柏苓问得愣了一下。他没回答，只是在离开汤杳房间时，在门口顿住脚步，转身，吻了她的额头，很轻很轻的一下。然后，他说："晚安，汤杳。"
　　汤杳如同梦游般，木讷地回答："晚安……"
　　这是她第一次被异性亲吻额头，她觉得闻柏苓有种神奇魔力，就那么一秒钟的时间，就把她的魂给勾走，使她变成了没有灵魂的木偶。
　　洗漱、换睡裙、爬上床，这些动作都是在汤杳完全没印象的情况下完成的。等她瞪着眼睛回神时，自己已经躺在床上不知道多久了，还严严实实地盖着被子。
　　又过了"不知道多久"的时间，汤杳猛然从床上坐起来。
　　小姨！
　　她还没联系到小姨！
　　手机还在沙发里，汤杳翻身下床拿了手机。可是时间实在太晚，即便打通了新店的座机，也已经过了下班时间，无人接听。
　　小时候她和小姨看电视剧，看见纣王沉迷酒池肉林和妲己，连朝都不上，还愤愤地骂过。说人家昏庸无能，就知道情情爱爱，遇事也没个轻重缓急，心里一点数都没有。
　　现在想想，她今天晚上也没比纣王好到哪里去，被亲了亲额头而已，就成了大脑空空的木偶，实在是傻气。
　　这地方的床垫比之前一千六百多块一晚的酒店睡起来还舒服，不知道是闻柏苓他们花了多少钱才购置来的。可汤杳难以静心，情绪在自责与亢奋中反复横跳。

明明困得很，可她总也不能踏实入睡。

夜里两点多，手机忽然响了。

小姨终于发来微信，说刚刚忙完，让汤杳好好和朋友们玩，不用担心自己，还发来了几款蛋糕的照片。

那些翻糖经小姨之手，被做成各种难以想象的漂亮形状。

不知道是不是太累了，小姨发照片时像是心不在焉，有几张没选对，是和她无关的网页截图。

汤杳回过信息，放心下来，握着手机沉沉睡去。

只是梦里总有闻柏苓出现，他垂着眸子靠近，目光如深海……这样昏头昏脑，她连手机闹钟都忘记提前关掉。

早晨四点半，闹钟准时响起，汤杳一个激灵，惊醒，仰卧起坐般直直坐起来，睡眼蒙眬地看清四周环境，才记起现在是假期。

这阵子备考时间紧，她都是这个时间起床。

原本昨晚睡得就很浅，醒了更睡不着，她索性爬起来洗漱、学习。

早晨六点多，住在一楼的费裕之起来上厕所，一路打着哈欠、伸着懒腰，顺手拉开窗帘，想瞧两眼郊外的清晨美景。

结果看见散发站在窗外的汤杳，吓得他穿着睡袍连连后退，脚趾撞在桌腿上，发出野猪般的凄惨号叫。

汤杳在三层厚的真空玻璃窗外都听见了。

她不明所以地转过身，还笑眯眯地同人家打招呼："Morning！"

吃早饭时，脚趾负伤的费公子是这样和闻柏苓抱怨的——

"你家那位姑奶奶，不知道几点起来的，大早上就在人家窗外看书，还压腿，简直吓死人，我还以为看见幽灵了。"

汤杳还不知道费裕之已经给她升辈分了，端着热腾腾的皮蛋瘦肉粥过来，避开闻柏苓的目光，坐在他身旁。

昨晚那一下她还没缓过来，总有点羞怯，只顾埋头喝粥，就喝个粥，也把自己耳朵喝红了。

知道汤杳脸皮薄，闻柏苓主动找了话题，还吩咐厨房给她单独加了份培根煎蛋。

"费裕之说你很早就起来学习了，这么辛苦，多吃点，不然营养跟不上。"

问到汤杳为什么压腿，汤杳挺不好意思，说是妈妈和姥姥常念叨的家乡老话，"筋长一寸，延寿十年"。

有时候她早晨起来脑子不灵活，就压压腿、拉拉筋，以此唤醒自己。

她身上有股"天天向上"的劲儿，不轻浮、不认输，不会像有些女人那样，只要和男人发展出一些情意，就像没骨头似的，公共场合也是又搂又抱，时时刻刻黏在男人身上。

连费裕之这种最爱八卦的人，也对汤杏有些另眼相看，没有看轻她，还邀请道："反正你都活动开了，不如待会儿和我们去骑马吧？东边有片桃花林，景色特别好。"

汤杏答应下来。

闻柏苓怕她受伤，把最温柔的马匹让给她，专门指派了马厩那边的行家给她当教练。

汤杏却没有像他们想象中那样僵硬、紧张，踩着脚镫灵活地上马，挺直背部，自然前倾。

教练笑着："汤小姐之前骑过马吧？"

汤杏说是。

她老家的邻居叔叔有个很小的马场，养了几匹马，每年到旅游旺季，就会去风景区租借马匹给游人，按圈数收费。

汤杏和邻居叔叔家的孩子是小学同学，从小跟着骑马，根本不怕。可能姿势上没有那么有贵族范儿，但也算轻车熟路。

那天早晨空气清新，湖面泛起稀薄雾气，汤杏穿着紧身牛仔裤骑着马。

白马慢跑起来，她拉着缰绳，一头柔顺浓密的黑发散着，发丝在空气中飞扬，确实有点英姿飒爽的味道。

连费裕之都勒了勒缰绳，骑行到闻柏苓身边，看了一会儿，才缓缓开口试探："汤杏挺不错的，但你要想正儿八经谈恋爱……"

闻柏苓看费裕之一眼，打断他："你先管好你家妹妹吧。"

到底不是经常运动的人，骑马到东边桃林看过桃花林，再牵着马溜达回来，汤杏已经累得不行，额角都是汗。

她告别教练，上楼重新洗了澡。

拿着英语资料站在窗边时，听见有人叫她："下来啊，去射箭。"

汤杏隔着十几米的距离，和闻柏苓他们喊话："你们骑吧，我不适合当武将，要当文臣，考取功名。"

闻柏苓骑在白马上，浅笑，很配合地点头："那祝汤班长，早日金榜题名。"

那个上午汤杏潜心在学习里，不清楚后来闻柏苓和费裕之都玩了什么娱乐项目。

只是下楼吃午饭时，听见他们在聊慈善晚宴的话题。其实她没听见前面费裕之的吐槽,说某家的慈善晚宴越办越低端,什么人都发邀请函。

大前年请来的那个说是商界新贵,结果就是个搞传销的披皮公司,烂钱赚了九位数,最后东窗事发被查处了,活该。

"这年头餐饮业是不好做,但实业不都是这行情吗,也犯不着对别人谄媚奉承成那副德行。"

费裕之两腿交叠,一副鄙夷神色:"不过今年他们怎么这么上心,邀请函都送到这儿来了?哦,我想起来了,我们昨天中午刚去他那店里吃过饭是吧?"

说的就是昨天遇见汤杳和室友的那家店。那是某家餐饮集团近几年新投资的创意菜餐厅,主打分子料理,圈子里很多人都有VIP卡,也就愿意照顾老板的面子,请客聚餐常订在那边,算是支持生意。

闻柏苓抽出邀请函信封里的展品介绍单翻看,有几件非遗工艺品,倒是挺值得拍下来支持支持的。

费裕之意犹未尽地在使坏:"回头找人代咱们去,抬抬竞价,那些人不是乐意去嘛,就让他们多掏点儿。拍卖嘛,就得轮番竞价才有意思。"

汤杳下楼时,刚好听见最后那句。

她依然坐在闻柏苓身旁,也跟着往邀请函看了两眼。

老实说,汤杳对拍卖其实很好奇。小学时班里有同学报了那种很贵的英语班,据说上课表现好可以得到积分,期末有拍卖会,大家拿着自己赚到的积分拍卖学习用品和玩具。

同学和他们讲时,汤杳羡慕极了,觉得拍卖会很高级。

慈善晚宴确实如费裕之所言,这两年都办得不太好,混进来一些不入流的暴发户,没意思。

闻柏苓本来是不想去凑热闹的,但他看见汤杳落在邀请函上的目光,这姑娘对拍卖会的兴趣和向往,都明明白白地写在脸上。

信封上写了日期,汤杳问:"你们晚上要去参加晚宴?"

费裕之"哼"一声,那句"当然不去"还没吐出来,就听见闻柏苓先开口了。

"嗯,是要去。"

闻柏苓指间夹着请柬,看向汤杳:"慈善晚宴可以带女伴,要不要一起?"

答应要去晚宴,汤杳回房间换了条裙子,还是小姨前年送的那条,浅蓝色的衬衫连衣裙。

裙子在书包里放得久,压了些褶皱。

汤杳用毛巾蘸了水，轻轻地把那些压痕抹平，出门去和闻柏苓他们会合。

她的长发散着，脸庞干净，五官秀气，不施粉黛也美得灵动又纯粹。

本来还担心穿得不够隆重，但闻柏苓和费裕之比她更随意，像是根本没把晚宴当回事儿。

慈善晚宴的举办地点在东四环，从北郊过去路途遥远。路上闲来无事，汤杳拿着邀请函里的几张纸研究。

纸张很特别，在阳光下能看到花状暗纹，膏粱文绣，像小姨居住的那栋楼，处处透着精致。

费裕之告诉她，到了那边只管举牌，把价格抬起来，抬得越高越好。

可汤杳手里拿着展品介绍单，一路看下去，那些展品起拍价高得惊人，她有些犹豫："那要是没人愿意再出高价，钱不是就要你们自己花了吗？"

闻柏苓让她不用担心："花出去也是做慈善。"

傍晚时分，车子停在某大型酒店门口。

闻柏苓先下车，很绅士地帮汤杳拉开车门，把手递过来，好像她才是今晚的主角："请吧，汤小姐。"

汤杳把指尖搭在他的手掌上，余光瞥见其他人走进酒店，身着华丽的女人披着披肩，雍容地挽着男士的手臂。

于是她有样学样，下车后也捅了捅闻柏苓，挺不好意思地把手搭在他的小臂上。

那天的汤杳，还不知道自己将会撞破小姨精心编织的谎言，只对陌生环境感到忐忑，暗自告诫自己，一定要谨言慎行。

慈善晚会分几个流程，入场后先是餐前酒会。

厅堂里只靠灯光照明，那些陌生面孔洋溢着含蓄笑容，珠光宝气，各有各的矜贵。

偶尔有人同闻柏苓和费裕之打招呼，寒暄话说起来没完没了，有种"每与人言，必谈其贵戚"的俗气，听得汤杳有些走神。

她的目光漫无目的，最终落在舞台的背景墙上。logo竟然有那么一点眼熟，却想不起是在哪里见过。

汤杳在心里数了数，主办方下面的协办企业足足有十二家，其中有连她都听说过的知名上市公司。

不远处有骚动，听说是特邀来了几位明星助阵，刚刚经过，去了休息室。

好大的阵仗啊。

汤杳正走神，面前突然多了一份甜点。

闻柏苓看上去对社交没什么兴趣，带她往僻静处让了几步："这种晚宴拖沓得很，待会儿主办方和嘉宾要发言，再举行拍卖仪式，真正开餐不知道要什么时候，先吃点东西垫垫肚子。"

眼前的纸醉金迷于汤杳来说都是浮云，还不如一块甜点、一份关心来得实在。

她笑盈盈地接过来，问闻柏苓："那你也吃点东西吧？"

闻柏苓递给她一把银叉子："我没关系，别把你饿到就行。"

人太多，汤杳小心地托着骨瓷碟子，吃相尽量文静，却也还是不留神，沾了些奶油在唇边。

她自己不知道。

闻柏苓站在她身旁，替她挡住那些宾客有可能投来的目光，用纸巾轻轻帮她擦拭掉。

灯光都聚集在舞台处，他们驻足的地方暗得有些暧昧，柔软的纸巾摩挲过唇角，汤杳仰头看着闻柏苓，紧张得连呼吸都停住了。

宴会里也有各家长辈，闻柏苓既然露面，总不能时时陪在汤杳身旁。被长辈叫走时，他帮汤杳选好了无酒精的饮品，把她托付给了费裕之。

费裕之举了举香槟："没问题。"

他们谁都没看到，在宴会厅的另一侧，汤杳的小姨穿着黑色拖地连衣裙，站在韩昊身边。

小姨脸上挂着端庄的笑容，只是那笑容是浅淡的，像她脸上的妆一样，只浮于表面。

韩昊举着香槟杯，和每个路过身边的人打招呼，那些虚假的问候令人作呕。

小姨只是偏开头，手腕便被人狠狠攥住，昨夜的瘀紫未消，疼得她蹙起眉。

周围音乐声混着人声，有种低频的嘈杂。

韩昊带着酒气凑过来："闻柏苓也来了，你不想过去见见他？"

"我说了，我不认识他。"

"哦，不认识。但他却在餐厅用我给你的卡买了单，为什么呢？我真的很好奇……"

小姨脑子也很乱。如果事情真如韩昊说的那样，她给汤杳的卡怎么会跑到闻柏苓手里？汤杳又是怎么和闻柏苓扯上关系的？

在她思考这些的同时，韩昊从旁边的甜品台上抽了一把银质叉子。

他把被空调风吹得冰凉的叉子，抵上她的脊背："这把叉子做得不错，我喜欢。"

"韩昊,你昨天晚上还没疯够吗?"

"你倒是提醒我了,那我把它拿回去,留着今晚用,你觉得怎么样?"

韩昊说着,看到什么有趣的事似的:"哟,闻柏苓身边有个女人,这么看来,眼睛和你很像。看起来,他似乎很偏爱你这种长相呢?"

在汤杳喝东西时,有个男人走过来同费裕之打招呼。

那男人看起来,年纪和闻柏苓他们相仿,脸上的不耐烦比费公子还多些。

对方见到费裕之就像见到亲人,急急地吐槽:"这晚宴怎么搞的,什么牛鬼蛇神都能混进来了?"

费裕之耸耸肩:"早知道是这情况,来凑个热闹而已,你怎么也来了?"

"还不是因为我爸,替他过来拍几样东西,捧个场就走。"那男人拿了杯香槟,浅抿两口,"我看见韩昊了。"

之前在闻柏苓家初见汤杳时,她说她住五层,当时费裕之吓了一跳,还以为她就是韩昊养着的情人。

闻柏苓否定了这层关系,却也没具体说过,汤杳和韩昊到底是什么样的关系。

听熟人提起,费裕之才突然记起这茬儿,看向身旁的汤杳——她对"韩昊"这名字,没有任何反应,只是安静地抿着闻柏苓给她选的饮品,一小口,又一小口,心不在焉似的。偶尔抬头,往闻柏苓所在的方向瞧上一眼,她又迅速收回视线,小心思昭然若揭。

费裕之转头往宴会厅另一端瞥,看见某个惹人生厌的身影,收回视线,嗤笑:"我知道晚宴越办越低端,没想到能低端成这样。"

"请几个暴发户我能理解,"那男人冲着某个方向扬了扬下颌,显然言语间有所特指,"请他,我是真不懂。"

汤杳站在费裕之身旁,云里雾里地听他们在用暗语损人,心里有些好奇。

这么高端的场子,连知名影星都请来了,到底是谁这么上不了台面,被他们这么轮番嫌弃?

她举着水晶杯跟着往那边看,被费裕之的熟人给及时拦下来。

也许因为她和费裕之站在一起,举手投足又并不亲密,那男人误以为汤杳是费裕之的妹妹:"妹妹别回头,韩昊那种人可不兴看,那是个纯变态,看了触霉头,要长针眼的。"

汤杳也很听话,马上停住动作。

她的举动落在费裕之眼里,费裕之想了想,无论汤杳是什么原因住在

087

那栋楼的五层,都可能会有机会和韩昊打交道。

那可是个地狱级火坑,跳不得。

好歹凑在一起有过两天交集,费公子便决定发发善心,给汤杳透露些消息,算是打个预防针。

他们这圈子看起来各有人脉,但其实人脉之间也有重叠,暗含关联。谁的事也成不了秘密,更何况韩昊本来就行事高调,拿不要脸当威风,那点破事世人皆知,都不用刻意危言耸听,就够骇人的。

于是,在这堆金积玉的名利场里,汤杳没等到心心念念的拍卖环节,先等来一个毁三观的故事。那个叫韩昊的人,据说换女人比换衣服更勤,在某种事情上有变态癖好……

"他虽然常年养着人,但外面的人总也不断。"

这种人难道不该浸猪笼?

汤杳心里直发寒,又十分不解——这样的男人,谁会愿意和他在一起?

"这么说吧,他确实人品极差,但也确实有点钱。有些女人是资历尚浅,看不懂,被骗的。当然有些女人是有所图,自愿这样。"

直到闻柏苓回来,汤杳还握着水晶杯听得入神。她真就听不得女孩子受苦,又想到可怜的室友陈怡琪,怒火中烧,都有点被烧得失去理智了,话没经过大脑,便脱口而出:"男人果然不是好东西。"

闻柏苓刚走到她身旁,就听见这么一句。

他笑着逗她:"怎么了?是谁把你惹成这样,我才离开几分钟,就不是好东西了?"

汤杳自知失言,脸一下就红了。她放下杯子,对着他们道歉:"抱歉,我不是说你们……"

倒是无人在意她的鲁莽,几句玩笑揭过,没有让她感觉到尴尬。

闻柏苓说,那几位长辈刚刚叫他过去,问他带来的女伴,和他是什么关系。

台上有主持人登场,拿着麦克风引导宾客落座。

宴会厅内切换了新的钢琴曲目,轻柔、舒缓。

汤杳听见闻柏苓在问她:"我说这事儿我做不了主,得回来问问才敢答。汤杳,你觉得我们可以成为什么关系?"

周围宾客已经在寻座位入座,连费裕之他们也离开,闻柏苓把主动权交在她手上,似玩笑般地问她"可以成为什么关系"。

那时她一定有过悸动吧?

汤杳紧张地看向闻柏苓,不好意思直答,很久才矜持地开口:"那你可能要多等等,才能回答他们。我还没考虑好。"

闻柏苓闻言一笑:"那成,随时恭候发落。"

如果那天的晚宴只到这里就好了。汤杳挽着闻柏苓的手臂,随他走到费裕之他们的席位。她抚了裙摆落座,坐在费裕之和闻柏苓中间。

台上那些冗长无趣的各方发言,听久了会让人觉得特别浪费时间。企业间语带玄机的冷幽默,也令汤杳不知所云,她自己给自己找乐子,唇轻轻开合,似念念有词。

闻柏苓凑在她耳边,问她在干什么。

汤杳就偏过头,毫无防备地对他笑,说那些人讲话好啰唆,她在试着用英语同步翻译。

"翻译起来才发现,我的口译水平好差,还需要继续加油才行。"

"有机会带你去参加国外的拍卖会,能练听力和口语,一举两得。"

汤杳分心,漏听了几句台上的话。

她明明连护照都没有,心里却在设想,到了国外的拍卖会场,如果再有人问闻柏苓他们的关系,他会怎么答呢?

意外发生,是拍卖会开场之后。

当时台上展出一件澳白丝巾扣,视频正在播放细节图片、介绍其原产地和母贝。

不远处突然传来一阵吵嚷,声音不算大,带着醉意,像那场突发事故的荒谬旁白——

"兄弟,咱们换换座位怎么样?你们这桌有人和我的女人关系匪浅,我过来叙叙旧。刚好呢,我也对他身边的女人,有那么点兴趣⋯⋯"

汤杳看见费裕之皱眉,还压低声音爆了粗口,心里已经有了计较,知道晚宴中唯一值得落此待遇的,恐怕就是那位该浸猪笼的韩昊了。

众人纷纷注目。汤杳也从闻柏苓身侧探头,想看个究竟。她只是想看热闹,却不想,意外地撞见了小姨哀伤的眼睛。小姨今晚好美,像仙子。可她身旁的男人,恶劣、恶心,罄竹难书。

那些粉饰过的假象轰然倒塌,断壁残垣,露出小姨过去极力掩盖的满目疮痍。

闻柏苓起身,挡住韩昊的视线,对安保人员招了招手:"这里有人喝多了,带他去休息。"

"你才喝多了!"

韩昊突然拉住小姨的手臂:"不是喜欢用我用过的吗,怎么,敢做不敢当啊?"

周围已经议论纷纷,汤杳怕小姨受伤,想冲过去,被闻柏苓和费裕之拦住。

小姨也使劲对着她摇头,用口型反复说着:"不要叫我""杳杳,不要叫我"。

后来想想,汤杳都有些佩服自己。

她几乎是情急生智,竟然在那样的情况下,还能忍住不开口,理智地分析眼下的情况——原来费裕之他们看不起的变态,就是小姨相处了多年的男朋友。

原来韩昊不只是"渣男",难怪小姨经常对他避而不谈。

可汤杳的"智"也只生出这么丁点,堪堪梳理了人物关系,然后大脑宕机,连耳朵也失聪。

她无法接受眼前的残酷现实,也不记得闻柏苓把拍卖用的号码牌丢在韩昊面前时,沉着脸说了什么。

汤杳只记得他紧紧地拉着自己的手,把自己带离宴会厅。

上车前,汤杳才猛然顿住:"闻柏苓……"

外面天色已暗,酒楼灯光落在闻柏苓的脸上。他依然冷静,安慰汤杳说:"放心,不走,我们在这儿等等,费裕之在善后,你小姨会过来找你。"

汤杳完全不知道要怎么做,只能强作镇定,焦急等待。

小姨从韩昊身边脱身,被费裕之护着带到这里。闻柏苓派了他的司机和车子给她们,并把上次用过的酒店 VIP 卡拿给汤杳。

他说那家酒店毕竟是他家亲戚的产业,韩昊不敢去闹。

"这边有我和费裕之,有什么话你们到酒店那边再谈。"

车门闭合前,汤杳拉住闻柏苓,闻柏苓拍拍她的手背:"小事,不用担心,去吧。"

路上小姨和汤杳都没说话。

汤杳垂着眼,一直在看小姨手腕上瘀紫的伤痕。

车子抵达汤杳学校附近那酒店,汤杳开了房间。

进门后,厚重的房门自动闭合,门锁"咔嗒"一声。

汤杳终于哭出声,抱着小姨拼命地掉眼泪。

可责怪的话她说不出口,只能反复询问:"小姨,你疼不疼,他欺负你了是不是?"

那天晚上,汤杳终于听到了有关小姨的所有真相。

真相很长。

不是汤杳原以为的,和前男友分手后,小姨更加发愤图强,成了事业有成的女强人。

实际上，和前男友分手后，小姨搬离之前租住的房子，过了很长时间的苦日子。

新租的房子地点很偏，是非常老旧的小区。楼道里常年积水，霉斑爬满墙体，灯永远是坏掉的。每天回家走进楼道，是迎面而来的腐坏味道和伸手不见五指的黑暗，但这种房子，胜在便宜，能节约开销，多存钱。

认识韩昊，是在小姨最艰难的一年。

那年小姨在老家过完年，回到京城不久，出租屋门锁被撬，积蓄几乎都被偷走。又赶上房价上涨的浪潮，租金也涨了不少，小姨只能在打工结束后尽可能地多找兼职。

遇见韩昊是个意外。

那阵子每天吃榨菜拌白饭，营养不良，再加上工作强度大，太劳累，小姨在下班路上头晕，扶着停在路边的车，才站稳。

那辆车的车主就是韩昊。

小姨虽然狼狈，但实在很美。

韩昊对小姨起了心思，请客吃饭，还开车送她回家。小姨心里有忘不掉的人，自然不会对韩昊动心。

可韩昊出手太过阔绰，花钱如流水，说的那些花言巧语也直击人心："你说你在那个破糕点店打工，能混出什么名堂？不如自己开个店，那玩意儿利润高，干几年，在京城买个房子不是问题。"

小姨闭着眼躺在床上，面露疲色，之前的盘发拆开，一头鬈发散在白色枕头上。

"我辞了工作，韩昊出钱让我去学习甜品制作、去国外重金买配方、开店、雇店员。小杏啊，但小姨犯了个错误。"

与虎谋皮。这世界上哪里会有免费的午餐，韩昊的那些钱和人脉，当然不是白借给她的。

韩昊不是小姨以为的贵人、伯乐。

老话说"鱼贪饵，人贪利"，他张机设阱，偏偏利用的都是人心贪婪、虚荣、不甘。

小姨突然自嘲一笑："我也没有那么单纯，当初选择他，也不是没有其他目的，自作孽。"

"小姨，你和他分开吧！"

汤杏眼泪糊了满脸，用力拉着小姨的手，像要把深陷泥潭的人拉出来似的，边哭边说："我已经开始赚钱了，等我毕业一定还能赚更多的钱，到时候我们……"

"小杏,本科学历不够看,你要继续深造,小姨自己有打算的。"

第一家店的店面和营业执照都是韩昊的,但新店不一样,新店是她自己做的。

她已经在计划着和韩昊分开。

之前很怕撕破脸会被韩昊报复,毕竟在一起这么多年,他对人对事什么手段,她都是知道的。

确实令人胆寒。但晚宴上韩昊说,觉得闻柏苓身旁的女人看起来不错,小姨不能再忍,她不能让他有机会伤害汤杏。

这些小姨都没和汤杏说,只说生意上很多问题涉及韩昊,利益纠葛,比较棘手,需要时间来谨慎处理。

汤杏不懂生意,怕小姨没说实话,反复确认小姨是否真的会和韩昊分开。

"我比他大几岁,他早已经腻了,最近我就找机会搬出来。"

小姨这样安慰汤杏,安慰完,睁开眼睛,目光犀利地看过来:"你和闻柏苓,是怎么认识的?"

汤杏犹豫着不想说,却见小姨站起来,解开拉链,褪掉身上的连衣裙,那些紫色、青色和结痂触目惊心。

小姨抬手摸了摸汤杏的头发:"小杏,小姨是自作自受。也许你比我幸运,也许闻柏苓不会差劲到这种地步。但我们和他之间,差距实在太大了,你和他不会修成正果。听小姨的,和他断了吧。"

这一夜,无人入眠。

下午离开酒店房间,小姨用自己的银行卡结清了房费。

小姨告诉汤杏:"把卡留在前台就好,自会有人代你还给他,你不要再和闻柏苓产生瓜葛。"

也许是想给汤杏和小姨留些独处时间,昨晚到现在,闻柏苓并没有联系过汤杏。

只有早晨,酒店服务员打来电话,问"汤小姐您好,请问,您预订的早餐是否要送到房间?"

她没订过。是谁在照顾她们,汤杏心里清楚。

汤杏顶着还没消肿的眼睛回到宿舍,把室友们吓得半死。

被问到是不是闻柏苓欺负她,汤杏统统摇头,只说是小姨的生意出了岔子,没再提过其他。

很多事情回头看,汤杏才发现,只有自己被蒙在鼓里。最初在电梯里遇见,闻柏苓的冷漠态度。在葡萄酒庄园,他拦住自己,说"别去了,没什么用",然后建议她联系小姨,让小姨自己去解决……

汤杏很想打电话问问闻柏苓,他明明全都知情,为什么不告诉她真相,又觉得自己的质问狼心狗肺。之前如果不是他帮忙,说不准韩昊会把场面闹到多难看,自己连谢谢都还没说过。

可是说了谢谢。

然后呢?

真的要像小姨说的那样吗?

正犹豫着,闻柏苓的电话打过来。

他太聪明,像她肚子里的蛔虫,只听了她一声蔫巴巴的"喂",他已经有不好的预感,觉得这么久没联系,大概是汤杏又生出了什么蔫主意。

"怎么了,又不打算和我发展关系了?"

宿舍里很安静。

室友们去食堂吃饭了,临走时说会帮汤杏带晚饭回来,让她躺下好好休息。

吕芊都说:"眼睛肿成这样,不要再惦记着看书学习。"

手机举在耳侧,面对闻柏苓半是玩笑的问题,汤杏缄默着没有回答。

听见闻柏苓声音的欣喜、昨夜看见小姨伤痕的心疼,让汤杏纠结又矛盾。好像她真的变成一颗杏子,或者说,更像是一颗枣子,那些消化不良的残酷现实成了坚硬无比的核,两头尖锐,硌在凡身肉体里。

让人左也不是,右也不是。

汤杏不说话,那边的闻柏苓也跟着沉默下来。

傍晚时分,宿舍楼里通常能听到学校广播放的音乐,隐隐约约。

今晚却格外明显。

汤杏是在听了几秒后,才忽然间反应过来,那些声音应该是从手机里传来的。

她抹抹眼泪,试着猜测:"闻柏苓,你在我宿舍楼下吗?"

"嗯,我在。"

"那……"汤杏握着手机的手紧了紧,犹豫两秒,才下定决心,"那我下去找你。"

其实闻柏苓来了有一会儿了,坐在车里,甚至看见汤杏的室友们结伴从宿舍楼里出来。

当时他还想着,自己来得挺及时,这姑娘果然难受得没心情吃饭。

闻柏苓猜汤杏昨晚肯定哭过,心情也不会好。知道酒店那边退房,他专门跑去药膳馆子,买了份安神养心的汤,还买了零食点心,风风火火地跑来。

093

结果电话里的姑娘态度犹豫，弄得他也犯愁，不知道到底该不该把人叫下来。

汤杳像他在海岛潜水时，遇见的海洋生物。

那些绚丽多彩的小生灵悠哉地生活在自己熟悉的领域，感到有生人靠近，会迅速躲起来，藏进珊瑚里、岩缝里，或者躲进壳里。

不能说她做得不对，但闻柏苓也不是完全没脾气，到底有些窝火。

汤杳下楼，孤零零的身影出现在夕阳里。看见她，闻柏苓心头那点火气一下就灭了。

她穿着宽松的帽衫，萎蔫地慢慢走过来，像丢了魂的幽灵。

走近看，更让人心疼——那双眼睛红肿得不像话，眼里湿漉漉地噙着泪，脸色也不怎么好看，唇色泛白。

闻柏苓知道汤杳心软，之前她那室友经历"杀猪盘"时，她最开始也是不信的，还拉着他问过，应该不会有人用家长生病这种事骗人吧？

看来她小姨的事情对她打击很大。

他叹了口气，走下车帮她拉开车门。

汤杳也明白，宿舍楼下人来人往不方便说话，主动钻进车子里。她不吭声，任由闻柏苓发动车子。

车子绕出校区，停在僻静处的停车位。

汤杳垂着头想了很久很久，还是有太多情绪无法捋顺。

终于开口时，她先问了闻柏苓昨天韩昊有没有找过他麻烦，又问了费裕之的情况。

确定他们没被牵连，她才和闻柏苓讲起小姨身上的伤痕。

瘀青瘀紫都已经不算什么，最严重的是肋侧的伤口，血痂结了很厚一道。

小姨说是韩昊把她推倒在花瓶上，她失重，撞碎了花瓶，才被瓷片划伤的。

那只大花瓶，汤杳知道，放在往卧室方向走的过廊里，有半人高，特别重。以前她还问过唐姨，如果想清理，这花瓶该怎么搬走。所以她知道，一定是小姨怕她担心，并没有完全还原自己的遭遇。小姨才九十多斤，普通的被推倒不会把花瓶撞碎成那样，小姨是被狠狠摔过去的。

这些话和室友她也没有说过，见到闻柏苓却停不下来，汤杳还没意识到，在她摇摆不定，不确定要不要和闻柏苓继续发展时，自己已经对他和对别人不一样了。

"可是小姨不让我报警，她说报了警韩昊会更想着报复……"汤杳讲得心里难受，又忍不住掉眼泪。

闻柏苓见不得她这副蔫头耷脑的样子，用拇指抚平她眉心的皱褶，又帮她抹掉眼泪。

手机已经收到信息，酒店经理说他那张VIP卡被人寄存在前台。

汤杳这行为背后的目的，不需要明说，闻柏苓也能领会得到。

昨晚后来，是有些摩擦的。韩昊像疯子一样的举动干扰了拍卖会的进行，被安保人员半扶半阻拦地带去了休息室。

醒酒后，韩昊倒打一耙，和好多人都说，是闻柏苓先给他戴绿帽子，和他养了好几年的女人不清不楚，还说这事儿不可能就这样算了。

朋友们把这些讲给闻柏苓听时，闻柏苓连多余的表情都没有，像听天方夜谭。

韩昊也不是第一次恶心他了，房子买在他楼上时，不是也扬扬得意地大放厥词过？只是他不太把这些当回事，懒得理。

但转念想想，韩昊那只"疯狗"，对他是无计可施，只能弄点这种上不得台面的谣言，但对汤杳的小姨就不一定了。毕竟韩昊是曾经在董事会上，能把自己亲爸给踢出局的人。

六亲不认，何况外人。

这些话，闻柏苓都没和汤杳讲。

他始终记得她有考试要准备，捏捏她的耳垂，先安慰："别的事情你都不用担心，你小姨那边我和费裕之会帮你留意。不是说六月有重要考试？收收心好好备考，其他的，考完试再说，这样行吗？"

圈子里关于闻柏苓的流言蜚语盛传。他之前在国外时间多，性子稳重，也没有过什么花边新闻可谈，突然爆出些他的八卦，还怪让人好奇的。

而闻柏苓本人并不避嫌，甚至给原本就烧得很旺的火，又添了些素材做柴。

他这人平时躲饭局躲得厉害，竟然出面组过几次饭局。那么轻飘飘的几次吃吃喝喝，就逼得韩昊不得不主动出价，把五楼那套房子和蛋糕店的店面拱手卖给他。

合同是闻家律师团拟订的，万无一失。一手交钱，一手交房，交易得十分迅速。这种一掷千金的架势，显得传言更加可信。

"闻柏苓是不是疯了，为了那么个女人，做到这种地步？"

坏事传千里，连在国外养病的闻父都听说了，越洋电话直接打到闻柏苓的手机上。

闻父早年自己做生意时，脾气很火暴，强势，向外扩张的野心十分明显。这种性子也难免烟酒都来，脏话肯定也是说一些的。

但后来，闻父认识了闻柏苓的母亲。闻母是中药世家出身，温文知礼，觉得他恶习太多。闻父为了讨闻母开心，也开始走这种文雅路线，烟戒了，酒也不常喝，脏话早就不说了。

现在他身体不好，生意大多是交给闻柏苓的哥哥在打理，平时就在家写写毛笔字，还作诗。

这次可能真的被闻柏苓给气到了，闻父开口就是一句："你给老子滚回来。"

这些，汤杳都不知情。

她听说小姨那边进展顺利，听说闻柏苓已经去国外，生活又回到了原本的平静，上课、备考、兼职。

只是在她的备忘录里，六月只记了三件大事：

考英语六级。

考专四。

给闻柏苓过生日。

那天见面，汤杳没能说出一刀两断的话。

闻柏苓也没多问，说让她好好备考，不用分心，在那之后就真的没有再来过。

只是离京那天，闻柏苓打过电话来，说自己刚刚登机，家里有事，要去国外待一阵。

汤杳知道，自己这种犹犹豫豫的态度显得很没担当，当然也没有立场问人家什么时候回来，只是默默期待六月。

她已经没办法像最初那样决绝，心里想着，也许六月份他会回来也说不定。

闻柏苓最近名声太差，在家里被关禁闭。

唯一探望他的朋友，就是费裕之。

费家也有个被关禁闭的。费琳坚决不和司机家的儿子分手，逼急了就不吃不喝，搞绝食，三天一小闹，五天一大闹。费琳还没毕业，总不能让她一直休学下去，但要是把人放出去，又怕她真的搞出"未婚先孕"的狗血戏码，逼家里人同意。

费公子自己家里虽然仍是乌烟瘴气，但这不妨碍他吃瓜吃到朋友身上，坐二十个小时的飞机，也要跑来国外嘴欠。

见到在家跟着国画老师画山水画的闻柏苓，费裕之从笔筒里抽了把画着青山秀水的扇子，"啪"地展开，边扇着扇子边踱过来："韩昊说你和他的女人做邻居，做着做着，给做到床上去了，哈哈哈哈哈……"

闻柏苓把毛笔搁在笔枕上，在意的点有些出乎费裕之意料："那是汤杳的小姨，说话尊重点。"

见他们有话要说，老师先离开了屋子，闻柏苓也停笔，沏茶招待费裕之。

茶喝了半杯，费裕之才问闻柏苓，他不惜自毁名声，也要护着汤杳和她小姨。

"做了这么多，汤杳得特感动吧？所以你们两个，进展怎么样了？"

"就那样。"

闻柏苓拿出手机翻了翻，最近十天的通话记录里面，统共只有两条是和汤杳通话的。

第一次三十秒，有点短；第二次还算勉强，聊了有两分钟左右。

第五章
/想见你

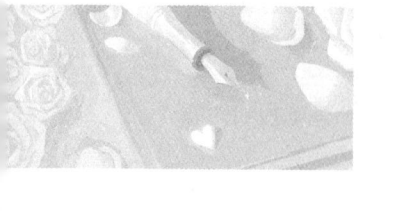

大二下半学期,过得实在很快。

尤其是备考证书那段时间,熬疯了好多人。吕芊不止一次在宿舍抱怨:"每天睁开眼睛就是背书,闭上眼睛,梦里还是背书,苍天啊!这种日子得熬到什么时候去。"

汤杳梦里比室友们还多了些内容。

她偶尔梦到闻柏苓,梦到他们为数不多的接触,或是那些他们共处过的地点,电梯、葡萄酒庄园、马场……

梦到慈善晚宴上觥筹交错,费裕之举起手里的数字牌,竞价了样式很令她迷惑的潮流款项链。

汤杳问费裕之怎么会喜欢这种,费裕之就"哈哈"大笑着,说只是闲着无聊,抬抬价格,说完使坏,还要去抬汤杳手里的数字牌:"这丑东西砸也不能砸在我手里,让柏苓买单好了,他比我有钱。"

吓得汤杳连忙去护闻柏苓的数字牌,动作之迅猛,险些打翻高脚酒杯。

还好有闻柏苓护着,扶稳酒杯,话是对着费裕之说的:"别吓唬汤杳,她胆子小,真用她那牌子拍下来,她回去得做噩梦。"

很奇怪,当时印象并不十分深刻的普通对话,到了梦里每帧都变得清晰。

也会梦到他落在她额头的亲吻。

那些梦境通常断在早晨四点钟。

手机闹钟的振动声把汤杳唤醒,她会迅速从梦境中抽离,蹑手蹑脚地爬下金属梯架,用冷水洗脸,在阳台上点一盏充电灯,边压腿边背那些还不够熟练的知识点。

吕芊和陈怡琪发过誓也要和她一起早起,但坚持了不到一个星期,两人纷纷退出早起阵营，只留汤杳自己兢兢业业。

陈怡琪她们都说过，专四有两次考试机会，这次不过，下次再继续考也可以，反正还有时间可以慢慢来。

可是汤杳不能松懈，考过这两样，还有专八、CATTI、SIA、考研……其实于汤杳而言，人生的容错率极低。

她不能偷懒，不能混日子，很多选择都必须慎之又慎，才能保证自己的未来能看见曙光。

终于把这两场考试考完，又快到期末考试时间，汤杳忙得要命，但还是利用碎片时间，搜了适合请客的餐厅。

也给闻柏苓挑了生日礼物。

生日礼物是她独自去挑选的。在某个兼职结束后的晚上，汤杳没让孙绪的摄影团队把她送回学校，在商场附近方便停车的路段下了车。

商场还未关门，灯火辉煌。

汤杳走在令人舒适的购物环境里，想找到和她钢笔同品牌的店面。但商场极大，误打误撞地绕进了某家艺术生活品牌店。

导购很热心地帮忙介绍，辗转过花束、香薰灯、茶杯、靠垫，最终停步在家居服饰的区域。

之前小姨给汤杳买过睡衣，是真丝材质。

宿舍床板硬，她之前那套睡衣边角收得厚，晚上睡觉硌人，小姨买的那套就不会，穿起来确实很舒服。见她有些意向，导购不留余力地推荐，热情地帮忙挑选起来。最终，汤杳拎着一套男士睡衣走出商场时，满脑子问号。

送这种礼物会不会有些过于亲密了？

吕芊和陈怡琪她们都笑翻了，说汤杳耳根软，不该听那个售货员的忽悠，但也算积极地给她出了主意：不说是睡衣，就说是家居服。这词听起来少了些暧昧。

只是这礼物送不送得出去，还是个问题。闻柏苓一直在国外，没听说有要回来的意思。

所以在他生日的零点时刻，汤杳是按照时差掐了他所在地区的时间，在京城阳光明媚的中午，她把编辑好的信息发过去。

内容简单：闻柏苓，生日快乐。

那些生活和学业上的压力，冲淡了汤杳对感情的执着。但她仍然有些自己的痴心，想在闻柏苓生日时，做第一个祝福他的人。

闻柏苓的电话很快打过来。

他们偶尔会通话，频率不高，通常是在晚上，卡在汤杳吃过晚饭，但

099

又还没开始学习或者联系妈妈的时候,他把电话打过来,随口聊几句。

闻柏苓的声音仍然令人心悸,低低的,带着些笑意,调侃她:"我还以为你忘了,再不祝福我今天都快要过去了。"

汤杏面前摆着刚泡好的香辣牛肉面,热气腾腾。她举着塑料叉子,很诧异:"怎么会,你那边不是夜里十二点整……"

话都没问完,已经听到他那边有中文对话的声音,于是更加诧异:"……你回国了?"

"嗯。"

闻柏苓那边顿了两秒,没细说回国原因,只是问汤杏:"怎么样,想出来和寿星吃个饭吗?"

泡面也不吃了,汤杏踢掉拖鞋,把脚塞进运动鞋里:"好啊。"

再见面恍如隔世。

汤杏又坐进闻柏苓的车里,她在副驾驶位置点开手机导航,把之前查好的某家餐厅路线指给他看:"闻柏苓,你有没有去过这家?"

"没有。"

"那……我们去试试吧?"

汤杏的思维还是老一套,总觉得他在国外天天吃西餐,肯定会想念家乡菜,就像她惦记妈妈做的香肠和老家的熏鸡一样,所以特地挑了家做京城菜的馆子。

路上闻柏苓问她,考试发挥得怎么样?汤杏信心满满,说不出意外应该会取得证书,现在就等着出成绩了。

车窗外阳光普照,绿化带里的自动浇灌设备喷出水雾。

他偏头看她一眼。这姑娘估计是拼命备考过了,只是两个多月没见面,已经瘦了很多,但性子还是从前的样子,实诚知可爱。

到餐厅后,汤杏拿着菜单看了片刻,索性推给闻柏苓:"我在外面吃饭少,不擅长点菜,你来点吧,网上说前面这几页都是特色菜。"

"这儿可挺贵,舍得请我?"

"舍得的。"

汤杏后来仔细想过,那个"渣男"一定是非常不好摆脱的那种人,但小姨说她那边都挺顺利,韩昊也料之外地没有恶意报复。想来想去,汤杏都觉得这份顺利中,应该有闻柏苓的帮忙。

汤杏哪里会待人接物那套,没什么章法,只以茶代酒,端着一杯温热的大麦茶:"小姨说她那边很顺利,闻柏苓,谢谢你帮我小姨。"

被感谢的人却笑了,配合着端了茶杯和她轻轻一碰:"不是说是我过生日才请客,怎么又成了答谢宴了?"

"那……两种一起?"

汤杳有些不好意思,觉得这话说得不够好,像是在偷奸耍滑,故意少请人家吃饭似的。

闻柏苓倒是不太在意,也没说他具体帮过些什么忙,只是随手翻了翻菜单:"那成啊,我再加道硬菜吧。"

餐厅里是实木桌椅的那种古风装修,屏风上画着山水,厅堂中央的池塘造景里游着锦鲤。

桌位旁刚巧是免费鱼食领取处,闻柏苓穿了件样式简约的白色短袖,靠在座椅上,慵懒地捏了鱼食撒去水里,像个闲散王爷。

那天晚上在酒店,小姨对汤杳说,他们那些富家子弟什么样的女生没见过?就算闻柏苓今天对你有兴趣,明天对你有兴趣,保不齐后天就不想见你了。

其实汤杳有种自欺欺人的心理。她知道前途未卜,却也不愿意像小姨说的那样和闻柏苓再无瓜葛。

所以她总在给自己找借口——每次联系都是闻柏苓给她打电话,这样应该就不算她主动;生日是她之前答应要给闻柏苓过的,说出去的话总不能不算数;而且她过生日时,闻柏苓也送了礼物,礼尚往来也是要的吧?

一道拔丝莲子端上桌,趁热用筷子去夹,融化的糖稀丝丝缕缕如金线般,在空调冷风下凝固,断开。

汤杳把莲子放进嘴里,眼睛都亮了:"好甜,你快尝尝。"

他们聊的话题很随意,聊到考试后是否可以放松放松,汤杳摇头,用纸巾掩着唇,把嘴里有些烫的虾球咽下去,才说:"恐怕不行,下周就开始期末考试了,还是要努力。"

闻柏苓手里的陶瓷杯盏转了转,忽然问:"今天反正都出来了,去放松一下?"

"可是我……"

汤杳在学校时不这样,不喜欢的活动或者不愿意做的配合,她都会干脆拒绝,遇上闻柏苓就不行,总要犹豫犹豫:"去哪儿放松?"

"先吃饭,吃完再说。"闻柏苓也没想好要带汤杳去哪儿。

他并没有别的意思,也看得出来汤杳为了自己负担学杂费用,对奖学金志在必得,忙得没空和他发展什么感情。

何况他的禁闭期还没结束。家里这阵子对他严格,之前那些流言蜚语还没过去,家里人生怕他长歪了,变成那种游戏于女人之间的废物点心,丢给闻柏苓好多工作上的事务要他处理。

这次回来,还是他偷跑的。但汤杳今天穿了件薄款短袖,又背着双肩书包。书包里不知道塞了多少复习资料,书页的棱角都快要把布料撑破了,显得她的肩背实在太瘦、太薄。

闻柏苓想带她出去散散心,免得她总拘囿在考试和学习里,天天就想着努力努力再努力,他害怕她累得病倒。

饭后闻柏苓决定带着汤杳去茶馆里听相声,从这边过去有一段距离,他去开车,把车子停下时,刚好看见汤杳从她的双肩包里费力地抽出礼盒。

汤杳人还没上车,先从敞着的车窗里把礼盒递给闻柏苓:"生日快乐。"

"让汤班长破费了。"

闻柏苓是有些意外的。毕竟上次那件事之后,他明显感觉到汤杳对和他的关系有所退缩。

她小姨对她影响太大,现在不是发展感情的好时机,反正他又不是一时新鲜,也愿意顺着她的节奏再等等。

可闻柏苓拆开礼盒,轻挑眉梢:"睡衣?"

坐进车里的姑娘脸是红的,自顾自地系上安全带,声如蚊蚋地小声解释:"其实它是,家居服……"

作为送礼物的人,汤杳很紧张。毕竟那套衣服是自己花了大价钱买的,如果闻柏苓不喜欢,她会觉得这笔钱花得很亏。

见闻柏苓单手托着盒子,似有疑惑,汤杳轻言细语地忐忑追问:"闻柏苓,你是不是不太喜欢这件……家居服?"

"挺喜欢。"

闻柏苓重新盖好礼盒,探身把它安置在后排座椅里,发动车子,逗汤杳:"我只是在想,等我试穿后该怎么给你反馈?"

确实,他送她钢笔,还见她用过。生日时室友送的小发卡、小挂饰也是随时都能看到她在用。

可这件睡衣……不,这件家居服,闻柏苓总不能像她当初收到小姨送的睡衣那样,直接换上,跑到送礼人面前转个圈展示……汤杳红成一颗油炸虾球。

她慌忙得语速都快了半倍,吐出一大串:"我和导购员形容过你的身高,尺码应该不会有错。你要是不喜欢这个颜色,店里还有灰色,我把购物小票给你,你去换,就、就不用给我反馈了!"

闻柏苓愣了愣,笑得好大声:"这是要和相声演员比,谁嘴皮子更溜?"

那天后来,汤杳也这样笑过,只不过是被相声演员逗笑的。她在茶馆里笑得前仰后合,坚果盘和点心都忘记吃,笑到肚子疼,连日里绷着的紧张神经,也放松下来。

很多个"包袱"之后,她下意识地转头,和闻柏苓在昏暗光线中对视。他也是笑着的,有时候会递给她一杯茶:"润润嗓子再继续笑?"

他们连着看了两场相声,在傍晚走出茶楼,去吃了晚饭,又步行走去前门大街。

这是六月的最后一天。

过了夏至,京城已经开始开启夏日的闷热,多走几步就流汗。闻柏苓跟着一票来京城旅行的游人一起排队,等在茶庄外的售卖口,给汤杏买茉莉花茶口味的甜筒。

他说:"小时候奶奶家在这附近,常吃,味道不错,待会儿你试试。"

队排得像长龙,甜筒终于买到手,汤杏人却不见了。

闻柏苓举着甜筒环视,忽然看见汤杏的身影从转角处冒出来,穿越重重人海,笑着小跑过来。

"不怕走丢了?"

"不会啊,你个子这么高,我在很远都能看见你呢。"

问她去了哪里,汤杏神神秘秘不说,只顾着低头吃甜筒,另一只手背在身后,变着角度不让人看她拎着什么:"这个甜筒真好吃啊!"说这话时她目光闪躲,明显有鬼。

回到车里,闻柏苓才摸清玄虚——汤杏把一直藏在身后的纸袋拿出来,里面装着巴掌大的三角蛋糕。

"我和店家商量好久,才同意送我一根蜡烛,我还在商店门口买了打火机。"

汤杏坚持不要闻柏苓动手,自己拆开蛋糕,插蜡烛,又用打火机点燃,把蛋糕捧到闻柏苓面前让他许愿。

闻家的传统是只给小辈孩子们过生日到十八岁,十八岁之后要等到六十岁,才会组织生日宴会,那时候叫过寿。

但成年后,人人都会有自己的朋友圈子,就算家里不再操办,朋友们也会凑在一起庆祝。

闻柏苓从昨晚起手机都没关过飞行模式,不然朋友们不会放他自己出来躲清闲,早把他电话打爆了。

他有过各种各样的生日 party,在游轮上的、在别墅里的、在酒店的、在会所的……

那些蛋糕越做越精致,比人还要高,香槟整箱采购,一掷千金,但都比不过此刻令人熨帖。

汤杳也很好奇,像闻柏芩这种含着金汤匙出生的富家子弟,吃喝不愁,要风得风、要雨得雨,还会有什么需要许愿的事情。但闻柏芩没闭眼,目光深深,越过跳跃的烛火,始终在看她。

盯得汤杳都有些不自在。

她脸上笑容有些僵,正想问闻柏芩,怎么还不许愿,却见闻柏芩突然一笑,吹灭了蜡烛。

"许完了。"他说。

那天汤杳是赶在门禁的最后几分钟,回到宿舍;闻柏芩则赶往机场,搭乘当晚的航班出国。

社燕秋鸿,后会有期。

过完忙碌的考试周,暑假终于来临。

小姨已经离开她在京城的首家蛋糕店,也从豪宅里搬出来,现在只经营属于自己的新店。

生意不错,想象中的麻烦事也没有发生,用小姨的原话说:"生活好像还有希望。"

汤杳是在忙完几次兼职后才回老家的。

她用自己赚的钱,给妈妈和姥姥买了新衣服。才夏天,反季清仓的毛衫显得有些不合时宜,可妈妈和姥姥穿上,还是很开心。

姥姥生病后不怎么能说出完整句子,张了半天嘴,很费力地吐出音节。

妈妈笑着给汤杳翻译:"你看把你姥姥高兴得,眼睛都笑没了。"

暑假里,汤杳在老家的快餐店找了兼职,被周扒皮般的老板压榨了整整一个月。

怎么说呢,痛并快乐着吧。好歹存了点小钱,加上之前攒下的,好歹把学费、生活费都凑齐了,吃穿不愁,知足者常乐。

九月,大三生活正式拉开帷幕。

汤杳和室友们坐在操场的台阶上,看着大批新生涌入学校报到,抱着刚领取的军训迷彩服在操场穿梭着,个个活力满满。

她们感叹着:"老了老了,我们真是老了。"

吕芊坐在中间,左右晃着撞了撞汤杳和陈怡琪,兴奋地说,看见个学弟长得挺帅的,个子高,特别挺拔。

也许是对高个子的联想,陈怡琪忽然问:"汤杳,闻柏芩很久没来找你了吧?他还没回国?"

汤杳笑了笑:"没有。"

"还以为你得是我们宿舍第一个脱单的呢。"

"我们只是普通朋友。"

这话像一种自我催眠，说多了自己都不信，所以也只说了这么一句，汤杳便换了新话题："我们午饭吃什么？"

这个学期她还是很忙碌，偶尔和闻柏苓通电话。倒是意外地在小姨的蛋糕店附近的商场里，遇见过费裕之，被他硬拉着喝了杯咖啡，结果回宿舍失眠，一夜未睡，瞪着眼睛挨到早晨五点半……

宿舍窗帘没严，汤杳在缝隙里窥见朦胧天色，也窥见了入冬的第一场小雪。

冬天来了。

不知道闻柏苓那边有没有下雪。

身在国外的闻柏苓，避开某场酒会的喧嚣，躲在露台的沙发里，拿着平板电脑查看报表。

有人落座在他身边。

闻柏苓都不用回头，已经知道来人是谁，放下手里工作："哥，明年我打算回国。"

两兄弟长得很像，但闻柏芪年龄长闻柏苓十岁，从二十岁开始接手处理家里的事情，比闻柏苓更老成。

闻柏芪叼着烟，打趣弟弟："回国找冯佳英？"

冯佳英，汤杳小姨的名字。

闻柏苓对这名字不熟，还愣了一下，回忆了片刻，才无奈地倒吸一口气："你怎么也跟着瞎说，没听说过谣言止于智者？"

玩笑开完，闻柏芪换了正事，说了商业版图里明年的相关项目计划，有几个是国内的，问闻柏苓是否感兴趣。

"不过，爸的意思是希望你留在这边。"

闻柏苓说自己更喜欢国内，究其原因，脑海里却浮现出汤杳举着蛋糕的样子。烛火点亮她的眼眸，明亮、动人，他不禁垂眸莞尔。

亲兄弟之间默契足，哪有秘密。

见弟弟垂眸两三秒，闻柏芪已经猜到端倪："你心仪的女孩，另有其人？"

闻柏苓笑着"嗯"了一声。

"是我认识的人？"

"不是，普通人家的姑娘，大学生，品学兼优，年年拿奖学金，人家还是班长呢。"

似是怕闻柏苓也搞出包养女学生那套龌龊行径，当哥哥的掸掉烟灰，皱了眉："你又不常回国，怎么会认识大学生的？"

"其实也是今年才刚熟悉……"

于是在异国他乡夜风微寒的晚秋，闻柏苓坐在纸醉金迷的应酬场外，回忆起第一次遇见汤杳时的情形。

那是两年前，闻柏苓在中关村附近办事，临时改了地点，还没沟通好，车子停在南路，接电话。

那阵子是八月下旬，正值开学季，附近多所大学，人行横道上经常有拖着大包小包行李的青涩面孔。

路边出了点小意外。提篮卖水果的老人突然摔倒，橙子、荔枝滚落满地，前些年老人假摔讹人事件频发，大家都有防备心理，不敢上前。

有个傻姑娘第一个跑过去，扶起老人："奶奶，您怎么样？"

听那声音的焦急程度，还以为人家老太太是她的亲奶奶。

车窗半敞着，闻柏苓就是被汤杳的声音给吸引了目光。她挺高、瘦，穿着牛仔裤和白色短袖，把老人扶到背阴处。

周围人说是老人中暑，她就从书包里拿出没拆封的饮料，给老人喝，又忙前忙后帮忙去捡那些撒落的水果。

这姑娘长了双漂亮的眼睛，焦急时楚楚动人，有种让人不忍心对她说重话的怜惜感。

天气很热，她忙活半天，脸颊都是粉红的。

闻柏苓防人的心思重些，电话打完也没吩咐司机开车。

事情就发生在他的车前方。他难得好心，想着，老太太真要是讹人，行车记录仪里的影像还能帮上忙，不至于让这个好心的外地姑娘身陷囹圄。

她的助人为乐还算顺利，只是把自己忙晕了，行李箱还在远处。行李箱是黑色的，上面放了一束用牛皮纸粗略包着的粉色荷花，颜色就像她被太阳灼烧过的脸庞。

有个男人身影鬼鬼祟祟，绕着行李箱走了好几圈，不像好人，像顺手牵羊的浑蛋。

闻柏苓和司机交代过，让人下车把行李送到汤杳身旁，交给她身后一同照顾老太太的餐饮店老板，帮忙看着。

离开时，汤杳大概是听周围人说过行李的事情，对着他们的车子挥手："谢谢！"

惊鸿一瞥，闻柏苓浅笑，这姑娘一颦一笑都在他的点上，竟然有些心动。

再见面，就是在电梯里。他其实很诧异汤杳的出现，一眼就认出了她。只是她去的楼层不太吉利，让他以为她就是韩昊养着的人。

哀其不幸，怒其不争，阴错阳差，才发现是误会。

闻柏苓和他哥说，自己就这么旁观着、好奇着，最后把自己给栽进去了。

小姨的店开始不对劲,也是在这个冬天。有几天生意好得出奇,但几天之后,蛋糕店的软件评价里频繁有人打出差评,配图说蛋糕有股奇怪的味道。

评分降到3.7。

店员们吓死了,还以为是原材料的问题,连夜整理库房。

每样原材料都日期新鲜,又都是选同类型中品质高的囤,不可能有奇怪味道……

小姨心里明白,该来的总会来,但报复来得这么晚,并不像韩昊的行事风格。不禁让人怀疑,之前某些本该发生的不幸,在她不知情的情况下曾被人阻拦过。

汤杳那天接到电话,小姨语气严肃,问她和闻柏苓还有没有联系。

她心虚地说闻柏苓并不在国内,他们一直没见过面。

但她梦见了他,梦见他那天许愿时,对着她把愿望说了出来,只有三个字:"我要你。"

汤杳从梦中惊醒。

在熹微晨光中,她看清桌上摆着包装精美的苹果,是陈怡琪偷偷放的,平安夜礼物。

这天校园里很多人抱着苹果、圣诞糖果、圣诞老人的玩偶,只有汤杳,在起床后接到一通莫名其妙的电话。

快递小哥站在宿舍楼下,顶着周围人奇异的眼神,在大雪天里兢兢业业地给她送来一束荷花。

花束署名:闻柏苓。

寒冬腊月的,全国的荷花恐怕早都已经凋零,都不知道闻柏苓究竟是从哪里搞来这么不应季的花束,但汤杳十分喜欢。

她在这几个月里,第一次主动打电话过去,问他怎么会想到在圣诞节送荷花给她。

闻柏苓说:"是有些缘由,等以后有机会,我再告诉你。"

那束荷花在暖气烘烤的窗台上,开了几天。

拆下来的包装纸很有韵味,苔色的纸张,用毛笔草书写着《诗经》里的美句。不知店家是否有意为之,那些句子里都有些情意在。

汤杳不懂草书,费力地分辨,认出一句来,"生死契阔,与子成说"。

包装纸她没舍得丢掉,在宿舍里放了很久。直到期末考试周结束,寒假来临,汤杳跟着室友一起做离开宿舍前的最后大扫除,才确定那些纸真的没什么用,不得已将其塞进垃圾桶。

春运车票相当难抢,汤杏抢了好久,才勉强抢到个硬座。

回到老家,她免不了被妈妈拉着问小姨的情况。

她进门不过半个小时,这些问题已经袭来:"你小姨和她男朋友有进展吗?她有没有和你说过备婚之类的事情啊?"

到过年那几天小姨也会回来,怕小姨尴尬,汤杏提前透露了情况,说小姨和韩昊已经分道扬镳,让妈妈不要再问了。

汤杏妈妈是朴实的小城市百姓,很不解:"这么多年感情都好好的,怎么说分手就分手了?小姨跟你怎么说的?是不是有什么误会?遇见一个称心意的人不容易……唉,杏杏,你说等你小姨回来,妈妈是不是该劝劝她……"

"不要劝小姨。"汤杏脱口而出,又找补着解释,"那个人很不好,他根本配不上小姨。"

汤杏知道韩昊有钱,但她打心底里觉得,那男人是个垃圾,根本配不上小姨。可很多事情,她不能和妈妈详细说明,也不能说小姨曾经也有过利欲熏心的时刻。

隐掉最不堪的部分,汤杏只说了这样的话,免得妈妈替当事人觉得可惜,好心办坏事——

"那个男人有家暴倾向,他对小姨动手,小姨伤得好严重。"

当姐姐的天天牵挂远在京城的妹妹,就是怕妹妹受苦。

平时她们总是报喜不报忧,突然听见汤杏这么说,汤杏妈妈的眼眶倏地红了:"你小姨怎么样?"

汤杏安慰妈妈,说那已经是春天时的事情,只是怕她担心才没说,现在已经解决了,那个坏蛋不会再纠缠小姨。

母女俩商量好不再多问,免得小姨伤心。

夜里,汤杏听见厨房有动静。她悄悄过去看,透过门缝看见妈妈在哭。一向温柔贤惠的妈妈抹着眼泪自言自语,还骂了几句脏话,说那男人是畜生,对女人动手简直不要脸,猪狗不如。

以前小姨过年回家,总会拿很多高级礼盒,干海参、鲍鱼、花胶之类,都谎称是男朋友给买的。

那些东西价格不菲,妈妈不舍得吃,留着攒着,要等到小姨以后带男友回家再做。

"家里没什么好东西招待人,做点好东西免得被他们在大城市生活惯了的人看不起,也给你小姨撑撑场面。"

汤杏妈妈都为妹妹筹划好了的。但在这个知道小姨被欺负的冬夜,窗外狂风呼啸不停,妈妈生着气,恶狠狠地把那些盒装食材统统丢进垃圾桶。

想了想，她又捡起来。

妈妈那些挣扎的举动里，有种人穷志短的妥协，汤杳看在眼里，也跟着落了眼泪。无从考证小姨当年急于赚钱的念头，究竟是从何而起，但汤杳在这个晚上，忽然想，也许自己应该再努力些。

她的努力也确实换来过一些幸运。几天后，同小区有户人家，托了邻居来找汤杳妈妈，询问汤杳愿不愿意每天抽两个小时，帮那家准备中考的孩子补习英语。

汤杳妈妈做不了主。她不是那种见钱眼开的家长，知道汤杳平时学习和兼职已经很辛苦，不想给女儿增加压力："我得问问汤杳的意思，孩子好不容易放假回来，总该多休息休息。"

汤杳啃着苹果，听见自己的名字，从屋里晃悠着凑过来听。

她答应得很爽快。大一时她做过家教老师，给孩子补习英语这事，她还算擅长的。

因为擅长，又很负责任，汤杳的补课受到家长的认可。何况她还攥着一堆英语相关的证书。

那户家长每天见她都笑呵呵的，活像捡到了宝，叫她"汤老师"，还把她推荐给其他家长。一时间，汤杳这个在京城读书的英专生，在小区里名声大噪。

很多邻居见到汤杳妈妈，都会说一句"听说你家汤杳英语特别厉害"，把汤杳妈妈给高兴坏了。

汤杳在那个寒假"生意兴隆"。她每天给五户人家的孩子补习，上午两家，下午两家，晚上还有一家，时间排得十分紧凑，却也乐此不疲，赚得"盆满钵满"。

闻柏苓的电话，总是在她补课结束后打来。

不知道从什么时候起，他已经改口，对她的称呼从"汤班长"变成了"汤老师"。

他问她："马上过年了，汤老师还不休息？"

他们每星期联系两三次，今晚闻柏苓打电话过来时，汤杳刚好在盘算自己手里的钱。

奖学金、平时在京城的兼职报酬、寒假家教的日结工资，这些加起来，扣除下学期大概需要的费用，竟然也有五位数的存款了。

汤杳心里美滋滋，也想着钱生钱，咨询闻柏苓有没有什么适合学生的理财方式。她心特别大，差点把存款数目都告诉人家。

闻柏苓在电话里笑她："真不怕我是骗子？"

"那……你会骗我吗？"

"不会。"

"我看银行软件里有的理财利息好高，这种可以买吗？"被问到风险等级，她点进去查看，乖乖地照着页面标注，读给闻柏苓听，"风险等级，R5……"

"胆子挺大，R5也敢考虑？"

"R5怎么了？"

闻柏苓问她，能接受存进去的本金损失多少钱，汤杳想都没想，直接就说："零元。"

想了想，她试探着改了口："几毛钱或者几块钱，其实也能接受。"

这话逗笑了闻柏苓，他让她别想着一口吃成胖子，存点稳当谨慎型的低风险活期。

电话里突兀地传来一道女声——"闻柏苓，你在考虑新的投资吗，要不要听听我的？"

闻柏苓和汤杳通话，从不避讳，之前还有过一次，不知道是谁在他身边，问他是在和谁打电话。

闻柏苓直接就报了她的名字"汤杳"，搞得汤杳都有些茫然，难道他还和别人提起过自己？

今天他是在哥哥家里。旁边的人似乎是他的平辈，听见他在说理财相关的话题，提了几句项目投资。

汤杳听见闻柏苓的笑声。

他说，别闹，我们这是个还在上学的姑娘，手头没那么多钱，也没有风险抵抗资金，乱出什么馊主意，真赔了你给出钱吗？

"甭理她。"闻柏苓对汤杳说，"是我嫂子家的妹妹，投资臭手，天天钻研巴舍利耶，嘴里念叨的都是期权、分散投资，一通操作，去年赔了十六万——"

他说到这里，那边一声狮吼功，企图打断。

闻柏苓却不慌不忙地继续说下去："——美金。"

今天他身边格外热闹，把嫂子家的妹妹气走后，又响起个小女孩的声音。

是他的小侄女，缠着他给读故事。

"大中午的，读什么故事？"闻柏苓百般推辞，说自己打完电话再读，又哄不住，他那种无奈的叹气声，听得汤杳在这边忍不住笑出声。

结果被闻柏苓给听见了："幸灾乐祸是不是？"

那是汤杳第一次被闻柏苓拉进他的家庭生活，他说汤老师，拜托你个事儿，这小孩实在太磨人，帮忙读个英文故事？

她故意说自己补课费很贵。

闻柏苓笑着:"Double!"

读个故事而已,汤杳怎么可能收他的钱。

她关好自己房间的门,从网上搜了故事,清清嗓子,温声慢读。

故事读完,她忽然听见闻柏苓问:"汤杳,想不想见我?"

是想的,但汤杳不敢说,好像这个"想"字能触发潘多拉魔盒,只能委婉地问:"你什么时候回国?"

闻柏苓说:"过完年吧。"

只是这个冬天,注定不太平。

汤杳也没想到,自己会在那样的情景下见到闻柏苓。

姥姥在某天饭后突然脸色苍白,汤杳只是跑出去倒了杯水,再回来时,姥姥已经满身虚汗,像是刚从水里捞上来的。

妈妈打了120,救护车把姥姥带去了急诊室。

夜里闻柏苓打来电话时,姥姥刚吐过,虚弱地躺在急诊室的病床上吸氧、输液。

汤杳妈妈陪在姥姥身边,汤杳则在立式自助取片机旁,等着取头部CT的结果。

中途折返两次,姥姥看起来都不太好,脸色还是那样苍白。

接到电话,她抑制不住哭腔:"闻柏苓……"

电话里向来稳如泰山的人也慌了神:"怎么了,出了什么事?"

"闻柏苓,我姥姥病了,很不好,现在还在急诊室里吸氧。"

早年姥姥脑梗过,已经瘫痪很多年,这次又是同样的病症,比之前还严重。经过一夜的折腾,情况才终于稳定下来,但还需要留院做进一步检查和观察。

姥姥住院的第三天,汤杳换走了妈妈,留在医院守夜。

病房是三人间,有患者呻吟,汤杳又担心姥姥,根本睡不着,绷着神经坐在狭窄的折叠床上胡思乱想。

自从脑梗之后,姥姥已经不能走路,说话也不清晰,这次后遗症会不会更严重?

她身上披着军大衣,失神良久,到半夜才发现,手机里有闻柏苓的未读信息。他在短信里问她病房号。

前天晚上通话时,汤杳脑子混乱,到底和人家说过些什么,自己都已经不记得了。她不清楚闻柏苓问病房号的目的,只怕闻柏苓是要托人送花束、果篮。

她正编辑着短信,打算告知他情况,叫他不要花钱破费,手机忽然一振,页面里多出新信息。

还是闻柏苓发来的,只有三个字:出来吧。

汤杳不敢置信地看向门外。像幻觉般,闻柏苓出现在她的城市,在门板四四方方的小窗口里对她摇了下手机,示意她出来。

深夜的医院走廊万籁俱寂,弥漫着消毒水的味道,椅子里蜷缩着某位病患的家属。

闻柏苓坐了二十几个小时的飞机到市里,又租了车,开到汤杳所在的城市。

他风尘仆仆地赶来,轻轻拥住汤杳,安抚地拍了拍她的背:"家里老人怎么样了?"

那天晚上,闻柏苓在医院陪汤杳到凌晨,在病患和陪护家属们起床前离去。

汤杳妈妈惦记姥姥,清晨七点多天刚亮就跑来医院换班,想让汤杳回家休息。但汤杳不放心,执意多陪了一会儿。

医生来和病人家属沟通检查结果时,汤杳正准备离开。听医生说,姥姥的情况实在不太好,梗塞的面积大,区域也不乐观,很容易有生命危险……

汤杳走出医院。

外面天色阴沉,在下雪。

路边有推着车卖年货的商贩,顾客们买了称心如意的对联和福字,听着摊主"新年快乐"这类的吉祥话,高高兴兴地离去。

她对喜气洋洋的景象视而不见,却不小心看见不远处有几家寿衣店。像躲避某种巨大恐惧,汤杳瞬间移开眼。

幸好这时,路边有辆陌生 SUV 停下,降下车窗。

闻柏苓坐在车里叫她:"汤杳。"

他离开医院后,在附近酒店订了房间,当然没什么心思睡觉,洗过澡、换了身衣服就过来了,时间赶得巧,刚好遇见汤杳走出来。

汤杳也是一夜没合眼,眼里有血丝。

闻柏苓怕她熬不住,想带汤杳回酒店休息,哄着劝着:"家里老人那边还需要人,关键时刻,你要是不好好休息,真倒下了,那不是添乱吗?"

"我不能睡……"

汤杳摇头,天冷,她说话时都呵出一团团白雾:"我得回家做饭,中午要给妈妈和姥姥把饭送过来。"

闻柏苓眉头一皱："回头找家店订餐。走，去睡觉。"

汤杏是被闻柏苓强行带回酒店的。其实她也知道自己厨艺有限，稍微麻烦些的菜根本不会做，就算勉强做出来，也一定不如闻柏苓特地订的那种餐食有营养。

她只是心慌，想找些事情忙起来。进酒店房间时，汤杏表面看起来还算正常，闻柏苓给她买了早餐，她也安安静静，一勺接着一勺地喝着。

只是粥喝到一半，突然有眼泪砸进碗里。

汤杏抬起头，满眼潮湿："医生说姥姥有生命危险，就算马上动手术也是有风险的。闻柏苓，如果姥姥真的治不好了，我们该怎么办啊……"

忘记是哪次联系时，汤杏曾和闻柏苓讲过，她爸爸去世得早，和奶奶家那边的亲戚缘分浅，早都已经断了来往。

汤杏最亲的人只剩下姥姥、妈妈和小姨。

她的眼睛昨晚就已经肿了，红红的，可怜得要命。

从来没有一个姑娘，能让闻柏苓心疼成这样。他揽她入怀，没有任何暧昧，只是安抚地揉着她的头发，试图给她一些安慰。

闻柏苓在汤杏身边待了三天，好歹陪着她把最迷茫无措的时间给熬过去了。

国外有工作要做，要不是他还有个哥哥，连这几天时间都难以抽出来。

闻柏苓离开后，听说汤杏的小姨也终于从京城赶回去。她们几乎天天都待在医院里，连年夜饭也是在医院吃的。

春节之后的某天中午，闻柏苓在国外接到汤杏的电话，她心情很好，兴冲冲地和他讲她姥姥最近的情况。

"闻柏苓，我们真的好幸运！

"居然刚好赶上省里的心脑血管专家过来，还亲自操刀了姥姥的手术。

"你不知道，那个专家好厉害，姥姥的情况真的在变好，康复治疗也进行得很顺利。"

家里老人病情好转，逢凶化吉，这姑娘不再忧心忡忡，语调轻快。

闻柏苓把手机举在耳侧，听得出她言语间对那位专家崇拜得不行，快要夸上天了。

他没说自己托了多少层关系才找到合适的、资历足够好的医生，还在电话里不正经地故意逗汤杏："有你说的那么厉害吗？"

"有的！"汤杏急了，在电话里喋喋不休，说在网上都能搜到那位专家的名字，履历很牛的。

"还有，闻柏苓，谢谢你那几天来陪我。"

"这话就客气了，回头你请客吃饭。"

"一定请！"

汤杳大概是真的高兴，话也多了些，还主动和闻柏苓聊起很多生活中的琐事。姥姥情况好转后，她又开始做英语家教；他之前去过的那家医院，是她老家那边最大的医院，她就是在那家医院出生的；医院院子里那棵光秃秃的树，其实是杏树，好多好多年了；也说今年的雪势特别大，三天两头下雪，天气也冷。

说着说着，汤杳突然咳嗽两声，害得闻柏苓很担心，问她是不是感冒了。

"没有感冒，可能讲课说话多吧……"顿了顿，她突然抛出一个问题，"闻柏苓，你下次回国是什么时候？"

闻柏苓笑了笑："怎么了，想我？"

这通电话不知不觉，竟然打了四十多分钟。

挂断电话，汤杳握着手机坐在床上发呆。房间门被敲响时，吓了她一跳，手机都没拿稳，掉在被子上。

是小姨推门进来，端了杯金银花冲泡的水，坐在汤杳床边，很关切地问："昨天在医院就听见你咳嗽，这阵子因为你姥姥的事儿你没少着急吧？我在药房抓了点金银花，给你泡水喝，去火的。"

"谢谢小姨。小姨，你什么时候回来的，我怎么没听见……"

"刚进门没几分钟，先前听见你好像在讲电话，就没进来。"

小姨回老家后，几乎不让汤杳去医院熬夜照看姥姥了，都是她和汤杳妈妈倒班。

在医院睡不好，小姨已经有了黑眼圈，边揉着脖子边起身："喝完水就早点休息，别熬夜，明天你还要做家教吧？"

小姨往门外走了几步，忽然站住脚步，转过头，迟疑地问汤杳："杳杳，你刚才……是在和谁通电话？"

"是朋友。"

"好像听见你说京腔，是京城那边的朋友？和我提过的？"

她们在京城待久了，偶尔会在和京城人聊天时，冒出些不太正统的京腔。汤杳自己没察觉，小姨却很敏感。

汤杳避开闻柏苓的名字，说了谎，谎称刚才电话里的人，是吕芊的发小孙绪。

也许是她心虚的样子太明显，小姨若有所思地看着她，迟迟没有走出她的卧室。

片刻后，小姨反而折返床边，坐下摸了摸汤杳的头发，然后伸出手："手机能给小姨看看吗？"

"小姨……"

小姨眉心皱起来:"是闻柏苓。"

那天是正月十六,窗外挂着一轮满月。

小姨留在房间里,郑重其事地和汤杏谈了很久。

小姨说,你不了解那些人。他们出身太好、家庭条件又太过优渥,我们勤勤恳恳工作一辈子赚到的钱,连他们车库里的几辆车子都买不起。

他们的世界里,比感情昂贵的东西有太多太多,很少有人知道该怎么去珍视一段感情。

"小杏,小姨希望你谨慎些,不要因眼前的恩惠迷失了自己,也不要存有侥幸心理。"

"汤杏"这个名字,其实是小姨帮她改的。

她以前的名字是奶奶给取的。在她出生后,奶奶知道她是个女孩子,很失望,没有翻遍字典,也没有寄予厚望,只因为医院的院子里有一棵花开正盛的杏树,就潦草地定了她的名字,汤杏。

后来小姨去过京城,再回来时,满心满眼对一线城市的向往。

和汤杏妈妈聊天时,小姨说大城市的孩子们名字都很好听,极力怂恿给汤杏改名。

小姨说,姐,小杏成绩这么好,以后考大学肯定是要往大城市的好学校去的,这名字太土了,不时髦,以后会被同学笑话的。

那时候汤杏家还由小姨发起过"罚钱游戏",大家必须叫她"汤杏""杏杏",谁要是叫错了,说出"小杏""汤杏",是要罚钱的,一元钱,充公。

凑够了钱,周末她们就去买炸鸡架吃。

只是近两年,小姨在看清了部分有钱人的金玉其表后,已经对大城市失去了当年的心潮澎湃。反而在大家都习惯了"杏杏"这个称呼后,越来越频繁地叫她"小杏"。

小姨离开汤杏房间前,最后说的是:"那些男人对你的好,对你的照顾,终究是有目的的。"

那些目的是什么?不过是图你年轻、貌美、甚至是无知。汤杏怎么会不知道呢?

再开学已经是大三的下半学期,她当然不像最初到京城时那样一无所知。她已经知道闻柏苓到宿舍楼下等她时,为什么总是开那辆被费裕之称为"小破车"的白色轿车。也已经听费裕之说过,之前闻柏苓因为帮她小姨的忙,被传了很多风言风语,还被家里人责怪,不让他回国。

"柏苓可不自由喽。"

即便这样,他还是在知道她姥姥生病后,不远万里而来。

汤杳记得那天，自己在闻柏苓订的酒店房间里，终于不堪疲惫地睡着，却睡得并不踏实。

隐约听见他打开了阳台门，在外面打电话，嘱咐某家饭店的工作人员，煮鱼片粥，一定要少油少盐，要用没有刺的龙利鱼……

睁开眼睛，闻柏苓已经回到她身边，而她竟然才发现，他手背有伤口。

汤杳问闻柏苓是怎么弄的，他不以为然，说着急赶过来，在机场里跑着找租车点时刮破了，没什么事，当时都没感觉。

小姨说她不该和闻柏苓纠缠不清，不该心存侥幸。可是汤杳只觉得自己修为不够，实在无法做到木人石心。

何况闻柏苓在做了那么多之后，也并没有需要她做过什么，连谢礼都只是再简单不过的"请客吃饭"。

刚才那通电话的最后，他也只不过是说了这样一句："大概春天回国，汤杳，京城见。"

汤杳开学前，姥姥终于出院。

这次生病后，姥姥的情绪变得更容易激动。在汤杳拖着行李箱准备离开家那天，姥姥艰难地发出几个音节，流了很多口水，还哭了。

汤杳妈妈帮姥姥擦擦嘴："杳杳是去上学，到夏天就回来。"

汤杳明知道姥姥这些情绪，有一部分是脑梗的后遗症，也还是忍不住鼻子酸酸地抱住姥姥："是啊姥姥，夏天我就回来了，您一定要好好吃饭，好好做康复训练……"

这次她离家时，小姨反常地还留在老家。

姥姥住院那些天花了不少钱，但小姨像是对那些奋斗之类的字眼感到疲倦了，不再提生意忙与否，靠在客厅的墙上和汤杳摆手："路上注意安全，过阵子京城见吧。"

汤杳到学校的第一顿饭，是和吕芊、陈怡琪、孙绪在校外吃的。他们找了家学校附近的店，吃火锅。刚过完年，在家里好吃好喝了一整个寒假，肚满肠肥，倒也没有多馋嘴。

那些丸子、菌菇和水晶粉在沸水中翻滚着，迟迟没有被捞走。

吕芊拿着漏勺和公筷，盛满一大勺煮好的食材："你们谁吃水晶粉？再煮要烂了。孙绪，你把这些吃完，我要涮青菜了。"

"姑奶奶，我还吃啊？我正月胖了好几斤了。"

孙绪说这话时，不着痕迹地瞟了眼坐在斜对面的汤杳，清了清嗓子："但我已经在健身了……"

吕芊："琪琪吃不吃？"

陈怡琪说："我也胖了五斤呢，碳水不吃了，我吃点肉吧。"

汤杳特懂事，不用宿舍长问，主动举起自己的碟子："那我吃吧。"

"不行。"吕芊果断地把那些水晶粉，倒进孙绪的餐碟。

宿舍长发话了，说汤杳过个年反而瘦了好多，需要多补补，水晶粉这种东西没什么营养，就让孙绪吃。

"汤杳，你负责多吃肉。"说着吕芊又往沸水里放了半盘子羊肉。

火锅店里很多附近学校的大学生，汤杳他们坐在大厅散桌，周围吵吵嚷嚷，嘈杂声不断，却也有种令人安心的热闹。

在这里，汤杳不用刻意抹去生活中闻柏苓出现的痕迹，也不用小心翼翼、三缄其口。

手机振动时，她拿起来查看短信。

身旁的陈怡琪凑过来问，是不是辅导员有什么新通知，她也可以大大方方地说："不是，是闻柏苓。"

席间，吕芊和他们吐苦水，说还好开学了，不然在家里真的是好吵。究其原因，也就顺势聊起他们小区在过年期间的闹剧——

"是我们楼上的邻居，拆迁前就是老街坊了，那男的结婚前长辈就不同意，整天要死要活的，不听，非要结婚。

"这才结婚半年就不行了。过年期间天天吵架，动不动就砸东西，也吆要命了，整栋楼都跟着不得安宁……"

"吃菜，吃菜。"孙绪提醒吕芊茼蒿涮好了，然后在吕芊去捞青菜时，接着她的话茬说，"我看他俩早晚得离婚。两家条件差得太多了，成长环境不一样，学历背景也不一样，又不懂得互相包容，估计是走不长。"

"要离赶紧离。"吕芊恶狠狠地咬一口茼蒿，"上星期不知道摔了什么，好大动静，我正睡觉呢，把我吓醒了，再这样我肯定得神经衰弱。"

孙绪："算了，都是老邻居，你爸和他爸还是发小，也不好多说什么，就当给咱们上一课吧，结婚是一辈子的事儿，得擦亮眼睛，想明白再结。"

不知不觉间，大家都长大了。对周围事情有了自己的观点和立场，聊到与婚恋相关的话题，也不太会把自己当作局外人。

除此之外，在大三的下半学期，他们也开始边迷茫、边规划自己的未来，考公、考编、考研、进私企，或是出国留学。

汤杳倒是没有在学业、事业的规划上感到过困惑。她目标很明确，是一定会读研的。

家里妈妈和小姨都没有稳定工作，她需要尽可能深造，以保证未来能够有机会为自己争取高薪或者稳定的工作机会。

生活中唯一让她拿不定主意的，是闻柏苓。

以前每每提到有关于闻柏苓的事情，都令汤杳如堕云雾中。但今天，她很反常。室友们和孙绪在继续之前的话题，延伸探讨恋爱中"望衡对宇"的逻辑。

汤杳都听见了，却犹如事不关己般，置若罔闻地拿着手机给闻柏苓回复信息。

闻柏苓在短信里没话找话，问她京城那边天气怎么样。这种随便上网查查天气预报，都能得出答案的问题，汤杳竟然没有敷衍了事。

她认认真真地打了大段文字，说今天阳光很好，风不大，穿羽绒服会有些热，吃火锅也会热。

信息发出去，汤杳放下手机，吃了两口羊肉，又和朋友们说过三两句玩笑，再低头时，闻柏苓发来的新信息，已经躺在手机里。

寒假见闻柏苓时，汤杳还有些胆战心惊。毕竟他身份特殊，老家又是小城市，很多熟人抬头不见低头见，她还挺担心和他在一起时，会被亲朋邻居撞见。

闻柏苓陪她守在医院那天晚上，姥姥意识混沌，根本没察觉到他的存在。在那之后，也没有其他人问起过他，真就像她当时希望的那样。

可闻柏苓走后，汤杳又有些失落。因为没有人可以诉说，曾经有过一个人，跋山涉水，不辞辛劳，只为了安慰地拍拍她的脊背。

那三天，她频繁出入他下榻的酒店房间。

房间密闭，除了床就是浴室，床头抽屉里还有些收费的计生用品，陈设暧昧。

即便如此，闻柏苓从来没有出格的举动。

他只是把她安顿在床上，自己沏杯茶坐到一旁沙发里，看看手表："快睡会儿，我帮你瞧着时间，不会耽误你去换班。"

点开信息，闻柏苓先后发来两条。

闻柏苓：看来春天到了。

闻柏苓：我还挺想见你的。

满室火锅热腾腾的蒸汽里，汤杳放下手机，用手扇了扇脸颊，脸红了。

坐在斜对面的孙绪还不明所以，以为汤杳是热，问她是不是穿多了。

到闻柏苓回国，又是玉兰树含苞待放的时间。

那天天气很暖，傍晚的风也是柔的，他把车停在宿舍楼下，穿了件白色皮夹克，站在车边，对汤杳浅笑："好久不见，汤老师。"

闻柏苓带她去国贸附近吃饭。正赶上晚高峰，车子堵在北三环路上，平时半个小时左右的路程，生生堵了一个小时二十多分钟才到。就在堵车的空当里，闻柏苓告诉汤杳，他这次回来，准备接手些国内的项目，短时间内不再出国了。

说不准闻柏苓把这消息告诉她的缘由，但汤杳确实有些开心，转头对他微笑。

他伸手过来，温柔地抚了抚汤杳的脸颊："瘦了不少。"

那几天，闻柏苓以带汤杳增肥为由，经常叫她吃饭，也在汤杳下午课程结束较早的星期四，带她去看过一场电影。

闻柏苓自己也忙，时间上仍然愿意多迁就汤杳，也都会赶在门禁前，把她送回宿舍。

唯一一次在外留宿，是闻柏苓回国的半个月之后。那天他们在西餐厅用餐，饭吃到一半，费裕之打电话来，问了他们的地址，死皮赖脸地要过来蹭饭。

挂断电话不到二十分钟，费公子人已经出现在餐厅里，嬉笑着坐到闻柏苓身旁，称呼也变了，一口一个"闻哥"，然后拿起菜单，熟稔地加了些餐食。

牛排还没端上来，费裕之已经拿起餐前面包，吃得比谁都狼吞虎咽，像难民营里逃出来的。

汤杳有点看不下去，给他递了水，问费裕之怎么会饿成这个样子。

费裕之摇头晃脑："嗐，离家出走呗。"

于是汤杳知道了，大概费裕之又是因为他妹妹的原因才从家里逃出来。

说来也有些奇怪，汤杳其实认识他们不算久，仔细算起来，见面次数都没有很多。但对他们身边发生过的事情，汤杳并不陌生。好像他们这些人，虽富垺陶白，但在她面前，也算是透明的，没什么特别的秘密。

连费裕之也看出汤杳瘦了，问她怎么搞的，把自己折腾成这样，还吓唬她，节食减肥不可取，搞不好容易得病。他说前些年有个新闻报道，说女孩减肥得了厌食症，瘦成一把骨头，住院都没用，不治身亡。

沙拉端上来，费裕之可能真是很饿，连吃两大口"草"，还不忘教育人："你们这些小姑娘，该吃吃，该喝喝，可别总拿身体健康开玩笑。"

要是任由"废话多"说下去，误会可就真的大了。汤杳连忙举手，打断："我不是减肥，是家里老人生病了，情况不太好来着。"

"哦，对对对，是有这么个事儿。那你家老人现在怎么样了？"

"现在情况还不错，术后恢复得比我们想象中要好些。"

提到这件事，就不得不提到那位医术高明的专家了。

汤杳又把当初和闻柏苓夸过的话，对着费裕之夸了一遍："很幸运的，专家到那里亲手做的手术，统共就那么几台，其中就有我姥姥的。"

说到这里，她敏感地察觉到，费裕之丢给闻柏苓一个眼神，很像是某种善意的揶揄。

汤杏心里一惊，但她还未具体想到什么，服务员已经走到桌边，端来了他们的惠灵顿牛排。

酥皮金黄，卷着牛肉和鹅肝，黑松露蘑菇泥清香诱人，令人食指大动。

而闻柏苓偏心地分配了它。一共四块，中间两大块现在都躺在了汤杏的餐盘里。

闻柏苓说："天天学习那么累，多吃点，补充营养。"

邻桌的两个小姐姐在拍视频，可能像孙绪他们团队那样，是做短视频相关的。

她们在介绍这家餐厅，评价说："视野开阔，夜景特别漂亮。"

汤杏也跟着往窗外看了一眼——繁华夜色，钢筋水泥打造的梦想城。

无数人怀揣美丽愿望涌入这座城市，像小姨当年那样，摩拳擦掌，想要拼得一席之位。

可又有多少人，能够真正如愿以偿呢？

她们拍视频的声音不小，有些打扰到费裕之的进餐心情，搞得费公子挺不满，压低声音跟汤杏和闻柏苓吐槽："就一'大裤衩儿'，里面都是加班加点的苦命人，不知道有什么可拍的。"

汤杏以为费裕之骂了句很难听的话，当即睁大眼睛，惊诧地转过头去看闻柏苓。这举动被闻柏苓察觉，他轻笑，给汤杏解释，说外面那栋灯火辉煌的电视台大楼，因外部形状，他们有时候戏称它为"大裤衩儿"。

以这名称为开端，他们给汤杏讲了挺多她没听过的老京城话。老一辈人管"蝙蝠"叫"燕么虎儿"，管"壁虎"叫"歇了虎子"。

汤杏很难想象这种词从闻柏苓嘴里说出来，听得直笑。

聊得高兴，饭后费裕之意犹未尽，想拉着他们一起出去玩。

闻柏苓拒绝，说要送汤杏回学校。

费裕之眼睛一转，找准了攻克对象："汤杏，你看啊，今天星期五对吧？明天你又不上课，着急回学校干什么？跟我们玩去呗？"

汤杏架不住费裕之的忽悠，老实地答应了："好啊，好啊。"

费裕之都不给她反悔的机会，拿着车钥匙，转身往外跑："那就说定了，我的车在前面开路。"

只剩下他们两个，闻柏苓问汤杏："知道要去哪儿玩吗，就敢随口答应？"

汤杏那双漂亮的眼睛看向他，说："可是闻柏苓，你不是在嘛。"

"是个私人会所,路程有点远,折腾过去都得十点了。"汤杳随闻柏苓走出餐厅的旋转门,夜风清凉,听他又说,"去的话,和室友报备一下吧,你今晚回不了宿舍了。"

第六章
/ 相恋

汤杳对"私人会所"这个名称有着很多想象,可真随着闻柏苓和费裕之走到会所门口,又不免大失所望。

独栋别墅群而已,看起来和葡萄酒庄园、郊外高尔夫球场、马场那些地方,也没什么太大区别。

装潢设计上自然是没话说,简约现代风,花重金砸出来的艺术气息。可她之前的遐想里,私人会所不该仅仅是画栋飞甍、琼楼金阙,还得有些不可说的乌烟瘴气、花天酒地……

汤杳按捺不住好奇,一双清澈的眼扫过墙体、草坪,看不出其中会有什么暗藏的玄机。

倒是被闻柏苓看穿了心思,他好笑地问她:"这都什么年代了,你不会还想着能有酒池肉林吧?"

汤杳也知道是自己想多了,但她还是扬起笑脸,故意问:"没有吗?"

"真敢想啊汤杳,你当我们这些人是傻子?好日子不想过了,想吃牢饭?"

费裕之抛着车钥匙凑过来,往旁边停着的那些车瞥两眼。

费公子似乎没想到今晚这么热闹,停车位都快停满了,转过头,苦着一张脸对闻柏苓说:"我内向、社恐,待会儿闻哥得陪我一起玩,不然我不好意思。"

闻柏苓说:"看不出来你哪里不好意思。"

果然是看不出来的。才走进门廊,费裕之已经像脱缰野马,和各路熟人打起招呼。

被问到妹妹费琳,费裕之手扶额头,摇头叹息:"别提了,家门不幸。"

"哎,裕之,倒插门的那个谁,婚内出轨被岳父给打了这事,你听说没？凤凰男可不靠谱，回头和费琳讲讲，前车之鉴，哈哈哈！"

"滚！"

闻柏苓对谁都是淡淡的，逢人也是简单的几句问候，颔首过后，一路带着汤杳往里面走。

人多，周遭有些喧嚣吵闹，他微微侧倾身子，边走边给汤杳讲解，像个带她来观光的导游。

这地方最早建起来时，是用来做度假酒店的。聘用的管理团队能力不太行，经营不当，赔了不少钱，后来接手的人给改成了私人会所。

闻柏苓说，这边算是个打发时间的地方，来多了也挺无聊，但比参加应酬强，都是熟人，谁也不用防着谁，也不用听人溜须拍马，自在些。

别墅里不像想象的那样玄之又玄，不过是多了几张供人聊天的茶台。有妆容精致的女孩在弹奏古筝。茶艺老师穿着中式服装，端坐茶台前，正碗出汤，茶香扑鼻。

楼上组局在打扑克和麻将，两颗骰子在桌面滚一圈，有人伸手，把骰子收拢在手里，笑着"到我了"。

闻柏苓才带汤杳上去，已经有人在招呼他："柏苓你可是好久没来了，什么时候回国的？来啊，好不容易碰上，过来打几圈？"

当然也有人留意到汤杳，礼貌地询问："这位是……"

凡是被问到，闻柏苓都会一脸正色地回答："这位是我的朋友，姓汤，汤杳。"

杜绝掉一切不像样的猜想。

"那汤小姐想玩什么？"

闻柏苓问汤杳："有你想玩的吗？"

汤杳摇摇头，她其实缺乏这方面的经验，什么都不会玩。

本来还有些担心，怕闻柏苓觉得自己无趣，却不想他笑起来，说："被费裕之忽悠了吧？"

"也不算……我也可以长长见识。"

在这里厮混玩乐的人，个个大有来头。她要真是想要做生意，也许可以借势去结交一二。听他们这些从小见惯了资本市场的人指点迷津也好、发掘商机也好，真要是有心，混熟了，总能跟着吃肉的人喝点肉汤。

可汤杳志不在此。她对自己的未来，心里有数。她来这里没有野心，只想和某人多待会儿。

嘴里说着要长见识，其实也就是让闻柏苓带着她在这栋别墅里闲逛，好奇地看看囤着茅台和红酒的酒窖，再逛逛茶饼摆满柜格的茶室。

逛到顶楼。

123

春天的气温还不高,露台泳池周围空空荡荡,躺椅落寞地支在池边。

夜风吹皱清透的池水,闻柏苓逗她,这么多娱乐项目,她要是非要进去泡个冷水澡,他也舍命陪她。

夜还很长,总不能让他一直陪着自己。汤杳裹紧毛衣外套,扭头问:"闻柏苓,你以前来这边都玩什么?"

"打打扑克牌、麻将,偶尔也去地下室打台球。"

"那你去玩吧,不用陪我。"

闻柏苓说把她一个人撂这儿不放心,旁边那栋可以泡汤泉、做 SPA,如果她想试试,他可以送她过去。

汤杳难得展现出依赖他的样子,固执地跟在他身边,像是已经下定某种决心:"闻柏苓,我陪你去打牌吧。"

"不会无聊?"

"不会的。"

这边的麻将设备都是实木桌椅,闻柏苓说坐椅子太累,差人从隔壁温泉休息室里搬来懒人沙发,来给汤杳坐。

汤杳窝在里面,听见牌桌上有人笑着说:"汤小姐,你这角度能看两家牌,可别给柏苓通风报信啊?"

她刚连过 Wi-Fi,大大方方地举起手机里下载好的书籍,并拢三根手指:"不会的,我保证不看你的牌。"

下载的是雨果的《悲惨世界》。里面的人物芳汀太惨了,惨到汤杳没有办法全神贯注去看。

她偶尔分心,听听这圈人插科打诨的八卦——谁谁谁仗着家里有几个钱,跑去国外,输得精光,差点只剩下裤衩儿;谁谁谁当个倒插门女婿还不老实,老婆怀着孕还出去瞎搞,差点被岳父拿着高尔夫球杆把腿打断;谁谁谁家里把孩子送出去留学好几年,结果连几句基本的英文都看不明白,"Monks live in temples",愣是能把"monk"当成"monkey",翻译成猴子……

汤杳把他们的奇闻异事当乐子听,听到英文梗,又是涉及自己的专业,忍不住抿嘴偷笑,被闻柏苓给发现了。

他刚和牌,在等着洗牌的时间里,拿起杯子抿了两口热茶,俯身凑过来,温热的气息落在汤杳耳朵上:"在这儿看戏呢,困不困?"

已经过了十二点。

不知道是茶水喝多了,还是书里的剧情吸引人,汤杳亮着眼睛摇头:"不困呢,你玩吧,我再看一会儿。"

真正到麻将局散了,已经是夜里两点多。

费裕之那边正在兴头上,撸起袖子说要玩通宵,还埋怨他们散局早,不能见证他这个常胜将军的辉煌。

闻柏苓摇摇头，懒得管他，带着汤杳去休息。

外面风大，他脱掉风衣披在汤杳身上。

走了几步，她突然听见有凄厉叫声，在静夜的风中幽幽传来，像女人在哭。

汤杳顿住脚步："……是有谁在哭？"

去年闻柏苓大部分时间在国外，几乎没来过。

也是听朋友们说的，有人买了几只孔雀在这边养着。孔雀的叫声和形象不怎么相符。大半夜冷不防听见这动静，确实挺吓人。

他看着裹在自己风衣里的汤杳，使坏，明知故问地逗人："不会是被关着的那个女人，被人发现了吧？"

汤杳一激灵："什么？"

闻柏苓揽着她的肩膀，笑了几声："这时候知道害怕了，答应要来的时候不是挺果断的吗？"又怕真的把她给吓着，解释，"是孔雀。"

担心汤杳不相信，他深更半夜只穿一件透风的薄毛衫，还真就带着她去看孔雀。

那一片亮着灯，孔雀在笼子里不耐烦地溜达。

隔着笼子，汤杳蹲在那儿，用手机搜彩虹的图片给孔雀看。

好半天都没得到想要的结果，她还偏过头，挺纳闷地问他："闻柏苓，他们都说要给孔雀看比它还漂亮的颜色，它就会很不服气，会开屏。怎么这几只孔雀都没反应呢？"

"……冻傻了吧。"

汤杳暖乎乎地裹着人家的风衣，猛然反应过来什么，主动去拉闻柏苓的手："你是不是也冷？房间在哪边，那边吗？我们快跑吧，别把你冻感冒了……"

成年之后，闻柏苓从来没有过这么不沉稳的时候，像个贼似的，黑灯瞎火在别墅区里跟着汤杳跑。

真傻可以。这要是让那群人看见，下次牌桌上的八卦就轮到他了。

还好有休息室的那栋别墅不算远，跑了几分钟就到了，两人进去时，把管家都给惊了一跳。看管家那隐忍的样子，估计是考虑到职业生涯才憋住了笑。

要是费裕之在，准得嘴欠地问，你们是被鬼追了吗？

汤杳体力不太行，刷卡进房间后，还在轻喘。

这是个小套间，房间里有两个卧室，一枝桃花在水晶花瓶里绽着花瓣。

冷白色的灯光落在汤杳脸上。她才剧烈运动过，皮肤又呈现出那种健康的淡粉色,像荷花。看着眼前这个毫无防备跟他回到房间的姑娘,闻柏芩没把持住,凑过去吻了她。

窗外又传来孔雀叫声,急促的。

闻柏芩的吻很轻,浅吮她的唇,然后退开些,捏了捏她的脸颊,问:"怕吗?"

汤杳像哑了,晕乎乎地摇头,仿佛熬夜导致的症状姗姗来迟,整个世界都天旋地转。

她又逞强地想要装出镇定自若的样子,稳住发抖的手,指沙发:"闻柏芩,我们去沙发……"

"……那边坐。"

后半截话,她竟然没有力气说完。

"嗯。"

闻柏芩忽然拦腰把她抱起来,小臂托着她的臀。

那件披在她身上的长风衣落地,他从可怜的风衣上迈过去,抱着她跌陷进真皮沙发里。

皮质承重后,"吱嘎"作响。

汤杳在闻柏芩腿上,是那种跨坐的姿势,她心慌意乱地抓紧他的胳膊。她害羞,偏偏闻柏芩还一直在看着她,目光如高岸深谷,寸寸下移,落在她唇上。

见他有继续的意思,汤杳手足无措,红着脸,呼吸早就没了节奏,乱七八糟的,几乎要闭气憋死自己。

不知道她当下是怎么想的,也许是在学鸵鸟吧,竟然傻气地主动闭上了眼睛。

世界陷入自欺欺人的黑暗。

汤杳能感觉到闻柏芩一只手扶着她的腰,另一只手的指腹还沾着外面的寒气,凉的,刮蹭过她的耳垂。

他亲吻她的耳朵、她的唇。

房间里有恒温中央空调,干燥的暖意从出风口散开。

她像一捧雪,几乎融化。

很多陌生的感觉袭来,如同向血液中注入微小电流,陌生得令人着迷又害怕。原来和喜欢的人接吻,是这样的感觉。其实他也没有吻得很凶,是汤杳自己太紧张,整个人都是战栗的。

闻柏芩停下来,几乎是宠溺地拥着她的背,声音比平时更低些:"好了,不欺负你。"

手机从毛衣外套的口袋里滑出来,落在沙发上。

汤杳竟然短暂地清醒过来，胡乱地往手机的方向摸了两下："我……闹钟还没关……"

这会儿都三点多了，她的闹钟是四点半，要是待会儿再响，今天根本没得睡。

闻柏苓帮她拿了手机，递过来。但在他的注视下，汤杳心慌意乱，点来点去差点忘了自己拿手机的初衷，反而习惯性地点进了微信页面。

最后和她对话过的，是小姨。小姨说下星期回京城。

闻柏苓跟着看了两眼，提醒她是要关闹钟，然后又问："小杳，是你的小名？"

汤杳还有些失神，"嗯"一声。

从他吻她开始，她就没有抗拒过任何，柔软顺从地窝在闻柏苓的怀抱里，给他讲关于自己改过名字的故事。

她已经用手机看了一晚上书，本来平时睡得就不多，今晚又熬了大夜，眼睛干涩、泛红。

闻柏苓似乎心情很好。他又吻了吻她的唇，说怎么困成这样，便带她回卧室睡觉。

他们依然是分房休息的。

不知道什么时候下起雨，春雨绵绵，密密麻麻落满玻璃窗，给这个夜晚镀上一层朦胧的漆。就像她后来回忆这个夜晚，总觉得有很多说不清的情绪，都酝酿在其中。

汤杳以为自己会彻夜失眠，却在洗过澡后，回忆着接吻这件事，迷迷糊糊地睡着了。

梦里她走在山谷间的吊桥上，摇摇晃晃，每一步都踩不踏实。好像有谁说过，桥对面的东西不该妄想。她紧握吊桥绳索，心存恐惧，却也没有摈欲绝缘的本领，做不到真正放弃，只能顺从心意，摸索着缓步前行。

连梦里都有种侥幸心理。

孙绪打来电话时，汤杳还以为是闹钟，迷糊地摸到手机，挂掉。但已经被铃声吵醒，没了睡意，她闭着眼缓了几分钟，从床上爬起来。

很多事情拖着拖着，终于到了不得不去面对的时候。

昨晚他们吻得那么忘情，哪怕再自欺欺人，也不能说什么都没有发生过。

汤杳抱着枕头踌躇良久，拍拍自己的脸颊，勉强打起精神。又不是只有闻柏苓想亲，她自己也是想的，真算起来，这事儿不吃亏！

房间里没人在，汤杳给闻柏苓打了电话，他说在餐厅："稍等，我过去接你。"

"不用,我找管家问问,自己过去就好。"

吃早餐时,费裕之也在。

费裕之大概昨晚真的熬了通宵,萎靡地倚在餐桌旁喝粥,黑眼圈好重,看上去随时都能睡着。

餐厅里还是昨天那些面孔。

汤杳发现这群人有个奇怪的养生之道,熬夜通宵不觉得伤身体,但早餐是一定要吃的,还要吃得丰盛。

主食有甜玉米燕麦粥、虾仁、煎蛋,碳水和蛋白质补充完,也不忘记吃点蔬果沙拉和坚果。

闻柏苓坐在汤杳身旁,正同昨晚牌桌上的某个男人聊天。

他们谈论的,是某家公司去年最后一个季度的报表,然后说盈利产品去年减产了百分之六十,公司资金链断裂,宣布破产。

闻柏苓并没有仗着昨晚的亲密,在旁人面前做出让汤杳难堪的黏腻举动。他只是比别人多了双眼睛似的,在她吃东西有些噎到时,适时递过温水,再从那些经济词句里短暂停顿,话音一转,关心地说:"今天的粥是煮稠了些,慢点喝。"

汤杳点头:"嗯。"

餐厅在一楼,玻璃门敞着,新生嫩芽的草坪上有两只孔雀在踱步,雀翎在阳光下光彩夺目。

有个女人说,今天凌晨好像有人想偷孔雀,在这边鬼鬼祟祟半天,后来跑了……

惊得汤杳偏头去看闻柏苓,他还在听旁人讲话,却也如有所感,偏头,给她一个安抚的笑。

"也算是信错了人。这年头,谁在外面没有点花架子、假把式。都人模狗样地开好车,住好房子,管自己叫老板,指不定外面该着多少账没还呢。"

"投资确实是要谨慎啊,稍不留神就落得个满盘皆输的下场,惨啊。"

那男人伸出两根手指:"听说是赔了这个数?"

费裕之浑浑噩噩地往嘴里塞一筷子虾仁,插话:"可不止。"他伸出三根手指,晃了晃,"至少是这个。"

汤杳猜测不会是小数目,还往八位数上猜了猜,但后来再听,又觉得不仅仅是这样。那些对话里的数字大到,汤杳随便听听都觉得心梗。

她想,她这辈子是不会见到那么多钱了。但哪怕只有六位数的存款,肯定也不会去担投资担风险，就老老实实存起来，像松鼠屯粮过冬，等到有需要时拿出来应急。

借了闻柏苓的光，那个一看就是生意人的男人礼貌地问到汤杳，问她是做什么行业的。

"我还在读书，英语专业。"

"哦，汤小姐似乎很喜欢看书，推荐你几本金融方面的英文书籍？"

汤杳拿出手机，点了备忘录，很认真地把那些书名记录下来，向人家道谢。

后来那男人接到电话，先走了，桌上只剩下闻柏苓他们三人。

汤杳和闻柏苓、费裕之认真讨论过："你们已经有很多钱了，怎么还总想着继续扛风险呢？真的没有人，保守点，只存定期拿利息吗？"

在她看来，哪怕定期存款利率并不高，本金基数大，存起来，利息也是好大一笔。

他们没有笑话汤杳，只说没有那么简单。

"赚得多，责任也大。"

那些钱要作为流动资金在各个项目中周转，也要与时俱进继续研发项目，贴合市场，不然会被竞争对手打垮，走向倒闭破产，"不进则退"。

有钱人还要卖惨，手腕上金表直发光，却说，我们有钱人很难的，每天承受多少压力，你是不知道。

汤杳咬一口煎蛋，我们穷人压力也很大！而且还没钱！

大概费琳的事情是费裕之的一块心病，聊着聊着总能拐到婚恋相关话题上去——"这个世界多残忍啊，弱肉强食，谁不想着给自己找个坚实可靠的盟友，我看费琳那丫头真是傻了。"

和闻柏苓、费裕之他们接触久了，有些事汤杳也明白。她知道他们在婚姻大事上，多少都会有些身不由己，但身边有几个走得近的女伴，那是不要紧的。

闻柏苓对她一直是很好的。所以汤杳明白，这段关系再往后发展，她也许就要成为他的女伴。

汤杳昨晚没有拒绝闻柏苓的吻，却也不代表，她就能够毫无心理负担地发展这类关系，成为坐在牌桌旁，任由男人轻浮地调侃几句的女孩子。

可是只要闻柏苓这个人出现在眼前，她真的就没办法拒绝。就像现在，他笑着问她要不要去泡汤泉时，汤杳差点就脱口答应了，幸好有半颗煎蛋没吃完，她把没骨气的话给咽了回去。

饭后，费裕之要回去补觉。

汤杳则拒绝了闻柏苓的邀请，说有其他事情，想回学校。她本来就不

129

是善于说谎的人,一时半会儿找不到借口,心虚得不行。

幸亏回学校路上,和闻柏苓独处时,她翻到通话记录,无意间发现自己挂断过孙绪的电话。

这星期孙绪他们的拍摄都在室内,普通小视频,不需要汤杳做助理。

汤杳不知道孙绪找自己有什么事,把电话回拨过去。她和孙绪很少联系,平时有什么事情,都是在拍摄群里互相艾特。

上次两人通话还是去年。当时她在宿舍和室友们说过,小姨生意上出了问题。

可能是吕芊和孙绪说了,孙绪特别讲义气,打过电话来,说他手里有点小积蓄,如果她小姨这边有需要,可以先借给她。

回拨的电话被孙绪挂断。

那边很快回了微信过来,说在拍摄,收音设备已经开了,不方便通电话。

汤杳赶紧回复:没事,早晨以为你电话是闹钟,不好意思。

孙绪:电话是吕芊拿我手机打的。

孙绪:她在我家和我们吃早饭来着,说今儿天气好,想约你和陈怡琪下午去水库边走走。

孙绪:开我车,你去不去?

汤杳把对话框切到宿舍群里,问吕芊的安排。

这举动纯属是没事找事。她心里有种类似逃避的情绪,始终不安地翻涌着。

理智上,她很怕闻柏苓会提起昨晚的事情,怕他会把他们的关系,最终盖棺定论。情人,抑或者女伴。

感情上,她现在和他独处很紧张,昨晚那种亲密的心悸、欢愉,时不时闪回,真的很要命……

吕芊的回复很及时,说了下午出行的计划,特地艾特汤杳:是孙绪自己非得要跟着去。

吕芊:汤杳,这次可不是我帮忙撮合的啊,要我看,他就是对你贼心不死。

吕芊:那天吃火锅他偷瞄你来着,我可看见了。

汤杳笑着摇头,觉得吕芊肯定是想让孙绪请客吃饭了,才想抓点人家的把柄。

今天是万里无云的好天气,阳光透过车窗,落在汤杳身上。

闻柏苓看了眼汤杳,她头发蓬松柔顺地散着,含笑垂头,还在发微信。

合着就他一个人念念不忘是吧?

凌晨那会儿太晚,他知道汤杳平时习惯早起,怕她熬夜难受,想着反正都在一起呢,今天再找机会好好聊聊两人的关系问题。

谁想到睡醒一觉,天就变了。

明明昨天她还柔软地蜷在他身上,今天就像换了个人。约会也不答应,还一直和别人发信息。

发一路了,都不正眼看看他。

闻柏苓有些窝火,沉默着把车拐进西三环。

亲成那样了,这姑娘真就不想和他发展发展?

再瞥她一眼——汤杳正切出群聊,点进私聊对话框,头像是某个NBA篮球明星。

好,是男生。

汤杳放下手机时,车已经开到学校附近。

这阵子宿舍楼下的路面翻修,停车位那边都拦了路障,不让进去。

闻柏苓把车停到路边,步行陪汤杳往宿舍楼走。正是春天里最好的时候,沿途一树一树白色玉兰盛放。

闻柏苓送汤杳到宿舍楼下,忽然偏头,问她是否已有男友。

昨夜刚下过一场春雨,附近施工,路有些泥泞。

汤杳脚下没留意,踩在一块软泥上。

忽然想起昨晚看的《悲惨世界》,有些当时囫囵吞枣读过去的句子,断断续续浮现:

"在他脚下不再是石块路而是淤泥了。"

"忽然他陷了下去。"

"他如有重负则需扔掉,就像遇难的船卸去一切一样。"

"但也已经太迟了,沙已经过了他的膝盖。"

闻柏苓仿佛只是随口问问,可她却觉得自己踏入的,是令人深陷却又无力自拔的沼泽。

闻柏苓身高有一米九,又生得一副好相貌,哪怕昨夜睡眠不足,只穿着样式最简洁的米色长风衣,站在宿舍楼下,也还是太过引人注目。

来来往往总有熟人,几个路过的女生和汤杳打过招呼,好奇地看闻柏苓一眼,提着不知道是早饭还是午饭的外卖盒,进了宿舍楼。

他的问题,让汤杳无从说起,只能为难地移开目光,把视线落在背阴处几朵淡蓝色的牵牛花上,心里如同缠搅着乱麻,千丝万缕,毫无头绪。

片刻后,闻柏苓继续说:"去年我问过你,我们可以成为什么关系……"

"等一下,闻柏苓!"汤杳很急地打断他,自知有些失礼,但她别无办法,只能主动去拉闻柏苓的手,拽着人家转身走回头路,"我们还是回

131

车上再说吧。"

这一路上，汤杳心情忐忑，惴惴不安地深呼吸过好几次。

她害怕，怕闻柏苓再开口时，吐出令自己难堪的字眼。接受过的教育，让她对那样的关系心存芥蒂。哪怕再喜欢眼前这个男人，也还是不能轻松跨过心里的障碍。

车门敞开着，春日暖风浮动。

汤杳坐在车里沉默了好一会儿，像在斟酌什么世纪大难题，百思不得其解般，都有点要垂头丧气的架势了。

闻柏苓实在是看不下去，给她提了个建议："汤杳，考虑考虑，做我女朋友？"

那天的天气很舒服。风是和煦的，鸟雀叽喳，正紧绷着神经严阵以待的汤杳，听到闻柏苓的话，恍惚地抬起眼。

她几乎以为自己听错了，下意识地询问他："你说的，是哪种女朋友……"

闻柏苓笑了，他用手背探了探汤杳的额头，玩笑着说："体温挺正常的，也没发烧啊，说什么胡话。"

他问她："女朋友还能有哪种？怎么了，现在的大学生，还给男女朋友分种类的？都怎么划分的，说来我听听？"

附近修葺了几处草坪空地，有家长带着孩子在玩泡泡水枪，那些七彩泡泡顺风而来，又无声破碎。

汤杳像被"女朋友"三个字击中，眼睛酸胀，泪水夺眶而出。她哭得太突然，把闻柏苓都吓了一跳。

他俯身探进车里，从手套箱里翻出纸抽，帮她拭掉眼泪，哄小孩子似的语气："哭什么啊，只是问你愿不愿意做我女朋友。谈恋爱，又不是要你的命，不愿意的话，不答应就行了。"

汤杳吸吸鼻子："闻柏苓，你等我一下。"

闻柏苓心里苦。他想，糟了，去年这姑娘说让他多等等，这一等可就等了整整一年。

但汤杳擦掉眼泪和鼻涕，平复情绪，只用了半分钟。

她发泄般，揉了揉自己的散发，然后特别坚定地开口："闻柏苓，我答应你。"

闻柏苓愣了一瞬。

他帮她理理蓬乱的头发，看着汤杳那张宜嗔宜喜的脸，心情特别好："怎么跟个小疯子似的，真可爱。"

也许有无数鸿沟难以翻越，但毕竟，也还没到鸿沟真正来到眼前的那一天。

春日沼泽

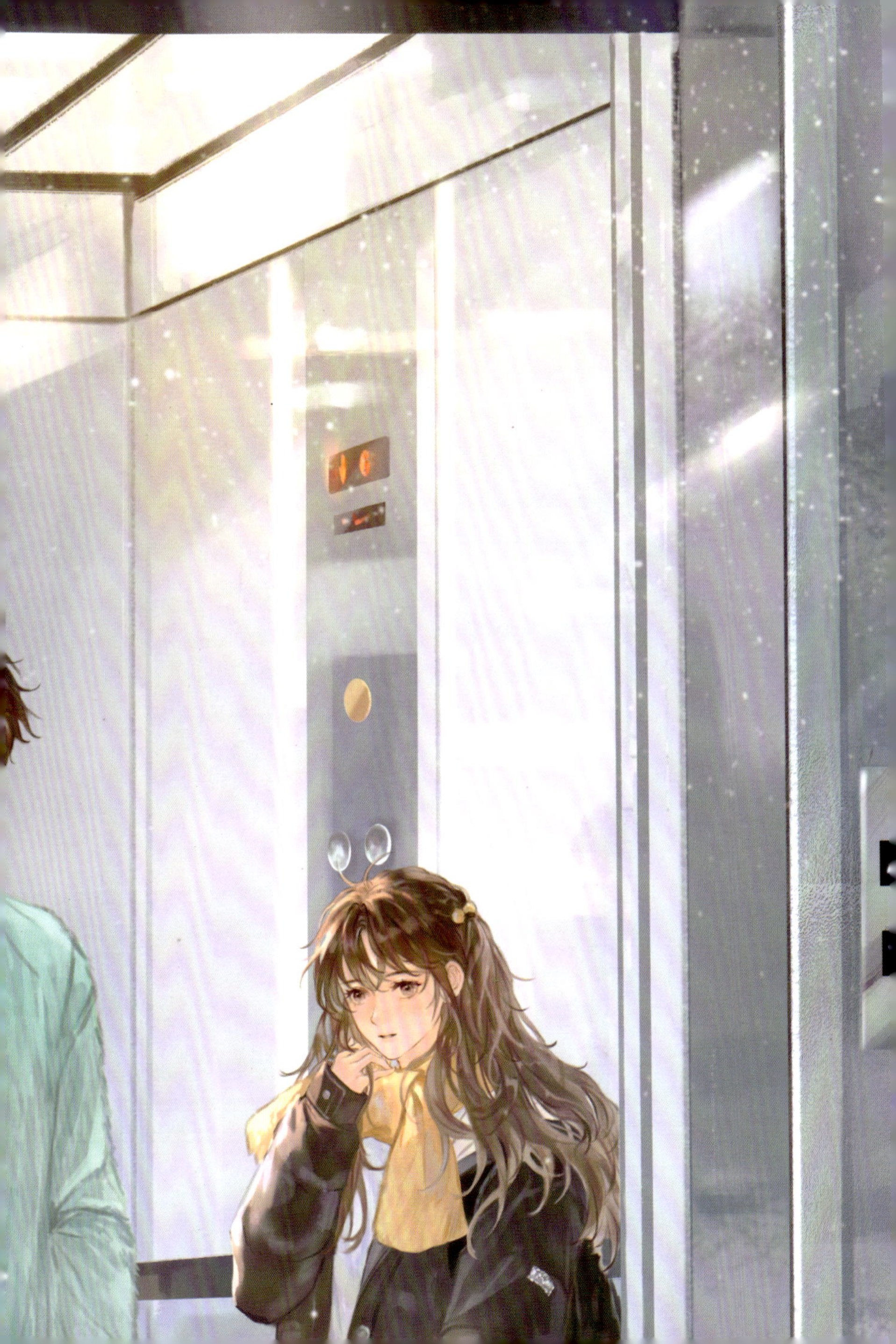

足够了。

已经足够了。

费裕之睡了两个小时回笼觉，醒来穿着睡袍在窗口发呆。房间在二楼，费公子亲眼看见闻柏苓和汤杳从自己眼皮子底下走过去。奇了怪了，早饭那会儿汤杳说还有事，闻柏苓不是开车送她回学校了吗？

费裕之拿了手机给闻柏苓打电话，问他们怎么又回来了，闻柏苓只说汤杳昨天没休息好，有些疲倦，想带她泡泡中药汤泉。

说完，闻柏苓就把电话挂了。

费裕之举着手机，那句"那我也去……"卡在嗓子眼里。

搞什么啊，昨天唯一通过宵的人，不是他吗？怎么没有人邀请他去泡中药汤泉啊？

汤杳之前说的有事回学校，显然是逃避的借口，闻柏苓当然也明白。

现在话也都说开了，他帮她系好安全带，又把人带回私人会所，说这边有中药汤泉，可以缓解疲劳。汤杳没泡过汤泉，不知道里面是什么样子，还以为是要两个人一起泡在热气腾腾的池子里，脸有些红，还问了要不要穿泳衣。

闻柏苓笑着捏捏她的耳垂："脑袋里面都想什么呢，药浴是分开的，你在女汤这边。"

分开时，闻柏苓忽然凑近。

他用只有他们能听清的音量，在她耳边说："也有能一起泡的，以后试试？"

汤杳扭头钻进门里，关上门还能听见闻柏苓的笑声。

她整个人泡在棕黄色的中药汤泉里，蒸汽氤氲，都是温热的苦味。

有人送来了水果、点心和茶，摆放在漂浮板上，晃晃悠悠地浮在她身旁。

汤杳趴在池边，心想，有钱人确实是会享受的。

泡过中药温泉后，有个和她年纪相仿的女生，穿着侍者服饰，很周到地陪着她，给她拿休息区的衣服换，还问她是不是要去做SPA项目。

在这地方待久了，精神放松下来，犯困。汤杳不知道流程，还以为都是闻柏苓帮她安排好的，晕乎乎地跟着点头。

侍者引路，带汤杳去了SPA项目的房间，和房间里负责SPA的人稍作交接一下，然后换了个人陪她。

那是个声音温柔软糯的女人，贴心地帮汤杳选好了精油。

女人说她太瘦，要用佛手柑搭配姜，可以缓解压力、暖身、增进食欲。

汤杳不习惯对别人乐嗟苦咄,人家每说一句,她都会勉强撑着困意,认真地回答:"我不瘦的,是骨头细,其实外面包着的都是肉。"

闻柏苓在休息区里总也等不到人,打听过后,找到这边来。

推门发现,汤杳已经盖了条薄毯趴在床上,睡得像个孩子。

他走过去,伸手抚了抚汤杳的脸。

她大概做了什么梦,分不清梦境和现实,忽然皱着眉拉闻柏苓的手,很不安地呓语,还叫了他的名字:"闻柏苓……"

"嗯,我在呢。"

闻柏苓俯身下来,想听得清楚些,听见她很小声地委屈嘀咕:"你别去打牌了,陪我待会儿吧……"

明知她睡着了,说的都是梦话,回答了她也什么都听不见,闻柏苓还是顺着她的话说:"好,你只管睡你的,我陪着你。"

等汤杳睡醒,已经是下午。

闻柏苓坐在这屋子里的矮沙发里,在翻看手机。

她不知道休息区的衣服领口宽松,也不知道自己睡得皮肤粉红,声音撩人,毫无心机地趴在床上和人家打招呼:"闻柏苓,你怎么来了?"

闻柏苓丢了手机,凑过来想亲她的脸。

还没碰到她,已经被推开,汤杳反应特别大,两只手捂着脸颊,一连串说了三个不行。

闻柏苓有点没面子,失笑:"怎么了?"

"刚才那个姐姐给我涂了很贵的护肤品,有人参成分的,你给我亲没了怎么办?"

他掀开了她的薄毯子:"那不亲脸了,过来,亲嘴。"

和闻柏苓谈恋爱应该很开心。可是过完周末回到学校后,汤杳突然就有点坐立不安。

她硬撑着学习到晚上,还是忍不住,爬上了吕芊的床:"宿舍长,我可不开心了。"

汤杳对室友是没有隐瞒的,和吕芊说自己和闻柏苓谈了恋爱。

"那你和他在一起开心吗?"

"开心!"

"有多开心?"

"超——开——心——"

吕芊蒙了:"那你这……现在是什么情况?"

汤杳也很茫然,不知道该怎么形容眼下的情绪,分析来分析去,也不知道自己这就是想念，还傻傻地剖析："会不会是他家境太好，我有点不安。"

吕芊特别会鼓励人："你想这么多干什么，就算你找的男友不是闻柏苓，是咱们学校里和你差不多的好学生，也不一定就能走到结婚。

"咱们身边每年有多少分手的呢，谁能保证就能和谁走一辈子啊？现在相处着开心就行了，想多了也没用。"

吕芊抱了抱汤杳："你要是非得想这些，就想想学生会那个学姐，处个男朋友，天天吵架。这才一年多吧，人都老了好几岁，瞧着都有眼角纹了。闻柏苓人好，最重要的是能让你开心。先谈着呗，车到山前必有路呢。"

这些话给了汤杳一些力量，抱着吕芊不撒手："啊芊芊，我爱死你了！"

刚好陈怡琪从洗手间出来，看见她俩这样子，果断爬上来："好啊你们，趁着我不在，在这里抱来抱去的，成何体统？过来过来，我也要抱！"

三个人嬉闹间，汤杳收到闻柏苓的短信。

闻柏苓：睡了吗？

汤杳决定诚实点面对这份感情。

她一字一句认真地输入，说自己还没睡，心里有点不安。输入到这里，她自己先着急了，怕太久不回复，闻柏苓会以为她已经睡着。于是先把那句发过去，又继续打字，写剩下想说的回复。

只是刚打了没两个字，闻柏苓已经打来电话。

陈怡琪说："你看，闻柏苓这不是挺在乎的你嘛，听说你不安，马上打来电话了，快接吧。"

汤杳接起电话。

电话里的人果然在问："我家女朋友哪里不安，我听听？"

"其实就是……"她说说和他生活差得有点多，怕后面相处会不顺利。

"这样啊。"闻柏苓的声音很令人安心，"知道了，我想想办法。

"我也没谈过，改天给我爸打电话取取经，他当初追我妈追得凶，比较有经验。

"相处过程中，你哪里不舒服，告诉我，我这边有则改进，无则加勉，这样行吗？"

汤杳举着手机，心安神定地"嗯"了一声，心里那点别扭奇怪地消失了。

"会睡不好吗？"

"不会，我爬到吕芊床上来了，今晚她抱着我睡。"

入睡前，她又收到闻柏苓的短信。他玩笑着问她：和我谈恋爱，感觉到不安不应该找我吗？怎么爬到室友床上去了？

明明没有特别露骨的字眼，可汤杳就是脸红了，想到他在泡中药汤泉之前说的那句："以后试试？"

汤杳和闻柏芩这段感情，开始得并不令人意外。

最初那两天，她自己还有些没适应这种身份的转变，再加上闻柏芩有工作要忙，她自己这边也要上课、备考、兼职，好像除了偶尔通话，生活并没有太多的变化。

反而是陈怡琪有些杯弓蛇影。陈怡琪是遇到过欺骗的，吃饭防噎，走路防跌，总想着在最开端，摸清所有事的吉凶祸福。

汤杳课余时间要兼职，很忙。私底下陈怡琪和吕芊、孙绪他们一起吃饭时，出于关心，也问了吕芊和孙绪他们对汤杳这段感情的看法。

孙绪当然是对汤杳的恋爱不看好，撇撇嘴："汤杳一看就是那种特别认真的姑娘，她谈恋爱肯定不会是在玩。你们说的那人条件、家里那么不一般，往长远了想，总感觉不靠谱⋯⋯"

他的观点是："我是不知道那个闻柏芩的家人到底怎么样，但我见过很多京城这边的本地家庭，出于各种原因反对子女找外地户口的对象。

"我们拆迁才几个钱啊？就这样，我奶奶都不怎么同意我找外地的女生谈恋爱呢。那叫闻柏芩的，家里难道就能同意吗？"

吕芊抬手给了孙绪的后脑勺一下："你少在这儿唱衰，吃不着葡萄说葡萄酸是不是？"

"我没有⋯⋯"

陈怡琪也有点坐不住："我不知道是怎么了，越想越担心，怕汤杳被欺负。"

"你那是PTSD，别总自己吓自己。"说完，吕芊又用眼睛斜孙绪，"你是不是还惦记着呢？盼着汤杳这段感情不顺利？"

食堂里人来人往，一股油烟气。

孙绪嘴硬："我可没有啊！不是你们问我看法的吗，我这是就事论事。"

"那你刚才还说，要和我俩去接汤杳下班？"

"我找汤杳说正经事。原定过两天拍视频的一个模特毁约，不给我们拍了。这不是连着找了几个都不太行，还没汤杳好看——"

说到这里，孙绪明显感觉到吕芊意味深长地看了自己一眼。

孙绪整张脸都红了，语速加快："——我就琢磨着问问汤杳愿不愿意拍，只是露个脸，都不用说话。"

"你们两个啊。一个有心理阴影，创伤后应激；一个是心怀鬼胎，别有用心！"

那天吕芊警告陈怡琪和孙绪，让他们没事别总给汤杳传播负能量。

"如果哪天闻柏芩惹哭她，我们再去劝。"

可人家两人感情好得很，别说哭了，汤杳恋爱之后，天天笑得像朵花。

在吕芊他们三个吃过饭的当天晚上，汤杳在阳台接了闻柏芩的电话。

接到一半，汤杳推门进来——她脸上浮着绯红霞云，刚洗过的头发蓬松地在头顶绕了个丸子苞，捂着手机问吕芊和陈怡琪，闻柏芩想请她们一起吃个饭。

"明天晚上行吗，大家有时间吗？"

陈怡琪拿出了娘家人的气势，明天下午课结束得明明很早，也要故意摆出一种拨冗出席的姿态，她和吕芊两个人互相看了一眼，双双仰起下颌，高傲地说："看在汤杳的面子上，我们挤挤，还是有空的。"

汤杳被她们逗笑，鼻子都皱了，甜滋滋地和闻柏芩汇报："她们说有时间。"

请客那天，闻柏芩没有簪星曳月的繁复配饰，依然是简洁利落的穿衣风格。他坐在汤杳身边，主动帮姑娘们倒了茶。

室友放狠话，说："闻柏芩，你可不许欺负汤杳，不然我们两个和你没完。"

闻柏芩都好脾气地浅笑着点头："好。"

其实汤杳也不知道闻柏芩为什么会突然请室友们吃饭。是在餐食过半时，她才听他提起，过两天是她生日，知道她们室友之间感情好，想代汤杳和宿舍长请个假。

闻柏芩为人一点架子都没有："把汤杳借我一天，宿舍长答应吗？"

吕芊故意说："那得问问汤杳生日想和谁过。"

汤杳很为难。

然后就听见吕芊"啧"了一声："同窗三年，比不上男人，竟然没有第一时间选我们，今年不给你过了！"

说是在生日那天带汤杳去外面，可生日前一天晚上，汤杳刚结束帮孙绪的拍摄，还没卸妆，已经看见手机里闻柏芩的信息。

她之前和闻柏芩说过自己所处的位置，他的信息只有一句：我在楼下等你。

这次的拍摄是帮某个小品牌的原创服饰做预告，汤杳衣服还没换，穿着中式长裙，跑到窗边，推开窗子往下望。

傍晚的风吹动碎发，汤杳撩起发丝，发现闻柏芩的车果然就停在楼下，不知道已经等了多久。

她着急要去见他，换了衣服，又拔下头发里的塑料簪钗饰品，和孙绪他们简单打过招呼，背起书包匆匆就跑了。

"我先走啦！"

闻柏苓正靠在后座玩手机，车门忽然被拉开，汤杳快乐地扑进来，跑得气喘吁吁。

"怎么累成这样？"

闻柏苓帮她整理散乱的头发，逗她："是不是你们老板压榨你，我上去和他干一架？"

"不是的。电梯在十九楼迟迟不下来，我怕你等太久，就跑下来了。"

这姑娘总有让人为她心动的本事。挺单纯、挺没有心机的人，怎么说出来的话，就能这么招人稀罕呢？

闻柏苓把人拉进怀里，松垮地拥着："跑了几楼？"

"七层，下楼梯没有上楼梯累。"汤杳脸上的妆还没卸，眉目温婉。

她看着闻柏苓："可是你怎么会突然过来？"

"过来接你去个地方。"

书包太占地方，她背着书包像背着沉重的龟壳，在还算宽敞的车内空间里摘掉。

闻柏苓帮她把书包拎到一旁，随口问了句里面都装了什么，这么沉。

"都是书。"

汤杳忽然想起什么似的，上半身越过他，去摸书包的拉链。

天气已经暖了很多，十几度的天气，汤杳也不再穿厚厚的毛衣外套，换了薄款。

刚才下来得急，外套被塞在书包里。

她身上只有短款卫衣，这样伸长手臂的动作，露出一截细腻白皙的皮肤，纤腰楚楚。

她对闻柏苓毫无防备，还在奋力去拉开书包的拉链，长发垂落在他手背上，毫无察觉。

这样窸窸窣窣半天，汤杳终于从书包里拿出两袋卸妆湿巾。

之前给她化妆的小姐姐说，用这个就能擦掉防水的彩妆，眼妆要多敷一下，等个十几秒、半分钟再擦。

想到刚才闻柏苓的问题，她从书包里拎出一本书的一角，给他看。是那天在会所吃早餐时，那个和闻柏苓谈论投资的男人推荐的，英文版金融类书籍。

"我在图书馆找到了这个,借回来看看……"

闻柏苓把视线从她腰间移开,短暂地扫了眼书名,有些心不在焉,说那个朋友是有些好为人师的臭毛病,不用太放在心上。

"学习、兼职这么累,你还有时间看这个?"

"鲁迅先生不是说过的嘛,'时间就像海绵里的水',挤一挤还是有的。"

汤杳知道她和闻柏苓他们擅长的领域不同,倒也没有想要以己之短,攻彼之长。只是不希望自己在他们身边时,显得过于腹笥甚俭,好歹能听懂他们聊天的内容,哪怕一点两点呢。

"我先卸个妆。"

"嗯。"

卸妆湿巾按压在右眼,停了几秒,汤杳才察觉到闻柏苓的不对劲,转过头,用露在外面的一只眼睛看他:"不是说带我去个地方吗……"

"等你卸完妆。"

闻柏苓完全没有要去前面开车的意思,睫毛慵懒地垂着,目光很深,始终落在她身上。

看得汤杳脑子都昏沉了。她思维出现卡顿,想问闻柏苓,又不是需要她来开车,为什么要等她卸完妆才能走?但这问题没出口,已经有了答案。

这款车在内饰上是选了星空顶的,那些灯饰像繁星,在头顶尽职尽责地发光。

他在璀璨"星空"下凑过来,轻轻捉住她的手腕,挪开她按压在眼睛上的手和湿巾,偏头吻她。

这是商业区的街道,没有坐落着电影院和购物中心的主街喧嚣繁华,但在星期五的晚上,也还是来来往往,总有人经过。

他的手沿着衣摆探入,汤杳闭着眼睛,听见偶尔飞速经过的车轮声、鸣笛声,有些紧张:"闻柏苓……"

"贴了防窥膜,看不见里面。"闻柏苓虽然这样说,却也没有再做什么,揽着她的腰抱了她一会儿,"走吧,先去吃饭。"

这天两人吃饭吃得很慢,聊天,品餐前茶,品菜,品餐后甜点,吃过晚饭,已经将近十点钟,而餐厅离学校实在有些远。

汤杳有种预感。她知道闻柏苓今晚不会送她回宿舍。他们都是成年人,汤杳心里也有些猜想,觉得自己明白这个晚上会发生什么。

可她没想到,闻柏苓带她去往他的住所之一,进门没有直奔主题,而是掐好了时间,像变魔术似的,先送了她一朵荷花。

荷花仍然开得不应季,却很美。

闻柏苓在她诧异时,看了眼手表:"刚好十二点钟,生日快乐,小杳。"

荷花被点满金箔的亚麻纸包着，重瓣，淡粉色，很蓬松的一朵。

汤杳拿着那枝荷花，猝不及防听闻柏苓喊她一声"小杏"，有些怔神。他是她在京城认识的所有人中，甚至成年后认识的所有人中，唯一叫过她这个名字的人。

二十一岁伊始，突然听到有人这样温柔地唤她"小杏"，让汤杳莫名动容。她有种错觉，就好像，他不仅仅是她的男朋友，也不仅仅是看不到未来的一片迷雾，而是她的家人或者亲人。

汤杳眨巴眨巴眼睛，想哭。

闻柏苓却捏捏她的脸，像威胁幼儿园小班的孩童："不许哭，哭了明天不给你买蛋糕吃。"

在十二点整的这个瞬间，汤杳收到很多祝福。

手机在外套口袋里接连响起微信消息的提示音，闻柏苓都很宠地笑道："我女朋友人缘还挺好。"

点开微信，各式的微信头像排成排，一串红点。有过去的同学，有吕苄和陈怡琪，也有大学同学和她给补过英语的初中生。

汤杳一一回复时，又收到了新的。连汤杳妈妈都因为惦念女儿，学会了这种第一时间发祝福的方式，只不过掌握得不熟练，发过来时已经是零点过几分钟，却很仔细地祝福着：祝我亲爱的女儿，生日快乐，永远幸福，永远开心，永远健康。

没有华丽的辞藻，也没有望子成龙的凤愿，只是希望汤杳健康快乐。

汤杳举着手机："闻柏苓，我能给我妈妈回个电话吗？"

"你想做什么不行？"

闻柏苓指了指不远处的房门，主动避开："我去里面等你。"

电话拨过去，几乎是与此同时，微信里收到了转账，妈妈给她转了五百块。

"杳杳。"汤杳妈妈接起电话，声音是带着笑的，"妈妈刚才还想着，你肯定还没睡。我的乖女儿二十一岁了，是大姑娘了，生日快乐。"

"谢谢妈妈。"汤杳不肯收那笔转账，"我都是大姑娘了，就不收钱了。"任凭妈妈怎么说，她都一口咬定手里的钱够花。

"今天帮朋友拍广告，刚拿了八百块呢，放心吧。"

姥姥也没睡，吐字不清地说着什么，汤杳妈妈帮忙转达给汤杳听："你姥姥也惦记着你生日呢，和你说生日快乐。"

"谢谢姥姥。"

时间毕竟是太晚了，她们没有聊得太久。

挂断电话前,妈妈还很替汤杳着想地说:"不聊了,免得影响你的室友休息。"

汤杳顿了顿,没有说自己在外面,声音很轻地和妈妈说了晚安。

还是不知道怎么和妈妈开口,毕竟这段感情,哪怕以男女朋友相称,也有太多不确定性。

客厅里安静下来,汤杳这才留意起周围的环境。

这处房产闻柏苓似乎不常来,陈设崭新。

客厅里堆了不少装裱的字画、用泡沫纸裹着的瓶罐摆件,像是专门存放收藏品的。

房间的隔音做得很好,汤杳推开门前,丝毫没有察觉到闻柏苓也在打电话。门板被推开一条缝,才听见他的笑声。

闻柏苓坐在躺椅造型的沙发里,背对门。

汤杳怕打扰到他,放轻脚步,悄无声息地潜入。

她没留意脚下,凸出来的嵌入式插座上,插着闻柏苓的充电线,她绊在上面,被闻柏苓及时转身扶住。

"没事吧?"

汤杳摆摆手,闹了个脸红,连忙蹲下来,想帮忙把被她踢掉的充电器重新插好。

碍于身旁的人在接电话,她所有的动作都悄无声息的,像演哑剧。

闻柏苓却把手机递过来,贴在她耳边,和电话里的人说:"好了,可以开始了。"

在汤杳还没反应过来时,手机里已经流淌出流畅的钢琴声,是《生日歌》的节奏,有个稚嫩女童声用英语在跟着唱。

汤杳一愣,用口型问闻柏苓:"你小侄女?"

闻柏苓浅笑着点头。

"Happy birthday, Aunt Tang."

小朋友还知道她的名字?汤杳简直受宠若惊,心都跟着软了,连忙和素未谋面的女孩道谢。

闻柏苓拿走手机,和电话里的人又说了两三句,才挂断。

汤杳问他,这也是你计划好的吗?

闻柏苓说不是,只是碰巧他给哥哥打电话时,小侄女也在身边,就和小侄女商量了这么一出。

"……你哥哥也在?"

闻柏苓挺自然地说,他哥哥和他嫂子都在,这几天他哥哥身体有些不舒服,在家里办公。

141

这种坦然的态度，令汤杳有些怔忡不安。怎么好像在这段感情里，她才是那个不够坦诚的人？

汤杳也收到了小姨的信息。小姨去外地出差了，说是约了人谈事情，最早也要明天半夜回来，错过了她的生日。

小姨：刚才准备睡觉，看了日期，突然想起是你生日，生日快乐，等小姨回来请你吃饭。

她竟然有些庆幸。庆幸明天不用在小姨和闻柏苓之间做选择，也庆幸，她还暂时不用见到小姨。因为……小姨有一双明察秋毫的眼睛，凭自己的小伎俩，什么都隐瞒不过去。

可她该怎么和小姨开口呢？小姨不会支持她的吧？

以后的事情，就等到以后再说吧！

眼下有眼下要处理的事情，比如，那枝荷花。

荷花太美了，汤杳拿着看了又看，不舍得它就这样干枯，问闻柏苓这边有没有花瓶，想要用水养起来。

闻柏苓二话没说，从客厅那堆几乎没拆封的物品里，翻出个与荷花高矮差不多的瓶子，拆掉泡沫纸："就它了。"

"这个会不会很贵啊，这是收藏品？"

"贵不到哪儿去，以前做慈善拍来的，留着没什么用。"

闻柏苓亲自去盛水，汤杳跟在他身边，用手机查荷花的养护方法，忽然想起什么，问："闻柏苓，你怎么知道我喜欢荷花的？"

汤杳确实是喜欢荷花，非常喜欢。

老家天气要比京城冷一些，在环境规划上也没有关于荷花的设计，大小公园的人工湖里倒是都有种睡莲。

她第一次见荷花，是来京城读书那年。

那年到京城，她先去了小姨家，由小姨带着吃吃喝喝。有天是阴天，她们没能去原计划的景点，临时改行程去图书馆，又去了附近的公园闲逛。

公园里有一隅荷塘，真像诗里说的那样，"接天莲叶无穷碧"。荷花开得正盛，小姨带着她拍照，又花了几十块钱，乘船绕荷塘而行。

船摇摇晃晃地漂在池塘里，天忽然下起雨，岸边游客纷纷跑着避雨，一阵雨声和人声混合的嘈杂。

只有荷花安静娴雅地立在细雨中。

汤杳喜欢得不得了。

后来去学校报到，在路边看见有摊贩推车在卖荷花，她也咬咬牙，难得奢侈一次，买了一束带去学校。

想到这里时,闻柏苓忽然说:"给你讲个关于荷花的故事?"
于是汤杳全程诧异地听闻柏苓说起,就在她买了荷花准备去学校报到的那天,他的车停在路边,意外地遇见她。
"当时我就想,这姑娘有点傻。"
"怎么会是傻呢,我那是助人为乐!"
讲这件事时,闻柏苓用剪刀剪断花枝尾部。
很多年以后,汤杳回忆起这个深夜。想起关于闻柏苓更早见过自己的故事、花枝断开时丝丝缕缕仍不断绝的连接,她仍然觉得,这些都是好的兆头。
这个生日从零点就开始过,时间富裕,整整二十四个小时。
闻柏苓问汤杳生日想要怎么过,可她并不是贪心的姑娘,想了好久,也没什么新意,只希望睡到自然醒,起来背背书,再出去吃点东西。
闻柏苓笑她没追求。他说,衣服、蛋糕、餐厅他都已经准备好了,既然她没有想法,就都交给他。
"现在,去洗澡,该睡觉了。"
汤杳"哦"一声,走到刚才绊过的地方,又没留意,一脚踢在嵌在地板上的插座,疼得眼泪都出来了。
闻柏苓把人扶起来,拔掉充电器:"还想着让你住这屋,算了,去我卧室睡吧。"
其实她是心有旁骛,才总在同一个地方栽跟头。
闻柏苓大费周章地带自己出来,总该有些除了生日之外的目的吧?
汤杳是个直肠子,忍不住问闻柏苓:"我怎么谢你?"
"你想怎么谢我?"
他把问题抛回来,汤杳好生气,觉得闻柏苓是故意的,非要让她说那些令人难以启齿的话。
"那我请你吃饭好了。"她赌气说。
"可以,吃什么?"
闻柏苓回答得太自然,汤杳都有些迟疑了——难道是自己把他想得太坏了?
她不好意思地反思自己,语气认真了些:"那要不然,我请你吃火锅吧,那家火锅店用学生证可以打 6.9 折……"
"钱包拿来我看看。"
汤杳不明所以,还以为他是想看看自己有没有足够请客的钱,真就顺着他的话,把自己的钱包拿来了。她心里还想着,幸亏今天孙绪给结了工资,钱包没那么瘪,够有面子。
闻柏苓打开她的钱包,从里面抽出一张拍立得照片。

那是去年生日时,她和室友们的合影。

他姿态慵懒地靠在床边:"同样是给你过生日,男朋友和室友的待遇,是不是差得太多了?"

闻柏苓指了指自己的侧脸,说:"饭就别请了,过来亲一下。"

汤杳闭上眼睛凑过去,害羞到有些敷衍,唇轻碰了一下他的脸,就已经打算退开。

闻柏苓没同意,扶着她的后脑勺,吻住她的唇。

闻柏苓给了汤杳最难忘的生日——他没有在暧昧的夜色里选择优先满足自己,只抱着她入睡,天亮后带她去了机场。

他们乘飞机出行,去到南方城市那座全球知名的游乐园。

登机时,汤杳还没睡醒,裹着航空公司提供的毛毯坐在座位里,昏昏欲睡。

闻柏苓以为汤杳会睡过整个航程,汤杳却在飞机结束滑行起飞时,猛然睁开眼睛,紧张地拉住他的手:"怎么办,闻柏苓,我有点害怕……"

汤杳没坐过飞机,对顷刻间失重的感觉一时间难以适应,指尖都凉了,说害怕时也有一些窘迫情绪,毕竟满机舱的人都气定神闲。

闻柏苓把座椅中间的扶手抬起来,伸手揽住她的肩。

汤杳耳朵里很不舒服,宛如多了层膜,堵堵的,所有声音都像是从很遥远的地方传来,却也听见他极其耐心地在安抚她:"别怕,我在呢。"

知道汤杳是耳朵不适,闻柏苓教她憋气,帮她捏住鼻子:"鼓气试试看。"

汤杳依照他的方式试过几次,果然好了很多,那层存在于感觉中的膜不见了,听力恢复。

在飞机平稳飞行后,汤杳稍微放松些:"你的方法很好用。"

"偶然听来的。"闻柏苓说他忘记是哪次出行,遇见过一对母女,坐他身后的位子,妈妈就是像他刚才这样教女儿的。

"那你记性很好。"汤杳想了想,第一次开这种醋意的玩笑,"是不是因为妈妈格外漂亮,你才记得?"

闻柏苓思索两秒,忽然笑了:"我只觉得你格外漂亮。"

汤杳脸红了。她想起昨晚那个关于荷花的故事,想起闻柏苓在她刚来京城时就见过她,还在电梯里认出她……脸越来越烫,好像刚才的玩笑根本不是吃醋,而是她非要逼着人家承认自己格外漂亮似的。

自己挖坑自己跳。

汤杳在闻柏苓的注视下,总觉得心事无所遁形,索性转过头去看窗外。

窗外云海如仙居,洁白的团云堆叠在一起。

闻柏苓拉拉汤杳的手,她顺势回眸,他帮她提起一截掉在地上的毯子:

"要不要再睡会儿？到了我叫你。"

那天在熙来攘往的游乐园里，闻柏苓也始终拉着她的手。

他们和感情好的情侣们没什么两样——

排队时吃甜筒、说悄悄话；在高空极速项目中尖叫和大笑，出来犹如同生共死过一遭，劫后余生地讨论着某个环节的惊心动魄；和穿玩偶服装的工作人员合影；也会在人山人海的园区里，尽可能寻找看烟花秀时视野好的位置……

"闻柏苓，前面那个人好高，我得踮着脚才能看到，早知道找吕芊借高跟鞋穿了。"

闻柏苓轻轻松松地将她抱起来："不用借，我就是你的高跟鞋。"

汤杳被他单臂就抱起来，轻声尖叫。烟花秀在同一时间开启，炸开在城堡上的夜幕中，她惊喜地转头："闻柏苓，快看——"

白天畅快的游玩很耗费体力，晚餐他们是在酒店房间里吃的。

饭吃到一半，酒店工作人员再次按响门铃，推着餐车进门。

生日蛋糕上印着BVLGARI的字样，工作人员帮忙点燃蜡烛后，关掉房间所有照明设备，然后关门离开。

是闻柏苓在跳动的火光中，给汤杳唱了《生日歌》。

去年给闻柏苓过生日时，他明明说过，他们很少在生日时许愿，但还是为她这样准备。

他说自己是"入乡随俗"，入女朋友的"乡"，随女朋友的"俗"。

烛光映在闻柏苓眼中，他说："许愿吧，女朋友。"

汤杳双手合握，闭着眼睛——希望姥姥、妈妈、小姨能健康平安，当然，还有闻柏苓。

闻柏苓帮她切了蛋糕。

太妃糖味的蛋糕有些甜，汤杳品尝了蛋糕，而闻柏苓品尝了沾着奶油的她的唇。

他们接吻，接下来的事情水到渠成。

闻柏苓一向很周到，床上的事情也是如此。在汤杳生日这天，他带着她体验了某种新奇的欢愉，却只是单方面让她开心。

夜色温柔，蛋糕的甜香隐隐约约。

闻柏苓把手抵在她最柔软的地方，问她："这样的生日安排，还满意吗？"

半明半暗的光线帮汤杳隐藏了慌乱情绪，她紧张地抓着他的手腕，声音有些细微抽噎，像飞机上看见的云，飘浮在空气里："慢点……"

第七章
/ 心惊

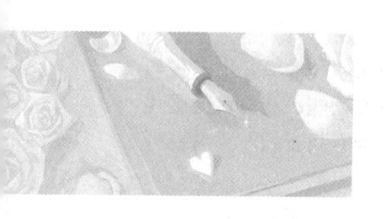

生日过完,汤杳重新回到校园。

二十一岁的她要努力的事情依然很多很多,也会在忙碌里抽出时间,跟着闻柏苓出去吃饭、参与些他和朋友的娱乐活动。偶尔会在某个闻柏苓经常出入的场合里,遇见闻柏苓的熟人。他介绍起汤杳时,从来都是那副坦坦荡荡的样子,牵她的手,说是他的女朋友。

得熟人几句类似"郎才女貌很相配"的赞誉,闻柏苓也会眉眼挂着笑意,点头道谢。

六月时,京城如雪的杨柳絮不再漫天飞舞,汤杳在研究考研择校问题之余,开始计划给闻柏苓过生日。想来想去,她还是觉得小姨店里的蛋糕才是最好吃的,在她心里,胜过那些奢品名牌。

汤杳心里也有种小小的算计,觉得反正要有人赚这份钱的,为什么不能把钱给小姨赚呢?自家人赚钱,这钱花出去就不会心疼。

知道小姨店里生意不差,汤杳担心临时订会订不到,提前几天就托了室友们,代她去店里预订。

这天闻柏苓刚好约了她出去,他们是在他家里见面的,他脱掉她的外套,在吻她的脖颈。

手机就是在这种时候响起来。

是吕芊,汤杳怕生日惊喜被闻柏苓看穿,拿了手机,想背着他接这通电话,跑去里间。

闻柏苓含笑的声音在身后传来,意有所指:"开心了就想跑?"

汤杳红着脸,边背过手系上背后的搭扣,边用肩膀把门撞上,像个贼似的,压低声音:"喂,芊芊,帮我订好了吗?"

"……订好了,还便宜很多。"吕芊的声音有些奇怪,报了花销价格。

汤杳在心里大概算算，只花费了预计的三分之二。

吕芊和陈怡琪告诉汤杳，她小姨的店正在做活动，以后在软件上给打好评，还能再返现金和优惠券。

这不像小姨的作风，会不会是室友跑错店了？可吕芊发来的票根照片上，确确实实是小姨的店名。

金融和经济方面的书籍，汤杳已经读了几本，就算没有那些书籍，依她对店里的熟悉程度，也会觉得这种活动做起来有些怪诞不经。

之前小姨推出的优惠，力度从来没有这么大过。小姨和她说过，店里的材料选择方面很谨慎，都用同材料中最好的，价格很难降下去，况且店里也不是靠价格便宜来做市场竞争的。

事出反常，令人担心。

挂断电话，她靠在门板上半天，直到闻柏苓来敲门，才有些回神。她拉开门板，探出头去，都还没有开口说话，闻柏苓已经在问她："出什么事了？"

顾不上隐瞒，汤杳依赖地窝进闻柏苓的怀抱，环住他的腰："闻柏苓，我想去一趟小姨的店里。今天我们晚点再吃饭吧，好不好？"

"有什么不好的。"只要是她提出来的，闻柏苓鲜有不应的时候，"走吧。"

汤杳有半年没去过店里。

今年见小姨时，多数是在出租屋或者约定好见面地点，进去看过才发现，店里早已经不复之前的辉煌。

她还记得去年春节后，小姨带着自己参观，兴致盎然地拉着她去楼上DIY区域参观。

也记得小姨和她说起，DIY项目很受欢迎，甚至有教育机构和她合作，希望每周末用两个小时带小朋友们来DIY各类甜品。

可现在，通往楼上的步梯被告示牌拦住，上面写着二层三层出兑的说明和联系电话。

店里那些汤杳熟悉的工作人员，小姨花重金挖来的糕点师们，通通不见踪影。

前台只有两个陌生面孔的小姑娘。

她们头挨着头凑一起在聊天，内容有关于某家店的招聘信息。见到汤杳进来，其中一位起身招呼，并不算热情："您好，是需要定制翻糖蛋糕吗？"

汤杳摇头。

那个工作人员一脸"果然如此"的表情，但还是尽职地介绍，像背诵课文："现在我们店里有活动的，定制可以打折，所有款式都是七折优惠，取走蛋糕后在平台软件上带图好评,可以返现和优惠券,您有兴趣了解一下吗?"

汤杳有种感觉,这不像生意红火时锦上添花的留客活动,倒像是入不敷出时的自救。

"这家店,换了老板吗?"她装作无知地问。

"没有,还是以前的老板……"

那两个年轻的工作人员心思并不在经营好这家店上,多聊几句,反而因为年纪相仿,放松警惕,对汤杳吐槽起来。

她们说老板不知道惹了什么人,平台上全都是差评,话说得也难听,很多老顾客都来退掉了储值卡,可能这家店也快要开不下去了——"最后可怜还是我们打工人,还要再找工作。"

可是所有联系里,小姨从未说过生意不好。

汤杳回到闻柏苓车上,焦急地点开手机软件。评分低到不可思议,评论里的那些言论也不堪入目。有人说这店是有钱人的洗钱工具,根本没有在好好经营,还有人说老板是专门给人做第三者的。

闻柏苓抽走了她的手机,抱着她,拍拍她的背。

绅士如他,第一次说话这样不文明:"别看了,胡说的。韩昊那种人狗都不会嫁给他,哪儿来的老婆。"

原本闻柏苓预订了很难预约的私房菜馆,可见到汤杳满腹心事的样子,估计去了也难以安心。

他干脆没提吃饭的事情,揉揉她的头发:"你小姨家住址在哪里?"

汤杳略带疑惑地看向闻柏苓,反应过来后,把地址说给他听。闻柏苓略点头,嘱咐司机先去汤杳说的地址看看。

蛋糕店开在商场附近,是很繁华的街区。黄昏已经来临,街灯纷纷亮起,那些各色的广告灯牌也竞相展示着自家门店的名称和特色。

车子在路口掉头,重新路过蛋糕店门前,属于小姨的广告灯牌混迹在众多霓虹之中,在车窗外一闪而过。

广告灯牌是开业前定制的,据说花了两万多块。和人沟通最终报价的那天,汤杳刚好住在小姨家里,她听见小姨举着手机,费了很多口舌,千方百计想要压压价格,节约开销。

对面的人不肯松口:"这个材质是现在市面上最好的,绝对比别人家的亮堂,已经是最低价。如果您想换个等级稍低档的材质,价格倒是可以便宜很多。"

小姨对新店期望颇高,咬咬牙:"那还是用这个吧,谢谢您。"

为了这个店，小姨熬过很多很多夜，人都瘦了好几斤，凡事亲力亲为，生怕出纰漏。

可是软件上的评论里那些人，竟然说小姨对这个店做得不够用心。

汤杏气得有些发抖，还好有闻柏苓陪在身旁，他耐着性子百般抚慰。他说那些一看就是恶意评价，时间都集中在固定的几天，是故意找人做的。

泼脏水而已，不用放在心上。韩昊那种人，手段向来很脏，从不靠实力和良性竞争，惯会搞这种上不得台面的小动作去打压人。

路也越走越窄。

韩昊得罪过的人太多，并不是谁都有时间、有精力愿意陪这种"疯狗"周旋，但顺势而为地踩上一脚两脚，却也不需要费什么心力。

因此，韩昊这几年送礼请客的钱，流水般花出去，收到的成效却并不大，几乎快要把父辈留下的家底掏空了。

闻柏苓拉着她的手："别急，先问问你小姨的打算，店面如果不想做，我可以找人帮忙联系转让出去，不会亏钱的。"

"可是这样……会不会给你添麻烦？"

街灯一盏又一盏掠过，车里明明灭灭。闻柏苓用指腹揉开她眉心蹙起的小褶子："不麻烦，小事一桩。"

善言暖于布帛，汤杏心里稍稍好受些，想说声谢谢，却被拦住了。

他轻触她的唇，研磨着："见外的话，就不用对我说了。"

小姨租的房子离店面不远，车子只行驶了十来分钟，然后拐进老旧的小区。

汤杏有小姨家里的钥匙，旋开门锁进门。门口瓷砖上堆着一坨烧过的蚊香灰，屋里是驱蚊的烟熏味道，有些呛。

里面有人应声："王姐吗？菜放在门口就行。"

小姨在家。

也许是血脉相连的灵犀感应吧，汤杏竟然步子慌乱，直奔小姨卧室。小姨的一条腿打了石膏，正坐在出租屋的床边看电视，意气风发不再，像个迟暮的老人。

看见汤杏，小姨的目光诧异，扶着床边想要尝试着起身。

汤杏冲过去扶住小姨，死死盯着石膏，脾气再好也无法容忍这种事情："又是那个韩昊，我要报警……"

"小杏！"

小姨呵斥着制止了汤杏，拉着她坐下。在汤杏的逼视下，她才万般无奈地说起那些遭遇。

其实已经很久了。在过年前早已经出现过这种情况，那些人是真的花

149

了钱买过蛋糕，评论里的图片也是实拍，所以显得格外真，太多人错信。

生意当然会受到评分的影响，越来越多的人说三道四，后来连店里的团队也被人挖走。

至于小姨的腿，她只是寥寥数语——某天下班后的深夜，在必经之路的胡同里遇见醉汉，那人满身酒气，突然和小姨扭打起来，导致她小腿骨折。

小姨有报过警的。醉汉被刑拘，赔偿各项费用。受到严惩，醉汉却依然咬定自己根本不认识小姨，只是喝多了。

而这些所有的不幸，都无法证明和韩昊有直接关系。

后来有人敲门，小姨说是楼下菜店来帮忙送菜的老板娘。

汤杳接了菜，关上门，接到闻柏苓的电话。他没走，担心临时有意外，刚刚看到送菜的店家上楼，得到启发，想起给她打了电话。

闻柏苓不知道小姨腿受伤，却也周到地询问她们要不要先吃东西再聊："给你们叫外卖？"

"我小姨骨折了，是韩昊，一定是他做的。"

汤杳压低声音和男朋友商量着，小姨现在住的小区没有监控，感觉有点危险，她宿舍那边又不让外人出入，便想着给小姨在酒店开间房。

"闻柏苓，你能上来帮我扶小姨下楼吗？你……想不想见我小姨？"

他在电话里笑起来："怎么了，终于肯让我见家长了？"

汤杳知道，现在不是最好的时机，小姨的防备心理肯定空前的重。可她不愿意再让闻柏苓陪着自己偷偷摸摸，她想光明正大地和闻柏苓谈这场恋爱。

闻柏苓这么好的人，应该得到这样的待遇吧？

小姨正拄着拐往厨房走，大概是想做些吃的留她吃饭。

汤杳心酸地拦住人："小姨，我带你去外面住吧，这里不安全。我男朋友会上来接我们。"

她谈恋爱的消息，对小姨来说有些突然。

见小姨似乎还没反应过来，汤杳继续说："你也见过的，是闻柏苓。"

闻柏苓很快上楼，简单打过招呼，帮忙把小姨扶下楼。

车子开去小姨之前居住过的高端社区，汤杳不知道为什么会来这里，但小姨显然也是知情的，只有她一个人摸不着头脑，偷偷地拽了闻柏苓的衣摆，想问问怎么回事。

在小姨面前，闻柏苓收敛了两人私下相处的亲密举动，只温柔地望了她一眼，说晚点再和她说原因，让她和小姨暂住五楼，好好休息。

闻柏苓亲自把她们送到门口，输密码开了门锁。

他都安排好了，说这边偶尔会有保洁来打扫卫生，应该还算干净："待会儿会有人来送餐。"

小姨一路没说话，汤杏也明白，这顿饭恐怕没办法和闻柏苓一起吃了。

"小姨，我送一下他，马上就回来。"

她送闻柏苓到电梯口，有些左右为难："那我……再和小姨聊一聊……"

闻柏苓略略思索，斟酌着用词："有些话可能不太好听。韩昊人品不好，没有女人能在他身上占到便宜。你小姨的事，早点打算，有需要我帮忙的尽管开口。另外，汤杏……"

"嗯？"

闻柏苓揽了汤杏的腰，抱她："做什么决定前，和我商量一下。"

他说的是他们之间的事。

"我知道的。"

不知道为什么这处房产会是安全的地方，但汤杏相信闻柏苓。

回到熟悉的室内，她想和小姨谈谈后面的规划，小姨却绷着脸，直视她："你们什么时候走到一起的？"

"小姨……"

小姨抛出了问题，却没想过要听回答，只是自顾自地说下去："小姨以前是他们有钱人养着的女人，是玩物般的存在。小杏，你觉得他们会真的尊重你吗？那个闻柏苓，他会是真心喜欢你？"

过年时说过的利害关系，小姨没有再重复，只是忽然掉眼泪："我们家，绝对不可以再有第二个人，像我一样，做那么不要脸的勾当……"

"小姨，你不许这么说！"汤杏抱住小姨。

这一次她没有退缩、没有动摇："小姨，闻柏苓其实对我很好，也很尊重我。"

三月底她生日那天，闻柏苓接到他哥哥的电话，需要交流一些工作。

汤杏在那个时候去了洗手间，回来时，跨国电话还在继续，她走过去，刚好听见闻柏苓畅快的笑声——"你未来弟妹过生日，怎么不见你有点表示？成啊，麻烦你备份厚礼，给汤杏补上。"

人山人海的游乐园里，闻柏苓拿着的东西多，嫌碍事，把汤杏托交给他的发箍随手戴在头上。

他顶着两只粉色的大耳朵，扭头和汤杏说："我哥和你说生日快乐。"

他家里长辈们期待他有什么样的结婚对象，汤杏早就有所耳闻，她都知晓。可他在亲友面前毫不避讳地提及，一次次，都堆砌成汤杏的底气。

她对小姨这样说：

"我想和闻柏苓认真谈一场恋爱，结果是好是坏，我都认。"

"小姨,你能不能不要反对也不要生气,只是支持我……"

小姨沉默地看着汤杳,最终什么话都没有说。谈话没有具体结果,但小姨也没有真的去干涉过汤杳什么,只是在聊天时,会下意识地避开闻柏苓这个名字。

小姨腿伤未愈,汤杳时常跑过去看望,比以往更忙,用来见男朋友约会的时间被压缩得几乎没有,只能在路上多打几分钟电话。

六月最后一天,闻柏苓生日,她才终于请了兼职的假,去取了蛋糕,提着蛋糕给闻柏苓打电话。

闻柏苓过来接人时,汤杳蹲在路边,身旁放着个蛋糕盒,正被人忽悠着看手相。

她虔诚地把手伸过去,听人家大师讲命格,细嫩的手被那大师指指点点地摸来摸去,看得闻柏苓一腔烦闷无处发泄。

他皱着眉,看了挺久。

听汤杳先问家人身体,又问自己学业,姥姥和妈妈那边都问完,还问了小姨……

闻柏苓忍无可忍地把人拎回车里,安全带"咔"地扣上。

他学着那大师的样子捏着她的手,比大师可过分太多了,揉得特别暧昧,还亲她:"我给你算算桃花?"

汤杳笑着抽出手,假意打他:"本来我还想给小姨算算下一步计划的,都怪你,打断了。"

"骗子,甭算了。"

"很准的,他刚刚还算出来,我今天要给很重要的人过生日呢。"

闻柏苓笑她:"熬夜熬傻了?你拎着这么大的蛋糕盒,不是过生日还能是什么?"

"……也是。"

汤杳自己也觉得最近熬夜多,脑子有些不够用,嘀咕着:"早知道就不该给那二十块钱,真是交了智商税。"

"怪我,没早点阻止你。"

他心疼地看看她的黑眼圈:"生日不重要,别过了,带你去泡个中药?"

"我把饭店也订好了,必须去的。"

车开出去很远,闻柏苓才忽然反应过来似的,特别高兴地捏捏她的脸:"我是你很重要的人?"

汤杳请客的地方是她在美食评分类平台里精挑细选出来的小资餐厅,室内各式大型绿植,翳茂葱茏。餐厅评价不错,经营东南亚创意菜。她虽不懂这种菜系,但看照片里摆盘都很精致,想着也许闻柏苓会喜欢。

六月的最后一天,已经过了端午,傍晚的气温在二十五六度。

餐桌旁开了扇窗,柔风轻拂。室内没有主灯,屏风绿植分隔开食客,桌面灯盏是有些仿煤油灯的复古造型,把人和食物都笼在朦胧的淡黄色里。

都是些陌生菜肴,烹调过程中不知道都用了些什么香料,汤杳吃起来不是特别适应,在桌子下面用鞋尖顶了顶闻柏苓的鞋子,窃窃细语地询问:"闻柏苓,这菜味道有点奇怪,你喜欢吗?"

虽然对东南亚菜系并不特别热衷,但闻柏苓喜欢汤杳此时的表情。桌灯旁放了小瓶花束,灯光透过花枝、花瓣,影影绰绰落在汤杳脸上。她的眼睛是亮的,双瞳剪水,微蹙着眉来看他,好像他就是她心里最最牵挂的人。

闻柏苓又把汤杳那句"他刚刚还算出来,我今天要给很重要的人过生日呢"翻出来,在心里浅斟慢酌,忽地笑了。

汤杳等他对菜品的评价,等了良久,等来闻柏苓莞尔一笑的答非所问。

他伸手,钩钩她的手指:"今晚还回宿舍吗?"

汤杳垂了垂眼睑:"不回了。"

服务员端来餐厅的特色菜,简单介绍,然后撤走空盘离开。

待人走远,他们这一区域只剩下竹排琴带来的异域风情,闻柏苓用食指和中指夹着汤杳的指尖。

她的手柔若无骨,又细又嫩,只是学习时太过努力,字写得多,中指骨节常年有一处淡红色的磨痕。

他轻轻一握:"那成,跟我回家。"

其实汤杳已经有准备。这阵子闻柏苓实在帮过她太多忙。

小姨虽然不喜欢她和他来往,却也没隐瞒,告诉汤杳蛋糕店和五楼那套住宅的房产所有人,早在去年就已经变成了闻柏苓。那时候他们甚至还没在一起,他已经默默做了很多,缓急相济都是为了她们。

她举起香茅柠檬茶,想敬他:"我后来才想到,之前姥姥生病时那位很厉害的专家,也是因为你的关系,才会去我们老家医院的吧?"

闻柏苓却有些敛起笑容,眯眯眼睛:"你是因为这个才不回宿舍的?"

"不是的。"

汤杳甜甜地笑起来,没什么心机地说着肺腑里的实话:"谢你只是和你碰杯而已,不回宿舍是因为……"她脸红了,"想和你在一起。"

明明不施粉黛,却也勾人心魄。

迷人啊。

闻柏苓笑着摇头。还好这姑娘是个心思单纯的,不然以他对她着迷的程度,估摸着她把他卖了,他还得帮着数钱,摸摸她的头发夸她好厉害,真会做生意。

153

"对了闻柏芩，小姨说她打算去南方。之前学做甜品时有个同学，和她很要好，在南方城市做甜品工作室，邀她过去。走之前，她想和你聊聊店面转让的问题，你最近有空吗？"

"有，随时。"

酒足饭饱，闻柏芩驱车带汤杳回家。进门后他把车钥匙和门卡丢在柜子上，"啪嗒"一声，在玄关解开了她连衣裙上的所有扣子。

夏季衣裙布料很薄，白色的，堆在地板上像一小团云朵。她费了番力气，用手帮他。他们从来没有做到过最后一步，但那天晚上，闻柏芩兴致很好，在汤杳洗过手后，仍然没有放过她。

她如坠五里雾中，闭上眼睛，周遭所有都成了虚无缥缈的存在，如同笼着缇幕，只有来自他的触感是明显的。

脑海里对于整个夜晚最挥之不去的场景，是他起身后用纸巾擦了擦唇，夜色未能隐匿他的唇色，他声音是喑哑的，问她，舒服吗？

深更半夜，汤杳穿着闻柏芩的睡袍，坐在床上，随口聊着天时，不经意问到闻柏芩打算什么时候约见她小姨。

闻柏芩想了想："明天可以，我把公司地址发给你，让你小姨去公司找我吧。"

和汤杳在一起时，闻柏芩接打电话虽然从来不背着她，但也很少提及工作上的事情。

汤杳突然收到公司地址，还有些诧异。

仔细看过，确实是某行业的龙头企业子公司，可她在意的并不是这些，而是——

"我都还没去过，没想到是小姨先去的。"

大半夜的，闻柏芩不太明白，为什么汤杳浑身骨头都是软的，坐在床上都要倚靠着他借力，却总也不肯睡觉，聊这些没什么特别意义的话题。

不明白，但他也肯宠着她："你要是感兴趣，明天先带你去。不是说要备考吗，东西都拿到我办公室去复习也是一样的。"

"好啊，那我明早和你去……"

话还没说完，汤杳提前设好的闹钟乍然响起，在静夜里格外刺耳，吓得她一哆嗦。

但她就像彩排过千八百遍似的，哆嗦完顺口就开始祝福起来，那些顺耳的词源源不断地被说出来：

"闻柏芩，生日快乐，永远年轻、鹏程万里、吉祥康乐……"

最后连"福如东海""寿比南山"这类的都说出来了，说完汤杳捂住嘴，短暂地检讨："闹钟吓得我都有点蒙，后面用词不当了……"

可她对自己还是很满意，得意的眼神藏都藏不住，说自己是在闻柏苓生日这天，第一个和最后一个祝福他的人。

闻柏苓真是很喜欢汤杳，把人拉过来拥着，吻她的侧脸。

汤杳那么瘦，他的睡袍她穿起来松松垮垮，衣领散开，露出细嫩的肌肤，他手不老实："这么招人喜欢，是不想睡觉了吧？"

"要睡的！"

"嗯，等会儿再睡……"

第二天，汤杳有点哀怨，坐在闻柏苓的办公室里想认真备考，但好困，掐了掐自己的大腿根，企图提神醒脑，抬头时忍不住去瞪始作俑者。只是她天生不擅长这种动作，瞪了也没什么威慑力，反而换来闻柏苓的莞尔，春风得意般，更让人生气。

助理送来咖啡，退出去前，说楼下有位姓冯的女士来。

汤杳彻底精神了，收拾好纸笔和书本往办公室里间跑："肯定是我小姨来了。"

闻柏苓拉她："怎么像偷情似的？"

她红着耳朵："不是啊，我们很光明正大的，但昨天给你过生日我说谎了，说学校这两天忙，那个……我还是先藏藏吧。"说完头也不回地钻进里间休息室。

汤杳进去不久，小姨在助理的带领下，拄着拐杖走进门。

面对闻柏苓，小姨依然是客气、疏离的态度。但这些天，闻柏苓对汤杳的言行举止，她也都看在眼里。看得出来，爱护有加，并不轻浮，也不像韩昊那样谑浪笑敖。

约见在公司，小姨也是有些意外的。毕竟如果男人只是想要占女人的便宜，行径当然是越神秘越好，最好家庭住址、公司地址、家属情况、是否婚配，甚至真实姓名都不要被知道。

基于闻柏苓对汤杳的尊重，小姨也难得有些好脸色，和他聊过店面转让的事情后，起身拄着铁架拐杖，给闻柏苓鞠躬。

闻柏苓忙起身，挡住："您不用如此客气……"

"小杳一定和你说过，我准备去南方。我只是想拜托你，如果有一天你对小杳没有兴趣了，请你不要伤害她。她很善良、很懂事，和我是不一样的。希望你不要因为我的关系，去看轻她……"

小姨走后，闻柏苓推门走进里间，汤杳果然已经缩在椅子里，不知道哭了多久。

他把汤杳抱起来，让她坐在自己腿上，温声去哄人："怎么又哭了？

我这才和你小姨保证过不欺负你,怎么就在我办公室里哭鼻子?"

其实小姨准备离开京城,汤杳觉得多多少少也有自己的原因。

她抽抽噎噎地和闻柏苓说:"小姨大概是觉得,只要自己在京城生活,就免不了被韩昊报复,而你一定会因为我的关系,出手相助。

"小姨怕欠你太多人情,怕你因此看轻我。"

汤杳不再隐瞒心事,有点难过地抱住闻柏苓的脖颈,眼泪都落在他肩上,骂不到韩昊,只能就近埋怨自己的男朋友:"都怪你,谁叫你们家这么有钱。"

"那怎么办,我出生就这么有钱来着。"

汤杳不满地用那双烟雨朦胧的眼睛看他,她昨晚情动时也是这种目光,看得闻柏苓心里一软,拉着她往办公桌那边走:"一会儿眼睛哭肿了,出来擦擦,喝点水。"

他有意分散汤杳的注意力,换了个话题,问她:"和我说说,如果你小姨一直不同意你和我,你打算怎么办?又和我划清界限,避嫌?"

"没有……"汤杳放下咖啡杯,擦擦潮湿的眼角,有点瓮声瓮气的鼻音,却很坚定,破釜沉舟般,"那我就一直磨她,等到她实在受不了我,可能就会答应我了。"

"汤杳。"

汤杳丢掉卫生纸纸团,回眸:"怎么了?"

"想吻你。"

汤杳特别乖,顺着他的话就噘起嘴唇,可爱得不可名状,都把闻柏苓给逗笑了,说在这儿可不能随便亲,好歹是办公场合,让人撞见不太好,回头觉得他这个当领导的不正经。

这玩笑刚开完,助理又来敲门。

在闻柏苓刚说声"进",汤杳怕别人误会他,下意识就蹲在办公桌后面了,把自己藏起来。

可她露了一截裙摆在外面,偏偏闻柏苓还是敞腿坐着的。他无奈地把这傻姑娘给拉起来:"快起来,不然一会儿真说不清了。"

小姨离开京城,是在天气最热的时节。

航站楼里十足的空调风把人吹得手脚冰凉,汤杳在安检口前用力拥抱小姨,忍住眼泪:"到了那边要好好照顾自己,医生说你的腿还需要多注意着些,不然会落病根。南方城市潮湿,要是不习惯就再回来……"

"好啦——"汤杳的喋喋不休被小姨打断,小姨好笑地揉她的头发,"操心样儿,越来越像你妈妈。"

闻柏苓站在不远处等汤杳,小姨隔着段距离,望过去,略颔首:"这段时间多谢你的帮忙,照顾好小杳,别让她受伤害。"

暑期的机场里比肩迭迹,汤杳回头,三两乘客在眼前路过,闻柏苓在喧嚣的登机广播声里点头,表情郑重:"放心,我会照顾她。"

时间差不多了,小姨推着行李箱走进闸机,对着汤杳挥了挥手:"落地后再给你打电话,快回去吧。"

多少年前,小姨曾有个在京城安家乐业的梦,如今黄粱美梦一朝惊醒,只剩叹息。蛋糕店的店面转让后的费用,堪堪还清小姨做新店时那些逾期的贷款。折腾这么多年,两手空空,但这已经是失足后的最好结果。

如果没有闻柏苓的帮忙,别说去南方开始新的生活,被韩昊那种人盯上,还不知道要落得怎么样万劫不复的下场。

这次去南方,小姨选了临近的打折机票,人走得急,很多东西都没带。汤杳趁着假期,去五楼帮忙整理小姨留下的物品。店里的营业单据、流水报表、进货单都还在,汤杳拿起这些,好奇地浏览,又帮忙撕碎。

那些数据描绘了小姨的生活轨迹,她在心里感叹着,做生意真的是千难万险,半点不能大意。

闻柏苓忙完工作来五楼找汤杳,进门就瞧见她在翻看那些工资的总表记录,还拿出手机用计算器加了加……

门是半敞开的,她这边在认真加减,等听见闻柏苓的脚步声,他已经走到身后。

汤杳转过头,看见是闻柏苓,先绽了笑容,晃一晃手机屏上的大串数字:"闻柏苓,原来做生意压力这么大?这些进货钱和工资加起来真是好大一笔钱。这些钱都投进去,不赚钱怎么办?"

"没什么办法,认栽。"他轻描淡写地说。

汤杳想起他家的企业:"那你们家里生意做到那么大,还有很多海外项目,压力岂不是我小姨的百倍千倍?"

"我还好,我哥压力更大些。"

据闻柏苓说,他哥哥闻柏茋是个非常厉害的人,二十出头就展露了惊人的经商头脑,很受家里长辈们的器重,这几年更是被当成接班人培养,反而是闻柏苓自己,对家里的那些生意并不是特别感兴趣。

在刚认识汤杳那会儿,他还在犹豫要不要继续读博,钻研数学。但家里的长辈们身体都不算好,高层严重缺人,他哥哥分身乏术,忙不过来,闻柏苓才暂时放弃读博的想法,回家里帮忙。

汤杳想问闻柏苓,放弃自己喜欢的生活方式会不会遗憾,但转念想想,如果换作是她，妈妈打电话来说家里需要人，她也会义不容辞回老家的。

那些纸张整理到最后，汤杳又撕掉一沓："你们家里如果有哪个项目亏损严重，会赔多少钱？"

闻柏苓想了想，说八到十一位数不等。

汤杳胆子小，觉得自己这辈子都不会去做生意。涨跌盈亏这些她是吃不消的，真要是赔点钱，对她来说简直就是活受凌迟，心脏绝对受不了。但坐在闻柏苓的怀里，她突然又生出一腔浪漫的幻想，对他说："如果我变成有钱人，可能会想要开个书店。

"那种不大的店面，最好是在街角。书架要高，从地面一直到天花板，只摆几张可供人读书休息的桌子椅子。不卖东西，但可以自己带茶和咖啡来冲，热水管够。"

闻柏苓这种能谈论八到十一位数金额亏损的人都点头了，汤杳于是有些兴奋："怎么样？你也觉得我的想法好？"

"准赔钱。"

汤杳无语，转念又给自己打气加油："没关系，汤老师已经被老家那些家长催了很久，要回去上班赚钱啦！"

那段时间汤杳刚结束期末考试，和家里人通电话时，妈妈特别高兴地说，好多邻居都追着问汤杳什么时候回去，等着让汤老师给家里孩子补课呢。

闻柏苓把人从碎纸堆旁抱起来，挺不舍得地挽留人："汤老师为了赚点补课费，连男朋友都不要了？"

"说得这么市侩，我是为家乡的孩子们奉献自己宝贵的假期时间……"

她话没说完，嘴被吻住。

她步步后退，最终背靠在被盛夏阳光烘烤得有些烫的玻璃窗上，不再躲避，主动踮脚，搂着闻柏苓的脖颈，和他接吻。

"下午陪我去公司？"

"不去，我要和吕芊去车站送陈怡琪。"

闻柏苓"哟"了一声，居然有些吃醋："又开你室友那个发小的车？"

汤杳笑着钻进他怀里，紧紧环着他的腰："晚上我回来陪你。"

"晚上去泡中药温泉吧，你这阵子考试累。"说完他又加了一句，"要不要和我一起泡？"

汤杳当然也想在京城多待些时日，但她没有那样的资本和财力来支撑，能够让她脑子里只想着风花雪月、卿卿我我。

回老家后，她奔波在自家小区和隔壁小区里，给初中生和高中生补习英语。偶尔在傍晚回家时,能撞见妈妈在接听小姨的电话。生活好像又回到了几年前小姨刚到京城的那段时间,汤杏踢掉鞋子跑进屋里,听见小姨在电话里兴奋的声音,说着南方城市的种种。

汤杏妈妈在高兴之余,也会多一份担忧,担心小姨在那边吃不得好,气候是否适应,因此絮絮叨叨,总也不愿挂断,担忧的话像是永远也说不完。

这个暑假里,在汤杏和小姨的私人通话中,偶尔会提及闻柏苓。小姨似乎对这个名字,也没有之前那么排斥,还问过她,有没有接触过闻柏苓的家人。

当时汤杏回答说还没见过,根本没想过自己在半个月后,会见到闻柏苓的哥哥。

假期进入尾声时,汤杏和妈妈说了个小谎,谎称和室友约好了要回京城玩,订了提前几天的火车票回京城。

火车到站,她提着行李跑出去,到处人头攒动,可闻柏苓很高,她很远就看见他的身影。思念充斥胸腔,几乎满溢出来,她甚至拿出了百米冲刺的架势,穿过人群,一口气扑进他怀里。

"闻柏苓,我赚到非常多的钱,今天我请你吃饭吧!"

闻柏苓当然为她高兴,环一环她的腰,却也忍不住担心道:"好像又瘦了?"

"一点点而已。"

车上还有个不关心这些的"废话多"。

费裕之从车里探出头:"谁要请客吃饭?我可听见了,是不是听者有份?"

八月下旬的天气依然炎热,汤杏非要请客,闻柏苓和费裕之不约而同选了家便宜的,三个人坐在烟熏火燎的大排档里吃烧烤。

费裕之打量汤杏。哪怕和闻柏苓在一起之后,她也没什么特别的变化,还是满身没有品牌的普通服饰,洗得干干净净,头发梳得清爽的马尾。有人讲笑话,汤杏就粲粲地笑,眼睛还是那么清澈。

她也会主动分享自己的暑期生活,伸出手比了个"六"的手势,说有一个家长,她白天晚上课都排满了,也还是很想让汤杏给自己家孩子补课,最后不得已,把上课时间定在早晨五点半到七点半。

"时间太早了,我每次进门,都觉得那个小妹妹快哭了。"

闻柏苓用公筷帮她夹一筷子涮肚,笑道:"生意这么好?"

她眼睛里就像掺了星光,亮晶晶的,举着羊肉串,很快乐地对他笑:"没办法,口碑太好。"

近来费家长辈给费裕之介绍了个女孩子,家里是做电器的,人挺不错的,刚留学回来。

费裕之和那女孩约会过几次,相处起来也算融洽,但刚才看见闻柏苓和汤杏相视一笑,费公子总觉得心里莫名有些不顺畅,好像他的人生少了些什么。

费裕之这些心理活动,汤杏和闻柏苓不得而知,也没答应他"出去玩"的邀请。

他们有一个多月没见过面了,吃过饭就告别友人,驱车回到闻柏苓的住处。

再开学汤杏就要读大四,小姨已经不再坚决反对她和闻柏苓。虽然她还没能鼓起勇气和妈妈说,自己谈了这样不普通的男朋友,但之前那些矛盾纠结都已经成为雾里看花,看不真切。

好像她可以全身心投入,去喜欢闻柏苓,去谈恋爱。

见闻柏苓的哥哥这件事,汤杏是在耳鬓厮磨的情潮里恍惚应下来的,第二天醒来,才忽然回神,慌慌张张地披着他的睡衣下床,去找他探寻究竟。

闻柏苓说得很轻巧,说他哥哥工作特忙,回国行程具体在什么时间他也说不准,让汤杏用不着这么紧张。

在他身边总是太过安心,汤杏的肩塌下来,松了口气。

睡衣是当初闻柏苓生日时,她以"家居服"的名头送出去那件。真丝面料,顺着肩头滑落,真真正正的"衣不蔽体"。阳光很好,落在她如羊脂玉般细嫩的肌肤上,白得晃人眼。

闻柏苓帮她提了衣领,俯首在她颈侧。他们有过很多几乎把持不住的瞬间,就像现在,闻柏苓抱起汤杏,让她坐到黑色岩板桌面上,食指的第二个指节向上挑,刮蹭过后,又吻上去。

汤杏都点头同意过,说可以。但闻柏苓仍然没有行动,只说答应过她小姨不欺负她:"你不是容易没有安全感吗,好歹等见过我家里人再说。"

闻柏苓作为企业的准接班人,行程难测,汤杏真正见到他的那天,真的是没有丝毫准备,特别猝不及防。

那是一个阳光明媚的清晨。

闻柏苓早起去公司开早会前,吻了吻汤杏的额。

她起得更早,四点多就爬起来开始学习,戴着耳机听网课,笔记都记了三页。

"睡得晚,困了就睡会儿。"他走前说。

汤杳用从吕芊她们那儿学来的撒娇手势，两只手臂举过头顶，比了个大大的爱心，左右扭着腰："早点回来。"

惹得闻柏苓忍不住又折返，托起她的下颌，深深吮了一口，才赶着时间出门。

闻柏芪抱着女儿输密码进门时，汤杳已经趴在茶几上睡着了。闻柏芪没想到弟弟家里有人，进门时脚步一顿，转头对随行司机比了个"嘘"的手势。

司机把行李放在门口，没进来。闻柏芪点头，放轻动作关上门。

他抱着女儿路过客厅那张大茶几，瞥了眼趴在上面昏睡的汤杳。

桌面上都是学习资料，还有她摊开着的、字迹工整的笔记。

电脑屏上是研究生招生信息网的界面，汤杳松松地握着碳素笔，散开的发丝落在侧脸上，睡得倒是挺沉的。

闻柏芪把女儿送进客卧，帮女儿掖好被子，再走出来到门边时，汤杳刚幽幽转醒。

她伸着懒腰，迷迷糊糊看见闻柏芪还以为是去开会的闻柏苓，声音里带着未消的睡意："你这么早回来了……"

"你好，汤杳。"闻柏芪点头，落座在她对面的沙发里，"我是柏苓的哥哥，闻柏芪。不知道你在，我手边没有带见面礼，见谅。"

"你好……"汤杳显然对闻柏芪的出现感到十分意外，脸上皮肤有些红了，但态度挺大方的。

她文文静静地和闻柏芪说了几句话，然后走去茶柜旁边，拿出茶壶，刚拿起茶饼，又放下，犹豫两秒还是开口询问了一下。

她听闻柏苓说起过，他哥哥最近总是有些头疼、失眠，茶饼虽昂贵，但提神醒脑，可能喝多了会更睡不着。

她指了指自己的水杯："你要不要试试我喝的这种，是安神茶，酸枣仁和茯苓、枸杞这些中药配的，还挺有用的，我刚才就睡着了……"

看出来成效了，她睡得脸上压了书本印子都不自知。

该怎么形容眼前的小姑娘呢？她没有化妆，小家碧玉，容貌很耐看。身上有种浑然天成的和善劲儿，哪怕是初次见面，也会在小事上为人着想，不是刻意讨好，倒像个特别亲人的邻家小妹妹。

闻柏芪想起闻柏苓上次回家时，和他们说起汤杳的情景——那天是闻家小范围内的家庭聚餐，席间有长辈提起某相熟家族的小孙女，问闻柏苓最近有没有约人家出去玩。

"没有。你们又不是不知道，我不太爱和女生玩，没有和身边兄弟玩起来痛快。"闻柏苓头也没抬,好像他有多爱吃面前那盘鱼似的,"再说,我有女朋友了,还约别的姑娘干什么?"

这话题就僵在这里。

从国内传到大洋彼岸的消息,听起来多少有些伤风败俗。那些捕风捉影的传闻里,没分清汤杳和她小姨是两个人,他们都说汤杳是跟过韩昊的大学生,被养在闻柏苓楼上的那套房子里,后来认识闻柏苓,又甩掉韩昊。

传闻里的用词龌龊很多,但剔除不堪入耳的部分,大概就是这个逻辑。

饭后长辈们去喝茶打牌,闻柏芪坐到闻柏苓的身旁。他是查过这件事的,也知道汤杳这个人,甚至听到过电话里汤杳用英文给他女儿读故事,所以提了几句。

闻柏芪说起汤杳,眼底有很深的笑意。他用了很多词句来夸赞自己的女朋友,说她特别聪明,又肯努力又肯吃苦,独立,很孝顺,性子讨喜,对朋友们都很好……

在学校是妥妥的好学生,老师们捧手心里的宝贝班长;在校外,自己当补课老师也算当得风生水起,被人追着请去给自家孩子补习。

独独没有提过她的相貌。

只有闻柏芪的女儿跑过来,好奇自己未来的小婶婶时,闻柏苓不欲对小孩子多说,才用简单的句子概括:"Her pupils are beautiful."

闻柏芪收回思绪,目光落在汤杳身上。

无论眼前的汤杳是多可爱的妹妹,从商业角度去思考,她都不是理想人选。

水已经烧沸,闻柏芪给自己倒茶,似随口一问般:"汤小姐是在准备考研?"

客厅里只有他们两个人。

汤杳略显拘谨,但谈到自己的专业课,也还是很快放松下来,说想升本校的研究生,如果研究生期间能赚些钱,可能会考虑读博士。

"有打算过去国外发展吗?"

汤杳摇头:"没有这样的打算。"

"这样啊。"闻柏芪不做评价,只是点点头,"欢迎你有空来家里玩。"

聊到这里,闻柏苓回来了。

他踱步进门,往汤杳身旁一坐,胳膊随意地搭在她的椅背上:"哥,你回来怎么不告诉我,搞突袭呢?"

那天晚上,是闻柏苓的哥哥请客吃饭,带着女儿一起。餐厅是纯中式风格,雕梁画栋,每道菜的摆盘都用可食用墨鱼汁写了古诗句子。

闻柏苓的女儿取名为"茜"，汤杳陪着茜茜读那些诗，偶尔抬眸，看见闻柏苓在和哥哥谈公事。

闻柏苓多数时候像个不务正业的人，可他聊到公司里的事情，又似乎很有见解。他可能不喜欢，但从小耳濡目染也蛮擅长的。他们似乎有些难题，汤杳看见他哥哥不经意间抬手，捏了捏额角，很头疼的样子。

仔细听起来，似乎是一直和某个公司合作的研发项目这么多年投资很大，但最近分歧频发，有合作破裂的迹象。

她对那些不在行，听得一知半解，就像面对不是很懂中文的茜茜："这两个字怎么读？"

"潋滟。"汤杳说。

听到她的声音，闻柏苓会顿一顿话音，对她露出浅笑，好像他们谈的那些都不要紧。

晚上闻柏苓的哥哥落脚在他的住处，汤杳他们搬去五楼。只剩下他们两个人，不需要顾及太多，什么话都可以翻出来聊一聊。

闻柏苓倒了杯水，问汤杳对哥哥印象怎么样，汤杳仔细想了想，说是很好相处的兄长。

"我回来之前，他没为难你？"

汤杳还挺诧异的，说："当然没有啊，你为什么会这么想？"

闻柏苓笑着把她拉进怀里，故意吓唬人，说闻柏芘是企业的接班人，日夜泡在生意场里厮杀，不见血的商战不知道经历过多少，心思深得家里人都看不透，也就汤杳敢把人当成人畜无害的哥哥看待。

在一起久了，汤杳在闻柏苓面前已经全无防备，也不再像以前那样脸皮薄，顺势跨坐在闻柏苓腿上，有些惶恐地问："那怎么办，我会不会说错过什么话？"

闻柏苓使坏，故作深沉地没吭声，想看看汤杳是个什么样的反应。

"闻柏苓……"她面露难色，迟迟不语，后来终于开口，"如果你哥哥不怎么喜欢我，你能不能也坚持一下，软磨硬泡，就像我对我小姨那样，拖着时间等他改变观点……"

明明只是在开玩笑，汤杳却红了眼眶："我不想和你分开。"

闻柏苓失笑，他看着她那双泛红的眼睛，语气也不由得跟着认真起来："我哥挺喜欢你，别担心，刚才都是逗你的。汤杳，我们不分开。"

那几天闻柏芘在京城，和汤杳确实相处得不错。他们三个大人还带着茜茜去过野生动物园，拿着胡萝卜条，坐小火车喂园区里悠闲散步的鹿。

闻柏芘带女儿离开那天，汤杳有课，闻柏苓自己去机场送人。

茜茜抱着大杯果汁，想赶在进安检前喝完。

闻柏芪突然开口，对闻柏苓说，汤杳很好，但不会是老人们所期许的孙媳妇人选，也不是对企业来说最好的联姻对象。

"这点你明白吧？"

闻柏苓耸耸肩："该联的姻，你这个接班人不是都联过了，还能一直联？嫂子家那么厉害，还不够吗，那可有点贪得无厌了吧？"

反正闻柏芪说什么，闻柏苓都四两拨千斤地推回去，说有哥哥在前面顶着呢，他联不联姻的其实也不重要。

"实在不行，你和嫂子商量商量，问她同不同意你找小的呗。"

闻柏芪都气笑了："哪天要是我不在了，看你怎么办。"

闻柏苓肩头扛着小侄女，还抢人家果汁喝："咒自己干什么？"

"贫嘴。"

闻柏芪抱回女儿："走了，有空带汤杳回来玩，茜茜挺喜欢她的。"

记忆里，那是汤杳和闻柏苓最无忧无虑的快乐时光。

已经上大四的汤杳，隔三岔五跑出去和闻柏苓约会，有时候干脆拿着书本，去他家里学习。

闻柏苓还带着她办了护照和签证。汤杳虽然觉得时日遥远，也还是隐隐期待着，将来会有一场异国他乡的旅行。

可意外有时候来得猝不及防。

最初的端倪，是长期研发项目失利，闻柏苓不得不频频飞往国外。汤杳那时候还不知道他们即将面临什么，只是蹲在地上帮闻柏苓收拾行李时，忍不住像妈妈那样念念叨叨，让他到了给她报平安。

闻柏苓把汤杳拉起来，自己随便丢几件随身物品进去，然后把人揉进怀里："别收拾了，那边都有，再多抱一会儿。"

闻柏苓走后，京城进入秋天。

仿佛一夜之间，爬山虎、黄栌、枫树的叶片都变得火红，白蜡树、银杏满树金黄，如诗如画，可汤杳没有时间再去欣赏。

汤杳找到了实习单位，是一家外企公司。公司也不是真的要培养固定员工，只是趁着这个时节，招一些短期的廉价劳动力，安排汤杳做些书面材料，或者复印、打印这类杂活。

每天草草吃过鸡蛋灌饼，赶着早高峰挤地铁去公司，再赶着晚高峰挤地铁回学校。再多的生活热情，都在摩肩接踵的地铁车厢里被消耗殆尽。

宿舍里汤杳和陈怡琪都是这种待遇。只有吕芊，家里姑妈给安排进实习单位，每天跷着脚在独立办公室里喝茶，还有时间打打太极和八段锦，说是强身健体。

见不得室友天天这么辛苦,吕芊在某个秋高气爽的星期五傍晚,开着孙绪的车子接上汤杳和陈怡琪,请她们吃饭,车里同行的还有姑妈家的表姐。

吃饭时陈怡琪大倒苦水,说领导不做人,言语间竟然暗示他们这些实习生,应该陪着正式员工留下来一起加班,帮忙做 PPT。

"我实习工资才几个钱?他们每个月底薪都有九千多块呢,凭什么我陪着加班?"

桂秋时节的夜风袭来,卷掉几片银杏叶,像金黄的蝶,飞过窗边。

汤杳在这个时候接到闻柏苓的电话,听他避开嘈杂环境,问她:"下班了吧,今天实习累不累?"

汤杳习惯早起学习,又坐了整天办公室,肩颈确实有些酸痛疲惫,但接到电话,仍然高高兴兴地对闻柏苓报喜,说宿舍长大发慈悲来请她和陈怡琪吃饭,刚吃过筋肉香嫩的羊蝎子,现在正在羊蝎子火锅的红汤里煮娃娃菜和粉丝。

"这么好?"闻柏苓和汤杳通话时,总是声音含笑的,"说得我都想吃了。"

汤杳顺势说:"那等你回来,我们可以再过来。吕芊说这家店开了好几年,味道蛮正宗的。"

闻柏苓当然懂女朋友含蓄的言外之意:"是想我了?"

类似的问题,好像他以前也在电话里问过。

汤杳忘记之前自己是怎么回答的,小饭店里吵吵闹闹,其实说些什么也听不真切。但在别人面前,她不好意思说得太直白,浅浅地"嗯"过一声,算是回答过。

挂断电话,吕芊正和姑妈家的表姐说起汤杳的男朋友,说是货真价实的富二代,开库里南,就是人经常在国外。表姐不了解闻柏苓的为人,只是摇头,说找这样的男朋友肯定很累,动不动就异国恋,好久都见不到人,打电话都要掐着时差……

"我大学那会儿谈异地恋都受不了,三个月没坚持到就分手了。"

汤杳吃着一块羊颈骨,对吕芊的表姐一笑。表姐长得有点像老家某亲戚,让她想起暑假时和妈妈的谈话。

住得近,亲戚间走动频繁,关于小姨的话题聊过好几年,终于腻了,那些亲戚开始把话题目标指向汤杳。

她那时奔走在各家各户之间给人补习英语,很偶然回家时推开房门,听见几句类似于"哎哟,汤杳可不小了,明年大学毕业了,怎么还不上心找对象"这样的句子。

她假装听不见，换鞋进门，礼貌地挨个叫人，然后钻进厨房吃饭。

夜里给学生补完课再回来，家里只剩下妈妈和姥姥时，汤杳才不满地和妈妈吐槽："怎么这些人天天就知道聊这些，编排小姨还不够，又瞄上我了？"

汤杳妈妈拧了热毛巾给姥姥擦身体："老家亲戚就这样，杳杳不要听她们的，你不是打算读研吗，先好好学习。"

是汤杳忍不住，半开玩笑地试探，说："那我以后在京城找个特别特别特别有钱的呢？"

汤杳妈妈也许是想到了小姨，沉默了半晌，屋子里只剩下毛巾擦过姥姥腿部的窸窣动静。很久之后，妈妈才开口："我们家，不用找那样的……"

说了很多，汤杳在心里翻译了妈妈的话。齐大非偶，不必高攀，找个能安稳过日子的好人就行。

这样子看来，闻柏苓家的条件，有点对不上妈妈的期许。她和闻柏苓说起这个话题，是他回国那天的深夜。

闻柏苓是抽空跑回来的，汤杳结束实习，背着包走出外企办公楼，发现闻柏苓穿了件长风衣，靠在车边等她。

那个时间点，天色朦胧，正是西方传说中的"逢魔时刻"，万事万物都笼在夕阳里，像个梦境。

汤杳揉揉眼睛，还以为自己累出了幻觉。

直到闻柏苓在黄昏中对她一笑，张开手臂，她才敢确定他是真的回国了。

汤杳小跑着钻进他怀里："你怎么不说一声？"

空气是凉的，他拥住她却很温暖，凑近她耳边："想给你个惊喜。"

真的是惊喜连连。

闻柏苓从车里拿出一枝还没开的荷花花苞，汤杳把它抱在怀里，再看看立在萧瑟秋风里、马路旁那些叶片几乎掉光的梧桐树："你怎么总能在各种季节，找到荷花啊？"

"从长辈那儿带过来的。"

汤杳一愣："你家长辈做鲜花生意吗？"

闻柏苓帮她拉开车门，带她避开冷风。他说荷花是他家长辈种在室内池子里精心养护着的，他觉得长得不错，临走前给薅来了。

开了一个多小时的车，居然保护得不错，感觉再精心养护一下，真能等到它开花。

"可你不是说家里特别忙吗，怎么还回来了，已经忙完了吗？"

166

"还没有。"

闻柏芩倾身亲了她一下，笑着："不是你在电话里馋我，惦记和你吃顿羊蝎子火锅，我硬挤时间赶回来的。"

那天晚上，汤杳没有回宿舍，跟着闻柏芩回到他家里。

进门后，闻柏芩意外地在玄关的桌面上看到一本书，拿起来发现，是汤杳往年的专业课书本。

"你来过？"

汤杳翻开那本专业书，里面夹着两片银杏叶。

上个周末，她和室友们去佛寺散心，银杏树立在禅房旁，金黄的叶静静飘落。

陈怡琪在给家人挑选白色菩提手串，汤杳站在树下等她，听见身旁的情侣说，银杏叶也有花语，象征着永恒的爱。

汤杳闲来无事，用手机去查：

"银杏树最早出现在3.45亿年前的石炭纪。"

"被称为'世界第一活化石''植物界的大熊猫'。"

"因其历史悠久，象征着忠贞不渝、永恒不变的爱，寓意无论周遭如何变化，爱永远不变。"

这本专业书里的银杏叶，就是那天汤杳在香火缭绕的佛家圣地里拾回来的。

念兹在兹，送来闻柏芩家里。

好在，闻柏芩很懂得珍视汤杳的心意。

他像对待那两片已经风干、脆弱易碎的银杏叶，接吻时，手掌轻柔地覆住她。

关于那个夜晚的记忆，很多都是不真切的。她不记得自己是怎么有勇气，主动伸手解开了闻柏芩腰间的皮带，也不记得自己是在何种情况下失手抓伤了他的手臂，有种难言之欲被填满，紧张、忐忑、思念都消散在其中……

他们从浴室回到床上，相拥着闲聊，聊到汤杳的妈妈和姥姥，她才蹙了眉，转头去看闻柏芩，给他复述妈妈对她找男朋友的期许。

她下巴扬了个高高的距离，说他家太有钱，不符合妈妈的条件。

闻柏芩吻了她的眉心，开着玩笑："那正好，我们家最近刚折了个投资多年的项目，损失惨重，等我家资产降级，未来岳母可能就不那么排斥我了。"

汤杳刚经历过人生的初次，没什么力气，想抬手打他，想想又懒得动弹："损失那么重，真的不要紧？"

暗夜里，闻柏苓拥着她的肩，语气里听不出太多波澜，只说确实是有些麻烦，但应该不要紧，他们会处理好，让汤杳不要跟着乱担心。

其实是要紧的，不然闻柏苓不会只在国内陪了她四天，又匆匆动身离开。

他走那天，京城飘了几片轻雪，又转晴。汤杳在实习公司的工位上，收到闻柏苓的信息，他这人平时言简意赅，第一次长篇大论，发一堆有的没的，给她描述机场里遇见的形形色色。

关机前他又补了一句：已经开始想你了，汤杳。

那年的最后一个季节里，闻柏苓还能抽得出一些时间，时常不嫌折腾，千里迢迢跑回来，和汤杳约会。

中间还出过这样一档子事——那次闻柏苓统共就挤出来那么三天的时间，堪堪够飞回国陪汤杳吃个饭。

结果航班在港城中转时，不巧遇见天气原因，延误许久。

他在港城机场烦躁地待了将近十个小时，还是不能飞，不得不给汤杳打电话，无奈地说，可能见不到了。

汤杳没睡，怕吵醒室友，举着手机躲进洗手间。

关好门后，她才压低声音："闻柏苓，我看了天气预报，你那边天气那么差，不飞才好，好担心你有危险。"

她声音里满满的担忧，闻柏苓的一腔烦躁就此消散："后面我再找其他机会回国，别熬了，早点睡。"

大四上半学期的末尾，汤杳迎来了研究生考试。

考试结束那天，是十二月底，闻柏苓掐着时间从国外赶回来。汤杳走出考场，刚好看见他站在考场学校外面。

刚下过雪，天灰蒙蒙的，地上都是雪落融化的泥淖。

汤杳穿了双黑色马丁靴，迈过那些低洼地上的淤滩，跑过去，闷不吭声地环住闻柏苓的腰，把头埋在他的羽绒服上，忧心忡忡地说："怎么办啊闻柏苓，我好像有道题答得不算好呢……"

其实她已经下足了功夫，备考充分，结果不会有太大悬念，只不过碍于经济原因，压力大，承受不起失利后再备考一年，才变得紧张兮兮。

闻柏苓心疼地拉她的手，带人进车里，才安抚地吻了她的眉心，说："别自己吓自己，刚刚在外面等你，出来的那些考生，十个人里有九个都愁眉不展。"

他们这阵子见面不多，总是独处，只有少数时间是和朋友们一起。

闻柏苓那些国内的朋友都知道汤杳，也有人见面时叫她"嫂子""弟妹"。也许是汤杳情绪太低落，闻柏芩直接带她去了会所。

费裕之他们在那儿组局打牌，那几个朋友汤杳都熟悉，性格外向，也爱开些玩笑。

他想让她开心些。听那些人谈笑风生、插科打诨，汤杳心里的淤堵已经散了大半，又在中药汤泉里泡掉了满身的丧气和灰心，终于重新打起精神。

想来想去，闻柏芩家里那么大的变故，人家家里都没人长吁短叹。区区考试而已，最坏的结果就是考不过，大不了明年辛苦些，边工作边再战一次。

从中药池子里出来，汤杳已经恢复元气，打算去找闻柏芩，争分夺秒和男朋友在一起。

走廊里遇见几个年轻男人，在谈论什么拉斯维加斯和"21点"。

会所里经常能遇见形形色色的人。朋友的朋友，朋友的朋友的朋友……如此延展，总有生面孔。

富二代也是各种类型的都有：有绅士知礼的，也有只是金玉其表的。有人雄心壮志，自然也有人乐意充当混吃等死的角色。

迎面而来、满口"玩得就是个刺激"的男人，就不太像是个积极上进的好苗子，而且显然是喝多了，离老远都能闻到酒气。

汤杳有心避让，放慢脚步。

却不想那人目光很不友善地斜睨汤杳一眼，拍了拍脑门："这就是……跟过韩昊，又傍上闻柏芩的那个女的？"

声音挺大，想装听不见都不行。有些传言，闻柏芩和费裕之他们怕她冷不防听见受不了，提前跟汤杳说过。

汤杳看起来性子很软，可她已经不是二十岁时无知的象牙塔少女，天真、好脾气这些，她只是对亲近的人才有，面对旁人谑浪笑敖，也会板起面孔。

汤杳平静又可惜地摇摇头，声音很动听，却也很不饶人："流言止于智者这句话很好，可惜你没有学过。"

那群年轻男人也不是都没礼貌的，旁边某人还算清醒，给了那位一脚，斥了句"喝点马尿就乱说话"，然后赔着笑脸，给汤杳道歉。

忘记曾经哪年有过类似的网络流行用语，说"重要的话要说三遍"。

那人对汤杳拱手，连说："对不住对不住，我们这哥们儿喝多了，真是对不住。"

汤杳淡着脸色，略点头，算是接受了这重复三次的道歉。

错身而过时，她已经不再听他们说的话。

汤杳心里很清楚，她这个英语家教"汤老师"没什么威严，这些人不会因她一句话就洗心革面，只不过因为她的男朋友是闻柏苓，他们才不敢造次。

换作从前，自尊心作祟，脸皮又薄，没接触过太多险恶人情的她，定会觉得心里难受，可如今看他们因顾及闻柏苓才收敛的样子，汤杳竟然有些高兴。

看来闻家还没失势到如此地步。

闻柏苓就在休息厅里，拿了笔记本电脑在办公。

她跑过去，抱住他，不提刚才的种种，只说轻松的话题，偶尔也会往他电脑上好奇地瞧两眼。

汤杳在网上查看过不少案例，那些企业因各种原因一蹶不振，比如资金链断裂、高层领导分崩离析、创新不足……但也有很多企业能够独辟蹊径，以各种巧妙的招式化解难题，险象环生。

网上说什么的都有。

她不了解闻柏苓家里的内情，也无从分辨他们所谓的损失惨重到底是"牵一发而动全身"，还是"百足之虫，死而不僵"。

但汤杳做过两次噩梦，是几乎一样的梦境。梦里有很多面孔陌生的人，那些人穿着笔挺的西装，围坐在像会议室的桌边。画面色调不大吉利，灰扑扑的，很暗，把那些黑色西装衬得像葬礼服装。

一群陌生人吵得不可开交，最后说，眼下的险境是无法化解的，办法只有一个，就是让闻柏苓去和某大企业家的女儿联姻。

两次梦里，汤杳都是在这种时刻惊醒的。

冬日里宿舍暖气很足，天色未亮，室内只有吕芊和陈怡琪均匀的呼吸声。

好像都是臆想，可又让人难以安心。所以这次闻柏苓回来，意外地感受到了汤杳的热情。

她在某件事上通常是有些被动的，今天却一反常态。

来会所前还因为担心考试成绩而闷闷不乐，这会儿汤杳已经坐在他身旁，手拢在唇边，和他说悄悄话："闻柏苓，我们去楼上住好不好？"

楼上是私汤温泉，池子在卧室里。

之前他们泡过一次，她害羞得不行，浑身皮肤都是红的，好像他们不是在中药池子里，而是在晚霞色的染缸中。

今晚是汤杳先进到私汤里面，趴在池边，周身紫绕袅袅雾气，什么都不说，只用她那双漂亮的眸子，一眨不眨地盯着闻柏苓。

也是她在拥抱时，主动坐了上去，闻柏苓当然也就没把持住，两人折腾到很晚才睡下。

原本计划着晚点再起,可汤杏忘记关闹钟。四点半,他们被铃声吵醒,再也没睡踏实,有一句没一句地聊天。

床榻正对着视野极佳的落地窗,闻柏苓披着睡袍起身,拉开窗帘,能看到太阳从城市剪影后缓缓升起。

"你这次什么时候走?"

"陪你过完元旦吧,一号晚上有趟直飞航班。"

汤杏坐起来,沐浴在朝阳下,发丝上蒙着一层金色:"那我放寒假前,你是不是就不会再回来了?"

闻柏苓想了想,说这事儿说不准。

很多重要会议他必须参加,但如果能空出三四天,他可能会忍不住回国来看她:"赶不上你在京城,就去你老家看你。"

她很惊喜:"真的?"

"我什么时候对你说过谎?"

那天早晨,他们是最早去餐厅吃早饭的。

其他人通宵达旦地打牌,要么牌局还没结束,要么刚刚睡下。那些放在自助台上待取的餐点,空有一身色香味俱全,孤零零地躺在餐盘里。

汤杏盛了碗燕窝粥,坐在闻柏苓身旁。

冬季里玻璃门不再敞开,外面草坪一片荒芜,孔雀也不知道移到什么地方去养着了。

她的目光只是无意间落在室外,亲眼看见一个女人气势汹汹地推门而入。

那是个很漂亮的女人,穿短款皮草,围巾上绣着某奢侈品牌的 logo,黑色漆皮靴子,挎着精致的包。

她气质很好,像大企业的千金小女儿。她风风火火地闯进来,目光犀利地扫视着餐厅里空空如也的那些桌台,最后视线转到他们这侧时,顿住,大步走过来。

有某个瞬间,汤杏心里"咯噔"一下,好像有什么剧情和那两个糟糕的梦境对上了,惹得她手里的汤匙都抓不稳。

闻柏苓这个人,从不留意闲杂人等,根本没瞧见。他眼里只有汤杏,看她含着燕窝没咽,很关切地温声问:"怎么了,今天煮得不好吃?吐掉,我给拿别的……"

话音未落,一个人影挡住眼前光线。

汤杏放下汤匙,没有去看来人,转而惶然地去看闻柏苓。

他颇为意外地看那人一眼:"你怎么来了?"

他们果然是认识的。

汤杳如坠冰窟,好像窗外的寒冷战胜了这餐厅里价格不菲的中央空调,统统袭来,爬上了她的脊背。

闻柏苓很从容地做了个请的手势:"既然来了,一起吃点儿?"

随后,他很自然地把手搭在汤杳的椅背上,简短介绍:"这是费琳,费裕之的妹妹。这是我女朋友,汤杳。"

费琳摘掉墨镜,眼睑是红肿的,声音里还带着哭腔,不叫费裕之哥哥,直呼大名:"让费裕之出来,他人呢?"

"估计牌局还没散……"

闻柏苓招招手,找了个餐厅这边的侍者,让人带着费琳去找费裕之。

出了这么个插曲,他还没忘记汤杳刚才喝不下燕窝粥那一茬,推开椅子起身,打算去帮她弄点其他喝的,被汤杳忽然抓住手。

她指尖都是颤抖的,吓得闻柏苓脸色都变了,还以为是昨晚自己做得太过,让汤杳的身体吃不消了……

"汤杳,哪里不舒服吗?"

见她脸色不好,又没有回答,闻柏苓拉着汤杳就要去医院。

汤杳紧紧抓住他,说不是的,自己没有不舒服。

"闻柏苓你先坐下。"

已经是早晨七点四十多,餐厅里仍然只有他们两个。阳光从玻璃门照进来,有种不刺眼的明媚。

闻柏苓不解地看着汤杳。

她声音很小,拍着自己胸口顺气,又忽然没头没尾地说:"吓死我了,闻柏苓,我以为费裕之的妹妹是你要联姻的未婚妻。我刚才脑子都是蒙的,你摸一下,我的腿现在还在发抖呢。"

燕窝粥还剩半碗,橄榄油拌过的蔬菜也还没被动过几筷子。

在汤杳昨夜异常的热情里,他已经隐隐察觉到不对劲,还以为是这种聚少离多的异国恋状态让她不安。

听到"联姻的未婚妻"这几个字,闻柏苓才终于洞见症结。

其实近来,闻柏苓和家里人确实谈到过这个问题——那天哥哥闻柏芪夫妻俩太忙,闻柏苓接了小侄女放学,带着去和闻父、闻母吃饭。

毕竟是做父母的,闻柏苓谈恋爱这么高调,外面传得沸沸扬扬,他们不可能对他的感情关系完全不闻不问。

越是生意正在遭遇危机的节骨眼,越怕对小儿子疏于管理,让他养成陋习,以后被人诟病。

饭后家里阿姨哄着茜茜睡着了,客厅里只剩下大人。

闻母泡了一壶茶,和闻柏芩他们父子共同坐在茶桌旁,问起汤杳。原本他们对汤杳是有些偏见的,结果闻柏芩把自己女朋友都给夸上天了,说最近除了生意上的事情,最担心的就是女朋友天天埋头备考学习,还要兼职赚钱,不好好补营养,肯定会瘦的。

他还把照片翻出来给父母看过。

照片是闻柏芩偷拍的,Live 动图。

汤杳面前的桌面上都是摊开的书本,整个人沐浴在早晨五六点钟的阳光里,头发很随意地卷了个鬏鬏,碎发毛茸茸的。

她奋笔疾书,特别用功。

父母拿着手机看时,闻柏芩自己也凑过去,忍不住跟着瞧了好几眼。

他越看,笑容越是藏不住:"爸、妈,汤杳真的特好。是个善良又上进的好女孩。你们儿子又不是那种在女人身上找乐子的浑蛋,我对待感情是认真的,绝对不给你们丢人。"

聊到半路,闻柏芪忙完过来接女儿,进门听见弟弟又在吹他那个小女朋友,也跟着坐下来,喝了杯茶。

在其位,谋其职。生意是闻父一手做大的,也因此闻父对闻柏芩谈恋爱这件事,多多少少有些心理复杂,尤其是近来生意并不顺利,项目上的失利牵连出企业内部很多被忽视的问题。

那些同行虽露出些芝焚蕙叹、惺惺相惜之态,却也会在发现竞争对手的软肋时,毫不犹豫地补上一脚。

商战就是这样杀人不见血,大大小小的事叠加在一起,颇有颓势,让人头疼不已。

总像有旁白在问:现在你有一条小小的捷径可以走,你要这样选择吗?如果闻柏芩没有自己喜欢的姑娘,愿意听家里安排,这条捷径也是不错的选择。

可他现在已经有了女朋友……

连闻柏芪也觉得,有自己和弟弟在,事在人为,生意难关总能过去,犯不着用弟弟一辈子的幸福去赌。

那天闻母往茶壶里添了很多次水,这样说:"生意做到这么大,我们要对太多人和事负责。但柏芩从小就不喜欢这些,没有继续他自己的道路已经很遗憾了,感情方面,我们就让他自由些吧。我们是家庭,不是牢笼。你说呢,老闻?"

闻父想了很久,没有正面回答。

杯里的茶喝空,闻父才说,前些年回国,受友人相邀,去过几个城市游玩,当时在华严寺看到过一副楹联:

世事熙熙从来富贵无了局到此说了就了
人生攘攘自古名利难放下如斯当放便放

闻柏苓早知道父母和哥哥最护着自己,不可能强迫他去和不喜欢的人交往。还和他们说了,等过了这个关卡,家里生意好些时,想带汤杳来国外待几天。

家里人的态度,闻柏苓都和汤杳说了,怕她不相信,在回卧室后还给家里拨了电话。

电话是闻父接的,闻柏苓开口就问,自己是不是恋爱自由、婚姻自由。

闻父语气还挺轻松的,说:"是啊,你不是和你妈说遗传了我的专一嘛。怎么了,和人家小姑娘吵架了?"

闻柏苓不乐意了,让父亲不要乱说:"我们感情好着呢,没事儿,就问问。"

电话是开着扬声器打的,汤杳听得清清楚楚。京城的冬天其实不太美,雪总也下不大,路上撒了融雪剂,雪花落地又被车子、行人踏成泥,走到哪里都脏兮兮的。但汤杳端坐在床边,听着闻柏苓和闻父通话时,看向窗外,总觉得那些光秃秃的树枝也是美的,随干燥的风摇动,别有韵味。

电话挂断,闻柏苓逆光站在窗边。他微微笑着,看汤杳:"有没有稍微安心点?"

不等她回答,他已经走过来坐在她身旁:"刚才早餐没吃多少东西,饿不饿,叫厨师单煮一份给你?"

他们听说费琳的事情,是在重回餐厅后。

听人说,费琳穿着她那五位数的靴子,踢翻了麻将桌,质问费裕之,她的男朋友在哪里。

"他昨晚说你叫他打牌,人呢!"

费裕之对妹妹向来没办法,凶不得又骂不得,憋了一肚子窝囊气,也忍不住说了句重话,还不是骂自家人:"你听他乱放屁,我和他关系什么时候好到叫他打牌?"

之前因为费琳死活不肯妥协,家里人拿她实在没了办法,最终松了口,说对他们的交往不反对也不支持。但结婚之类的事,怎么也要等费琳本硕毕业,再做打算。

费琳高兴得要命,可好景不长。司机家的儿子对她越来越冷淡。这次她回国,他说费裕之找他打牌,连接机都没去,并且整晚没出现。

这一年的元旦,汤杳是和闻柏苓他们过的。费裕之也在,他举着大杯加了冰的洋酒,颇有烦言,说费琳那个破男朋友变心,和别的姑娘勾搭上了。

"费琳在家哭得嗓子都失声了,我妈也跟着哭,大过节的,还得带着人去医院看嗓子。"

有朋友问他,费裕之,你怎么没跟着去?

费裕之闷头灌下半杯洋酒,挺委屈地说:"那丫头满嘴都是歪理,非说我在国内没帮她把人给看好,见了我哭得更凶。我爸嫌家里乌烟瘴气,把我给撵出来了……"

惹得满室哄堂大笑。

酒阑人散,元旦后闻柏苓再度离京。到那边忙得分身乏术,汤杳放寒假前,他都没有再找到机会回国。

寒假里,汤杳回到老家,在新年期间智齿发炎去拔了牙,脸肿得要命,连着好几天和闻柏苓通电话都有些口齿不清。

那天是北方小年夜,城区有小企业放烟花。汤杳牙刚消肿,趴在卧室窗边举着手机,挺可惜地和闻柏苓说,烟花在城东,刚好是她家窗口看不到的方向。

"要是在市体育场那边的燃放点,在我屋里的窗户刚好能看见的。"

于是那年的除夕夜,汤杳出乎意料地在自己卧室的窗口里,看见一场灿烂盛大的烟花。

整整一个半小时,烟花不停地绽放在天际,她眼睛都被烟火点亮,不敢置信地拨通闻柏苓的电话,还没开口,先听到他一句含笑的"新年快乐"。

小城市里发生点什么新鲜事情,总会被津津乐道地挨家谈论。

大家都在猜,那场莫名其妙的烟花从何而来,也有小道消息流传,说是某个富二代,追女孩子才放的。

连汤杳妈妈都在吃饭时提起:"放了那么久估计要好多钱,肯定是咱们县那个首富,做房地产的那家。"

汤杳就在这个话题中,被饺子里的汤汁烫到了舌头,"唔"的一声,红着脸埋头,用吸管喝掉大半杯冰可乐。

没有人知道,那场烟花是为她绽放。

小姨的新事业正在起步期,过年没能回家。

趁着汤杳妈妈和姥姥不在时,小姨给汤杳打视频电话,问她,和闻柏苓是否还好。

"我们挺好的呀。"汤杳说。

那时候,汤杳还以为自己真的是足够幸运。她遇见的人,是绅士又温柔的闻柏苓,而不是韩昊那种人品败坏的渣滓;他的父母、哥哥都是很好的人,他们那么有钱却也没有对她的家庭颇有微词;生意场上跌宕不安,似乎也不会因为这个,就让闻柏苓去联姻;能想到的所有阻碍,都和他们无关。

175

第八章
/ 失而复得

　　真正的意外,发生在新一年的春天——

　　那几天闻柏苓回国陪汤杳时,才刚刚和她说过,生意上最近有几个还算得上是好消息的小转机,等到汤杳毕业,他打算带她去国外住几天。

　　"茜茜天天吵着要见你,等你去和她一起穿公主裙呢。"

　　和闻柏苓在一起时间久了,汤杳也学会逗人,故意拖长了声音:"哦——原来是茜茜想见我。"

　　闻柏苓擒了她的两只手腕按在枕头里,眯着眼看她。

　　这个姑娘很纯粹,眉目间又闪动着某种特别的、迷人的风情。

　　他看着看着,人就陷进她的双眼中,情不自禁地问出口:"想要吗?"

　　他们本来是打算去吃夜宵的,在谈的话题也是与国外相关,突然这样,汤杳差点都被闻柏苓给问愣了。

　　闻柏苓先吻了她,才回神:"去国外会见到我爸妈,不过——"他捏捏她的脸,继续,"都准备要见我家长了,还不在你妈妈和姥姥面前提提我,什么时候给我个名分?"

　　见汤杳不肯回答,他就左亲亲,右亲亲,还亲她颈窝的痒痒肉。

　　她敌不过他,边喘边笑,终于松口,说:"那等我毕业时,你陪我一起回家呀?"

　　他们有很多对未来的设想,可意外来得好不讲道理。

　　考研成绩出来那天,汤杳在宿舍里和室友们互相抱着尖叫,打算出去吃饭庆祝。

　　她也发了信息给闻柏苓,迟迟没人回复。

　　是在饭后,才接到他的电话。他声音低落,说哥哥突发脑溢血,现在人在医院里。后来回忆起这天的天气，汤杏总觉得骨缝里都是凉飕飕的，像风湿病人经历过初春的阴雨。

可其实没有。那个黄昏的夕阳美得像油画，半边天都是橘色调的珊瑚粉色，还登上了软件热搜。

连吕芊和陈怡琪都拍了不少照片发在朋友圈里："汤杏，这绝对是祥瑞，祝贺你成功上岸的，哈哈哈哈……"

姥姥住院那年，她们都在急救中心里见到过脑溢血的病患家属，家属们以泪洗面，哭了一次又一次。

汤杏无心抬头看天色。

她紧紧攥着手机："你哥哥现在情况怎么样？"

瑞气祥云都是假的。汤杏站在学校周围最熟悉的街道上，忽然有种人地生疏的迷茫。

身旁火锅店的玻璃窗蒙着一层雾气；足疗按摩店里又走出三两个客人；吕芊和陈怡琪在她身旁开玩笑说着什么，笑声欢快又清脆……

风凉飕飕地刮过，汤杏站在春风里，忘记拢紧毛衣外套。

她只记得闻柏苓在电话里说，情况不太好，医生建议闻柏芪做开颅手术。

情况紧急，闻柏苓那边肯定有很多心烦意乱，也有很多悲痛难过，但声音还算沉稳。他告诉汤杏，出了这种事，家里人情绪都不怎么好，生意上也有很多问题需要他们主持大局，这几天可能不太有时间和她通话。

有人在叫闻柏苓，他应了一声。

"先这样，有什么事情你发信息给我，我抽空回复你。"他反过来安慰她，"别担心，要好好吃饭。"

对汤杏考研上岸的祝贺，是在几天后的某个晌午时分，算算时差，他那边应该是深夜。

也许夜深人静，闻柏苓在理不清头绪的各类事项中分神，忽然想起她，才发了信息来：那天忘记说了，恭喜。

那段时间他们很少通话。

偶尔闻柏苓会抽空发短信给她，不提他的那些焦头烂额，只说闻柏芪的近况：手术还算成功，住在ICU里观察情况，等待渡过危险期。

闻柏苓给汤杏发医院里的照片，甚至怕她过多担心还和她开玩笑，会故意加上一句：大前年你室友遇到的骗子，是不是就这套路？小心点，我可要开始借钱了。

她很想配合地笑笑，可是做不到。到后来，他实在太忙，连这种安慰的玩笑也不太常见。

那些天汤杳的神经绷得很紧,在忙毕业论文,也在焦急地等闻柏苓那边的消息。

最初她没有想太多,只是单纯地担心闻柏芪的病情,由此衍生出一些其他的担惊受怕:怕闻柏苓的哥哥出事,也怕闻柏苓会因此承受不住,甚至还怕小茜茜无法接受。

毕竟失去至亲的痛,汤杳在很小的时候就经历过了。

她知道那种感受,真正有所察觉,是在某天检查毕业论文时。

汤杳看着那些由自己敲出来的小四号宋体字,一行行整齐排列在文档里,不知为何,忽然想到读过的金融书籍里的案例——案例里讲,某位创始人因癌症去世,而在他去世后仅仅七个月,企业市值暴跌,接连进行了多次裁员,元气大伤,面临破产。

闻柏苓说过,哥哥的情况还算乐观。但汤杳明白,"乐观"这个评价,只能说是针对保命而言,生意上究竟乱成什么样子,她难以想象。

闻柏苓变成了当初分身乏术的闻柏芪。

像闲散的王爷被架上皇位,面对各方野心勃勃的势力拉锯,外敌侵犯,哪怕举步维艰,也不得不想尽法子稳固江山。

不知不觉中,她和他已经走上了两条不同的路。

汤杳还记得去年闻柏芪带女儿回国,茜茜吵着要去野生动物园。坐在园区内的餐厅里,兄弟两人不知因为什么契机,突然聊起烦琐的生意经。茜茜不爱听,吃汉堡蹭了满嘴酱料,吐气都是香甜的,拉着汤杳的衣服角悄声和她说,自己其实喜欢国内,很想常常回来。

"为什么?"

茜茜说:"喜欢没有为什么,就是喜欢。"

有时候,孩子比大人想得开。那天茜茜说,不过她只是想想,爸爸妈妈都要忙工作,没人有时间带她回来。

汤杳那时候安慰茜茜:"你可以和你小叔一起回来。"

小朋友眸光闪动:"那我回来,你愿意陪我玩吗?"

"不上课、不工作的时候,我都可以陪你。"

茜茜很高兴,亲手拿了薯条蘸番茄酱,喂到汤杳嘴里。

被闻柏苓给看见了。

他在桌下轻轻碰了碰汤杳的手指,侧身,压低声音问她:"不上课、不工作的时间都陪小孩,那我呢?"

他看她时,总在笑。有时候汤杳会突然想不起来,最初在电梯常常遇见时,他不冷不热的表情究竟是什么样子。

往事历历在目,如昨日才发生过。只是转眼间,那个回不来的人变成了闻柏苓。

闻柏苓终于回国时,已经又是京城玉兰花一树一树盛开的好时节。

他说回来处理些公务,问汤杏能不能抽出时间和他见面。

汤杏抱了存着无数版毕业论文的笔记本电脑,跟着闻柏苓去了他家里。

他手机里电话一个接一个,信息提示音也响个不停。

等到夜深人静,他们相拥着躺在床上,明明肌肤相亲,是最亲密的时刻,却只是望着彼此,沉默不语。他们都知道,这段感情走到现在,终于是继续不下去了。

汤杏没有很好、很优渥的家庭条件,能够让她奢侈到在这个年龄段无须努力,只要谈一场浪漫、可爱的恋爱就可以。

前些天和小姨通视频时得知,妈妈在入春时踩在路边未融化的浮冰上,摔过一跤,脚踝扭伤,好几天都一瘸一拐的。

妈妈怕汤杏和小姨担心,都痊愈了才告诉小姨。

汤杏知道后又心疼又生气,给妈妈打电话说,等她以后赚钱了,就把妈妈和姥姥都接到身边,照顾她们。她不能放弃她的学业、家人,因此不能心无旁骛地飞去闻柏苓身边。

闻柏苓当然也不能。

"闻柏苓。"

汤杏其实不太记得自己具体说过什么,她思维很乱,条理性不如写论文时的百分之一。如果那天晚上的发言需要被打分,她可能还没及格。

但闻柏苓一定懂她的意思,他一定是懂她的。

她是个再普通不过的女孩子,可能学习上能有点聪明的时刻,但不多,想要得到成绩或者获取知识,也是要靠努力去拼的。

她不能保证自己在"很喜欢很喜欢很喜欢"的同时,永远保持清醒,无怨无悔地等上年复一年。也不能保证自己不会胡思乱想、猜疑、心累;不会因为等不到他的消息、见不到他的人,而难过沮丧。

他们都有要守护的家庭,无法任由自己生活在精神内耗里,必须要去努力、去变成更优秀的人。

汤杏没哭,把头埋在闻柏苓胸前,小声地和他说着话,像曾经共同度过的每一个夜晚——

"闻柏苓,我过年时和你说过吧,我吃饺子吃到硬币了。妈妈说除夕夜吃到硬币是吃到幸运。如果是真的,我想把这份幸运送给你,希望你哥哥病情好转,希望你家里诸事顺利。"

它只是小小的硬币,才五毛钱而已,许愿这么多,可能有些贪心了吧?

第二天早晨,闻柏苓送汤杏回学校。

他帮她拉开副驾驶座位的门，她迈下车，什么都没说，从他身边匆匆走过。

"汤杳。"他在身后叫她，说她忘记拿她的电脑了。

可汤杳回去取时，闻柏苓忽然拉住她的手腕，猛地把她拥进怀抱。再说喜欢，再说挽留，已经是彼此的负担，所有他们什么都没说，连再见也没有互道过。一个走向宿舍楼，一个乘车去往T3航站楼。

回到宿舍后，吕芊和陈怡琪还以为汤杳只是受不了恋人又飞往国外，还打趣她："和男朋友离别这么多次，还没有习惯吗？"

汤杳勉强扯出笑容："可能没有吧。"

那些天她忙于准备，又忙于修改论文。身为班长，毕业季事情比别人多些，忙来忙去，始终没人看出她身上发生过什么事情。

情绪彻底爆发，是论文最终修改完的那天。那天汤杳和室友们去食堂吃过饭，回到宿舍，她一脸平静地进了洗手间。

室友们发现汤杳进去时间太久，尝试敲门时，听见了她压抑不住的啜泣。

门没锁，吕芊和陈怡琪挤进去。

汤杳抽噎着靠在墙边，一米七身高的人，蜷缩成一小团。

陈怡琪是南方人，平时宿舍楼下的流浪猫打架，她都会躲得远远的，怕溅自己一身血。

看见汤杳眼泪稀里哗啦往下掉，她忍不住急了，放了话："汤杳，是不是谁欺负你了？告诉我，我去撕烂他们！"

汤杳哭得说不清楚话，用了好久好久，才和室友们讲，她和闻柏苓分手了。

"他提的？"

汤杳流着眼泪摇头。

"那是……你提的？"

她依然只是哭着摇头。"分手"这两个字，他们谁都没有说出口过。他们也没有变心，都还是那么喜欢对方，可就是不行。

听了前因后果，吕芊抱着汤杳，大姐姐似的一下下拍着她的后背，试图安慰："做得对，你们这样选是对的。"

马上就要走出校园，谁都不再是小孩子，她们都知道，眼下的情况无解，拖着对谁都不好。闻柏苓也不可能抛弃家人和家里的生意，汤杳也不能不读研就跑去国外。

"是该这样选的。"她们说。

汤杳的眼泪糊了满脸，看不真切吕芊和陈怡琪的表情。

她像抓一根救命稻草，就近抓住吕芊的手臂，紧紧的，试图借来丝毫的力气："芊芊，我做得真的对吗？"

"对的对的，汤杳，你做得对。你总不能因为感情就放弃学业。再说了，他家那种情况，以后能不能回国生活还不一定……"

汤杳听到了想要的答案，却下意识地摇头。如果选择是对的，为什么她会这么疼，乱箭穿心般，疼得直不起身？

去年相同的季节，春风拂面。

闻柏苓站在宿舍楼下，问她，是否已有男友。

闭上眼，她好像还能听见那时的风声，丝丝缕缕，萦绕耳畔。

毕业季有太多琐碎事情要忙，连续几个晚上，汤杳都在和室友们打包整理各自的物品。大学四年里有太多回忆，偶尔翻出什么压箱底的小物件，三个姑娘都要拿着拎出一段记忆，感慨万千。

这个闲置的台灯是一起充话费送的，那个玩偶是出去吃饭饭店的赠礼，宿舍钥匙上卸下来的钥匙链是大一去逛街时买的……

吕芊说："汤杳，你反正是要在京城读研的，东西别都寄回家里了，九月还要再带来，折腾，不如存我家。"

就是这个时候，陈怡琪不知道打哪儿翻出个白色纸袋，里面还有包装盒："这是什么，空盒子？你们谁的啊？不要了吧？"

汤杳回头，猝不及防看见了万宝龙的袋子。

陈怡琪没反应过来，还是吕芊先看见了盒子上类似六芒星的标志，想起那是汤杳某年生日，闻柏苓送给汤杳的钢笔的盒子。

钢笔汤杳还在用，吕芊给陈怡琪使了眼色，尽量用平静的声音问："汤杳，这盒子你还要吗？"

汤杳像白日里做了个梦，静静地站了几秒。

她最近总有这样灵魂出窍般的时刻，回神后她摇了摇头，声音很轻："不要了吧。"

就这样忙着忙着，大学生活结束了。拍毕业照那天，汤杳穿着学士学位服给妈妈打视频，让妈妈看自己头顶上的学士帽。她对着镜头左右摇头，帽子上的垂穗也跟着晃动。

汤杳妈妈乐得合不拢嘴，连连说好看："这是谁家的女儿这么好看啊？"室友们嬉笑着凑进镜头里："阿姨，是我们好看还是汤杳好看？"

"都好看，都好看。"

就这样通着视频下楼去，楼道里遇见的学妹们总会好奇地打量她们身上的服装。

汤杳跟妈妈讲:"等我研究生毕业时,衣服就是蓝色的了,我们校长的更好看,是红色……"

她们一起往学校走,路上遇见有同样穿着学士服的人拿荷花迎面走过,汤杳举着手机,短暂走了下神,又回到和妈妈的对话里。

可是,今年夏天的荷花格外高产?不然怎么遇见的几个穿着学士服的校友都拿着荷花?

在遇见另一群拿了荷花的校友后,汤杳有些难以控制情绪,匆匆和妈妈说了几句,挂断视频。

陈怡琪已经拦了校友帮忙询问。

问过才知道,学校那边不知道是什么活动,操场放了九千九百九十九朵荷花,说是毕业生都可以自取。

汤杳到操场时,看见那些荷花。

每朵都有包装,开得很美,很多人围在周围拍照留念,也有人小声议论,猜测会不会是学校哪个社团的活动,抑或是拉赞助得来的。

毕竟之前也有过的。

在各种节日,校园里的某个角落突然出现"自取鲜花""自取糖果""自取枫叶"……只是数量没有这么庞大而已。

吕芊和陈怡琪是见过汤杳在圣诞节抱回一大束荷花的,犹豫着碰了碰汤杳的手臂:"这花会不会是……"

有同班同学来得早,扭头看见汤杳,帮忙抽出一枝荷花,递过来:"班长,你也来一枝吧,不知道是哪个好心人搞的浪漫。"

荷花包装袋的末端,都系着缎带。

缎带上面印着相同的祝福,"毕业快乐"。

汤杳接过荷花,眼睛忽然潮湿,低声说了声"谢谢"。

身旁的吕芊听见了。只是吕芊不知道,汤杳的这声"谢谢",究竟是说给谁听的。

那天,她们在阳光明媚的操场上拍了毕业照,后面自己班级合影留念时,数着"三二一"把学士帽抛向空中。

最后一顿散伙饭里,大家多多少少喝了点酒,互相说着不舍的话。

班长的这场失恋,班级里同学也都知道。

有个男同学喝多了,走过来和汤杳碰杯时,好心办了坏事,安慰得杀人诛心。

"异国恋不好坚持,分了就分了,祝班长读研后找到更好的。"

汤杳没说话,是旁边的女同学听不下去了,跳起来打了那男生的后脑勺:"哪壶不开提哪壶,你要是不会说话就闭嘴!"

男同学被打得酒都撒了小半杯,又倔强地举起杯子,换了个祝福语:"那祝班长前程似锦!"

汤杳和他碰杯,接下第二个祝福。刚才一时语塞的沉默,并不是有意让男同学难堪的,只是她心里清楚,自己和闻柏苓之间,从来都不是异国恋那么简单,又固执地不想沦为万千"毕业即分手"的普通案例。

她总希望,他们是特别的。

这一餐结束,是真正的分道扬镳,同学们三五成群,互相搀扶着走出饭店。

他们在夜色里疯疯癫癫地高举手臂,大喊着毕业快乐。

夜幕划过一架飞机。明知那架飞机里没有他,汤杳也还是不受控制地看过去。曾经有个人千里迢迢赶回来,只为了让她请客吃饭,现在想想,恍若隔世。

和闻柏苓断掉联系后,自然也不再见得到那群他身边的人。

闻柏苓不用微信,他的生活她无从窥探。倒是费裕之经常在朋友圈发些动态。有那么一次,费公子凌晨发一句脏话,配图是她熟悉的牌桌样式。

汤杳几乎都能猜测到,费裕之肯定是牌运不济,输了个通宵,骂骂咧咧地拿着手机吐槽。

以前也有过这类场景。闻柏苓带着她在会所餐厅里吃早饭,费裕之烦躁地坐在他们这桌,吃什么都挑刺,挺好吃的面点也被贬得一文不值。

汤杳还以为是他拿到的种类不合胃口,好心递过去自己的,还在费裕之咬过之后,询问,这个是不是好吃一点?不太甜,是枣泥馅料的。

费裕之一肚子气没处撒,瞥见闻柏苓的脸色,又不敢说重话,闷头噎下面点,没吭声。

闻柏苓就坐在汤杳身旁,捏捏她的指尖,说:"别理他,输牌了气不顺,吃什么都是牛嚼牡丹。"

然后他又问她:"喜欢这个点心?要不要我找厨师打包些,带回去和你室友分享?"

汤杳因为往事分神,不小心给费裕之这条朋友圈点了个赞,想取消,不知为何,又收回了指尖。

那天她在图书馆里看书,到中午时发现,手机里一大堆未读的微信消息,还以为是室友要带午饭,点开才看见,是费裕之发来的。

其实汤杳已经读到研二,和费裕之有将近两年没有过联系。但费裕之连发十几条微信,特别熟稔,好像他们昨天才见过。他问汤杳最近怎么样,是在哪个学校读研、学什么专业。

汤杳——回复过，费裕之秒回：有空约你出来玩呀。

她不敢答应，推说自己学业忙，这件事也就这样不了了之。

在整个事件里，闻柏苓完全没有出场过。

汤杳还是老样子，拼命三郎般生活。研究生读到最后一年，却意外地接到费裕之的电话，说他就在她学校外面。

又是一个春天。

汤杳从教学楼走出来，在校外见到费裕之，被他不由分说给拽上车，非说要带她去参加婚礼后的庆祝晚宴。

将近三年时间未见，汤杳坐在车子里感到十分不自在。

她连费裕之什么时候举行婚礼都不知道，新娘姓甚名谁更是不清楚。更何况，她又没随过份子钱，怎么好意思去参加人家的晚宴？

"费裕之，恭喜你。但你这个晚宴，我去是不是不太合适……"

"合适啊，怎么不合适？"

圈里有名的"废话多"才不会让气氛冷场，在汤杳上车后说个不停。据费裕之自己说，他们的婚礼是在国外海岛办的，长辈们希望面子上好看，事事都要求完美，来来回回折腾了十来天，笑得脸都僵了，简直就是度劫，把他都累瘦了。

"婚礼弄得一点意思都没有，又累又无聊，都不知道那些长辈为什么高兴。这次晚宴可就不一样了，都是朋友。"

汤杳疑惑地看向费裕之。她算是他的哪门子朋友啊？但费裕之要想劝人做事，死的都能说成活的，想也不想就说："咱们吃过那么多顿饭呢，水煮鱼、小烧烤的，一起过骑马，去拍卖会，你还在早餐桌上分给过我半个枣泥包。怎么不算朋友？"

总之她就这样，被费裕之生拉硬拽给带到了晚宴现场。

热闹人群里有几张眼熟的面孔，但经常出现在梦里的那个人，始终没有出现。

汤杳不是个能歌善舞的热络性子，又都不认识，从头到尾都安静地坐在餐桌旁。

眼看着人们都喝得差不多了，她用手机给费裕之转了钱，算是补个份子钱。

正准备走，被费裕之一嗓子叫住："汤杳，汤杳快来，我们合个影——"

费裕之的妻子很有气质，浅笑着站在他身旁，看起来性格很好。

可就算性子再好的人，看见费裕之不管不顾地这样和旁的女子打招呼，也还是变了脸色。

汤杳也觉得尴尬至极。她都不敢想，费裕之这次硬是把她塞进这场晚宴里，费裕之的妻子会怎么想。该不会以为，她和费裕之有什么奇怪的关系吧？

摄影师打破僵局，举着相机："来，笑一笑。"

汤杳挤出笑脸，拍过合影之后，趁着费裕之他们在忙，迅速逃离了晚宴。

坐上地铁她才给费裕之发信息，请他收下礼金。

深更半夜，费裕之回复她，说她考上研究生他这个做朋友的也没请客庆祝，钱不收，抵了。

汤杳不知道的是，几天后，费裕之拿着那张和她的合影，飞去了国外。

早在他们分开后的第一年，费裕之就去国外看过闻柏苓。

彼时，闻家没有往日的生机——闻柏苓从鬼门关走过一遭，还在坐轮椅，吃饭都需要人帮忙，更遑论参与家里的生意。

那样雄心壮志的人，像突然失去了生活目标，整个人都很颓丧。闻母担心儿子，忧思过度，总觉得精神不济，也在喝中药调理。

费裕之和闻父聊了整个下午，都留下吃过晚饭，始终不见闻柏苓回来，直接提着夜宵去了闻柏苓以前的办公室。

闻柏苓果然在办公。

费裕之把夜宵放在一旁，拣了个他不那么忙的瞬间，忽然问："你和汤杳，真就这样了？"

闻柏苓像被什么东西给击中，眉心瞬间皱起。

很快他又平静下来，在键盘上敲了几下，说服自己般："我哥刚进公司时多久没回过国，你又不是不知道。"

那时候闻柏苓别说回国，忙得连家都回不去，天天住在办公室。他们几个弟弟年纪小，还胡说八道开玩笑，说他们要是嫂子，肯定是要和柏苓哥离婚的。那时候闻家生意还很不错，已经足够人忙，今非昔比，更离不开人。

谁也说不准，生意究竟什么时候能好。

可要说他真的放手了，又不像，不然不会每天这么拼死拼活证明自己的实力，让长辈们无话可说，愣是给不出联姻这种建议。

这次到国外，费裕之没去公司，非要把分身不暇的闻柏苓约到一家中式餐厅。

闻柏苓赶来，问究竟什么事。费裕之就挂着诡异的笑容："来给阿姨和柏芪哥送些补品啊，再说你忙得婚礼都不来参加，当兄弟的来看看你，怎么不行？"

鬼话连篇。

闻柏苓问他："到底什么事？"

费裕之把照片递过去:"没事儿,就想给你看个东西。"

闻柏苓捏起那张照片。

照片里,费裕之和他妻子身旁,有个他再熟悉不过的身影。

布景都是鲜花和灯光,他们穿着礼服,戴着各种首饰,只有汤杳穿着普通的毛衫和牛仔裤,素着脸站在那里,局促般,把自己的左手抓着另一只手臂上。

可她就是最美的,让人挪不开眼。

闻柏苓甚至忘了身处何处,像过去心疼汤杳时那样,脱口而出:"瘦了。"

在生意场里这几年,早已经学会了他哥那套喜怒不形于色,可他今天失态了。

中式餐厅里有歌手穿着旗袍在唱歌,声音很像蔡琴老师。

唱的是老歌,《把悲伤留给自己》。

能不能让我陪着你走,既然你说留不住你
…………
把我的悲伤留给自己,你的美丽让你带走,从此以后,我再没有快乐起来的理由
是不是你偶尔会想起我,可不可以你也会想起我
…………

闻柏苓对音乐兴趣并不浓厚,家里那些黑胶唱片都是闻父的,他其实从来没有认真留意过,可就是突然想起,这首歌曲收录的专辑,叫"私奔"。

餐厅经营者是国人,食客很多都是华裔。

周围熙熙攘攘,能听见来自国内各地的几句方言,还有北方人听不大懂的闽南话和粤语,窸窸窣窣,最终抵不过女歌手一遍遍唱着的歌曲结尾"可不可以"……

闻柏苓看着照片里汤杳有些不自然的笑容,猛然仰头,也还是没能及时忍住,眼泪夺眶,落在雕花的实木桌面上。

参加过费裕之婚礼庆祝晚宴的那段时间,汤杳也有些心神不宁。

偶尔她会萌生出一些不切实际的期待,期待下次联系时,"费漏勺"那些多且密的话语里能透露出一星半点的关于闻柏苓的消息。但他们的联系实在屈指可数,也再没有过那么多对话。

到汤杳硕士毕业时,在朋友圈发了穿着蓝色学位服的照片,费裕之也

只是在某场牌局结束后的凌晨，点了个赞。

可能有过失望吧，只是被生活的忙碌冲淡了。

汤杏顺利考上博士，很幸运地遇见特别好特别照顾她的博导，读到博二那年，她被推荐去国外某高校做短期交流。

出发前夕，小姨刚好到京城来看她。

她们在超市里采购，小姨推着购物车，给汤杏讲自己在南方的生意，讲那些她不屑一顾的追求者，也会展望未来。汤杏很高兴，小姨又变成了独立的女强人模样，并且是真正的女强人。

小姨却玩笑着说："你妈妈压力最大，妹妹是不婚族，女儿也不谈恋爱，都不敢想象，老家那边的亲戚天天得把你妈妈'围攻'成什么样……"

货架间的通道走到尽头，突然有一家四口从面前路过。

夫妻两人共同推着购物车，年纪小的女儿坐在购物车里，大些的女儿走在旁边，有说有笑，和乐融融。

汤杏察觉到小姨脚步间的迟疑，回过头去，刚好看见小姨脸上闪过惊讶，随后又垂下头，笑容落寞。

这种表情，她很多年前见过。那是一个下着小雨的夜，她们坐在小饭店里，她听小姨说起初恋男朋友，那时候小姨脸上的落寞和此刻如出一辙。

汤杏猜到了刚才走过的男人是谁，可小姨已经随手拿起饮料，好像刚才谁都没有遇见过，问她喝不喝。也许每个人心底，都有一个不愿提及的名字。

就像她出国做短期交流时，第一次乘坐将近二十个小时的国际航班，下飞机时小腿酸胀难受，浑身不舒坦。她才知道，原来闻柏苓来来回回飞回来陪她吃饭时，也是这样辛苦的。

可是这些话，无人能说。

从国外回来后不久，陈怡琪到京城出差，三人群里热闹起来。在陈怡琪落地的当晚，吕芊开着车和汤杏去接机。

天冷，她们去吃了火锅。一晃毕业五年，过去很多事情都变成怀念，时过境迁，当时很多窘迫的糗事，也能拿出来当趣事笑话讲一讲。

陈怡琪继"杀猪盘"之后，又被骗过一次。

有人在她发的那些公布骗子话术和安慰有相同经历女孩们的帖子下留言，装成受害者，加了陈怡琪的联络方式。假受害者说自己被骗太痛苦，活不下去，陈怡琪很着急，怕人家轻生，还给"她"订过外卖鲜花、过节费。

后来发现，对方收到钱就消失了。

陈怡琪喝掉最后一口北冰洋："那时候我们都大四了，我觉得二次被骗太丢脸,都没敢和你们说……"

"那有什么丢脸的。"吕芊用漏勺捞起虾滑,"你们忘了?当年我喜欢隔壁学校一弟弟,给人家买了两个月早饭呢,结果弟弟找了个妹妹。我两个月的肉夹馍、小笼包都喂狗了!"

汤杳都笑起来:"你当时说你只买过几天的!"

"要面子嘛!"

什么都能聊,但是没人敢提起闻柏苓这个名字。连吕芊也只敢暗戳戳地问问汤杳:"汤博士,最近有没有桃花?"

"前两年你不还问汤杳,孙绪偷偷喜欢她这么多年,不想给个机会?怎么不再问了,是孙绪有对象了?"陈怡琪问。

吕芊半是玩笑地说:"他没对象。但汤杳都读博士了,他个菜瓜配不上。"

汤杳很优秀,人又长得漂亮,身边一定会有追求者,连导师都给介绍过。最近的一位追求者,是她同门的朋友,清大经管学院毕业的,偶然和汤杳他们一起吃饭后,对她印象很深刻。

那次吃饭时,汤杳好奇地提过两句,听说经管学院毕业会有个纪念戒指。

第二天那男人就找到她,说带来了毕业的纪念戒指给她看。

大冬天的,风雪呼啸,也不能站在外面说话。

他们在学校附近的咖啡厅里小坐,男人递过戒指盒子,却不小心碰掉了汤杳放在桌面上的书本和钢笔。钢笔落地,汤杳心里一惊,什么都顾不得了,捡起来查看。

也许是她神色过于慌张,后来那位追求者询问汤杳,这支笔对她来说很重要吗,看她很珍惜的样子。

汤杳握着白色的钢笔沉默很久,才说:"嗯,很重要。"

她有过很多拒绝人的方式,从没提过那个曾令她无比心悸的名字。可当身边的朋友都开始问她有没有桃花、有没有男朋友的时候,汤杳又很不甘心。

闻柏苓送她的东西很多,他送给她礼物也并不拘泥于节日。见过她耳机和钥匙、充电器缠绕在一起后,送她耳机收纳袋。

姥姥生病那年,她老家钥匙是孤零零地在包里,不好摸到,他送的格子小熊钥匙链;笔在背包里漏油,他送的笔袋;还有些助眠安神的香薰蜡烛礼盒、润唇膏之类。

除去消耗品,其他东西她都还在用着。

汤杳想,他出手就没有买过便宜东西,装耳机的小袋子都是奢侈品,要几千块。

这么显眼，怎么就没人问问她呢？

她看着火锅店外的街道，树枝被吹得乱晃，光秃秃的没有生机，忽然暗笑自己。也许朋友们也觉得，那是该尘封的往事了吧，只是她还有点拎不清，总是回头去看。

隔着太平洋的另一座城市里，闻柏苓从公司忙完赶回来参加家庭聚餐。车子停到父母住处门外的停车位里后，有人放了烟花。

他向璀璨夜幕看去，忽然想起前些年的某个除夕夜，接到汤杳的电话，她的喜悦从大洋彼岸传递过来。

"闻柏苓，体育场的烟花秀是不是你安排的？好美啊！怎么办，你又看不见，我给你听听声音好不好？"

他说不用，她看得欢喜就好。

她却不由分说地推开了自己房间的窗。闻柏苓在电话里听见窗框金属的"吱嘎"声，也听见夜风簌簌吹过。那些烟花距离有点远，声音不真切，傻姑娘就举着手机固执地分享给他。

可能是天气真的冷，她终于忍不住问："你到底买了多少烟花啊？"

他笑起来，说："燃放时间大概一个半小时。"

"那你不早说，冷死啦……"顿了顿，她声音又温柔下来，"闻柏苓，新年快乐呀。"

仔细想想，他已经很多年没听到过汤杳的笑声。

闻柏苓收回视线，锁车。

他们分开的时间太久了，久到周围的朋友也不再觉得他们还有什么希望。

最初还有个费裕之搅在里面，偶尔可惜地叹上两句："那些人在外面养情人，纯是利益关系都能维持个三五年，你说你和汤杳怎么就不成呢。"那阵子生意上三年多都没什么太好的转机，绑死了他必须在国外生活。时间久了，连友人也发现覆水难收，不再提那些往事，连茜茜也忘了她。

以前茜茜总念叨着等汤杳来国外玩，或者回国找汤杳玩，最近两年，也不再提起了。

风雪交加的天气里，闻柏苓掸掉肩头落雪，走进家门。室内空调风很暖，空气里有股香火味道。

换鞋子时，阿姨在门边接过他的外套，热切地招呼："柏苓回来了。"

近一年半的时间里，闻母身体好转，喝的中药也停了。

闻柏苠康复得还算不错，已经能够生活自理，只是腿脚仍然不太好，需要拄拐，但家里变故这么多，做母亲的也有挂念，在家里供奉了一尊佛

189

像，定期敬香。

闻柏苓进门时，哥哥、嫂子和母亲都在拜佛，他们闭着眼，表情很虔诚。

闻母说："柏苓，你也过来上炷香吧。"

点燃的香火有种特别味道，柔的，让人心静。

闻柏苓接过来，闭上眼睛，又想到汤杳。那年他回国，玄关柜上多了本大学里的专业课本，汤杳在书里夹了两片银杏叶，说是"永恒的爱"。

银杏叶被闻柏苓保存得很好，封裱在框里，摆在办公桌上。

记得汤杳和他说过，捡到银杏叶那天，她跟着室友到佛寺，逛了很久不知道该许什么愿，后来也就俗气地和大众相同，希望亲朋都平安健康。

轮到她自己，汤杳说她是这样许愿的：天道酬勤。

那时候闻柏苓逗她，没求点其他什么？她就很认真地和他说，可能有人是很好运的，不需要怎么努力就总能赶上好事情。我没有那么贪心，只希望我努力过的事情，能有公平公正的回报。

哥哥拄拐走开，木制拐杖一下下落在地板上，声音明显。闻柏苓这才忽然反应过来，是他闭着眼的时间有些久，只能在香火气缭绕间，匆匆许了四个字，天道酬勤。

这一年，家里生意终于有了即将稳定的趋势，他总算能有每日回家吃饭的时间。

哥哥身体恢复些后，开始在精力允许的情况下，偶尔查看财务报表，或是去办公室给闻柏苓和自己的老团队一些指点。

闻柏苓想，也许他终于搏出一份否极泰来。可他希望的天道酬勤里面，从来没有过闻父和哥哥的雄心壮志，像他们那样想要把生意做得比过去更上一层楼。

他只是很想回国，很想念所有人都不再提起的汤杳。

过完年的春天，汤杳妈妈干活扭到了腰，半个月还没好，嘴上还要逞强，说自己没什么事。

长辈们也到了需要人照顾的年纪，汤杳在餐桌上主持大局，说她在郊区看了套房子，比五环里价格合算，离山水都近，很适合养老。

刚好这两年，小姨也在南方待够了，想要回北方生活。于是她们商量着，把家里的房子卖掉，两人凑一凑手里的钱，合资买房搬去京城生活。

搬家辛苦，生活了几十年的房子要清空，很多物件都不舍得丢掉。

吃过晚饭，汤杳妈妈坐在床上整理旧物，拿出泛黄的纸张给汤杳看："杳杳，你看，这是你第一次拿铅笔写的数字。"

也是在这个夜晚，妈妈语重心长地同汤杏提起，关于她找男朋友的事情："我们杏杏，一直都很懂事很自立，这几年更是厉害，昨天你张大妈来串门还夸你，说咱们小区里就你一个博士。

"你和你小姨都很优秀，比妈妈有出息。可是杏杏啊，妈妈还是担心你们。"

汤杏坐在床边，认真听着妈妈的教诲。

今年夏天她即将博士毕业，就在昨晚，她已经接到了某高校的面试通知。笔试成绩她是第一名，分数遥遥领先，面试只要不出现重大失误，工作基本就算定下来了。

这些年她很忙，很拼命，好像怕自己空闲时会冒出太多不切实际的想法，总也不肯休息。

她笑容比二十岁时少些，人更瘦了，坐在床边安静不语时，有种知性静雅的美。

汤杏妈妈说着说着，却突然说不下去了，总觉得自己的女儿受过天大委屈似的，把汤杏拥进怀里，拍着她的背："我的乖女儿，妈妈不是催你谈恋爱，妈妈只是希望你开心……"

汤杏不忍让妈妈担心，故作轻松地说："这不是一直没碰见合适的嘛，下个月吕芊婚礼，我看看那些伴郎成不成？"

她自己没留意，汤杏妈妈也没察觉不对劲，只有坐在房间另一侧收拾东西的小姨，敏感地扭头看了一眼，因为汤杏刚刚说话的调子，有一句很像闻柏苓。

吕芊的婚礼，在这一年的三月初举办。

汤杏接到电子请柬时，对着那些恩爱的婚纱照咧嘴笑着看了好几遍，最后才看到地址。总觉得有些眼熟，仔细想过才记起，是曾经兼职去过的那个葡萄酒庄园。

她也不知道，自己的笑容有没有垮掉过那么一个瞬间。

葡萄酒庄园和多年前比起来，是有些变化的。可能是肯花钱取景的人多，有商机，又扩建了不少，独立出一个处处仿景国外建筑的葡萄酒小镇做酒店。

吕芊婚礼前夜，汤杏她们就住在这边。

她换上伴娘服和高跟鞋，走路本来就有些不稳，又踩在软乎乎的地毯上，险些崴脚，幸好在门口处遇见了孙绪他们几个伴郎。

孙绪正和发小们侃大山："芊儿这婚礼场地可不好订，还得是新郎家有点实力，不然提前一年半都订不上。以前我们在这边拍摄过，不知道请人喝过多少顿酒,可费劲死了……"

扭头看见汤杳摇摇晃晃像只企鹅,孙绪笑着走过去,还招呼其他发小:"过来帮忙扶一扶。"

汤杳和这群人都见过,也算熟的:"吕芊和陈怡琪让我穿上练练……"

"嘿哟,芊儿怎么想的,她那个子本来就不算高,还给伴娘穿高跟鞋,她给自己的定位是小矮人新娘啊?"

关键时刻还是护着宿舍长,她说:"再这么说,我用高跟鞋踩你们了啊。"

汤杳提着裙摆,被孙绪护着折返吕芊所在的套房:"我还是穿平底鞋吧。"

话刚说完,听见有人叫她:"是汤杳吗?"

她转头,看见有些微醺的费裕之。费裕之还是老样子,惊讶地看着她,顺带看了两眼她身后的男人们:"还真是你啊。"

他们只是简短寒暄,没有过多对话。

在费裕之随口客套的一句"我们还有一场,你来吗"之后,汤杳摇摇头说:"不了,明天朋友婚礼,要早起的。"

"那下次吧,下次。"费裕之走前说。

在朋友圈的动态里,汤杳知道费裕之去年当了爸爸。但他们已经陌生到,她觉得自己去点赞都会有些唐突。毕竟他们相聚在一起欢声笑语的时光,已经过去太久太久。读研究生时汤杳被拉去晚宴,没能问出口的那句"他怎么样",更遑论现在,她更没有立场可以问了。

吕芊两口子都是本地人,婚礼上亲朋特别多,也很热闹。

抛手捧花时,那束花不偏不倚,落进了站在那边无心想抢的汤杳怀里。

司仪的声音被麦克风扩大出来:"祝贺我们美丽的伴娘,也祝愿你,能找到属于自己的幸福。"

后来婚礼仪式结束,吕芊回更衣室换敬酒服时,还和汤杳说了,手捧花不能白接,这婚礼里有几个青年才俊,她老公的朋友,有三四个是从国外留学回来的,学校还很不错。

"有一个瘦瘦高高的,你看见没?那个更厉害,国外知名高校毕业的。"

新娘子眼妆很美,长长的假睫毛,扭头冲着汤杳眨眼睛:"怎么样?有没有兴趣认识认识?"

汤杳抱着手捧花,垂头嗅花香。她顾左右而言他,含糊地说:"原来郁金香没什么特别的味道啊。"

宴席时,她和吕芊的朋友们坐一桌,还有两个她们本科时的大学同学。

老同学相见很是亲昵地给汤杳夹菜,还热络地叫她"班长"。

汤杳忽然想起,她和闻柏苓刚谈恋爱那阵子,宿舍楼下施工,不让停车。有天晚上天气很好,春风和煦,闻柏苓把车子停在外面,没走,跟着她一起下车。

他牵起她的手:"送你进去吧。"

他们在玉兰树下缓缓走着,说了些什么现在已经记不清了,只记得身后有两个女同学使坏,和她开玩笑,突然咳了两声:"班长约会回来啦?"

汤杳脸一下就红了,慌乱地甩开闻柏苓的手。

后来同学跑开,她发现闻柏苓不走了,于是扭头看他,心虚地问:"怎么了?"

闻柏苓笑得特别蛊惑人心,那双眼睛看久了都能把魂丢了。

他把手伸向她:"等你重新牵回来。"

婚礼上放着轻音乐,吕芊和她先生端着酒杯挨桌敬酒。

陈怡琪凑到汤杳耳边:"确定换了矿泉水吗?"

汤杳点点头。

陈怡琪还要在京城住两天,问同学们,这几年有没有什么新的、好玩的去处。有个女同学给了建议,说有家超火的书店,很多短视频博主都去打卡过,装潢特别有格调,拍照片好看,而且很多座位可以休息、读书。

第二天汤杳陪着陈怡琪去找,发现书店开在街角。

书店有非常漂亮的乳酪白色墙体,牌匾简约,只有一个字:荷。

不知道为什么,她想起当初和闻柏苓说过的话:

"如果我变成有钱人,可能会想要开个书店。

"那种不大的店面,最好是在街角。书架要高,从地面一直到天花板,只摆几张可供读书人休息的桌子椅子。不卖东西,但可以自己带茶和咖啡来冲,热水管够。

"怎么样,你也觉得我想法好?"

当时闻柏苓怎么说她来着? 哦,对了,他说的是,"准赔钱"。

陈怡琪已经拉着汤杳的背包带子,带她一起走进去。里面的书架真的是从地面到天花板,也有桌椅,甚至提供热茶。很多思路和她当时的异想天开,都不谋而合,巧合得让她汗毛都有些竖起来。

陈怡琪不知其中缘由,还在仰头看那些书架,叹着:"这书店可真美,等吕芊忙完,也该叫她过来转转。"

在陈怡琪拍照时,汤杳去找了工作人员:"您好,请问这里的老板,是闻先生吗?"

193

工作人员有些纳闷地看着汤杳,居然在她眼里看见迫切的认真,只好摇了摇头:"不是哦,我们的经理人是姓朱的。"

不是闻柏苓吗?可是怎么会这么巧合?

那几天汤杳连续来过几次,坐在窗边阳光下翻看曾看过的《悲惨世界》。

小姨发了微信来,说和她妈妈总是推着姥姥在小区里遛弯,一来二去,认识了养边牧和金毛犬的邻居大姐。邻居大姐可热情了,说自己儿子在科研工作站工作,是博士后,就是好多年都没谈恋爱,她很是着急。

听说汤杳马上毕业,很希望两家孩子能见见面。

汤杳暂时没回复,拿着手机和书籍,有些无处可以诉说的闷。已经不会再有人觉得,她还有什么前缘可续。

窗外春风又起,樱花的花瓣落了满地,都被吹在街边缝隙里。

周围同学朋友纷纷结婚、生子,她则用了七年时间去拼命努力。当然没能变成像闻柏苓和费裕之那样富有的人,但她的积蓄和小姨相加,也能在郊区置办房产,这也算足够了。

很多事情也许不该再奢望。

可坐在这间书店里,看着店里花瓶插着的那些不应季的荷花,汤杳总有种奇怪的感觉。

就好像,有些梦,她还可以再做一做。

第一个春天,他们刚刚有接触。

第二个春天,闻柏苓送给她一支钢笔,吻过她的额头。

第三个春天,他们终于在一起,恋爱谈得甜甜蜜蜜。

第四个春天,又不得已分开。

这已经是他们认识后的第十一个春天,在这个春天里,天气不太好,阴沉沉地下过几场雨。

汤杳招架不住家人和新邻居的热情劝说,答应休假时见见那位博士后。

也是在这个春天,某个早晨,她揉着眼睛从宿舍床上爬起来,压了几下腿,走进卫生间,把挤过牙膏的牙刷塞进嘴里。

手机振铃,汤杳吐掉满嘴的牙膏泡沫,接起一串陌生号码的来电。

薄荷牙膏辣得她说话有些艰难,忍不住"咝"了一小下,也还是礼貌地询问:"您好,请问是哪位?"

电话里有两秒钟的沉默,汤杳听见梦里经常出现的声音,在她耳边响起。

他说:"汤杳,我是闻柏苓。"

七年时间能改变的东西太多。

汤杏早已经换了宿舍,同学和老师也换了两批;他们曾经吃过饭的餐厅旧址,经营者也早换了不知道多少位,灯牌上的名字一改再改;也辗转听说过,韩昊这个名字不留痕迹地消失在他们的圈子里。

沧海桑田,物不是人也非。可闻柏苓的声音没变,在电话里的那句邀约也无比自然。他这样说:"我刚落地京城,听说你在这边读博,想请你吃个午饭,今天方便吗?"

汤杏几乎无法冷静。

洗手间的镜子上有几处溅过水的污迹,她的形象落在镜面玻璃中,一只手拿着牙刷,另一只手举着手机,唇边沾着牙膏沫,目光里有种说不出的熠熠光彩。

她说:"好啊。"

"那你给我发个地址吧,我过去接你。"

这么多年,汤杏对京城的熟悉也许已经远超生活在国外的闻柏苓,她迅速想了几家味道还不错的餐厅聚集地,直接给他报了个商场的名字。

"不用接我了,你直接去那边吧。那里面有几家京菜和涮肉都挺好吃的,我从学校过去和你时间差不多。"

闻柏苓说:"好,那待会儿见。"

这几年里,汤杏也搜过闻柏苓家的企业信息。她一个普通人,能查到的只有某些新产品和宣发广告,或者一些合作商,内部的战略消息和私人生活都密不透风,叫人无从猜测。

其实汤杏不太知道这次见面的意义。理智地想想也知道,都这么多年过去了,别说女朋友了,也许闻柏苓已经娶妻生子也说不定,但她还是下意识地挑了条很喜欢的裙子,出门前涂了点口红提气色。

她想见他。

那时候,费裕之婚礼后的晚宴上,寻不见闻柏苓的身影,汤杏就知道是他生意忙,难关未渡。她想知道,他这次有空回来,是不是说明家里的生意已经稳定。她自欺欺人地觉得,哪怕只是老朋友回国,见面多关心关心也是应该的。

出租车载着她穿行于拥挤的街道。

多年前,曾令汤杏和室友们如坐针毡的那家昂贵餐厅,如今是美发沙龙,小姨经营过的翻糖蛋糕工作室,也变成潮流首饰店……

到商场下车时,汤杏手机里没有任何动静。如果不是通话记录里显示着那个号码,她甚至会以为早晨的电话,只是个梦。

车门刚关上，忽然听见有人叫她："汤杳。"

她循声回头，看见闻柏苓。

天气难得的好，前些天接连的阴雨把天空洗刷得格外蓝，草木萌发新芽，空气里弥漫着一种凛冽的清新。

闻柏苓穿了件薄款的长风衣外套，站在不远处，隔着午间步履匆匆的往来行人，看过来。他气质比过去更加沉稳，像个不苟言笑的人，让汤杳想起最初在电梯间遇见，和他不熟悉时的那段时间。

汤杳走过去，和他打了招呼。隔着将近半米的距离同行，给闻柏苓介绍着指路，说这家商场是四五年前开的，楼上有几家餐厅都还不错。

最终选了家京菜馆。

服务员引着他们走向靠玻璃墙的双人位，他们面对面落座。

曾经在无数个深夜肌肤相亲的亲密恋人，哪怕分开的时间再怎么久，也比旁人更熟悉些。

落座后其实有很多可谈的话题，他们彼此的发展现状、哥哥的身体等，只是言语间始终有些客气。

服务员来上菜，瓷盘里码放着片好的烤鸭，轻轻落在桌上，搭配烤鸭吃的那些菜码、薄饼、甜面酱也一一被摆好。

闻柏苓趁着这个空当去看汤杳，她以前看起来就是苗条的，骨架小，长点肉也觉不了，两只手腕他只需要一手都能握得住。

现在好像更瘦些。她也不像过去那样总是笑着的，安安静静地垂着眸子，目光落在一碟黄瓜条上，端庄大气，很有女博士的气质。

选在这家餐厅吃饭闻柏苓是高兴的。过去她就是这样，总觉得他在异国他乡吃不到家乡菜，每次他回国，她都选些京城本地吃才地道的吃食。甚至在某次接机时，用保温桶带了茉莉花茶味的冰激凌给他吃。这一点，汤杳没变过。

只是她左手的中指上，戴着一枚戒指，很素雅的金色圈环，中间嵌着颗深色的蓝宝石。

也是，公司能逆转局势已经是万幸，现在有机会转战国内市场，也是谁也无法料到的。

她那么美、那么优秀、那么那么好，怎么能奢望人家姑娘无望地等他多年？

闻柏苓自嘲地喝了半盏茶。

回国前他已经做好这个心理准备，和家里人吃饭时，嫂子问他这么着急回国有什么急事，他只敢说，想回国看看。

知子莫若父，还是闻父在饭后问闻柏苓，你以前那个女朋友，是什么样的女孩来着？

闻柏苓这些年对生意以外的事情都不上心，唯独这个话题，像点燃了他。

他浅笑一声："很爱掉眼泪，但又很坚强。"

服务员离开，闻柏苓把玩着茶杯，问汤杳："这几年还算顺利？"

汤杳微笑着点头："蛮顺利的，读研、读博、找工作，还算过得不错。你呢？"

他也答："也还好。"

那个星期里，汤杳和闻柏苓吃过几次饭。他们像阔别多年的老友，什么都能聊一些，只不过，彼此都没有问过，对方的感情现状。

她不敢。虽然闻柏苓手上空空如也，没有戒指，也没有戴过戒指的痕迹。

因闻柏苓回国的缘故，汤杳偶尔会出神。这次刚好被小姨逮住。

小姨给她夹了块鱼肉，指尖点点她的手臂："你妈妈在问你，什么时候和那个博士后见面？想什么呢？搬家太累了？"

汤杳慌乱地回神，把碎发掖在耳后："不累，就是想到些别的事情。"

她的面试很顺利，已经正式被高校录用了。

最近在学校附近找了个小房子，在忙活着把宿舍里的东西搬过去。

小姨看见汤杳手上的戒指，捏了她的手给汤杳妈看："还是我的眼光好，姐，你看，小杳戴这款果然很合适。"

戒指是小姨提前送给汤杳的生日礼物，价格是有些贵的，带着她去挑时，她死活不愿意。

但小姨说，这个戒指既是生日礼物，又是毕业礼物，还是找到工作的礼物，三礼合一，就应该要贵一点才好。

好像她自己也说过类似的话？汤杳苦苦回忆，才想起来，是某年她请闻柏苓吃饭时的事情。那时候她什么都不懂，以茶代酒时又祝生日又感谢人家帮忙。

结果被闻柏苓笑着吐槽："不是说是我过生日才请客，怎么又成了答谢宴了？"

就因为想起这个，被小姨抢着买了单，戒指就这样戴在了她手上。

"以前听我大学室友说，戒指戴中指是热恋的意思。"

小姨提着空袋子："喜欢戴哪里就戴哪里，不用管那么多，好看，戴着吧。"

小姨是那样说的，但终于搬完家那天，吕芊和孙绪他们带着其他几位好友去汤杳租的房子吃饭、给她温居，还是有人问她："汤杳，你和那个博士后进展挺顺利啊，戒指都戴上了？"

"啊？不是不是……"

汤杳正举着手机给餐桌上摆着的食材拍照，沸腾的麻辣锅底，还有很多肉和蔬菜。

她拍了照片，把它发在朋友圈里："这是小姨给我买的。"

汤杳有过很多值得发朋友圈的瞬间，但这么多年里，动态都寥寥无几。

只是最近，闻柏苓回国后，竟然扫二维码加了她的微信。

"你开始用微信了吗？"

"嗯。"

其实闻柏苓根本不用这个软件。

他们分开太久了，他想知道她一些动态，又不好贸然询问，才注册了账号。

好友里孤零零的，只有汤杳一个人。

她发的最新一条动态，他看见了。估计是聚餐的照片，只不过闻柏苓留意得稍微多了些，看见她旁边位子的桌面上，有半盒香烟和塑料打火机。

是个男人，也许还是她手上蓝宝石戒指的赠送者。

闻柏苓这个人，吃醋也不太明显。他不会故意去找碴儿冷战，也不会说些尖酸刻薄的语言，只是自己闷着不开心。

理智上他知道，汤杳身边如果有个人能懂得她的好，能好好照顾她，又能让她开开心心，这是件好事。但感情上，他无法不为此难受。

第二天是个周末，汤杳没起得太早，正准备做午饭时，接到了闻柏苓的视频电话。

他在视频里问她，午饭吃什么。

汤杳才刚买过房子，又交了押一付三的房租，生活上还是挺节俭的。昨晚煮过火锅还剩下青菜和粉丝，她打算煮点剩下的食材拌火锅料吃。

闻柏苓说："别吃剩的了，下楼，我在你家楼下。"

她探头看窗外，果然有辆通体锃亮的车子，看着就很贵。

汤杳匆匆跑下楼，坐进他的车子里。

租房的这个小区里车位不足，车道旁停了很多车，道路狭窄，不好掉头。

闻柏苓游刃有余地操纵着方向盘。

阳光落在车里，汤杳系好安全带的动作间，手上的戒指轻轻一闪。

闻柏苓知道，自己这样问有些唐突，但那么多年的想念、爱意、贪念，只凭理智根本无法镇压，早已经积疴成疾。

"汤杳，你现在有男朋友吗？"

这句话似曾相识，汤杳听得鼻子一酸。

汤杳想起那年春天，她害羞地与室友们谈起和闻柏恋爱的事情。

吕芊起哄着，陈怡琪也在闹。她的脸一定是红透了，皮肤像军训时站在烈日下被暴晒过，发烫得厉害。

吕芊和陈怡琪八卦地问她，和有钱人谈恋爱，是什么样的感觉？室友们也许期待过一些罗曼蒂克的答复，比如一掷千金、挥金如土的豪气，再比如，法餐、游艇、私人飞机这类影视剧里才见识过的场面。

可当时汤杳面对生活各方面都悬殊的恋人，因为太过喜欢，而感到紧张。她摇摇头，只感觉到自己像踏入沼泽，清醒地陷落。

没想到的是，时隔多年，她又来到这片沼泽，心悸依旧。

老旧小区里的绿化做得乱七八糟，路旁矮灌木的树枝没有及时修理，带着新发的嫩芽出来。

那些树枝和车体距离过近，被预警系统里的雷达识别，接连发出"嗞——嗞——嗞——"，不休的提示音。

有拎着大葱遛弯买菜回来的大爷路过，好心地喊着："年轻人，往左打满，打满就出来了。"

闻柏苓车技很好，不需要被指导着，也是能轻松出来的，但他依旧降下车窗，特别礼貌地和那位大爷道了声"谢谢"。

老京城人有很多都是热心肠，摆摆手，拎着大葱，转身迈进了楼道里。

这段小插曲过去，车窗升起，周围环境重新安静下来，汤杳也该回答闻柏苓的问题了。

其实，这是汤杳认识闻柏苓以来，最有底气的时刻。如果再早几年，闻柏苓回国，她还在读研，工作前途都是一片迷茫。恋爱也还是与以前一样，偶尔会令她患得患失。但现在不一样，汤杳已经知道，自己能在这座充斥着无数北漂青年的拥挤城市，搏得小片属于自己的天地。

无论从何种维度考量，她都是个比当年更加优秀的人。

这么多年她的努力动机里，有没有过是为了等到和闻柏苓重逢的这一刻，其实也难说，但学业有成真的给了她极大的自信。

别说谈恋爱，谈婚论嫁她都不怕。只是不知道，在她最有底气的时机里，闻柏苓那边是不是也是好时机。

汤杳不答反问："那你呢，你有没有女朋友，或者，像费裕之那样，已经结婚生子？"

她已经不是二十岁时的小姑娘，见识过太多社会上形形色色的畸形关系。

能再和他有交集，她很高兴。但如果闻柏苓已经有稳定的感情，她依旧无法突破自己的道德底线……

到底还是最喜欢的人,问出这些,她已经紧张得眼皮都在跳,慌乱中竟然分不清左右,连"左眼跳财"还是"右眼跳灾"都不能判断。

车子已经驶出小区,街道上车水马龙,自动洒水装置里喷出的水雾被阳光晃成彩虹。

他们驶入车道的时间不巧,刚好遇见红灯。

闻柏苓笑道:"如果我说有呢?"

他话都没说完,汤杳的手已经按在安全带上:"那麻烦前面路边停一下就好,饭我就不吃了。"

这话听起来态度决绝,拒人千里,实则暴露了她自己的心事。简直就是在明着说,她也根本没想着和他做什么友谊万万岁的好朋友。

闻柏苓眸色微动,单手扶方向盘,另一只手去握了汤杳的手,终于如释重负地露出些笑容。

"没有女朋友,更没有结婚生子。

"身边最亲近的女性还是那几位,你都知道的,我妈、我嫂子、家政阿姨,还有茜茜。"

这几年工作上倒是还增加了几位接触频繁的,也都是他们公司团队里的女性员工,有机会可以带汤杳见见。

说这些时,闻柏苓始终握着汤杳的手。

他像把玩细腻的羊脂玉珠串,指尖转了两下她中指上的戒指圈,用吃醋般的口吻评价:"戒指不错。"

汤杳这个姑娘,温厚老实,这么多年了,肚子里也没多生出一根半根的花花肠子。

听闻柏苓说他那边关系干干净净,她脑子里绷着的弦一下就松了,还跟人家掏心窝子地解释了起来:"这不是……是小姨送给我的。"

"没有男朋友?"

"没有过。"

闻柏苓真是好久都没有这样开心过。他说:"汤杳,这么多年我一直很想你。"

前些天他们的见面,简直生分得像商务应酬,甚至比应酬还不如。汤杳以前回宿舍时遇见宿管阿姨,闲聊说的话,可能都要比这几次和闻柏苓见面更热络些。

话都说到这份上了,两人之间也就没了前几顿饭那种虚情假意的客气。之前那种,明明心里燃着火焰,却还要强撑出自己穿着冷硬盔甲的别扭劲儿,也不见了。

四人位的雅间,闻柏苓放着对面的空座不坐,坐到汤杳身旁。

他说自己回国的第二天,见过费裕之,费裕之告诉他,前阵子在葡萄酒庄园遇见过她,看着好像是准备订婚了。

其实费裕之原话说得更损,像直接拿着最锋利的刀剑,"噗噗噗"地往闻柏苓心窝子里捅:"汤杳身边跟了几个男人,听口音是咱们京城本地人,有一个和她格外熟。我看她穿着高跟鞋和礼服裙呢,没准儿啊,是人家刚结完婚办答谢晚宴……"

餐桌上每样菜都很精致,富贵迷人眼,连杏仁豆腐都是点着金箔的。

汤杳听着,却搁下了白瓷勺子,有些不满:"费裕之都当爸爸了,怎么还这样八卦?我那天明明和他说了,是去参加朋友的婚礼……"

她眉心微蹙,有种过去热恋时的生动样子。

他们头顶悬着一盏亚克力灯罩的氛围灯,落下的光线是柔和的黄色,像水波,波光粼粼地游走在汤杳的皮肤上。

这画面简直勾人心瘾,闻柏苓情不自禁地偏头靠近,很想吻她。

餐厅里的服务员哪知道雅间里暧昧涌动,端着老板赠送的饭后甜点和果盘,敲响了复古雕花的门板。

汤杳眼睛都闭上了,又倏忽睁开,刚好捕捉到闻柏苓叹着气,无奈地直起身坐好。他对着门的方向,说"进来",她则在他身旁忍不住偷笑。

他们离得近,那点幸灾乐祸的笑声,闻柏苓没道理听不见。等到服务员走后,他才伸手揽了汤杳的腰,很强势地把人带到自己怀里。

闻柏苓凑在汤杳耳边,问她:"所以,费裕之口中那个和你格外熟的男人,是谁?新朋友?"

"是孙绪。"她看见闻柏苓眯了眯眼睛,又笑,"闻柏苓,你是在吃醋吗?"

闻柏苓亲了亲汤杳的耳朵,眼看着她的耳郭皮肤慢慢变色,红得胜过服务员刚送来的那碟车厘子,他才凑在她耳边问:"听朋友们说,郊区马场那边的桃花开了,景色不错,正好周末,想不想过去住两天?"

温热的气息落在耳侧,汤杳很痒,呼吸全都乱掉了:"可是我明天有约会。"

这次重逢,她好像变坏了些,莫名其妙地很喜欢看闻柏苓醋坛子打翻的样子,所以故意把明天的安排说给他听。

"妈妈给我约了邻居阿姨家的博士后,让我明天中午去相亲呢。"

闻柏苓搂着她腰的手臂收紧了几分:"别去。"

当然是不去的。这顿饭吃了很久,饭后,汤杳跟着闻柏苓去了郊外。

汤杳在车上给小姨发了信息，告诉小姨，自己明天不想去和那位博士后见面了。

小姨当然是不同意的，劝她的话连着发来四五条，说只是见见面，也没什么，不喜欢的话吃个饭就回来。

汤杳只好实话实说，给小姨发了这样的话：小姨，闻柏苓回来了。

过了很久，小姨才说，已经帮忙推掉了博士后的约会，但她需要抽空回家，好好讲讲是怎么回事。

到那边时已经是黄昏。

昨晚吕芊他们在她家玩到很晚才走，汤杳有些睡眠不足，在车上睡着了片刻，又像上次一样，醒来时已经到了目的地。

景色和那年见过的太像——桃花开满枝头，白马漫步，湖水映着天色。她忽然有些恍惚，好像回到了几年前似的。

汤杳随闻柏苓去了休息的房间，房内陈设也还是老样子，被打理得干净整齐，不见老旧。

窗边那张桌子，她也记得。自己曾伏案在这里，用心备考过六级和专四的考试。闻柏苓他们玩各种娱乐活动，打高尔夫、骑马、射箭，这些都难以动摇她，满园春色也难干扰她那番用功的决心。

后来连费裕之都端着水果，十分好奇地跑来敲过门，靠在门边，摇头吐槽汤杳，说她是第一个来这边学习的，见所未见，真是服了。

闻柏苓把人给揪走，倒是那份丰富的果盘被留下了，给她吃。

傍晚时分，外面下了三五分钟阵雨。

雨水在玻璃窗上划下一条条剔透的珠帘，很快又转晴，只剩浮云淡薄，如絮地飘荡在夜幕降临的时刻。

房间里也是暗的。

他们在未开灯的房间里相拥，接吻。闻柏苓把头埋在汤杳的颈窝，每个字吐出来，气息都引得她颤抖："想吗？"

本来是要好好聊聊天的，结果还没说几句，就发展成了这个样子。

都不知道是谁先失控的。

这些年，汤杳偶尔会做些令人不太舒服的梦。

午夜梦回时，心里总会有种晦蚀的空落落，欢喜梦见，也难过梦见。

那些空旷透风的梦终于被填满。她带着哭腔叫他的名字，闻柏苓温柔地放轻动作，甚至分神安抚地揉了揉她的头发，轻声对她说："小杏，重新在一起吧。"

第九章
/长长久久

郊外没有光污染，星空格外璀璨。

汤杳披着闻柏苓的衬衫，趴在沙发靠背上，看窗外的夜色。

闻柏苓帮她吹干头发，拔掉吹风机电源，捏捏她的脸，忽然笑道："胆子真是越来越大了。"

她刚经历过两场失控，思维处于迟缓模式，人也是懒的，反应不怎么灵敏地转过头："什么？"

"我才回国半个月，说过什么也都是单方面的言论，这样就敢答应我？都不怕被骗？"

汤杳无所畏惧地靠在闻柏苓怀里："那你怎么知道我不是通过努力没有达到想要的成效、对薪资不满意，想走捷径，刚好撞见你回来，于是攀权附势，想从你身上诈点钱花？"

"胡扯。"

她眼里都是粲粲的笑，和几年前一样："那我也不怕你是骗子。"

四目相对，都是绵绵情意。他们实在太了解，也太信任彼此。防人之心这些戒备状态，在外面都用得十分熟练，只是到了对方这里，通通失效。

"闻柏苓，京城新开了家书店，叫'荷'。我去过几次，很多经营概念都和我以前那些不赚钱的想法不谋而合。那家店，和你有关吗？"

汤杳不是傻子，不信这世界上有这种巧合。哪怕真的有人和她思维方式相近，可国内大大小小那么多个城市，这书店怎么会这么巧，就开在了她生活的城市里？

汤杳了解过附近门店的租金行情。寸土寸金的底商，面积又大，再加上装修、进购书籍、人员开销……那么大的投资成本放进去，顾客里免费看书喝茶的多，买书的少，确实是亏本生意。

简直像给百姓开了家免费图书馆。

仔仔细细算下来，汤杳都觉得自己当初的想法天真幼稚。可有人肯为这种想法买单。这样的人，她只能想到一位，就是闻柏苓。

所以汤杳是这样猜的："我当时想，也许你家里的生意有所好转，你才会有空搞这些。"

"挺敏锐。"

"也不是敏锐，什么线索都想当成蛛丝马迹，往你身上贴一贴。"

汤杳的长发贴在他的浴袍上："当年我吃到的那个硬币，还挺管用的，对吧？"

闻柏苓也记得这事，故意逗她："原来是硬币起作用了？那我妈他们天天拜的那些个神啊佛啊的，看来没起到什么作用，让他们别拜算了。还不如给你包几顿饺子，再多放两个硬币……"

"你……别乱说话……"汤杳两只手都伸过去，捂住他胡说八道的嘴。

"怎么了，怕那些神佛听见？"

"不是的。"汤杳犹豫两秒才说，"这种话，你以后不能真的说给你妈妈和哥哥听。"

闻柏苓轻笑出声："怕影响婆媳感情？"

汤杳羞愤地打了他一下，却被亲回来，她整个人软绵绵的，力气不敌，被占了好多便宜。

倒是闻柏苓，帮她整了整衣衫，忽然间又正色起来，说那家书店原本是想送给汤杳的本科毕业礼物。只不过后来那些灾祸发生得太过意外，让他措手不及。也确实是近一年半的时间里，他才有时间，托人重新拾起开那个书店的计划。

"迟到了些，但你仍然可以是书店的老板娘，老板也成。"

"……谁要做那种赔本买卖的老板啊！"

但其实，哪怕没有书店，毕业时闻柏苓送的那九千九百九十九朵荷花，后劲也是够大的。不止汤杳记得，所有同学甚至校友都记得，这些年时不时会有人提起这件事。

去年汤杳出去吃饭，席间还有位同学提到过，说她母校很浪漫，听说有一年毕业生们都有荷花可拿，简直羡慕死人了。

汤杳问闻柏苓，他是不是故意的，搞出那么大的阵仗，想让她忘不掉他。

他说当时还真没想这么多，但如果这是结果，他也确实非常喜闻乐见。

他们有很多话要说。汤杳依偎在他身边，碎碎念着学校里的事、家里的事，不知道是不是暖气太足，脸颊皮肤始终粉粉的，很像荷花的颜色。

"闻柏苓，你呢，这些年都忙了些什么？"

这些年他忙忙碌碌，很少有喘息的机会。真要细究，公司里他签署过的、看过的各类大小文件，也许可以堆叠成山。

但汤杳这样问起时，闻柏苓脑海里没有那些商业计划，只想到了一个夜晚——那天他大约忙得过头了，有些疲惫，无意间趴在办公桌上睡着。就在这种时候，积压在心底不敢示人的想念趁虚而入，颇有种"趁你病，要你命"的架势，半梦半醒里，他听见一声幻听。

是汤杳的声音，在叫他，闻柏苓。

公司里的"丰功伟绩"不值一提，只有惊醒时那种失落，令他记忆犹新。

所以闻柏苓说："忙着想你吧。"

汤杳还以为自己会听见很多晦涩难懂的生意行话，没想到是这么一句，先是"喊"了一声："骗人，你家长辈没给你介绍各种赵小姐、钱小姐、孙小姐、李小姐？"

闻柏苓也不解释，只说："介绍了，瞧不上，就喜欢你。"

"喊！"

第二天早晨，汤杳难得赖床，多睡了半个小时，又随着闻柏苓去餐厅吃饭。

汤杳突然想起什么，一脸严肃："闻柏苓，我们下午得回市区。"

"怎么了，和博士后相亲啊？"

见他渐渐敛起笑容，汤杳乐呵呵地说："不是啊，是小姨找我们，她猜到我昨天和你在一起了，让我们今天回去和她说清楚呢。"

小姨是和闻柏苓打过交道的，也算了解他大概是个什么样的人。而且汤杳过去谈恋爱小姨也知情，接受起来不算困难，见面之后了解了两人的心意，也没多说什么。

只是汤杳的妈妈和姥姥，不怎么同意。

春末，费裕之约了闻柏苓和汤杳吃饭。

刚好是个周末，汤杳和小姨逛街去了，要晚点才会过来。气温宜人，他们坐在露台的桌位，吹着夜风喝餐前饮品。

月色皎皎，树影摇曳。

汤杳发了微信过来，说路上没堵车，很快就能赶到。

闻柏苓平时很少饮酒，但今晚特地叫了一杯度数很低的鸡尾酒，摆在面前，也不碰。

费裕之没看懂他的操作，直到汤杳风风火火地提着两个纸袋赶来，看见那杯酒。

她凑过去闻了闻："有酒精的？"

闻柏苓点头说是，然后迎来汤博士的一番说教。

前阵子他们聊天，汤杏问他在国外压力那么大，怎么缓解？闻柏苓逗她，说借酒消愁。

于是就被她给记住了，之后对他都像防贼，出去吃饭也不给闻柏苓看酒水单，怕他变成酒鬼。

温柔的夜风里，汤杏还在念念有词，说老家那边好几个邻居家的叔叔伯伯都是因为大量饮酒，最后得了各种各样的病。

费裕之在一旁看好戏："这还没结婚呢，汤杏管得很严格啊？"

被管的人笑得特开心："是啊，可严了。"

他还说，不听不行，本来汤杏家里就不怎么同意他，生日都没放汤杏出来和他过。四个女人在家里又吹蜡烛又唱《生日歌》的，菜都做了一桌子，也没带上他一个。

费裕之都笑喷了："不是，柏苓，你差什么啊，让人家家长这么嫌弃？"

闻柏苓对答如流："嫌我老，嫌我家条件不够门当户对，嫌我不是博士后，还嫌我家人都在国外太遥远……"

汤杏噎住。

但她妈妈确实是这样想的，姥姥也还惦记着邻居家的博士后。她也只能说："那等我下次再回家里，帮你解释解释，你其实只大我五岁。"

其他的，爱莫能助。

对于这口能把人喂饱了的狗粮，回家后费裕之是这样和妻子说的：

"柏苓在生意场上厮杀时，跟柏芪哥一样是个阎王，很恐怖的。怎么在汤杏面前，像个'恋爱脑'啊？等回头有空，我得带你见见他们两个，可神奇了，人家汤杏之前还有男朋友来着，他一回来就搅和黄了。"

席间，汤杏本着"点都点了""不能浪费"的节俭精神，把那杯鸡尾酒据为己有。

喝得有些微醺，夜里闻柏苓开车送她："跟我回家吗？"

汤杏开了玩笑："不跟，我妈妈还没同意呢，不和你过夜啦。"

谁想到闻柏苓还真变了道，往她那边的小区方向开，嘴上特别不正经："那去你那儿吧。一米五的床挤挤也能睡得下我们俩。刚刚不是说，你小姨帮你挑了身体乳吗，晚点我帮你涂涂？"

汤杏毕业典礼那天，闻柏苓来得特别早。

他抱着包装精美的荷花花束，还带了一个手工编制的花环。本就是面如冠玉的人，再有那些花加持，只是站在楼下垂着头玩手机，也吸引了几道异性打量的目光。

汤杳从楼里跑下来时，闻柏苓似有察觉，抬起头。

她迈出背阴的雨棚，穿着学位服在阳光下转了一圈，全方位展示："怎么样？"

"很美。"

"你给我买了花？"

汤杳像一只蝴蝶，张开双臂跑过来："咦，还有花环，好漂亮啊！"

闻柏苓说花环是托花店的店员给做的。

他先把花束递给她，轻轻揽了一下她的腰，满眼都是为她骄傲、为她高兴的笑意："恭喜我家汤博士，顺利毕业。"

这小区离学校近，也有些学校里相熟的面孔在这边租房子。刚好有师姐路过，从后面另一栋楼里拐出来。

隔着三四米远的距离，师姐和汤杳打招呼："汤汤，这是你男朋友吗？"

汤杳大方地笑着："是呀，男朋友。"

那位师姐去年结了婚，先生陪在身旁。

师姐看着抱了满怀荷花、手上还提着花环的汤杳，转头用胳膊肘杵了自己先生一下："你看看人家男朋友多浪漫，我毕业那年你就拎了半个西瓜来，你好意思吗？人家还给买花圈……"

师姐的先生眼疾手快，捂住师姐的嘴："什么花圈，人家那是花环。"说着又对汤杳他们歉意地笑笑，"对不住真是对不住，见笑了，见笑了……"

师姐挣脱先生的手，又道过了恭喜，才离去。

手机在振动，这一早晨就没停下来过。各种宿舍的群、好友的群，都有人在和汤杳说恭喜。

汤杳穿着红黑配色的学位服，站在阳光下格外耀眼。她能走到今天，并不轻松，是真的拼尽了全力。

她眼眶有些湿润，却还是扬起笑脸，摘掉学位帽托在手上，戴上了花环："闻柏苓，你帮我拍张照片吧。"

不知道是哪种鲜花的味道或者颜色，很讨蝴蝶的喜欢，引来两只翩翩的蝶。汤杳特别高兴，还夸赞了男朋友一番，说他眼光好。

闻柏苓问："是挑花的眼光好，还是挑女朋友的眼光好？"

汤杳笑得像二十岁时那样灿烂："那当然还是挑女朋友的眼光更好一些。"

她笑完转头，看见小区垃圾桶上放了块西瓜皮。

瓜皮不怎么新鲜，也有蝴蝶围着飞呀飞的，她笑容垮掉了，很委屈地问闻柏苓："我闻起来居然像烂西瓜吗？"

207

"不像。"闻柏苓帮她理理花环下的碎发,"我女朋友又香又美,快把我迷晕了。"

只是这句话还好,后面偏偏跟着一句:"晚上去不去我那儿?"

汤杳把花环丢进他怀里,重新戴好学位帽,揪着帽檐正了正,想想又有些抱歉:"我妈妈她们很快就到了,小姨说家里备了很多菜,晚点我得回家里吃饭。"

"那明天,带你去个地方?"

记得刚和闻柏苓熟悉起来那年,他偶尔会在国外打电话给她。那时候他还没做好决定,在读博和回家里公司帮忙之间犹豫。

汤杳很担心,怕她的博士毕业会触动到闻柏苓。

毕竟人生在世,很多事情身不由己。她怕他会觉得有所遗憾,想多陪陪他,于是说:"今天晚上也可以的,妈妈她们都睡得很早,等她们睡着,我溜出来找你呀?"

闻柏苓忽地笑了:"汤博士,你现在很野啊,要三更半夜偷和男人出门?"

小姨已经打了电话来。

汤博士撩起宽大的学位服,拿出手机,接听电话之前先问了男朋友:"那你说,晚上来不来接我?"

他说:"来。"

闻柏苓活了三十五年,做事坦坦荡荡,从来没有过像现在这么憋屈的时刻。

见自己女朋友,也要偷偷摸摸。

大半夜的,他把车开到汤杳家楼下,拨通她的电话。

汤杳声音压得极低:"闻柏苓,你等等我,我马上就下来……"

偷情似的。

十来分钟过去,汤杳穿着大帽衫从楼道里鬼鬼祟祟地溜出来,上了他的车。她帽子一掀,散着头发,素面朝天也好看得要命,眼睛尤其美。

还可爱,一句"你等一下"之后,她窸窸窣窣地从帽衫腹部的大口袋里拿出个盒子,是封在小保鲜盒里的蛋糕。

"吕芊买的,我特地给你留了。"

闻柏苓问:"吕芊也来你家吃饭了?"

"来了呀。"

汤杳掰着手指头给闻柏苓数:"还有我两个硕士时的同学,和一个本科同学,她们四个人一起来的……"

闻柏苓故意逗人，说看来我这种不被家长们承认的男朋友，还真是比不上同学、室友什么的，地位果然是不行啊。

他拿出钱夹，里面的照片是多年前费裕之送给他的那张，汤杏拘谨地站在费裕之夫妻中间："连张像样的合影都没有。"

这照片汤杏前些天看见过。

那时候她去闻柏苓钱夹里找房卡，无意间看到还觉得诧异，问他怎么会有这张照片。闻柏苓给她讲了事情经过，还说，他到底挂念着谁，身边朋友还是知道的。

汤杏心虚得不行。倒也不是闻柏苓砌词捏控，她的钱包里，全都是和朋友们、家人们的合影，厚厚一沓，亲脸的、拥抱的都有……

闻柏苓又提到此事，汤杏连安全带也不系了，重重往闻柏苓怀里一扑："可是我只给你留了蛋糕，而且我晚饭只吃了一点点，就想留着肚子和你吃夜宵的。你不知道，那么大一桌好吃的，我忍得可辛苦了，刚才下楼前肚子还在叫，不信你听听……"句句都在彰显着"闻柏苓，闻柏苓，我心里有你哦，你超重要的"。

谁能受得了？

闻柏苓捏捏她的脸，嘴上虽然质疑着"读博净学了些甜言蜜语"，心里应该还是受用的，不然不会说"怎么这么可爱，再这样我都不想放你回家了"。

汤杏抬起头："我今晚不回家啊，明天早点回来就行啦。"

闻柏苓一愣："成，你说的。"

闻柏苓驱车把汤杏带回市中心，周围街道越来越熟悉，汤杏也如有所感，问："我们是要去书店吗？"

"嗯。"

已经是夜里十一点钟，街道上鲜有车辆，路灯照亮了空旷的柏油马路路面，街边店铺基本都已经打烊。

亮着牌匾灯箱的，只有二十四小时营业的快餐店和便利店。

可是汤杏降下车窗，遥遥望去，隐约看见本该是书店的地方亮着，亮着的字从结构轮廓来看，好像不是"荷"。

这几年读书太用功，不是熬夜就是起早，她视力变得没有那么好，太远的东西，看起来会有些模糊。

等闻柏苓把车停在附近，汤杏才看清，素雅的灯牌设计上，店名换了个字。

不再是"荷"，而是"杏"。

闻柏苓说，最初他就想用她的名字做店名，但不知道她的感情状况，也不敢贸然打扰她的生活,只能用了"荷"。

"总觉得不够合衬,还是用你的名字好。"

他带着汤杳进书店,往楼上走。

三楼是"顾客止步"的区域,汤杳是第一次上来,竟然砌叠了水池,里面养了一池亭亭玉立的重瓣荷花。

她正在看荷花,眼前突然亮晶晶一闪,像幻觉,也像荷花变成流星坠落。

原来闻柏苓的手就举在汤杳头顶,指间挂着条项链,坠子是浅粉色的宝石。

前些天汤杳和闻柏苓一起逛商场,路过珠宝首饰的橱窗,惊艳地扭头看了几眼这条项链,想不到闻柏苓就给买回来了。

汤杳错愕地站着,任由那颗凉凉的宝石被戴在脖颈上,好半天才找回自己的声音:"你怎么真的买了……"

"看你喜欢。"

汤杳连连摇头,只是万八千的物件就算了,哪怕几万块她也还能接受,可这项链实在太贵重了。

前阵子聊到小姨送她的戒指,汤杳和闻柏苓讲过小姨付款时的说辞,现在被闻柏苓学了个有模有样。

楼上没有座椅,闻柏苓就大大咧咧地坐在荷花池的水泥边沿,拉着她的手和她这样讲——

"你看,我们时隔这么多年又重新在一起,这多不容易?换了旁人早都各自结婚,孩子估计都会跑了,我们感情这么好,我给你买件礼物庆祝和好,总是应该的。"

他算了很多,庆祝和好、博士毕业,甚至把汤杳已经过去了两个多月的生日也算上了。

话术和她小姨如出一辙:"三礼合一,就应该要贵一点才好。"

他们能在一起,真的是不容易。汤杳被他说得都有点想哭,吸吸鼻子才忍住。

"别哭。"闻柏苓揉着她的手,"你要是喜欢宝石,等你家长同意我们,我再给你配个戒指。现在不敢给你买,戴在手上太明显,怕你妈妈和你姥姥看不惯,批评你。"

那天汤杳过了个真正的夜生活。

闻柏苓尝过她留的蛋糕,问她,不回家是不是真的没关系。汤杳特别坚定地点头,所以她又被带去了闻柏苓的朋友局里。

以前认识的几个人都在,费裕之也在。他们已经用冰桶镇好了香槟,汤杳刚进门，就被开香槟的"嘭嘭"声给惊得一个激灵。香槟带着甜香迸溅出来，浅粉色的氢气球挤满天花板。

像误入了谁的生日宴会，她怎么也没想到，会有人推着十几层的蛋糕走出来，带头喊着："恭喜汤杳博士毕业！"

满眼浮华，热闹得超乎意料。

汤杳愣了愣，才有些不好意思地抬起手掌和大家打招呼，又问闻柏苓："是你早有准备？"

"算是个'Plan B'吧，多亏朋友们帮忙。"

分开了太久，过去汤杳有很多重要的日子，闻柏苓都没能陪在她身旁。比如每年她的生日、学业上取得成就时、和小姨合资在京城买房的乔迁之喜等。

好不容易让他赶上个重要日子，闻柏苓浑身力气都不知道要怎么用才好。买了花觉得不够，送了珠宝也觉得不够，恨不能把他知道的所有仪式感都给她。

他的朋友们认识的年数长，汤杳到底是这圈子里的外人，怀着受宠若惊的心情，频频和大家道谢。

这热闹气氛让人有种错觉，好像今天是他们的新婚之夜。这样想着，汤杳脸悄悄红了。

偏偏闻柏苓还很体贴，俯身问："热吗，果汁里加几块冰？"

"……加两块吧。"

这群人里，有好几位和汤杳上次见面都已经是数年前，再被"废话多"误导过几句，深信汤杳在闻柏苓回国前是有男友的。

他们同她打过交道，知道她脾气好，又开得起玩笑，纷纷调侃着问她：

"汤杳，我们柏苓就这么有魅力？"

"这才回来几天，就把你之前那个男朋友都给搅和黄了？"

"听说都要订婚了？"

"没有，真的没有！"汤杳头摇得像拨浪鼓。

为了杜绝以讹传讹的现象，她挨个儿地给人家解释，说自己没有过闻柏苓以外的男朋友，话说太多，喉咙都干了。

扭头却看见闻柏苓在笑。

"笑什么……"

"笑我自己。"闻柏苓倒了果汁给她，"怎么你说什么，我都特别喜欢听。"

费裕之就坐在闻柏苓身旁，本来在和妻子通电话，听见这话，龇牙咧嘴了一番。

以费公子的视角来看,闻柏苓和汤杳当年分开固然令人唏嘘,却也已经是计穷力竭。他们两个不可避免地走向了两条完全不同的人生轨迹,几乎就没有复合的可能。

听说他们重新在一起时,费裕之这种听惯了圈里各种八卦的人,都蒙了,还以为自己是误听。

今儿场子里气氛好,又喝了点酒,费裕之挂断电话,感叹起来:"你看我妹妹当时闹得多凶,说绝食就真的不吃不喝,整天惨白着一张脸。现在她也结婚两年了。"

费琳已经和劈腿的渣男分手,现在费裕之的妹夫是费家生意伙伴家的小儿子,为人知理谦逊。费琳过得也挺不错的,已经在备孕了。

"你们俩看着不声不响的,竟然最长情。"感叹完,费裕之问,"这么多年,你们真是一点联系都没有吗?"

"没有的。"

汤杳仔细想了想,他们确实没有轰轰烈烈地高调示爱过,也没有因为爱别离苦而歇斯底里。

像费琳那样绝食、寻死觅活更是没发生过。可到了最后,兜兜转转,他们还是走到了一起。也许旁人看起来不可思议,连汤杳也不敢说自己就是在等着闻柏苓。

可她知道,很多个瞬间,有关他的回忆都会突然侵袭。

汤杳记得第一次去马场时,随口和闻柏苓说,原来你们有钱人的马厩也是有味道的。闻柏苓那天拿着一枝桃花逗她,说有钱人养的马也是马,不会变成抹香鲸。只是这样平凡得不能再平凡的玩笑,汤杳也记在心里。

硕士毕业那年,老家动物园里贴出宣传广告,说最新饲养了大熊猫,她和妈妈推着轮椅带姥姥去看。熊猫馆里也有些味道,她忽然想起和闻柏苓的对话,脚步慢下来。

这样的瞬间有很多。

汤杳没有拉着别人大讲特讲有关他的回忆,只是在亲朋问起"怎么了"时,会很温柔地笑一笑,说"没怎么"。

后来,费裕之那个问题,是闻柏苓答的。

他说,每件事做到极致,都会有一个尽头。可是想念汤杳,是无穷无尽的。

男人间很少聊这类话题,可闻柏苓却认真地说下去——很多时候,因生意上的事情忙得晕头转向,他都以为自己已经把她忘了,但没有,就在他那样以为时,其实已经是一次沉默而又无奈的想念了。

费裕之当即举起酒杯:"不多说了,百年好合、早生贵子吧!"

被管制着不能碰酒精的闻柏苓,悠悠地拿苏打水和人家撞杯:"祝得早了点,得等我未来岳母同意。"

他们几乎玩了个通宵,天快亮时,闻柏苓的司机开车来接他们,先送汤杳回家。

汤杳困得在车上直点头。

闻柏苓把人揽进怀里,帮汤杳调整了个舒服的坐姿,方便她休息:"明天没什么事,能在家睡一天,好好歇歇。"

他身上淡淡的香气令人迷恋,如果不是家里长辈的态度摆在那儿,汤杳很想跟着闻柏苓回家。

她夹在中间有点左右为难,又怕男朋友心里会感到不舒服,困得眼睛都迷离了,还在安慰闻柏苓的情绪。

"闻柏苓你也知道我家人的,她们不坏。只是你家里条件实在太优越了,妈妈和姥姥就有些担心了,怕我会被欺负。并不是要对你有多少要求,或者故意晾着你不理,你可千万不要误会,觉得她们是不好的人。"车里是暗的,她眼睛都快合上了,嘴上还不肯闲着。

闻柏苓垂头吻住她,吮了吮,然后笑着:"我是那么不懂事的男朋友?"

其实私下里,汤杳经常在做妈妈的工作,连本科时和闻柏苓谈恋爱的事情,也如实招供了。

汤杳妈妈当然还是忧心忡忡,拉着汤杳说,老家某某家的那个女孩,找的男朋友就是比较有钱的,结婚之后过得并不好。上星期还在打架,有老邻居打电话讲给汤杳妈妈听的,好像是出去吃饭时剩下的饭菜,女孩想打包,男朋友嫌穷酸,不让。

从饭店里一直吵到路上,在街上就动手了。

"这个世界太奇怪了,为什么勤俭节约到了那些人口中,就成了要被人嘲讽的穷酸?乖女儿,妈妈不想你过那样的生活。"

家里有很多闻柏苓买来的水果。

汤杳靠着妈妈,把山竹用水果刀沿着果皮划了一圈,拧开,果肉递给妈妈:"妈,你又不是没见过闻柏苓,他不会那样的。你说的那种人,本来就是坏人,有没有钱都不是个东西,有钱了是为富不仁,没钱了是穷凶极恶。闻柏苓他不一样,他很好的。"

她给妈妈讲闻柏苓为了和她吃饭,来回坐几十个小时的飞机,从来不会抱怨。也给妈妈讲他陪她去吃路边摊,给她过生日……

正讲到姥姥生病,闻柏苓千里迢迢跑去她们老家,这时候小姨输了防盗门密码,拎着大号的托特包从外面回来。

换鞋时,小姨已经开口逗汤杳:"小杳啊,又在给我姐姐洗脑呢?"

213

"怎么能叫洗脑,他明明就是很好,小姨,你是知道的啊。"

小姨被汤杏硬拉着坐下,也帮闻柏苓说了挺多好话。

说到他们之前的那次分手,小姨说:"姐,两个孩子也不容易,分手这么多年还能在一起,也是说明感情好,有善缘……"

哪能料到汤杏妈妈听过后,连山竹都不吃了,脑回路独特地说:"要是他家里生意又出问题,他是不是又要和杏杏分开?"

在当妈妈的眼里,什么生意不生意的,哪怕百亿千亿又怎么样,她的女儿不可以被伤害,不可以不开心。

汤杏妈妈说:"不行不行,我还得再想想。"

小姨也没想到自己苦口婆心费了半天力气,结果是个反向操作。瞥见汤杏哭丧着的小脸,小姨笑得山竹都掉了一瓣:"姐,你怎么这样想……"

汤杏大惊失色,跑回房间,大半夜把电话拨给男朋友:"糟糕了,闻柏苓!"

闻柏苓特别会安慰人:"你妈妈有些顾虑是正常的,长辈们这样想,其实我听了也开心。说明我们小杏生活在爱里,被妈妈当掌上明珠疼爱着。不急,让你妈妈再考虑考虑,毕竟是你的终身大事。"

汤杏被他说得鼻子酸酸,很心安,又很替闻柏苓委屈:"……可是闻柏苓,那你怎么办,看来还要再等等才能尝到我妈妈的手艺了。"

之前汤杏和妈妈说得起劲,都已经听见妈妈有些动摇了"按你这么说,小闻是挺好的"。

刚好闻柏苓给她发信息,她就回了几张菜肴的照片,说,胜利在望,很可能快要尝到这些了。

结果情势瞬息万变,才过了两个小时,妈妈又不肯松口了。

闻柏苓还是继续安抚着汤杏的情绪,说:"替我担心的话,打探点情报给我,多和我说说未来岳母都喜欢什么,我才能好好表现。"

"那我打探情报,你给我报酬吗?"

"给。"

闻柏苓特别不正经,在电话里说了几个字,听得汤杏脸皮子发烫,慌里慌张地掩饰自己的羞怯,不惜谎传军情:"我妈妈最喜欢博士后!"

"那我先考个博士?"

"闻柏苓!"

"好了,不逗你,明早去接你,送你上班,不然你自己坐地铁得折腾到什么时候,早班又挤。早餐想吃什么?还吃汉堡?"

好像世间任何难关,都不可能再成为他们之间的隔阂。

汤杏心里一暖,竟然说了他的口头语:"成,那明早见。"

闻柏苓听见，笑声传过来："明早见。"

汤杳妈妈真正松口，是在两月后的某个周末。

那天汤杳正在和闻柏苓一起吃午饭，打算下午再回家里去陪妈妈和姥姥。

他们身处一间格鲁吉亚菜餐厅，头顶的吊灯很气派，有种复古的异域风情。麻排和蒜泥烤鸡味道都很不错，汤杳吃得停不下筷子，半晌，才用餐巾纸沾掉唇角的油，肯分给闻柏苓一个眼神。

闻柏苓在旁边笑她："有这么好吃吗，刚才看菜单上有下午茶，要吗？留下多坐会儿，喝个下午茶再送你回去？"

正商量着，汤杳妈妈打来电话："杳杳，吃饭了吗，下午几点回来？"妈妈说要带姥姥出门遛弯，打算早点去，赶着她回家前就回来。

汤杳也不隐瞒："你们去遛弯吧，不用着急，我还在和闻柏苓一起吃午饭，想晚点再回去呢。"

电话里汤杳妈妈沉默片刻，忽然说："如果小闻时间也方便，晚点你们一起回来吧，妈妈有事情和你们说。"

妈妈具体和闻柏苓聊过些什么，汤杳也不知情。

他们关了门在里屋，不让她听，她只能守在客厅里，紧张兮兮地给昔日的小姐妹们发信息。

她用表情包和 emoji 里的哭丧脸，向吕芊她们传达自己此刻的忐忑，博得一些隔靴搔痒的安慰。

她们在郊区这套房子，面积不算大，是那种小三居的户型。

姥姥年纪大了，精神头不足，在自己的卧室里睡觉休息；小姨去工作了，不在家。

老房子隔音效果好，汤杳费了挺大劲专注地听，也没听到具体内容。

正准备找个空水杯按在墙上听，房门被推开，妈妈先走出来，直接进了厨房。

汤杳盯着闻柏苓看不出情绪的脸，惴惴不安地凑过去，用水杯捅捅他，小声问："怎么样？"

闻柏苓摇摇头。

就在汤杳失落地想说点什么时，厨房里妈妈很和蔼地唤了闻柏苓："小闻，排骨我们平时喜欢红烧的，口味有些重，你吃不吃得惯？"

汤杳"唰"地扭头，看见闻柏苓的笑容，终于反应过来，惊喜地脱口而出："我妈妈同意了？"

215

在闻柏苓点头后,她又冲去了厨房,水杯丢在一旁,抱着妈妈又蹦又跳:"妈,你最好了,谢谢妈妈!"

汤杳妈妈拿着葱姜,艰难地转身,在汤杳头上拍了一下:"去去去,别打扰我做饭,都当老师了怎么这么不稳重,让人看笑话。"

汤杳才不管。在这个家里,包括姥姥、小姨和站在一旁微笑的闻柏苓,才不会有人笑话她。

她一蹦一跳,像回到了七八岁的童年,拉上闻柏苓:"妈妈,我们去买饮料,还买点路口的香肠和烧鸡,你不用做太多菜,别累着!"

那天汤杳是真的高兴,围在闻柏苓身旁乐呵呵的,像朵盛放的花:"闻柏苓,我妈妈怎么就突然同意了?是不是你准备了什么话术?"

闻柏苓捏她的脸颊:"不是,你妈妈是因为太爱你,相信你选人的眼光。好像你小姨也帮忙劝过了。"

汤杳又欢欢喜喜地把电话打给小姨:"小姨小姨,世界上最好的小姨。小姨你晚上想吃熟食店的什么,我和闻柏苓马上去买!"

小姨也这样逗她:"怎么高兴成这样,没有点汤老师的样子。"

挂断电话,群里的小姐妹们在问她结果,汤杳放心地把自己交给闻柏苓,说"你帮我看路,我回几条信息"。

她很兴奋地把喜讯发给她们,打字的速度都快了不少。

相比之下,闻柏苓的表现要平静得多。汤杳也是后来才发现,这个人只是表面看起来海波不惊,私底下竟然偷偷发了朋友圈。

那是闻柏苓注册微信以来发的第一条朋友圈,配图是汤杳妈妈亲手做的红烧排骨。

妈妈做的排骨很普通,可能因为有闻柏苓在,她稍有些紧张,老抽放得多了些,颜色很重,算是发挥失常。排骨装在她们从老家邮寄过来的、用了二十九年的老式餐盘里,看起来更是太过家常,没有任何特别之处。

闻柏苓一定吃过各种饕餮盛宴,也尝过世界各地的美食佳肴。

但他这天给朋友圈配的文字是:终于吃到了。

闻柏苓和汤杳的家人相处得很好,经常登门,遇见大家都有空闲的周末,他也会筹划着,开车接她们出去吃饭。

找那种路面设计对轮椅很友好的餐厅,闻柏苓推着汤杳的姥姥,给老太太介绍餐厅里受老年人喜欢的、焖烧到脱骨的肉类餐食。

京城到了初秋。

这一年秋天的气温奇怪,没等来秋高气爽,阳光充足时仍然过分炎热,酷暑难耐。

煮锅类餐厅里通常冷气十足,有特价的冷饮或者赠送凉茶,以此作为招揽食客的小小卖点。

闻柏苓推着汤杳姥姥的轮椅,进门先帮姥姥盖一条薄毯,问服务员有没有避开空调风的座位,说老人年纪大,不能吹冷风。

有时候会被服务员误会,以为闻柏苓才是姥姥真正的孙辈。

其实最初汤杳妈妈答应他们时,姥姥还有些生气,总是会念叨,为汤杳没有去见邻居家那位博士后而感到可惜,但一晃几个月过去,到冬天时,老太太已经和闻柏苓相处得特别好。

汤杳在星期五晚上打电话回家,说自己明天回去时,隐约听见姥姥在妈妈旁边着急:"姥姥怎么了?"

汤杳妈妈帮忙传达:"你姥姥问你呢,明天是自己回来,还是带着小闻一起?"

他们已经吃过晚饭,回到闻柏苓家里。

汤杳举着手机回头,闻柏苓正慵懒地靠在床边,他也看向她,问:"怎么了?"

"姥姥问你明天回不回家。你明天工作忙吗,要不然和我一起吧?妈妈和小姨早起去买菜,要做红烧鱼……"她很自然地把他们所有住址都称为家,自己却没有察觉。

闻柏苓浅笑:"成。"

挂断电话,汤杳拐进浴室,边解开毛衣开衫的扣子,边探了半个脑袋,对闻柏苓说:"我发现你现在可是比我还要受宠,昨天通电话,姥姥都没问我周末回不回家,今天就问了你……"

"和男朋友也争宠?"

她玩笑着:"谁让你把我都给比下去了?这个老太太,才吃了几顿大餐,就把我忘了,我可是博士呢。明天我得说说她。"

闻柏苓跟着走进浴室,帮汤杳把脱掉的毛衣和衬衫都丢进洗衣机:"你不是说过,亲人只剩下姥姥、妈妈和小姨。"

他的手覆过来,握住她,汤杳声音一颤:"嗯……是说过……"

闻柏苓的吻已经落在她颈侧,她下意识闭上了眼睛,听见他说:"小杳,我陪你一起守护她们。"

浴缸里不断注入热水,雾气笼罩每一寸空气。

她忽然想起些什么,声音已经断断续续,也还是坚持着问了出口:"那今年过年怎么办,你要去国外的吧?"

汤杳对闻柏苓出国这件事,总有那么一点点应激反应,光是提到心里也紧张。

217

他用额头抵着她的额头:"只去几天,陪家人们过个年就回来,别担心。"

玻璃上蒙着水汽,他牵了汤杳的手,用她的指尖在水雾上写字:the love of my life.

翻译成,"我一生的挚爱"。

水雾聚集成水珠,顺着玻璃流淌下来,让那些英文字母有种涂鸦的艺术感。

闻柏苓就在完成这句书写时,把汤杳带入失控的情潮。

泡澡前汤杳在浴缸里放了小姨送的泡澡球,满水面都是云朵般蓬松的白色泡沫,经他们一折腾,泡沫更甚,几乎要沿着浴缸边沿满溢出去。

事后她跪在浴缸里,盲摸池底:"闻柏苓,我刚才感觉水里有东西,把我膝盖都硌了一下,好像是石头。"

闻柏苓明知故问:"沐浴球没融化干净?"

"不应该吧……"

汤杳在泡泡里摸来摸去,终于找到罪魁祸首,捧在手里,竟然是一枚宝石戒指。

宝石比项链上那颗稍小巧些,看起来更加秀气,淡粉色,宝石沾了水,在灯光下璀璨夺目。

汤杳又惊又喜,问闻柏苓,怎么敢把这么贵的戒指放在浴缸里:"万一我根本没发现,放水时给弄丢了怎么办?"

想了想,她又问,这个是不是就算结婚时的戒指了?

闻柏苓捏捏她的脸:"哪能,连求婚戒指都不算,给你平时戴着玩的。婚戒得是白钻吧,到时候再买新的。"

"那也太破费了,哪有人三天两头买宝石戒指回家的?"

闻柏苓亲了亲她的额头,说:"不破费。"

他说他没读到博士,学术上没什么造诣,也就赚钱方面的能力还算能看过眼。

"我赚了钱,不给你花还能给谁花?"

这个冬天里,汤杳和闻柏苓又开始像过去那样,商讨关于未来的计划——闻柏苓的父母年纪大了,思乡之情尤甚,打算过完年就搬回国内定居。

汤杳房子租满一年后,也不打算再续租,准备搬过来和闻柏苓同居。

等家里生意不那么忙,闻柏芪也会携妻女回国。到时候汤杳和闻柏苓两家人凑齐了,是会见见面的。

过年前几日,汤杳老家那边有位老邻居家突然传来噩耗,有长辈过世,她们全家动身，回去参加葬礼。那位老人居住在她们家楼下，对汤杳也很好，几乎是看着汤杳长大的，猝然长逝，她心里也不好受。

老家有传统，家里办了丧事，不能在门上贴对联和福字，不能放鞭炮和烟花，也不能穿颜色鲜艳的衣服。

如此一来，年味很淡。

大人们忙里忙外，又总是说着"生命脆弱""生老病死"这类的叹言。听得多了，又很是缅怀故人，终归令人发闷。

汤杳她们这次回来，是借住在亲戚家。她在夜里躲去阳台，睡衣外面裹着羽绒服，站在寒风里，给身在国外的闻柏苓打电话。

她还没张口，他就已经猜中她要说什么，主动和女朋友汇报："没喝酒，也没通宵处理工作。"

"……你怎么知道我要问什么？"

"看见有人离世是会这样，平时不注意的健康问题也都会被关注关注。别乱想，我们会陪着彼此慢慢变老。"

他说搞不好以后老到牙齿脱落，拾起老掉的牙齿还得对比对比才知道，到底是从他们两个谁嘴里掉下来的。

汤杳好歹也是个姑娘，没那么过分爱美，却也不能想象自己连牙齿都掉光的老态："肯定是你掉的。"转念一想，又觉得自己有理有据，"你老我五岁呢。"

理直气壮的，把闻柏苓都给气笑了。

老家发展缓慢，反而不像京城那样事物更新迭代极快。

窗外是经久不变的景色，没有耀眼的霓虹，只有几家笼在月光下的店铺，隐约能辨出方正的房子轮廓。那都是汤杳所熟悉的。

某年冬天，也是在这样寒风呼啸、飘着轻雪的冬夜，闻柏苓在电话里问过汤杳："怎么了，想我？"

这次不用他问，汤杳眨掉睫毛上的一点雪，深深吸气，冷空气入肺："闻柏苓，我想你了。"

"那我早些回国。"

春节之后，汤杳和家人一起回京城。

她抵达京城时，闻柏苓正忙，有个多方合作的视频会议要开，没能过去接。等到散会，他第一时间把电话打给汤杳，问她是否已经到家。

汤杳仰头看了眼面前高耸的办公大楼，故意吓唬他："还没……"

电话里的人果然急切起来，平时那样八风不动，被小姨说"二十几岁时就有三十多岁的人稳重"，听她这边有意外，连着问是火车晚点了？还是姥姥身体不舒服？"

"都没有。我没到家是因为……"汤杳推开玻璃门，"我在你公司楼下。"

她没跟着家人回郊区住处，挑了几样他们都喜欢的家乡特产找过来，想给闻柏苓一个惊喜。

办公楼里非常安静，汤杳听到闻柏苓在电话里推动椅子的声音，他在笑，听起来很高兴："我下楼接你。"

闻柏苓所在的楼层高，还要等一等。汤杳把纸袋放在会客沙发上，转身看玻璃门外面的街道，打发时间。

初春的凉风吹动企业旗饰，有一对小情侣挽着手臂，亲亲密密地从门前经过。有些人二十来岁就能拥有甜蜜的、好的感情，稳定又幸福。

相比之下，她和闻柏苓似乎波折了些。但好歹也可以在危难和分离过去之后，马后炮地评价一句"好事多磨"。

所幸，结果是好的。

"叮"，电梯门缓缓打开——电梯的提示音令汤杳想起最初遇见闻柏苓时的场景。

那时候他们还很陌生，屡次在电梯里碰面，都没怎么说过话，沉默不语地各自站在电梯一侧，演足了各种疏离的戏份。也许有过好奇、猜测，但也从来没有想到过，他们会成为彼此生命里不可或缺的存在。

现在，他们之间再无亟待解决的困境，也再无阻碍。只剩下属于他们共同的未来，令人寸阴若岁。

闻柏苓从电梯里大步走来，看向她时，眼里噙满笑意。汤杳也起身，明明才半个月未见，却已经积思成疾般，那些家乡特产也不顾了，空着手跑过去。像跑过这些年来一个又一个多事的春天，终于在相识的第十二个春天里，扑进了爱人的怀抱。

番外一
/ 未婚妻

　　这个小故事，发生在汤杳与闻柏苓刚重逢的那个夏天——那时候他们刚和好不久，感情上当然是很甜甜蜜蜜的，久别重逢，恨不能天天腻在一起。

　　只是离别期间那种失意感，犹如内伤，没办法一朝一夕就迅速好转。

　　有那么几天，汤杳睡眠特别不好，常常做噩梦。

　　这次梦里，她和闻柏苓沉默地坐在车上。车顶内饰是价格不菲的星空顶，星星点点，散着柔和的光。空间当然比普通车要宽敞些，只是她看着窗外熟悉的街道，说不清自己为什么那么难过，像车内氧气不足，令人喘不过气⋯⋯

　　就这样难过了很久，司机轻踩刹车，平稳地停在她的宿舍楼下。

　　宿舍楼整栋都是灰色的，矗立于眼前，墙侧攀着藤本植物的褐色老枝。天气应该还冷吧，叶片也还没有萌生新芽。

　　汤杳突然记起，这是她本科时的宿舍楼，也记起她为什么难过：这是他们分别时的那个春天，这次之后，他们没有"再见"可说，有的只是分道扬镳。

　　只要她下车，走下去，就会有七年时间都见不到闻柏苓。

　　汤杳满头虚汗地惊醒，幸好闻柏苓就在身旁。

　　她扑进闻柏苓怀里，把男朋友撞醒，泪眼婆娑地说自己梦到他们分开的那一年："闻柏苓，我总觉得好不真实。我们真的又在一起了吗？你真的不走了吗？"

　　听汤杳这样惶恐不安地问着，闻柏苓很快反应过来，心疼得不行，把人紧紧环在怀里，帮她擦掉眼泪，又拍着她的背哄人："真的。"

　　闻柏苓把家里那些令人不愿回首的往事，毫无保留地掏出来，讲故事似的，不厌其烦地讲给汤杳听：家里那些生意，原本低谷期有过高管叛离，处境已经很尴尬。哥哥以前又是高层领导里的主力,突然病倒,公司里没有主心骨,那时候才需要有他在,去接替哥哥的工作。

没办法的。人心复杂,那些和哥哥曾坐在一起并肩作战过的伙伴,甚至于和他们父亲共同驰骋过商业战场的老人,在利益面前,也不是没有自己的考量和私心。

高层领导人的任用很关键,乱起来真的会有人为了某些目的,中饱私囊。

那几年格外艰难。在会议桌上有过怎样无声的对峙、利益关系里有过怎样的强势与妥协,这些闻柏苓都没细说,只说,现在已经都捋顺了。

哥哥开始做些监督工作,高层领导圈稳固,在实行轮班制,生意也转战国内市场……

闻柏苓像在开报告会,拿汤杳当领导,把很多企业内部的好消息都说给她。

从各个角度分析,无论将来发生什么事情,他都不会再去国外那么久的时间。

"真有什么意外,在国内也能解决,别担心。"

他们睡在汤杳的出租屋里。

床只有一米五,之前汤杳抱着吕芊睡倒是不太挤的,但闻柏苓太高了,他在床上,她的靠垫、抱枕都要委屈地丢在椅子上。

闻柏苓吻汤杳的额头,反手从床头拎了个毛绒玩具的挂饰:"要是没有安全感,我把这个挂在包上,到公司十分钟之内,国内国外都能知道我有女朋友了。"

汤杳回忆了一下,对他们那些人的八卦传播深表怀疑:"还是算了,看见毛绒玩具,搞不好还以为你和哪个女人有了孩子……"

而且她也不肯把毛绒玩具的挂饰给他,那是朋友送她的乔迁礼物。

汤杳抢回来,闻柏苓就呵她颈窝的痒:"男朋友还是女朋友?"

得她一句老实巴交的"我男朋友不是你嘛",这人就会很高兴,像听到一句多动听的甜言蜜语似的。挤在她出租屋简陋的小洗手间里洗漱,也不觉得憋屈,还哼歌。

为了让汤杳开心,那阵子,闻柏苓牵头组了挺多局,有空就和朋友们一起玩,像过去那样,想让她融入他的世界,多些安全感。

会所跑得多了,闻柏苓又不满意,说这种室内活动汤杳兴趣不大。麻将、扑克、台球这些,她都不怎么喜欢,打算弄点室外活动。

一朋友在电话里吐槽:"柏苓啊,明儿外面三十八九度的天气,你想哄女朋友开心,也犯不着拿哥哥们的命开玩笑啊,哥哥们的年纪也不小了,中暑了怎么办？晕倒了怎么办？"

闻柏苓顺手点了电脑里的天气预报，看了看。还真是气温不低。这点是他欠考虑了，出门得三思。

"那算了。"

那朋友还挺感动："嘿，我就说嘛，这天啊就不适合出门，你也知道我现在多少斤，一动就爱出汗，多容易中暑啊……"

话没说完，听见闻柏苓说："汤杳最近备课累，睡眠质量又不好，那么热的天气出门，恐怕会不舒服，改天吧。"

朋友十分无语。

汤杳不知道其中缘由。

近来酷暑，又放暑假，她天天窝在家里吹空调。

妈妈还没同意闻柏苓，她也还在做惊心动魄的梦，正对假期感觉到烦闷，想做点什么换换心情时，闻柏苓忽然问，朋友们组织了聚会，在郊外马场那边，要不要去散散心？

汤杳眼睛一亮："那我和你们一起去吧，带上电脑边工作边玩。"

而汤杳第一次和费琳说话，也是在这次聚会上。当时汤杳下马时崴了脚，后面的活动没再参加，就坐在遮阴棚下面，用笔记本电脑整理、精进课件和PPT。

费琳骑一圈马回来，摘掉马术盔，从桌上连抽三四张纸巾擦汗，有些娇气地抱怨："这地方怎么回事儿，连吸汗毛巾都没准备。"说完转头，撞上汤杳思考时对着这个方向无意识放空的目光。

费琳顿了一下，和汤杳打招呼，戴了婚戒的手在她们之间来回指了两圈："我们其实不是第一次见面，对吧？"

确实不是。

初次见面在好多年前，汤杳记忆很深，那次费琳穿了亮亮的漆皮长靴，大步流星地冲进会所门里的那种气势汹汹的劲儿，特别像是去捉奸的。而汤杳当时以为，自己和闻柏苓，是要被捉的，顿时吓得手脚冰凉、脊背僵硬。但溯思寂虑，那些往事里，似乎涉及一段会令费琳比较伤感的回忆。

汤杳也不好过多提及，只是友好地点点头，帮费琳倒了杯可以消暑的凉茶："喝点茶吗？是冰过的，很解暑。"

费琳性子是极外向的那种，接过凉茶坐到汤杳身边，主动攀谈时，倒是没有避开某些别人不忍心提及的往事，说起那次见面的前因后果。

"估计你也听我哥那大嘴巴说过。那会儿我不是有个前男友嘛，特喜欢，但那人不老实，说和我哥一起通宵打牌，结果根本没有，是和别的女人在外面鬼混呢。可能很多次了，那天我刚发现……"

223

费琳那段感情确实不是什么秘密,在费琳大闹会所、踢翻牌桌之前,圈里圈外都早已经传开了。汤杏也有所耳闻,只是不忍让费琳再伤心,很体贴地做出并不太清楚的样子,做安静的倾听者,听费琳把难过的往事发泄出来。

"说句非主流的话,我为了他,那真是都和全世界为敌了。他居然给我劈腿!"费琳把凉茶喝出一种喝白酒的气势,杯子往桌上用力一搁,发出脆响,"还说我家太有钱,家里人都看不起他,他压力大。压力大和管不住自己有什么关系?我从出生就有钱,他是第一天认识我吗?"

犯错的人总是拎不清,找万般借口,为自己开脱罪名。真要是有勇气,想清楚后果敢作敢当,也还好。偏偏不是。还企图偷换概念,把错误都推给无辜的人,真是让人恨得牙根痒痒。

可能觉得自己揪着往事不放的样子不够洒脱,费琳渐渐也收起激动情绪:"汤杏,我很早之前就知道你,在会所见面前吧,就听说过你……"

汤杏自己也知道,过去时,关于她的乱七八糟传闻可不止一两桩。

不知道费琳说的是哪段,她主动开了个玩笑,缓解刀光剑影的气氛:"听说过我跟韩昊?"

费琳愣了愣,大笑,摆了摆做过精致美甲的纤纤细指:"不是不是,就韩昊那种人,但凡见过你的人,就不会信你能和韩昊扯上关系。我是听说过你是柏苓哥特别宠着的女朋友,走到哪儿总带着,特羡慕来着……"

这时候,闻柏苓他们也骑马回来。

费裕之刚巧听见了费琳的话,嗤笑着吐槽自己妹妹:"嘿哟,你还好意思说这事儿呢?"

原来那些年,费琳家里不同意他们的恋情,而费琳一心想和司机家的儿子在一起,方法都用尽了,可谓是无所不用其极。这位千金小姐,不知道从哪儿听说了闻柏苓的女朋友也出身普通,觉得这是个机会,赶在他们朋友聚会时杀了过去。

那个荒唐的晚上,费琳冲到费裕之和闻柏苓他们面前,仗着哥哥们平时都让着她,颇有种"鱼死网破""都别活"的架势——

"我不管,你们要是不帮我,我就和爸爸妈妈说我爱上柏苓哥了!我要和闻家联姻!"

"我不能嫁给喜欢的人,你们也都别想好!"

"凭什么柏苓哥能按自己的喜欢找对象,我就非要嫁给家里挑的人?"

"哥,你说话啊!你和柏苓哥到底帮不帮我!"

这段往事被提起,费琳有些狼狈,不自然地瞟了汤杏一眼:"干吗说这个啊,我过去是眼光差了点……"

汤杳看向费琳身旁，费琳的先生就坐在那里，正好脾气地笑着。她先生丝毫不介意费琳的过往，还拿了茶壶，帮忙费琳加凉茶。

难怪费裕之特别喜欢现在的妹夫，带着妹妹和朋友们聚，其实也是因为约了妹夫。至于这彪悍的妹妹，是她非要跟着一起来的，路上费裕之就换过车，说费琳吵得他脑仁疼。

费公子连喝两杯凉茶："你那是眼光差吗？简直是瞎了，那一看就是胃不太好的人，你还当个宝似的。"

费公子骂人太委婉，汤杳一时都没反应过来，还有些纳闷。

是坐在身旁的闻柏苓给她翻译——胃不好，吃软饭。

其实汤杳也觉得，费琳之前喜欢的那个男人不太行。听说的很多事情里，都是费琳一个人孤身陷阵，在为了她的感情而战斗。而现在这位，人应该还不错，护着费琳对费裕之说："哥，别骂了，琳琳心里会难过的。"

他们都说费琳是疯疯癫癫的小老虎，横冲直撞，不计后果。只有费琳的先生，把费琳当成小女孩在呵护。

这次来的朋友多，汤杳想这些时，其他人已经换了个话题在聊："刚刚裕之那箭射得简直没眼看，离靶子八百米远就给射出去了。我以为我眼花，看见流星了，哈哈哈哈。"

"你不流星？不也沾个最外环的边？五十步笑百步！"

"他俩还拌嘴，菜鸡互啄啊，哈哈哈哈。"

"瞧什么呢？"

闻柏苓的话打断了汤杳胡思乱想的感慨，她摇摇头，在周围笑笑闹闹的嘈杂里，凑近他，小声和他说："在感慨呢，待会儿回房间和你说。"

"脚踝还疼吗？"

闻柏苓提起汤杳的一截裤脚，看了看："管家给的喷雾好像还可以，没肿。"

"本来就不严重的……"

汤杳刚崴脚那会儿，其实有些哭笑不得。她是留恋树林那边的一丛野花，想牵着马过去瞧瞧。那丛花也不知道叫什么名字，开得那么好看，很像虞美人的颜色，有黄、橙、白，也有深浅不同的粉色、红色。

微风拂过，轻轻摇动，特别勾人心弦。

汤杳一心想着那丛花，下马后没留意，不慎踩到断枝。脚踝扭伤倒是不怎么严重，只是形象不够好，跪倒在草丛里，还刚好被闻柏苓的几个朋友给瞧见了。

人还没从地上爬起来，已经听见："嘿哟，怎么还摔了？"

估计以为汤杳是从马背上掉下来的，一堆哥哥嫂嫂围过来，关怀备至得令汤杳感到害怕。

他们把"汤杳摔下马了"喊得震天响，找了匹快马，骑着马，把远处在和管家沟通晚饭问题的闻柏苓给叫来了。

汤杳本来觉得没事的，还想和闻柏苓说说过程，说自己只是轻轻摔了一下，有个哥哥非要赶在这种时候，给人讲恐怖故事，说什么他有个亲戚，运动时把骨头给摔断了。

闻柏苓听得眉头一皱，抱着汤杳就往回走，把医生都给叫来了。

本来是因为聚会人多，大人小孩都有，那私人医生是来保障大家遇到突发情况的安全，结果大的小的都没事，就汤杳被抱过去了。

她觉得好丢脸，一看医生笑呵呵的眼神，更觉得丢脸了。偏偏闻柏苓拿着喷雾问得很仔细，还要留下来陪她，被汤杳硬是给推走了。想起刚才大家夸张的紧张样子，她现在还有点不好意思，脸有些红。

已经知晓过程的闻柏苓，用食指指节碰了碰她的脸颊："还没问你呢，看什么那么入迷，还能踩到树枝上？"

"花，那边有一丛花，特别漂亮，是没见过的品种……"

本以为闻柏苓会笑她，看个花能把自己摔了，可他只是点点头："我懂。"

"你也知道那边有花？你看见了？是不是特别好看？"

但闻柏苓摇摇头："是懂你那种入迷的感觉。"

至于什么时候懂的，闻柏苓说他有很多个和汤杳看花类似的瞬间。

那年在葡萄酒庄园里多管闲事、捎带她回市区；在地下车库主动打招呼；给她发短信，问她什么时候请客吃饭……

这些他这个当局者都没有意识，"只缘身在此山中"，等到闻柏苓自己反应过来，细细回望才发现，很多行事方法并不像他，他破例很多，而汤杳已经成为他生活里不可或缺的人。

天气热，果盘里的西瓜是熟透的，很甜。

正午阳光袭来时，这群人也快热到熟了，又刚骑马射箭过，都出了一身汗。大家纷纷上楼去洗澡休息，闻柏苓和汤杳也回了房间。

闻柏苓有工作要处理，回房间后汤杳先去洗澡，等她一身轻爽地走出浴室，发现男朋友仍然在工作。

闻柏苓坐在房间里的实木桌旁，手机在手边，开着扬声器，电话另一边是闻柏芪的声音。

他在电脑键盘上敲下什么内容："我让助理和研发部联系一下……"

晚上篝火晚会时，汤杳帮忙准备烧烤的食材，有人问她："柏苓怎么还没下来？"

她说闻柏苓下午几乎都在忙工作，刚才进浴室洗澡去了，马上就来。

费裕之的妻子就在汤杳旁边，还有费琳，三个女人聊起来，说男人认真工作时，确实是比较迷人的。

汤杳拆开一袋鸡翅，点头说是。

她眼睛盯着的是鸡翅，脑海里浮现的画面，是下午闻柏苓工作的样子。他骑马时穿的那套马术服和靴子还没来得及换下来，显得腿特别长，拿着她那支白色钢笔在本子上记东西，垂头，抿着唇认真思考的模样，确实是非常有魅力的。

自己的男朋友当然是怎么看都好的，汤杳忍不住和她们夸了几句，说听他接工作电话时，就觉得很厉害，很多话她都听不懂。

"大学时我还读过几本金融书籍呢……"

费琳也说："柏苓就是厉害，我爸妈在家总夸他呢。之前他们家遇见那么大的事儿，要是没有柏苓哥，可能现在公司也不会这么顺畅。我觉得他比柏芪哥都厉害些，比我哥更是强多了。要是柏苓愿意，也能当接班人。"

费裕之在旁边吃水果，听见这话，"噗噗"吐出两颗西瓜籽："当什么接班人，柏苓没那个野心，他'恋爱脑'，心之所向只有汤杳。"

连其他朋友都听笑了，善意地起哄："哦——心之所向只有汤杳啊？"

汤杳怪不好意思的。她垂下头，打算装作认真地吃鸡翅，不理他们。

闻柏苓这会儿洗完澡下来了，老远就听见这群大嗓门的人在调侃他。

他换了套夏装，一身清爽地坐在汤杳身边，给自己"恋爱脑"的传言添油加醋："还真说对了。我心之所向的，还真就是汤杳。"

朋友们闹着，说他们两个要是结婚，得随礼包个大点的红包。主要这爱情长跑太不容易。

有个朋友说："我刚才给我太太讲柏苓和汤杳的事情，我太太都听哭了。"

闻柏苓下来后，再没让汤杳干活了。他戴了一次性手套，接过那些鸡翅，穿好摆在备料盘子里，又帮忙烧烤，撒料、翻面。

在她探头过来，第三次问用不用帮忙时，他回答说："不用，让汤老师做这个，实在是有些椟矗了。"

她一愣，问闻柏苓从哪里来的这个词。

闻柏苓递给她一串烤好的鸡翅："在你的学习笔记上。"

"同矗"是汤杳借着老师的便利身份，去其他学院旁听课程时记下的词汇，出自《后汉书》，故事里还提到过"焦尾琴"。

当时听过，她觉得很有意思，记下来了。那本笔记本她是随身携带的，就放在桌上，估计是闻柏苓下午用她的钢笔时，无意间看见的。他说，女朋友都这么上进，他不得多看多学，免得以后被嫌弃，不是博士后，也不敢落下太多不是？

汤杳吹吹鸡翅，咬下去一大口。

她突然想起第一次和闻柏苓他们来马场这边，他也是这样亲自动手，烤了东西给她吃。

这群人里，有个朋友是做电影行业的。

近几年际遇不太好，投了好几部自认为不错的剧本，上映时都没赢过那些商业片，直堵气。

出来散心，也难免还是耿耿于怀，吃着烧烤也还在心系他的投资，他扭头问旁人："你们说，我选演员的眼光也不是不行啊，你们看我上部片子的评价，怎么很多人说主角看看出戏……"

问了一圈，到闻柏苓这里，闻柏苓对涉猎不深的行业不便轻易给意见，拿一串羊肉堵人家的嘴："我哪懂影视类投资？"

那朋友拉着闻柏苓："那你审美总没问题吧，你看哪种类型的女星合眼缘，我瞧瞧能不能安排在我电影里？"

这问题一出来，费裕之已经换了看好戏的眼神。

汤杳还在专心拆鸡翅骨，忽然听见闻柏苓说了她的名字："我审美不是在这儿摆着呢，就汤杳这样的，处处都喜欢。"

朋友无语。

另一个朋友来了精神："那要这么说，我手里这照片，柏苓，你给开个价吧。"

折叠屏的手机展开递过来，像是小型平板电脑似的，照片里的人是汤杳。

她指顾从容地拉着白马的缰绳，散发及肩，柔顺地随风飘荡。马正跑着，汤杳戴着的那款宝石项链从领口处跳出来，亮晶晶的。

朋友爱好摄影，照片拍得不错，汤杳身后是静谧树林，她像逃出来的公主。

闻柏苓目光都没从照片上挪开，随口就说："价你开。"

朋友伸出三根手指，晃了晃，闻柏苓爽快地就叫了三千，被汤杳紧张地拉住。

她这么一拉他，朋友们都笑了："别闹，看把汤杳吓得，都是兄弟，还能真要你男朋友的钱？"

汤杳往闻柏苓身后躲了躲。

听见闻柏苓声音很温柔地说："别闹她。"

被护着的感觉,其实让人很安心。

篝火旁点了几盘蚊香,周围充斥着木料燃烧的味道、蚊香的味道、烧烤的味道,一群人凑在一起说说笑笑,玩得又累又开心。

汤杳回房间后还和闻柏苓说,她今晚应该能睡个好觉。

说这话时,她骑坐着椅子,趴在椅背上。

出来玩,为了方便运动,汤杳穿了腰身很宽大的那种牛仔裤,她又很瘦,这样坐着时,以站在身旁的闻柏苓的角度,能看见她一截漂亮的紧实腰线,以及米白色的棉布料。

窗外篝火燃尽,静夜里偶有虫鸣。

闻柏苓顺着那块细腻皮肤摸下去,挑开布料,可是,见汤杳转过头道:"我身上有烟火味道……"

他不在意,手拄在椅背上,缠着她接吻。他们在这件事上很有默契,也总是合拍,对彼此的节奏心照不宣。忘记开空调,汗水湿透衣衫,最终闻柏苓带她去浴室清洗,回到床上后,在她额头落下温柔的吻:"晚安,做个好梦。"

这个晚上,没睡好的反而是闻柏苓。

重温旧梦,梦魇里是时间错乱的空间,困着人走不出来。他如同误入时间缝隙,又回到最苦的那年。那阵子闻柏芪情况不好,还在医院里,嫂子不再妆容精致,哭得眼睛红肿,整日守在医院里。父母也神态憔悴,硬撑着在劝慰,劝别人,也劝自己。

茜茜有天被家里阿姨带着,过来看闻柏芪。

懂事的小女孩早就敏感地察觉到家里的动荡,只是一直忍着没说,在医院待到很晚,阿姨催了很多次也不愿意走。

那天闻柏苓抽了工作空隙,匆匆在深夜里冒雨赶往医院,探望哥哥,却意外发现茜茜蜷在医院的椅子里,倔强地不肯离开,也不肯说话。

窗外雷雨交加,家里的阿姨一直软硬兼施也没得到成效,束手无策地站在空旷的走廊,看见闻柏苓,像看见救星。

闻柏苓走过去,揉揉茜茜软塌塌的头发:"茜茜,太晚了,回家吧。"

几分钟后,茜茜终于抬头:"Will he die？"

"不会。"

闻柏苓把茜茜抱起来:"已经过了最危险的时候了,这里的医生很厉害,茜茜不怕,你爸爸不会离开我们的。"

那天茜茜谁也不理,只是搂着闻柏苓的脖子,怎么都不肯松手。

闻柏苓后面还有工作,必须赶回公司去,能不能睡会儿觉还难说。

无奈间,他只能和茜茜商量:"茜茜,小叔要去公司办公,在你爸爸以前那间办公室,你去过的,你不想回家可以跟着小叔去那里。但到那边要好好睡觉,明早得去上学,这样可以吗?"

茜茜点头,跟着闻柏苓去了公司。

进到休息室时,小女孩拉着闻柏苓的衣袖,熬夜熬得像只红眼睛兔子,她这个年纪还不知道要怎么面对生活变故,只能下意识去寻求某种心理安慰:"小叔,我想听故事……"

过去茜茜也总这样,闻柏苓和汤杳谈恋爱后,经常让汤杳读故事给她听。

甚至在见过汤杳之后,她会不通过闻柏苓,自己把电话打给汤杳,说想听故事,有时候也给汤杳弹新学的曲子。

有一次,茜茜打电话过去,汤杳刚好在闻柏苓家里过夜。两人在沙发里亲得正来情绪,手机不停响着。闻柏苓帮忙递手机时,看见是家里的电话号码,已经猜到是茜茜了。

他接起电话,和茜茜约法三章,也不管人家小朋友听不听得懂,硬要和人家讲时差问题,说现在国内已经是半夜了,不能总在这种时间段打来。

"胆子真肥,你小叔我都不敢深更半夜打扰她休息,打个越洋电话都得算好时间,你倒好。"

还说了,汤杳每天都很忙,还要学习、要考试、要兼职,每星期只准茜茜打来一次,时间还不能太久。

他这么严格,汤杳在旁边大概是有些不忍心,拉拉他的手臂,说茜茜还小呢。

闻柏苓挂断电话,特别不正经地逗人:"你说你和茜茜也不熟,就见过一面还得给她读故事。这小孩欠下的债,最后不还得是她小叔还?"

她有时候很好逗,蒙蒙地问:"你怎么还?"

闻柏苓就使坏地瞥一眼床榻,意有所指:"卖力还。"

已经没有办法再打电话给汤杳了。闻柏苓给茜茜读了故事,茜茜到底是个孩子,这么多天忧思过度,又熬到夜里一点钟,他只读了几句,茜茜似乎是感到些安心,已经疲惫地睡着了。

闻柏苓帮茜茜盖好被子,回到办公桌,开始做那些看不到尽头的工作。

可夜深人静,总有那么一两个瞬间,格外难熬。

暴雨拍打在玻璃上,外面那条世界著名的金融街被雨水模糊掉,十一米距离的街道,也已然看不清对面的楼体。

他划开手机,翻到和汤杳的短信记录,看着自己过去和汤杳的聊天。

从日常随意的"吃法风烧饼还是帕尼尼""十分钟后下楼""去泡中

药""下课回电话"那些,看到后面,时隔很久才有的寥寥对话。

有一条短信里,汤杳在叮嘱他:闻柏苓,你要好好吃饭、好好睡觉,注意身体。

他看着看着,突然红了眼眶。

闻柏苓分不清是梦还是现实,混乱而复杂,像喝多了酒,忽醉忽醒。

适间,汤杳还趴在他家的床上,披着他穿过的睡袍,两条白得晃眼的长腿在空气中晃悠着,双手托脸,和他讨论金融书籍里看来的知识。

她说书里写了一种"金钱边际效用递减率",看完之后,没因为学到知识而沾沾自喜,居然觉得很心疼他。

"我兼职攒到几千元都能欢天喜地好多天,你们拥有得太多了,感觉要想快乐好像也没有那么容易。吕芊说,你们中彩票都没什么可高兴的。"

闻柏苓记得,他应该回答她说,那也不至于,真中了彩票肯定也高兴。只是一转身,汤杳笑容满面的样子已经消失不见了,只有闻父坐在他身边。

闻父的白发似乎又多了几根,拍着他的肩膀,什么都没说。父子间无须多言,登庸纳揆多艰难,父亲是知道的,也心疼他。

没有人逼过他怎样。可是闻柏苓转身在望不见尽头的混沌空间里搜寻时,看得见任何一张熟悉的面孔,唯独看不到最眷恋的身影。

闻柏苓在梦里挣扎时,汤杳已经伸着懒腰从床上坐起来。郊外马场空气好,也有很多小动物栖居,昨天还有小朋友瞧见过松鼠。

是窗外鸟叫声唤醒了她。

汤杳刚坐起来,眼睛都还没来得及揉,忽然听见闻柏苓一声焦急到声音沙哑的呼唤:"小杳!"

她吓了一跳,瞬间转头。

闻柏苓皱着眉睁开眼睛,看见她,目光并不算清明,恍如在梦中,半梦半醒间却突然拉了她的手腕,猛地扣她入怀。

他们身上有相同的沐浴露清香,汤杳在他怀里艰难地抬起头:"怎么了……"

闻柏苓安静许久,才恢复了平日的应付裕如,声音也平静下来:"被你传染,做了个不太愉快的梦。"

汤杳是做过那些梦的,不怎么会安抚人,只能学着他安慰自己时的样子,拍拍他的背。

她又突然想到什么似的,翻身坐起来,两只手都拉着他一只大手:"闻柏苓,我知道了,我们不吃这里厨师做的早饭,待会儿下楼,我煮面给你吃,你还没吃过我做的东西呢。"

231

昨天汤杳在厨房里看见了手擀面,问过厨师,是可以自己煮来吃的。

阳光透过薄纱帘,汤杳坐在床上,皮肤光洁,只戴着粉色的宝石项链。

闻柏苓看了她几秒,才终于从那些令人不喜的梦里走出来,抬手触了下那颗宝石,切割面折射的淡粉色光斑落在她的皮肤上。

"什么时候还会煮面了?"

"和我妈妈学的。昨晚没烤的蘑菇也可以切了放一些,快起床,我们去吃饭。"

那天早晨,汤杳死活不肯闻柏苓帮忙,在厨房里忙了半个多小时,才做好一锅热气腾腾的面。

她关掉天然气的旋钮,转身找闻柏苓时,却没见到人。

拿出手机打电话,刚准备拨出去,一楼厨房旁的窗户被叩响。

闻柏苓不知道从哪里弄了个红泥花盆,竟然把她昨天喜欢的花移植在花盆里,带了回来。

汤杳很惊喜,跑过去,拉开窗子:"这个可以移植吗,会不会死掉啊?"

"可以,我问了这边的老人,说生命力顽强,是很容易养活的野花。"

他心情欠佳,却记得她昨天看入迷过的花丛。

汤杳抱住他:"回来得刚好,早餐也做好了。"

他们端了面坐在外面桌边,花盆里的花迎风晃动着,两碗蘑菇面散发出鲜香。

住一楼的费裕之推开窗子,还以为时间倒流,又回到了几年前。

大清早的,才六点钟,汤杳又已经站在外面,只不过这次不是在背英语,而是在和闻柏苓讲她的面:"小时候我生病吃不下东西,妈妈就会煮这样的热汤面给我,吃完身心舒畅,是真的,你试试看?"

费裕之听了一会儿,都听饿了,硬是披着睡袍出去蹭了碗面,端回房间和妻子分享。

妻子睡眼蒙眬:"厨师起这么早?"

费裕之说:"是闻柏苓家那小姑奶奶做的,两人想吃独食,被我给抓住了,闻着还行,你来两口不?"

外面只剩下汤杳和闻柏苓。

清晨的风是舒适的,不带一丝暑气。小松鼠拖着蓬松的大尾巴,从木质的护栏旁一闪而过。白色马匹在湖边漫步。厨师们已经起床,在给其他人准备早餐。

汤杳则坐在桌边,静静听闻柏苓讲他的梦境。

"很乱。"闻柏苓说那种感觉很不好受,过去见过生意场里有人跳脚诅咒人，说什么不得好死、下十八层地狱。当时听过，他还觉得有点好笑，技不如人的事，怎么输不起，竟然还拿地狱这种虚无缥缈的存在吓唬人？

但他刚才在想，那种反反复复重温和汤杳分开的感觉，就像是在下地狱。烈火焚烧，拔舌烹油，都比不上锥心之痛。

晨光灿烂，汤杳坐在闻柏苓对面，满是心疼地看他一眼，用筷子尖把煎在一起的两颗鸡蛋分开，大的那份夹给他。

"昨天我睡得好些，闻柏苓，这个给你，你多吃点。"

老实说，食欲和这种梦真的没什么关系，煎蛋和汤面也不是能治愈人心的良药偏方。但汤杳这样近在咫尺地同他分享早餐，已经是他地狱的出口。

闻柏苓开着玩笑逗她："怎么哄人方式也不见长进？"

汤杳拢一拢头发，很是理直气壮："那我也没有其他男朋友，只谈过你这一个，又没得可练习的机会，哄人方式怎么长进？"

闻柏苓被她给说乐了，伸手越过桌子，捏捏她的脸："可爱。"又吃了面，"还挺好吃，地狱多深，有你这碗面条也能把我拉回来。"

"闻柏苓，等我妈妈同意，我让你尝尝她的厨艺，其实妈妈煮面，比我做的好吃一百倍呢。"

那个夏天，他们还没得到汤杳家人的认可，也都有些对分离的后遗症。噩梦偶尔光顾，总引人难安。但他们有彼此做盾牌、防空洞、避难所，执子之手，所向披靡。

在他们相识的第十二个春天里，汤杳租住的房子临近一年期限。和闻柏苓商量过后，她决定不再续约，开始着手收拾行李，准备到期后搬过去和他同居。

三月中旬的一个星期五，汤杳下班回到租住的房子里，继续收拾那些物品。电视柜里面堆放的净是平时用不上的杂物，她叠了个纸箱，用胶带粘好，放在身边，蹲去电视机前查看那些物品。

收来收去，竟然又看见万宝龙的白色纸袋。

汤杳想起那年本科毕业，不知所以的室友从宿舍某个旮旯把它翻出来，提在手上，问是谁的空盒子："不要了吧？"

当时她用同样的句子，换了语调回答，说："不要了吧。"

那些宿舍里收拾出来的废弃物品，通通分类，塞进黑色的大塑料袋子里。有些留着联系收废品的大爷卖掉，有些直接丢到楼下的大垃圾桶。

幸好那套袋子、盒子是可回收的纸壳，汤杳半夜里后悔，蹑手蹑脚地又悄悄拿了回来。

233

她心里给自己的借口是，以后钢笔如果出了什么问题，留着包装盒，也许可以在维权时方便些。

之后这么多年里，汤杏从本科宿舍搬去研究生宿舍，又从研究生宿舍搬去博士宿舍，再搬到出租屋。搬来搬去，都没把钢笔的袋子、盒子丢掉。

当年雪白干净的纸袋和盒子，现在已经旧到边角有磨痕、泛黄，蹲在灯光下看着，有些细小的毛边。

汤杏正拿着它们，房门被敲响。很礼貌的轻叩，节奏不紧不慢。一听就知道，是闻柏苓。

他忙完公司的工作，赶到这边来，还提着很大的保温纸袋，给汤杏带了她近来比较喜欢的一家餐厅的饭菜。

进门看见纸袋和盒子，也隐约认出来，闻柏苓不禁多看了几眼，把打包盒放在桌面上："还留着呢？"

"对啊，我恋旧。"汤杏这样说。

本来闻柏苓是在拆那些餐盒的，听见她的话，忽然停下了动作，转头，笑着问："那你看我够旧吗？"

惹得汤杏"扑哧"一笑。

饭菜都摊开来摆放在桌面上，香味扑鼻。

茉莉花炒蛋有种特别的清香；酥皮虾球里还有梨子球；汤是放过党参和当归的，补气血；还有汤杏喜欢的两道肉菜。

汤杏也就放下那些旧物，去把手洗干净，欢欢喜喜地从洗手间里跑出来，说了声"突然就饿了"，准备和男朋友共进晚餐。

吃饭时，汤杏妈妈打来视频，问他们周末回不回去吃饭，又问汤杏搬家收拾得怎么样，晚饭有没有按时吃。

汤杏把手机切了后置摄像头，给妈妈看他们的晚饭，也给妈妈看闻柏苓："闻柏苓买了晚饭，待会儿帮我收东西。"

"妈妈今天还在想，你们要准备搬家肯定有很多活要做，都是上了一星期的班了，多辛苦……"

小姨的声音插进来："你妈妈不放心，还说想过去帮你们呢。"

"不用的妈妈，稍重点的箱子闻柏苓都能帮忙呢。待会儿我们约个搬家公司，明天上门，别担心了。明天中午我们一起回去吃饭。"

汤杏妈妈是很心善的妇人，之前反对只是因为担心女儿，现在认可他们的感情，也会把闻柏苓当成自己的孩子好好对待："好好好，妈妈明天炖个骨头汤，再做个红烧鸡块，给你们好好补一补。"

挂断视频，汤杏吃了颗梨子球，鼓在腮边刚嚼了下，见闻柏苓在想什么似的，纳闷地问："怎么了，你明天临时有事情吗？"

"没有。"闻柏苓忽然一笑,"我在想,我该什么时候改口叫妈?"

说得汤杳脸都红了。

这个晚上,汤杳家里零碎的东西终于收拾得差不多,纸箱封了一个又一个,就等着搬家公司的人来取。

都到这个环节了,汤杳竟然还不知道要搬去哪里住。

闻柏苓有挺多房产的,汤杳一直以为,他们要么搬去小姨以前住过的那边,要么搬去闻柏苓常带她落脚的那边。

可她探着头,去看他在网页上填的地址信息,都不是。小区的名字虽然陌生,那条街道却越看越眼熟呢……

看了几秒,汤杳突然反应过来,这楼盘好像就在附近。

"你在这边也有房子?没听你提起过。"

闻柏苓右手拿着手机,单手拇指调整订单里的搬家公司上门时间,另一只手揽了汤杳的腰。

他轻描淡写地说,是过年期间他在国外托了朋友帮忙选看,才购置的。离她上班的地方近,不用在早晚高峰里挤着。

"你本科实习时不是经历过吗?早晚高峰时地铁里挤得很。"

其实汤杳是报喜不报忧的性格,那时候虽然和闻柏苓频繁联系,也并没有和他抱怨过什么。是闻柏苓自己,曾在她稍显疲惫的声音里,推敲出了汤杳的辛苦,默记在心里,多年之后仍然念念不忘,肯周到地为她着想着。

订单调整完,闻柏苓把手机放回裤子口袋里,吻了吻汤杳的侧脸:"房号也很讨喜,331,是你的生日。"

这边的物品都已经封入纸箱,叠摞在不大的玄关处,显得拥挤。

闻柏苓目光深邃地看着汤杳,拉她的手,和她商量:"小杏,今晚就跟我回家吧。"顿了顿,他补充,"回我们的家。"

出租屋的餐桌很小,铺着隔热的透明胶垫。闻柏苓的钱夹里卡太多,有些鼓,半摊开在上面,里面是汤杳去年夏天骑马时的照片,不知道他什么时候洗出来的。

汤杳收回视线,眨眨眼:"好啊。"

她随身带的只有一个20寸的小行李箱,提上它,跟闻柏苓去了他们的新家。

晚上七八点钟的时段,路上车水马龙。但距离很近,只在拥堵路段里缓行十几分钟,闻柏苓的车子已经拐进小区里。这边房子都是自带精装修,开发商统一设计的装修风格,年后买得急,还没来得及换。

他握了握汤杳的手,告诉她,住进去之后如果看着不顺眼、不喜欢,随时可以约设计师,都砸掉重新装修也是可行的。

防盗门是那种烟灰色的艺术设计，凹凸不平，有些像是月球表面的陨石坑，挺有艺术性。

闻柏芩牵着她，单手指尖按上密码锁的数字盘，输入"946494"。

他原本想用汤杳的生日或者电话号码后半段，但现在防不胜防，说不上通过什么渠道，就有身份信息泄露的情况。

近期和汤杳在一起时，见她接掉过的陌生推销电话都有好多个，不是瑜伽健身，就是买房卖房、中奖通知，闻柏芩担心用生日当密码不安全，所以另想了一个。

怎么想，都跳不出"关于汤杳"这一点。

"是'杳子'的九宫格输入法，好记。"这样说着，闻柏芩推开新家的门。

他已经把房子都收拾好了——进门是两双情侣款家居拖鞋，浅杏色和浅灰色。之前在她那出租屋里见过毛绒玩具的小挂饰，他买了超大版的同款毛绒玩具，放在沙发上。

客厅的花瓶里，插着两枝含苞待放的荷花。

有一只金属色的心形氢气球飘在头顶，丝带坠着一串东西，是家里备用的房卡。

家里很温馨，处处都显示着他欢迎汤杳入住的痕迹。

闻柏芩拉着汤杳走到氢气球前，提着丝带把坠着的房卡递给她。

他说，以后这里就是他们的家。

汤杳眼眶酸酸的，连眨了好几下眼睛，才接住房卡："闻柏芩，我感觉我很幸运。"

"怎么了？"

"你是我男朋友这件事，我很幸运。"

闻柏芩把她抱起来，她手里的丝带随他们的动作一紧，拽得氢气球忽悠忽悠地晃动。

他说："真要这么说，明明是我更幸运，能有你做我的女朋友。"

这房子也算小豪宅，楼上楼下五室两厅，开发商也名声显赫。

大概是物业人员走漏了风声，开发商那边得知闻柏芩要入住，特地托工作人员送来花束、一支香槟和木制礼盒。礼盒里是十双精美的天然原木筷子，估计是定制款，玫瑰金色的金属封顶，印着开发商的logo，看起来挺大气的。

可是……

汤杳读书时间久，早在她读研读博时，周围就有同学、朋友结婚，婚礼参加得多了，渐渐也知道一些各地方的习俗。

她问闻柏芩："筷子不是送给新婚夫妻的吗？"

寓意成双成对、永不分离之类的。其实企业之间合作联结，也会送筷子。尤其他们在国外时，和外国公司合作项目，总会选些传统的具有中国文化特色礼品。

筷子是常用选项。寓意很好，总是两根筷子在一起才能用，算是对合作伙伴的诚意，祝愿合作关系长久、稳固之类的。

这小区的开发商和闻柏苓家里也有过一些合作，送筷子，不一定是汤杳想的那个意思。但汤杳红着脸的样子实在可爱，闻柏苓明明知道事情原委，还要故意去逗人。

"可能是因为，物业人员来登记住户信息那天我刚好在，问我这套房子常住人口，我随口说了和我未婚妻。"

他拿起筷子看了看，又放回木盒里："怎么了，不想和我成双成对？"

汤杳老实地摇摇头："也不是……"

还怕男朋友误会介意，她拉着他解释起来，说她只是没想到会有物业送这个，没有别的意思。

见她仰着脸，满眼都是认认真真的神色，闻柏苓一时忘了自己在逗人，鬼使神差地吻过去，吮取片刻，开口："下个月我爸妈回国，我们订婚好不好？"

虽然毫无准备，但汤杳听到，还是粲然地笑着点点头。

汤杳乖乖的样子看得人心里发软。她明明白白地表达着，他就是她在这个世界上，最最最想嫁的人。

闻柏苓拥她入怀，听见汤杳快乐地提议："闻柏苓，这香槟能喝吗？我们庆祝庆祝吧？"

"怎么不能？"

香槟既然都送来了，甭管多贵，都是给人喝的。

汤杳和闻柏苓在冰箱里翻出冰块，冰镇了香槟，坐在沙发里对饮。

这个时节，夜风是轻柔的，吹动还未盛开的玉兰树，树荫婆娑。

香槟都喝下去小半瓶，闻柏苓才反应过来。

他捏着那支布满冷霜气的香槟杯，碰了碰汤杳的脸颊，问她："怎么这么容易就答应了，不觉得我落了个步骤？"

汤杳对这些都没什么要求。香槟喝得微醺，她脸是烫的，歪头想了想，也没想出自己答应有什么问题，摇头："你落了什么步骤？"

"求婚。"

他的傻姑娘还觉得没什么，举着杯子和他撞了半天杯，都庆祝上了。

闻柏苓看了眼明天的行程："明天早起，能起得来吗？"

"能呀，我很擅长早起的。"

"那辛苦一下,早起来些,我们去给你选求婚戒指。"

汤杏把手举给他看,宝石闪闪发光:"我不是有戒指了嘛,要不,还是别花钱了。"

闻柏苓说,戒指哪有嫌多的。

他很多年前去费裕之家里,撞见费琳在客厅捧着自己的珠宝盒子在挑戒指。费裕之吐槽,说费琳攒了满盒子戒指,就算她是蜈蚣,都戴不完。

可别说费琳了,连茜茜也喜欢这些。茜茜小时候有一堆迪士尼的各类戒指,稍长大些也会要求买些小众名牌,各种款式,一样把自己当"蜈蚣"。

"以后我也那样宠着你?"

汤杏骄傲地撇撇嘴:"不要那么多戒指,要你爱我久一点。先爱我一辈子吧,剩下的,我还得多考查考查,等我们走到生命尽头,我再决定下辈子还要不要你。"

新家的沙发很软,不知是什么材质,云朵般。

闻柏苓放下香槟杯,倾身,把汤杏压得几乎嵌进软垫里,吐息中带着点香槟酒里的杏仁橙香,温热气息落在她耳郭上,像带着微微的电流。

他的手从她衣摆处探进来:"等不到七老八十了,你现在就选选。"

汤杏的香槟杯也被拿走,稳稳地搁置在茶几上。

灯光落在没喝完的香槟酒里,像小小的月亮,摇摇晃晃。

闻柏苓束贝含犀,轻轻咋啮,非要人难捱地蹙起眉,忍不住出声,才抬头,温柔又危险地询问汤杏:"下辈子还要不要我?"

有时候恋人在一起,是会变幼稚的。理智果断,生意场里杀伐果断、连文武财神都不拜的,只信人定胜天,却也会因为随口的"下辈子"而争论不休。

只是他们争论的方式很特别。

折腾到很晚。

睡前,汤杏窝在蓬松的被子里翻看手机,里面有些没来得及读的信息。

有一条是孙绪发的。估计是群发内容,发了地址定位,约朋友们过阵子去吃饭,说他发小开了家卤煮店,让大家有空的去给捧捧场,增增人气。

有时候开店是很奇怪的。

哪家店里烟火气息重,食客熙熙攘攘,挤都挤不进去,肯定生意会越来越好,就算是站着吃、打包带走也要尝尝。

哪家门店冷清,一眼都能望见里面悠闲刷手机的店员,总觉得味道可能欠点火候,满室干净整洁的空桌椅,食客也不愿进去。

闻柏苓从浴室出来后,刚躺下,汤杏用指尖轻轻碰了他一下,声音和软:"闻柏苓,你想不想吃卤煮?"

"饿了？"他揉揉她的头发。

"不是。"汤杳把手机拿给闻柏苓看，没发现他瞥一眼微信顶端备注的名字，已经失了兴趣。

她还在掰着手指算日期："开业那几天刚好赶在周末，你要是工作没那么忙，我们也过去好了。现在时间太晚，明天我问问吕芊几号过去……"

说了半天，没人回应，她疑惑地偏过头，看见闻柏苓眯了眼睛，像就等她这一眼似的。

他的声音听不出情绪，但问句内容还是暴露了心声："这个孙绪，这么多年了，怎么还惦记着你呢？"

汤杳愣然片刻，忽然笑了："闻柏苓，你吃什么醋，孙绪过年时就交了女朋友，听说都互相见过家长了！"

她这会儿本来就没什么力气，这样一笑，手臂支撑不住，软塌塌地倒在床上。

闻柏苓不承认他吃醋，只是很久才开了尊口，说那天没工作，能陪她去吃卤煮，给她朋友的朋友捧场。

"我没参加过这种活动，开业的话，是不是得给人家订个花篮什么的？"

这种礼尚往来，闻柏苓见得多，不愿意汤杳大半夜的还费心想这些，伸手拿了自己的手机："休息吧，我帮你订。"

"也不能总让你花钱吧……"

汤杳说着，好奇地钻进他怀里，看他的手机。

不看不要紧，一看发现他正在点那个标价一千多块的花篮旁的加号，数量加成了"2"。

那朋友汤杳没见过几面，对话更是寥寥无几，只能说认识，根本不算熟悉，过去捧场也是看孙绪的面子，花将近三千块也太夸张了。

她急急把闻柏苓拦住，说太贵了，伸手去按那个减号，连着两下，减成"0"才罢休。

她随便划一划他的手机屏幕，指着一百块的麦子花束："就这个吧，领个券还能减十块。"

闻柏苓顺手买了两束，带着笑腔："成。"

汤杳听出来，扭头去看："你在笑我不舍得花钱吗？"

"没有。"他说他笑的是，她刚才用手指在他手机上指指点点的样子，特别有这个家里女主人的架势。

可这家里的女主人，气势也只有三分钟。

花篮订好后，夜也深了，汤杳皱着鼻子隐忍地打了个呵欠，说自己真的好困。"

　　闻柏芩帮他们整理好被子，关掉床头灯，和汤杏说晚安。

　　毕竟是第一天入住，刚想问问她枕头高度适不适应、被子重量喜不喜欢，还没问出口，已经听见均匀的呼吸声。看来她真是困极了。可他刚一动，汤杏又迷迷瞪瞪地睁了下眼睛，依赖地挽着他的手臂，嘀咕地吐出一声："晚安，闻柏芩。"

　　简直是他梦寐以求的画面。

　　第二天早起，闻柏芩和家里人通 face time。

　　正是国外的晚饭时间段，父母、哥嫂都在，茜茜也还没出发去学校，闻柏芩都听见茜茜发出喝粥的声音和闻母说："奶奶，我昨晚忘记和你说晚安了。"

　　闻柏芩忽然想到昨天深夜里，汤杏那句睡意浓重的"晚安"。

　　他对着手机，毫无征兆地偏头，轻笑一声。

　　茜茜如今已经是个上初中的大姑娘，估计是听见了，凑到手机镜头旁，捕捉到闻柏芩垂眸浅笑的样子，似乎敏感地洞见端倪："小叔，你笑什么呢？"

　　见闻柏芩但笑不语，茜茜很懂地点点头，和旁边的闻柏茋说，一定和"Aunt Tang"有关。

　　闻柏茋的头发已经挡住当年开颅的疤痕，跟着笑起来："柏芩，你很多年没有这么开心过，看来回国的决定是对的。"

　　"哥，请个假，今天我有私事。"

　　"什么私事？"

　　闻柏芩心情特别好，看一眼身后毫无动静的卧室方向，说待会儿要带汤杏去买求婚戒指，回来要接收搬家公司送来的行李，下午还要去未来岳母家里吃饭。

　　他说："挺忙的，总之，今天有什么事情先找我助理。"

　　那天他们去了商场，橱窗里的珠宝款式多到让人眼花缭乱。

　　汤杏跟着闻柏芩走进一家很有名的专柜，工作人员热情地接待了他们，听说是要选求婚戒指，介绍了几款。

　　其中一款钻石戒指，是"Destinee"系列。

　　工作人员告诉汤杏和闻柏芩，这款被叫作"命运"的戒指，广告语也很有意思——

　　"And after all this time, you are still the one I love."

经过这么长时间,你仍然是我的爱人。

想到他们分开的那些年,竟然无比贴合。戒指设计精致,汤杳戴上也好看。

于是戒指就订了这一款。

闻柏苓去买过单,回来时,不知道在哪里买了花束。

汤杳在看玻璃展柜里的其他饰品,没留意他背着手出现在身后。隐隐察觉到周围有些打量的目光和骚动,她才转身,闻柏苓突然单膝跪地,补上了应有的仪式感。

汤杳哪舍得他跪太久,几乎是在反应过来的同时就把人拉了起来。工作人员和路过的顾客都在鼓掌,还有人对他们说祝福的话。

其实他们也没有逗留很久,对好心的旁人大方地说了几句谢谢后,就提着戒指纸袋、抱着花束离开。

也不知道闻柏苓的交友圈子到底有多广,回汤杳妈妈那边的路上,闻柏苓连着挂断两三个电话之后,汤杳刷到了费裕之"刚刚"更新的朋友圈动态:听说柏苓今天在×××商场求婚了,在线等一个回应。

配图是非常模糊的照片,像从监视器画面里截图的。

汤杳问闻柏苓,费裕之怎么会知道,闻柏苓吐出一个汤杳也见过很多次的朋友名字,说那商场是那位朋友家开的,知道也正常。

自从闻柏苓去年回国后,汤杳认识了太多他身边的朋友,连微信好友都加了十几个。

看他们在费裕之朋友圈底下热烈地讨论,监视器画面模糊,看不真切,有朋友说不一定是,也有朋友说肯定就是闻柏苓。

费裕之回复,说闻柏苓你接电话,感觉坐实了。

他们说,像"恋爱脑"能干出来的事情。

汤杳噘噘嘴,点了个赞,意思是告诉他们:我可看见了。

可她心血来潮,翻了翻这群人的朋友圈,发现闻柏苓从来没有和朋友们互动过。

她还以为他很热络的,毕竟她自己的每条朋友圈的动态,闻柏苓都会点赞,偶尔也会放着私信不聊,在评论区里面和她旁若无人地聊几句,"几点回家""晚上想吃什么"之类。

之前汤杳还会顾虑着,怕别人看见,回复得特别一本正经。

现在想想,好像闻柏苓那些朋友给她评论时,也并没有和闻柏苓互动过?

"闻柏苓。"

"嗯?"

"你怎么从来不给费裕之他们点赞呢,也不和他们在评论区聊天?"

"没有。"

汤杏以为闻柏苓是在说,他没有不给他的朋友们点赞,举了手机给他看。她心说,证据确凿的事情,有什么好不承认的嘛。

结果闻柏苓说:"没有他们的好友。"

她是真的愣了一下。

可能怀疑得太过明显,闻柏苓空出一只手,把手机递给她:"自己看。"

点开他的微信,好友列表里竟然真的只有她的头像。

还给她备注了,叫"小杏"。

汤杏用戴着钻戒的手揪了揪闻柏苓的袖口:"虽然我不能把好友都删掉只留你一个,不能给你买房子、钻戒……但我会对你好的……"

听着像渣男语录。

但闻柏苓是笑着听完的:"对我好的话,待会儿到家里,帮我稍劝劝,别让姥姥总笑眯眯地看着我,让我吃多了。上次有些积食,回公司路上紧急买了健胃消食片,吃过才好的。"

汤杏笑得特别幸灾乐祸:"谁让你天天巴结我姥姥,过年还给姥姥买新衣服。我现在说话可不管用了,老太太心里只有你呢,怕你饿着。"

"哟,不帮忙是吧?"

"帮。"

顿了顿,汤杏特别皮地落井下石:"帮你夹菜,哈哈哈哈……"

他们这样一路欢乐地畅聊着,车程时间都减少了般。

午饭时姥姥果然又说,让闻柏苓多吃些。

姥姥脑梗之后一直说话很慢,不清晰,有时还会不受控制地流口水。可闻柏苓始终认真听着,耐心地等姥姥说完,笑着:"姥姥,我还真是吃不下了,再吃一点吧。"

姥姥果然笑得很开心。

汤杏知道闻柏苓的饭量,玩笑时虽然说过些"落井下石"的话,也还是从他那边的餐盘里夹了块鸡肉,帮忙分担,她笑眯眯地看着他:"那我也陪你再吃点吧。"

吃饭时,汤杏给妈妈和姥姥讲了他们新居的住址,说离她的学校很近,步行也只需要十七八分钟而已。小区外面有共享单车,骑自行车更快。

妈妈看向闻柏苓:"小闻,谢谢你肯这么替杏杏着想。"

闻柏苓很谦逊:"阿姨,这是我应该做的。我想好的感情,是该为彼此着想的。"

汤杏在外面是端庄知礼的老师,现在被屋子里所有人宠爱着,也不免有孩子气的举动。她嘴里的鸡肉还没咽下去,又抬筷子从闻柏苓的碗里夹了一块:"为彼此着想。"

闻柏苓在长辈面前情绪不太外露,也忍不住笑出声,抽了两张纸巾,递过去:"擦擦嘴吧。"

天气很好,春风送暖,阳光灿灿地落在人工湖面上,岸边嫩绿的柳枝摇曳生姿。

下午小姨忙完工作回来时,汤杳和闻柏苓正带着汤杳的妈妈和姥姥在附近的小公园遛弯。

小姨找到他们,把装得满满的托特包放在木制休息椅上,在阳光里抻了个懒腰。

不远处,闻柏苓在给姥姥讲他小时候的老京城,讲那些他生活过的、胡同里的故事。

老太太爱听这些,始终是笑着的。

汤杳妈妈遇见个邻居,站在旁边寒暄。闻柏苓一个人照顾着老人,蹲在轮椅旁,悉心地用软纸巾帮姥姥擦掉口水。

汤杳在小公园门口的自助机买了饮料,抱着五颜六色好几个瓶子,刚刚回来。

她远远地对着闻柏苓他们招手,指了指怀里的饮料瓶。

闻柏苓看懂了她的意思,先俯身和姥姥说了两句什么,看他们对话的神情,大概是在和老人交代说汤杳买了饮料,征求意见,问要不要过来喝点东西,再继续遛弯。

"小姨,你喝什么?茉莉绿茶还是红茶?"

"绿茶吧。"

小姨从他们身上收回视线,接过饮料:"小杳,你给我们家找了一位很好的亲人。"

汤杳反应两秒,才明白小姨是在说闻柏苓,她拧开饮料瓶,坐在小姨身旁:"那小姨打算什么时候给我找个小姨夫?"

小姨轻松地笑着:"没计划,遇见合眼缘的再说吧。倒是你,闻柏苓的父母快要回国了吗?"

汤杳含笑点头。

"幸好……"小姨喝了两口饮料,说着心里话,"小姨有阵子很自责来着,觉得是我害了你。很多时候我在想,要是那年不叫你去韩昊那套房子,也许你就不会遇见闻柏苓,可能不会有那么印象深刻的一段感情,也不会让你难过那么多年……"

"现在我不难过啦。"汤杳坐在阳光里，整个人清透得像一滴被阳光照得明晃晃的水珠，散发着快乐的气息。

小姨帮汤杳拿掉她头发上的柳絮："看见你天天这么开心地笑，真好。"

再后来，汤杳和闻柏苓两家人成为一家人后，频繁接触，小姨认识了闻柏苓家的孩子茜茜，还成了忘年交。

茜茜也很认同小姨的话，给小姨讲："我小叔也是这样的，不和小婶在一起时，他都不怎么爱笑的，尤其我上小学时，他每天冷着脸。"

茜茜像川剧变脸似的，手往脸上一抹，板出一副严肃面孔："就这样。"

小姨被逗得笑得前仰后合。

当然，这些都是后话，只谈这个春天，也是十分温馨的。

在公园遛弯时，闻柏苓讲到他们过去过年的习俗。说他很小很小的时候，奶奶在世，街坊邻居相处得也好，会写书法好的邻里邻居，送来毛笔字写的对联给奶奶。

姥姥很怀念过去，说他们年轻时，在老家过年也热闹。

汤杳想起来："我们过年会炸丸子，很好吃的，姥姥以前最擅长，我妈妈也会的。"

姥姥"嗯嗯"两声，母女连心，汤杳妈妈看懂了老人的意思，很高兴地提议："楼下买肉馅很方便，今天我们就炸丸子吧？"

汤杳是真高兴，人也闲不住，一会儿跑去厨房往妈妈嘴里塞两瓣橘子，一会儿又从厨房里偷了颗刚出锅的炸丸子出来，给闻柏苓尝。

其实这种肉丸子，要炸两遍才好吃。

第一遍是炸熟，再次过油是炸到外焦里嫩，口感才会好。

连小姨都有些看不下去，拉住汤杳："你呀，净是出馊主意，丸子炸一遍哪能好吃？再说了，刚出锅的丸子得多烫啊，你就给人家吃？"

汤杳回头去看闻柏苓，他吃得特别好，已经咬了半颗丸子。

她问好不好吃，他就笑一笑，竖个大拇指，说过年想来蹭饭。

汤杳记得她读本科的前两年，刚认识闻柏苓，心里知道他们不是一个世界的人，却又总是忍不住靠近。那时候忐忑不安，又优柔寡断。

某次寒假，窗外大雪纷飞，她靠在老家那间面积狭窄的厨房门边，查看着手机里那些和闻柏苓的通话记录，心不在焉地咬了颗丸子，被丸子里的油汁烫得直跳脚。

现在不用那样担心了。哪怕她坐在沙发上，和闻柏苓中间还隔着小姨和一个空位，也知道有个人在目光温柔地看着自己。

已经不需要任何多余的佐证，汤杳知道，他们就是坚定地相爱着的。

那天他们留在家里吃晚饭。炸丸子外酥里嫩，味道特别好。饭后还翻出了过去的相册，其乐融融地边忆往昔边开怀大笑。

夜里，他们驱车回新居时，闻柏苓接到费裕之他们打来的电话。一群朋友已经不甘寂寞，听说他们乔迁又求婚，纷纷嚷嚷着要开个小型聚会，美其名曰是"温居"，其实就是赶着来八卦了。

闻柏苓举着手机问汤杳，见她有些兴致，才发了定位给他们。

关系熟了，汤杳也越来越放得开，拍拍手："正好纸箱都还没拆，就有苦力找上门来了。"

到家时，朋友们已经等在门口。

六七个人聚在他们的新居里喝酒、喝果汁、吃水果、吃零食，聊天的内容也从"恭喜求婚成功"逐渐发散到各种玩笑八卦。

"柏苓，这就是你的不对了，求婚这么大的事儿怎么不寻求朋友们帮忙啊？"

"就是说啊，哥几个还想扮个玩偶什么的，给你助助阵呢。"

"你说你求婚都已经在我家商场了，怎么也不大搞特搞一下，好歹砸钱铺点鲜花，上两个同城热搜，给兄弟的商场打打广告。"

都是扯淡的玩笑话。

那商场里都是奢品名牌，买个包都要在门口排队才能进，哪里需要打广告。

闻柏苓不饮酒，托一杯苏打水，喝了两口，也跟着没正形起来："这不是怕人家万一不答应，回头丢人嘛。"

这个周末的热闹，是无缝衔接的。

等朋友们都散了，汤杳洗过澡，刚吹过头发，看手机时，里面已经有很多条信息。

都来自同一个群。

吕芊和孙绪他们都在群里，吕芊正在和孙绪讨价还价，说她已经拉了好几个姐妹去给朋友的卤煮店捧场，让孙绪给转钱。

孙绪哪里说得过吕芊，连连叫了好几声姑奶奶，说要请客喝奶茶。

汤杳刚才在聚会上也和朋友们推广过，说有家卤煮店开业，费裕之他们纷纷说，只要闻柏苓请客，他们就去。

于是她也像只腹黑的小狐狸，趁火打劫，把手机放在唇边，按着语音键说话："我今天也帮忙宣传啦，奶茶我也有份吗？"

吕芊私底下和汤杳说过，他们发小这两年自己做小买卖的挺多，这个开卤煮店的是他们玩得比较好的，还有个从小就和他们犯冲的家伙，也开

245

了个餐饮店,生意不错,整天都牛哄哄的,走路都仰着下巴,用鼻孔看人。

"不蒸馒头争口气",朋友原话是,"怎么也不能让那孙子压一头",所以这阵子朋友们帮忙宣传得特别起劲儿。

汤杳想起闻柏苓开的那家书店。

"杳"虽然挺火的,每天顾客络绎不绝,但其实是赔钱买卖。

她跑去卧室找闻柏苓,她和朋友聊天时偶尔听说,其他朋友的副业都是投些赚钱的买卖,他们会不会觉得他开书店这事特别丢人。

她问:"闻柏苓,他们会不会笑话你啊?"

汤杳就坐在床边,浴袍的蝴蝶结系得很随意,举着手臂吹头发之后,浴袍是松散的,布料搭在肩头,要掉不掉的。蝴蝶结的翅膀乱成一团,有一段带子长长地落在腿侧。

闻柏苓就勾了那条带子到手里,把玩着,说他又不是败家子,认真投资的那些副业,当然也是赚钱的。这个书店是不一样的,他从来没当它是生意。

"管他们笑不笑话的,我家小杳高兴就好。"

他说着,食指一勾,汤杳腰间的带子松散开,柔软的布料顺着肩头滑落。谁料到她里面穿着吊带睡裙。

她主动凑过来,揽住闻柏苓的脖颈,怎么看那笑容里都有种狡黠的味道。

可她涂过身体乳,肌肤又滑又香,闻柏苓被蛊惑着,也就没多想。

吻得动情,汤杳才忍不住笑,躲闪开,眼睛亮晶晶地看着他:"我到经期啦!"

得,什么也做不成。闻柏苓拿汤杳没办法,只能把人重新拉回怀里,又亲了半天,才起身。

"闻柏苓,你干什么去……"

还以为他是要洗个澡,可他说:"家里有电热的海盐袋,你上个月不是说腹痛吗,我问过医生,说日常热敷有用。"

他们刚搬来,家里什么都是新的,但都走那种高端路线。

闻柏苓拎出那个海盐袋,是市面上很普通的那种麻布款,汤杳看着突然这么接地气的物品,一时都有些发愣:"……你什么时候买的?"

"问过医生后。"

有关于汤杳的事情,闻柏苓总是放在心上的。那好像是个再普通不过的夜晚,朋友们买来的乔迁礼物还堆在客厅里,闻柏苓蹲在汤杳这侧的床边,把海盐袋插好电源,转头嘱咐她,夜里如果肚子疼,叫他起来,他帮她揉。

汤杳忽然想起大一下半学期的春天，闻柏苓第一次打电话给她，约她吃晚饭。

那天她从图书馆出来，匆匆跑回宿舍换衣服，柳絮如雪，沿途是一树一树玉兰花开。

她当时觉得路很长，现在看来，终点就在眼前。

番外二
/喜讯

  这几天,小姨身边似乎有些新情况。

  晚饭过后,汤杏妈妈突然拉着汤杏下楼,说要去买东西。

  她们准备出门时,小姨在敷面膜,精华还没涂均匀,顺着下颌往下流。小姨用手接在脸下方,纳闷地从洗手间里探头出来:"姐,都这个时间了,你要带着小杏干什么去?黑灯瞎火的,遛弯啊?"

  其实汤杏也不知道要下楼做什么,嘴里含着半颗草莓,手里捏着半颗草莓,蒙蒙地被拉着走到门边,跟小姨一起望向妈妈,迷茫,又有些罔知所措。

  玄关灯没开,汤杏妈妈在昏暗的鞋柜旁,侧身,垂着头提鞋子,看不清表情,只是声音里蕴含着些可疑的慌乱:"我……我打算去买几个馒头,明天早晨吃。"

  汤杏妈妈一向把家里打理得井井有条,冰箱里的食材充分得不得了。家里又没有人挑食,早餐吃点什么都可以,粥、蛋羹、鸡蛋饼,哪样食材也不是必需品,没了这个也还有那个,没必要非在天黑后去买几个馒头。

  但无人怀疑。汤杏觉得也许是妈妈想吃,或者姥姥说过,她们不知道而已。大概小姨也是这样想的,没什么特别的反应,只在回洗手间时说了句:"那我吃红糖包好了,买两个红糖包吧。"

  汤杏妈妈穿好鞋子,推开防盗门:"知道了。"

  走进灯火通明的电梯里,汤杏才发现妈妈的脸颊是泛红的,原来买馒头只是编造的借口。

  汤杏妈妈不善于说谎,兀自尴尬了十几秒,电梯都快落到一楼了,才开口问汤杏:"你小姨……最近有没有和你说过什么?"

  这话说得没头没尾,汤杏也有些摸不着头脑,问妈妈是指哪方面的

248

事情。

汤杏妈妈似有犹豫："我最近发现，你小姨总是坐同一辆车回家……"

厨房的窗，正对着单元楼门口的区域。赶上家人下班回家的时间段，汤杏妈妈做饭难免会分心，时不时往窗外瞧瞧，看看惦念着的家人有没有回家。

这么一看，便看出些端倪。

不知从何时起，汤杏的小姨一连几天里，总是坐着某辆黑色私家车回来。车主是个男人，树荫影影绰绰落在挡风玻璃上，从楼上看不清楚那男人的面容。

单元楼入口前，有一片健身器材。那辆黑色私家车，就停在健身器材前的车行道路旁。小姨通常背着她的挎包，从副驾驶位里迈出来，向降了半扇的车窗里探头，说上几句话，才肯离开。

那辆车也并不急着走。

偶尔，小姨穿过黄色和蓝色漆体的漫步机、坐蹬器和压腿架，穿过嬉笑着的孩童、看护的家长和锻炼身体的老人身旁，会停在太极揉轮前，转过身去，对着黑色的私家车摆摆手。

通过妈妈的描述，汤杏能想象到那种似乎有些暧昧情愫在的画面——夕阳西下，万物笼着金黄，她的小姨楚腰蛴领，微笑着看向车主。

可是……

电梯抵达楼层，汤杏随妈妈拐出走廊，踏入那片想象中出现过的健身器材："小姨有了新情况怎么都没和我说呢，过分。"

汤杏妈妈在意的却是另一件事情——她怕小姨又遇见不靠谱的人。

之前小姨为了帮汤杏和闻柏苓说话，才肯把有关韩昊的那段经历全盘托出。那段经历无法纯粹地称之为感情、真心，小姨讲得很艰难，也说了，多亏有闻柏苓的帮忙，才得以摆脱噩梦。

做姐姐哪有不心疼妹妹的。过去老家那些亲戚嚼舌根说来说去，说有钱男人都喜欢玩不婚主义那一套，其实就是不想负责。

听多了，汤杏妈妈有时候也着急，想着让妹妹早点结婚，甚至想过，会不会是妹妹太过要强，或者任性，才总把婚姻一拖再拖。所以言语间的劝说也都是针对自己妹妹的。

知道自己妹妹的那些经历，无疑是冰锥刺心。汤杏妈妈哭了好久，觉得自己这个姐姐当得非常失责，没能帮妹妹好好把关，还不明所以地胡乱催促。

汤杏妈妈曾很自责地对汤杏说过："我一定在无意间给你小姨造成过很大压力……"

这次自家妹妹疑似有感情动向，汤杏妈妈有种"一朝被蛇咬"的警惕感。

汤杏妈妈一会儿问汤杏，她小姨谁都没吐露，会不会是因为那个人又不太适合结婚；一会儿又问，上个月自己曾经问过一次，会不会是因为被问，她小姨才随便找了一个？

要去的馒头店离家不远，就在小区正门外的商业街上，十来分钟就到了。才走到门口，汤杏妈妈越想越紧张，自己都要把自己吓死了。

汤杏只好安慰说："妈，你又没见过人，怎么知道一定不好？小姨不说肯定有小姨的道理，也许只是个普通同事，顺路送送她。或者是还在考查期间的追求者。而且小姨那边有点新情况也是好事，你不是也希望小姨有个好归宿吗？"

"我是念叨过的……"

汤杏妈妈想了想，觉得当然还是妹妹开心最为重要，归宿有没有的，主要凸出"好"这个字。

糟糕的归宿要来做什么，嫌自己寿命长，专门找来惹气生吗？

汤杏把手放在妈妈的马甲后襟，在妈妈背上胡乱地搓了搓："小姨这几年想得很开，肯定不会再做傻事。妈也别担心了，抽空我找小姨聊聊天，问问她是什么情况。"

反正出来一趟，她们还真去店里买了馒头，也给小姨买了红糖包。

汤杏想起闻柏苓也不排斥甜味面点，也跟着买了两个，打算明早和他一起吃。

往回走时，汤杏接到闻柏苓的电话。他这两天特别忙，没有和汤杏一起回这边，但说过今晚他忙完，会过来接她回他们的小家。

在电话里，闻柏苓说他快到了，汤杏也不打算再回楼上，说在下面等等。

"穿这么少，夜风凉的，妈妈把马甲留给你？"

汤杏妈妈说着就要脱衣服，被汤杏拦住："不用不用，闻柏苓马上就到了，妈你先上去吧。"

"那你待会儿和小闻说，他买的草莓很好吃，代我们谢谢他。"

正说着，有人牵着两只大型犬从身旁路过，狗主人显然是认识汤杏妈妈的，停下脚步，对着她们这边的方向叫了声"阿姨"。

金毛和边牧乖乖地蹲坐在主人身边，"哈哧哈哧"地吐着舌头。

汤杏妈妈给汤杏介绍："这是七楼陈阿姨家的儿子，这是我女儿。"

那男人看起来过分清瘦，戴镜片很厚的眼镜。

汤杏听了"陈阿姨"，就已经反应过来，面前的男人就是当初妈妈和小姨想介绍给她认识的博士后。

很奇怪，汤杏觉得这位博士后有些眼熟。男人也颇为意外地看她一眼，点点头，没说话，看起来是个很内向的人。

单元楼门口的路灯前些天坏掉了，黑咕隆咚，那些健身器材笼在黑暗里，静立着，犹如一个个奇形怪状的外星生物。

三人说话间，忽有一道车灯闪过，汤杏心里有种预感，不用转头，都已经知道是闻柏苓来了。

"妈妈，那我先走了……"她不经意带了些笑意，和妈妈道别，和邻居家的儿子也点点头，目送他们走进楼道，才转身，向闻柏苓的车跑去。

一路上，闻柏苓看起来并没有什么反常。

也许是连着两天忙碌，话少些，却也主动问起汤杏手里提着的塑料袋，听她介绍某家面点店的红糖包，也听她说晚上出门买馒头的渊源。

甚至在听汤杏说起妈妈很担心小姨又遇见坏人时，闻柏苓还安慰她："甭担心，京城就这么大点地方，真要是常年在这边做生意的人，总能打听到，我帮你留心着些。你小姨是聪明人，不会重蹈覆辙的。"

闻柏苓和平常一样事事都有回应，汤杏也就没留意到，这个男人的醋坛子已经打翻。

回家进门，听他说看见她和妈妈在楼下和人聊天，汤杏完全没察觉到这话题有多危险。

她心无防备，还蹲在地上解她的鞋带："是楼上陈阿姨家的儿子，就是那个博士后。"

闻柏苓的声音在身后响起："哪个博士后？"

鞋带不知道是什么材质，系蝴蝶结这种结扣很容易松散开，出门总蹲下重新系也不方便，所以汤杏系了两层。

结打得过于紧，不好解，埋头在"解鞋带大业"中，汤杏脑子放弃了思考其他事情。

听见闻柏苓的问句，她才终于分神，浅浅琢磨了一下。她还想着，他们明明经常拿"博士后"的事情开玩笑，怎么他这么快就忘记了？

"就是那个，之前妈妈和小姨想让我认识一下的博士……"

"后"字还没来得及吐出来，她已经被闻柏苓拉着手腕起身。他轻轻松松地抱起她，往客厅走去。

"闻柏苓，我的鞋子还没脱掉。"

客厅里还未开灯，落地窗外的月色和玄关微不足道的照明，是仅有的光源。

闻柏苓单膝跪在汤杏面前，握着她的脚踝，帮汤杏把已经拆开鞋带的马丁靴脱下来。他的拇指摩挲在她的踝骨上，目光幽幽，莫名有种蛊惑人的色气。

汤杳和他对视两秒,已经默契地了解下文,小声说自己还没有洗澡。

闻柏苓特不正经:"正好,一起洗。"

这个澡洗得当然不单纯。

呢喃细语都融入在水声中,欢愉过后,他们泡在满是泡沫的浴缸里,有一句没一句地聊着天。

今晚的泡泡浴球是玉兰香。汤杳看一眼放在洗手池上的包装盒,在水雾中辨别上面的字样和图案。

她双手托起一团泡沫,声音里还含着方才温存时的软:"可是玉兰真的是这种味道吗?本科时宿舍那条路那么多玉兰花,我怎么没闻到过这种香气?"

在她印象里,玉兰是没有味道的花类。

她把泡沫举着往身后送,闻柏苓却低头去浅嗅她的肩,他揉着手里的冰肌玉骨,声音沉沉地落在她耳后:"你们学校西侧玉兰花也不少。"

鞋带的死结已解开,也过了最动情的激荡时刻,汤杳能考上博士的聪明脑子,终于又开始运转,总觉得闻柏苓意有所指。

上次他们共同走到学校西侧时,在一树盛开的白色玉兰树下,遇见过博士同门的朋友。是那个清大经管学院的毕业生,和汤杳刚认识的那阵子,还特地约过她,给她看自己的毕业纪念戒指。

那位不算朋友的熟面孔,约汤杳喝过几次咖啡,算是一位时间短暂的追求者。追求者问过汤杳,她时时刻刻带在身边的白色钢笔,对她是否很重要。

当时汤杳回答说,嗯,很重要。

都是成年人,谁垂下眼睑时,心里有没有藏着另一个人,总是能看出来的。

那位追求者便说,那很可惜。

追求者初见汤杳时,知道她对他们学校的毕业纪念戒指好奇,才特地翻箱倒柜找出来,本来想戴在她手上,问问她愿不愿意和自己谈恋爱,没想到她心有所属。

这段浅淡缘分就此了结,从此他们只剩下见面点头、寥寥几句寒暄的关系。

过去的追求者和汤杳打了个简短的招呼,擦肩而过。闻柏苓敏感地捕捉到那人瞥向他的一眼,微微扬眉,问汤杳这男人是谁。

于是,她那天在学校西侧的玉兰树下,从记忆里翻出这记不真切的一段往事,讲给闻柏苓听。

又被提起,还有之前那句记性很差的"哪个博士后",不免让人多想。

觉得"学校西侧的玉兰树"是桑,而"博士后"是槐。

虽然桑和槐闻柏苓都不太喜欢,但今晚明显还是指桑骂槐的,对槐的不满更多。

汤杳用那些带着花香的泡沫攻击他,特地问闻柏苓,是不是晚饭吃了放醋的食物,都要酸倒牙了。

闻柏苓擒住她乱丢泡沫的手,牵到唇边吻了一下她的手背,把滑溜得如同泥鳅的人捉回怀里,大大方方地回应道:"是啊,吃醋,所以你怎么哄我?"

汤杳哄人的方式并不高明,憋了好几秒,才憋出这样一句:"我们也没说什么呀……"

特别像渣男心虚时的说辞。

他说,他坐车里远远瞧着,他们站一起就像一家人,画面还挺温馨,还牵着两只大狗。

"瞧着不顺眼。"

汤杳:"那你就没有遇见过对你有好感的人?"

闻柏苓想了想,说可能以前挺多的,毕竟那时候闻家正在盛世时期,过去几年里,还真没有过。

汤杳不信,他就分析给她听——那几年他家里情况不好,最初那两年,很多人都以为闻家的公司会宣布破产,之前那些上赶着想要和他们联姻的家庭,大多望而却步。

有些交好的老朋友,也是持观望态度。毕竟家大业大也都是靠某一辈人辛辛苦苦打拼出来的,谁也不敢说因为交好,就紧跟着往深渊里跳。

那段时间里,他们和很多老友分道扬镳。一起奋战过、走过很长一段路的战友,决定不再与闻家并肩,站在闻柏苓的角度来看,是种很不好受的感觉。

联姻这部分已经排除,还有个人原因:闻柏苓忙到几乎住在公司里,要是能拥有什么超能力,估计他每周把时间加班到一周半。

像电影里那样,在浪漫的西餐厅,邂逅某个对他一见钟情的女子,几乎不可能。

他说:"没那个时间,也没有那份心思。"

汤杳学着他吃醋的样子,故意压低声音:"哪份心思?"

闻柏苓牵着她的手往心脏位置放,让她感受他的心跳,情话张口就来:"这里面都被你挤满了,哪还放得下别人。"

汤杳敏感地察觉到,哪怕他为人称赞,说这几年公司多亏有他,可闻柏苓那些年并不快乐。

她可能也不太快乐,但起码是丰富的,也有在按计划变成更优秀的自己,得到了除爱情以外想要的一切。

可闻柏苓不是。他在担负家庭责任,在履行为人子、为人手足的职责,在不是很喜欢的环境里完成不是很喜欢的工作。

吃醋的事情暂且被搁置,汤杳想让男朋友高兴,给闻柏苓讲自己的糗事。

讲她硕士军训时,因为看到一个一米九身高的陌生同学,走神,没有听见教官的指令,在一众站定的方阵里,直挺挺地踢着正步走出去四五米远,不仅逗笑了周围三个班级,连教官训斥时都忍不住笑了。

也讲她在读博时,一度以为自己不够优秀、不能如期毕业,焦虑又紧张,眼周起了麦粒肿。

那颗麦粒肿,让她常常想起认识闻柏苓的那个春天,那时候他总戴墨镜,还被她误认为是明星。

她想了太多往事,心不在焉,有天早起把放在洗手台上的药膏错当成牙膏,挤在了牙刷上。

讲完这两段,他们的澡也泡完了。

换气扇吸走了蒸腾的水汽,云消雾散后,汤杳才想起来,自己把话题给聊跑题了。

她也是很顾着恋人心情的体贴姑娘,在闻柏苓帮她披上浴袍时,不管不顾地扑进他怀里,抱着他的腰,牛皮糖似的扭来扭去:"那你现在还吃醋吗?"

本来就是在逗汤杳的,这醋吃得并不十分正经,再听她讲的那些笑话里,又都是对他的思念和在意,闻柏苓哪里还醋得起来,心疼她都来不及。

可能是回忆太多往事,晚上入睡前,汤杳忽然想起自己是在哪里见过那位清瘦的博士后。那是她读博二的那年,曾被推荐去国外高校做短期交流。在交流期间,有次同组同学组织去参加同胞的聚会,会场里都是国内各校的高才生,她去得有些迟了,匆匆忙忙进门时,刚好撞见一个人,非常瘦,和她一样,也是迟到。

当时汤杳还想过,果然读博很苦,猜测那个人会不会有些营养不良。她觉得很神奇,在那么遥远的地方遇见的人,竟然是妈妈楼上的邻居。

本来都要入睡了,汤杳又拍拍闻柏苓,给他讲这件事。不过腹诽人家营养不良这部分,她没说,怕闻柏苓觉得她乱评价人。

闻柏苓的关注点很奇特,眯了眼睛,手揉在她腰侧:"这么有缘分?"

第二天不是工作日，他们稍微起得晚了些。

汤杏心里还记着闻柏芩吃醋那茬儿，吃红糖包都要问人家，要不要来点醋。

结果被闻柏芩按在餐椅上又亲又挠痒痒，挣扎得两只拖鞋都踢掉了。

汤杏笑得上气不接下气，几乎脱力，终于不敢再拿吃醋的事情闹了，断断续续地求饶："闻柏芩……闻柏芩，我不提醋了，肚子疼……"

是离这个月经期比较近的日期，闻柏芩一下紧张起来，揉到她的小腹，问是不是经期到了。

汤杏揉揉肚子，还没缓过来："不是，是笑得肚子疼……"

闹了半天，粥都有些凉了。

汤杏舀起一勺粥，夸下海口，说自己就从来不会吃醋，谁料到还不出十天，自己惨遭打脸。

那次是闻柏芩的朋友约了出去玩。

汤杏星期五晚上一下班，就被学校外面的阵仗给吓住了。停车场里停了四辆眼熟的车，就为了等她一个人下班。

已经过了谷雨，再过几日便是立夏。气温很暖，哪怕是黄昏时分，只要还有些白日里的余温在，总不至于太过凉爽。

闻柏芩已经穿了短袖，和朋友们站在光线神秘的薄暮里，侧对着她的方向，在听他们讲话，姿态闲适。

费裕之只对着汤杏这边看过一眼，闻柏芩就敏感地察觉到了，目光含笑地看过来。

他做男友，真的非常温柔，不会说那种"看我们这么大阵仗只等你一个"的讨厌话，只是主动走过来，张开手臂轻轻抱了抱汤杏，说："上了一天班，辛苦了。"

汤杏一边和其他朋友打招呼，一边用只有他们两个能听清的音量说："不辛苦，今天去历史学院蹭了教授的课听。"

朋友们只等她出发，汤杏坐进车里，闻柏芩帮她拿了个靠垫。

他细心地提醒她，说离他们要去的目的地还有些远，星期五晚上北三环中路格外拥堵，可能两个小时都到不了。

他说："人多闹腾，晚上估计要晚些才能休息，困了就睡会儿。"

"不碍事的，中午我趴在桌子上睡过一会儿，还很精神呢。"

"去听教授讲什么了？"

汤杏兴致勃勃，给闻柏芩讲她刚听来的知识，说某个年代出土的文物里，在棺中陪葬品里发现了往来信件。

255

别人都是金银珠宝做陪葬,祈愿来生能够活得更好,锦衣玉食。但那位古人棺木中,枕着两封手足寄来的家书,保存得很好,显然那是对棺木主人来说,很珍贵很珍贵的物品。

说到这里,汤杳有些伤感,鼻子还酸了一下。

闻柏苓就逗她开心:"那你以后也给我写信吧,等我老到离世时,也把信放在棺材里。"

汤杳打他:"怎么说这种不吉利的话。"说完,又"扑哧"一笑,"我们现在都是火葬啦,哪还有棺木,只有骨灰盒。"

谁知道闻柏苓突然认真起来,说他可以立一份遗嘱,让家人亲朋把她的书信同他一起火化,让那些出自她笔尖的私情密语和他融为一体。

想了想,他又说:"不如我们放一坛?"

这个话题聊了几句,汤杳突然问闻柏苓,怎么朋友们会突然想着去郊区那边。

前排副驾驶座里的人,是费裕之。

费裕之已经憋了好久,前面他们聊历史故事、聊生同衾死同穴,都没轮得到他插嘴,司机又是个话很少的人,难聊,可把他给憋坏了。可算逮到个能说一说的话题,费裕之把事情的来龙去脉给介绍得明明白白。

据说是他们一哥们儿闲得实在无聊,就因为乐意吃那地方的板栗,打算在那边搞点生意做做,这次算过来考察。

费公子最后总结三个字:"屁考察。"

闻柏苓都笑了,给汤杳解释说:"估计是极其无聊,想找个由头出来玩。"

这么多人呢,也不可能真的去住山里,找了家山脚下挺昂贵的酒店入住。

景色确实很好。入夜时,远处山景朦胧得像水墨画;待到太阳落山后,薄雾蒙蒙,推开酒店的窗子能听到"叮咚"的山泉声,也能听到春虫鸣叫。

晚饭间,那位打算在这边做生意的朋友,在桌上大聊特聊,询问大伙儿的意见。

起初汤杳还抱着学习的态度,挺直腰板端坐在椅子里,打算听点做生意的经验教训,回去也好对"杳"做点新设想。

结果这群人七嘴八舌,意见也并不统一:

"建个室内滑雪场挺好,这地方冬天景色也算宜人了,装修就搞那种什么奶油风,到时候找几个有名的自媒体博主,过来拍拍美照,广告打得好肯定有生意……"

"那还不如搞个温泉度假山庄,就推广说是京郊小冰岛,红酒直接插雪地里，不限量供应，泡着温泉喝红酒，现代人不都追求随性自由嘛，就随性到底。"

主张弄滑雪场的朋友不乐意了，说这地方冬天哪有那么大的降雪量，真以为这是东北雪乡呢。

要做温泉度假山庄的朋友也不甘示弱，抬手喝了半杯茶："买个造雪机啊，你做室内滑雪场不是也得买造雪机嘛。"

"好的造雪机一台八位数的价格，就弄来插红酒瓶？你疯了还是我疯了？"

两人争论不休似的，汤杳听到这里，偷偷拉了闻柏苓的衣角，问他究竟是室内滑雪场赚钱，还是温泉度假山庄赚钱。

"经营好了都赚钱，经营不好都是白扯。"

"那他们……是擅长这些，才这样提议的？"

"是自己想玩吧。"他说。

难怪闻柏苓都不发表意见，原来是瞎扯的，说得还这么一本正经。

汤杳也就不再去听了，觉得自己白白浪费了那么多精力，还不如多吃点，转头去拿了筷子专攻那条做得很好吃的清蒸鱼。

费裕之在一旁煽风点火，纯属是看热闹不嫌事大："那干脆搞个大的，既有室内滑雪场，又有温泉度假山庄。你不是爱吃栗子吗，回头门口再铺个糖炒栗子的摊位……"

投资金额越说越大，那位准备做生意的朋友忍不住跳出来："我说，你们是人吗？想让我家快点破产也不用这么委婉的。话说，来时听导航，你们都没听见有条路名字特熟悉吗？"

"哪条路名字熟悉？"

"怎么，你们都没认真听啊？"

朋友们对这话题没多大兴趣，各自吃着自己餐盘里的食物，只有一个声音说："我们就跟着头车走呗，还开什么导航，驹闹腾的……"

那朋友一脸失望的样子："有个地方和我名字的谐音一样，是我这名儿的来由呢。"

另一朋友打趣，胡诌地名："啊，那我可知道了，'牛屎村'是吧？听见了听见了……"

"滚！"

朋友说的谐音是来时路过的"范崎路"——

"神堂峪你们知道吧？

"我妈怀我那年，我们全家人开车去神堂峪附近吃鳟鱼，车开到那边有一段叫'范崎路'的路段，我妈突然恶心得不行，下车就吐了。

"还以为是找的店家不好,鳟鱼刺身不新鲜,去医院查过才知道,是怀孕了。"

"那段路不错,向西是不夜谷、齐连关遗址,我们家又正好姓范……"

有朋友两次想插话都没成功,说费裕之那两个外号都应该给他们这位"范崎路"。

这边汤杳不熟悉,倒是在认真听着的。

他们所处于酒店中层的餐厅里,头顶垂着造型复古的吊灯,很有种富丽堂皇的感觉。她听得太认真,心里琢磨着,那条路真有那么美的话,以后该带妈妈和姥姥过来走走。

没注意有人从身旁路过,那个人其实已经走过去,又折返。

折返回来的人惊讶地叫了一声:"闻柏苓?"

闻柏苓正在帮汤杳盛汤,闻声回眸,似乎没认出来人是谁,出于礼貌,略颔首。

还是另一位也常年生活在国外的朋友认出来,先闻柏苓一步跟人家女孩打了招呼:"孙小姐也在,和朋友来玩吗?"

"哎呀,我都没看见你,能在这里遇见你们真是好意外。"

那位孙小姐气质很好,有些书卷气,说话都是温温柔柔的,但着装很干练。孙小姐笑着指了指身后几桌陆陆续续入座的同龄人,说她的公司正在创业阶段,带员工们过来搞搞团建,提升凝聚力。

闻柏苓听了姓氏,再去记忆里搜寻,终于想起这是谁家的孙辈。只是他对孙小姐本人并无太多印象,想起的是孙家那位白发苍苍的老者。

孙家老者是个很执拗的老头儿,起初对智能设备不习惯,电脑、手机统统都不爱碰,喜欢亲手写信。据说是在宝贝孙女远赴欧洲留学后,不得不学着用手机视频通话,才能时时刻刻在手机里见到孙女的样子,了解她的日常。

某年春天,闻家老人寿宴,孙家的那位老人也来参加,席间遇见闻柏苓,叫住他给帮忙调试过手机。闻柏苓一表人才,对老人又十分礼貌,孙家老者对他自然很有好感,和闻家长辈提过很多次,觉得闻柏苓和他的小孙女很合适。

真正见到孙小姐,是闻柏苓和汤杳认识的第二个春天。

彼时孙小姐从欧洲留学回家,被带着参加闻柏苓家的聚会。时隔多年,那天席间长辈们的话术他已经记不清了,无非是些暗暗地撮合,想促成一段他们以为的良缘。

闻柏苓那天心不在焉。

他对要给他介绍的人没什么兴趣，看着池子里的荷花，倒是想起一位。他随手翻了翻通话记录，有两三天没联系过了。

再看看那枝荷花，亭亭地立于碧叶间，脑海里浮现的是汤杳站在烈日下粉扑扑的脸颊，让他心里痒痒。

闻柏苓翻出短信，上次聊天最后的内容是他发过去的，只有两个字，"睡吧"，在那之后汤杳没再回复过。

闻柏苓记得那天家里满室热闹，有人说国语，也有人说英文，甚至偶尔有几句伦敦腔。茜茜遇见同龄的小伙伴，几乎玩疯了，穿着公主裙在院子里撒欢地跑着。

孙小姐可能和他搭过两三句无关紧要的话，也可能没有过，闻柏苓心有旁骛，手里把玩着手机，算了算和国内的时差，知道那个时间汤杳还没休息，干脆发了条短信过去：干吗呢？

后来汤杳回复时，多打了些字。她说自己快开学了，在收拾行李准备回京城，边收拾边和家人聊天，没注意手机短信。

家里厨师烹了几只个头特别大的帝王蟹，装在特大号的陶瓷餐盘里。闻柏苓没什么食欲，倒是看见汤杳的短信，来了精神。

他唇角含一抹笑，翻开订票App，开始买回国的机票。也是那次，闻柏苓才发现，自己真的是特别特别喜欢汤杳。

闻柏苓想起这件往事时，汤杳就坐在他身旁，不着痕迹地看了眼站在他们桌边的孙小姐。

孙小姐显然和他们另一位朋友更熟，但说话间目光总是落在闻柏苓这边，也顺带着打量过汤杳。

汤杳静静地和孙小姐对视两秒，才挪开视线，继续吃饭。

朋友问："不然给你加把椅子，和我们一起吃算了。"

"不了不了，你们继续吃吧，我去找我团队的人了。"

前些天汤杳才夸下海口，说自己就不会吃醋，但见过孙小姐，她多少有些不舒坦，心里默默推翻了一小坛醋，清蒸鱼吃着都不如方才鲜美。

吃过晚饭，朋友们说笑着离席，往电梯间走。

汤杳到底不是城府特别深的那类人，取得成绩也不靠八面玲珑。迈出餐厅时，她忍不住回头，看向孙小姐所在的桌位。

公司员工年纪都不大，一张张涉世未深的面孔容光焕发，举着酒或饮料，在敬孙小姐这个公司老板。

孙小姐笑起来很美。

汤杳鼓着腮，倏忽转过头，听见身旁的闻柏苓在问她："看什么呢，落东西了？"

259

"没有。"她气鼓鼓地回复。

汤杳和闻柏苓住在顶层,电梯里只剩下他们两个时,闻柏苓把手搭在她腰上,凑近了耳语:"晚上的鱼不好吃?鱼肉是酸的?"

这不是变着法子在说她吃醋吗?

汤杳矢口否认:"绝对没有,你想多了,我有什么可吃醋的!"

她心里清楚,孙小姐和闻柏苓的缘分,顶多就是早年有长辈牵线搭桥。这没什么可吃醋的。

可是到了夜深人静,汤杳洗过澡出来,脱掉毛巾布料的浴袍,钻进闻柏苓怀里,拱了拱:"闻柏苓,你看见孙小姐怎么在笑啊?"

"我什么时候笑了?"

汤杳说就在刚刚,闻柏苓凝神想了两秒,才弄明白她看见的笑容是怎么来的。

他捏着汤杳的耳垂,指尖摩挲着,说自己是想起关于她的事情。

闻柏苓安慰人的方式,比她贴心多了,让人身到心都舒坦。他吻她,从眉心到锁骨,轻柔又缠绵。直到她挨不住地唤出哭腔,他才停下来问她:"还吃醋吗?"

这个夜晚汤杳做了个梦,不知梦了什么,天色刚亮时呓语着一声惊呼,把自己和闻柏苓都给叫醒了。

闻柏苓半夜被拉去打过两圈牌,才刚睡下,疲惫得双眼皮都叠了好几层,但他没有怨言,抱着她,轻轻拍着她的背:"梦见什么了这么害怕?"

汤杳明明记得梦境的,却在睁眼时全都给忘了。被他这么一问,她愣愣地在他怀抱里思索,怎么也想不起来。

但她在他面前,也会有特别皮的一面,索性编了个场景,说自己梦到他和孙小姐眉来眼去。

她枕在闻柏苓的胸膛上,听他笑起来时胸腔里的振鸣。

他说:"幸亏没早认识我,我二十岁出头时太多人给我介绍女朋友了,尤其我爷爷奶奶,一星期能相中好几个……"

"现在没有了?你又没结婚。"这句话真就是在酸了。

闻柏苓说没有,现在所有人都知道,他满心满眼都是汤杳,连这次闻父闻母做回国打算,电话里都没问闻柏苓需要带些什么,只问了他,觉得汤杳会不会喜欢某种类的礼物。

闻柏芘都说,给柏苓买东西没用,还不如给汤杳买,柏苓才更开心。

风水轮流转,再吃早饭时,已经是闻柏苓端着一盅羹汤,在问汤杳:"加不加醋?"

汤杳自知理亏,小脾气都是柔柔的,拉着闻柏苓,小声威胁:"闻柏苓,你再这样,我可就要生气了。"

生气还给人发预告函,特别可爱。闻柏苓浅笑一声:"不闹你了,多吃点。"

记忆里汤杳总是很瘦。这一年里他再怎么努力投喂,她也没有胖起来太多,只是比以前多个三两斤的重量。

已经是春末,窗外玉兰花多数已经败落,枝干生出嫩绿新叶。有喜鹊落在枝头,处处是春意盎然的好景色。

可闻柏苓看了看手机,在桌下牵汤杳的手:"我爸妈买好了机票,下周回国,想不想和我一起去接机?"

汤杳含着一匙百合银耳羹,匆匆咽下去,几乎没有犹豫地转头对他笑:"好啊。"

春日将辞,可他们不只是拥有春天。

他们拥有很好的未来。

见到闻父闻母,是在这个春天的最后半个月。明明未到立夏节气,气温已经攀升,汤杳下班从教学楼里出来,步子急了些,到停车场见到闻柏苓时,额头已经沁出汗。

闻柏苓就站在车边,对她浅笑,接过她装满书籍和教案的单肩包,帮她擦了汗。

他左手又很自然地捏了两下她的肩颈部位,训问汤杳:"走这么急干什么,又不是不等你,上班累不累?"

汤杳有个优点:对生活永远不知疲惫。

"不累。"她脸上总是挂着笑容的,在夕阳下满足地眯一下眼睛,"我今天又去旁听了。教授们好厉害,我发现脑子里有学问的人就是不一样,站在讲台上侃侃而谈,特别有吸引力。"

闻柏苓拉开车门的动作顿了顿,"哦"一声,问她:"教授男的女的?"

汤杳笑容嫣然,暗暗用胳膊肘碰闻柏苓:"我说的是老师对学生的吸引力,不是你对我的那种吸引力。"

这话熨帖得出乎意料,说得闻柏苓都挑眉:"怎么听过几节历史课,哄人功力见长了呢?"

车窗里探出一个梳着双麻花辫的脑袋,茜茜今天穿的是民国风格的衣裙,欢快地对汤杳招手,手里的香囊垂穗随动作晃动。

婚礼日期都还没定下来,茜茜已经改口:"小婶婶,给你看我的香囊。"

茜茜正在休春假。前些天,茜茜随着闻柏苓的父母和哥嫂一同回国,汤杳和家人已经跟他们聚过很多次,连小姨都和茜茜很熟了。

闻家人很好相处，闻母也是很温柔的人，对谁都是慈心相向。听说闻柏苓姥爷和姥姥都是中医，今天带着茜茜去做草药香囊的，也是闻母。

茜茜记不住那些中药名称，只把香囊递到汤杳面前，让她闻里面的药草清香。

"小婶，好闻吗？"

听汤杳说好闻，茜茜才神神秘秘地从身后掏出另一个香囊，淡绿色的，绣着素雅的荷花图案。

茜茜说，这是闻母帮着茜茜给汤杳调的，药草放了好几种，说是可以解春困："小婶，这个送给你，奶奶帮忙选了药草，肯定比我这个更好。"

汤杳当然喜欢，接过来递去前排给闻柏苓看。

闻柏苓趁红灯瞥了一眼，笑得挺爽朗，开着玩笑逗汤杳："别急着高兴，这么个香囊就把你给收买了？你未来婆婆有钱，家里有好几个翡翠镯子我看着都挺不错，回头你选选。"

汤杳对物质上的东西并不特别热衷，翡翠这种东西，连A货和人工处理过的B、C货都分不清，更别提什么种水、产地、颜色。

她捧着香囊浅浅去嗅："给我戴和牛嚼牡丹有什么分别？非要我选，我还是更喜欢香囊。"

晚上两家人约了一起吃饭，汤杳的妈妈和姥姥已经被接去和闻父闻母会合。

原本茜茜也该在酒店里休息，据闻柏苓说，这个小姑娘闲不住，听说他要来接汤杳，非要跟着过来。

茜茜很喜欢国内大学，拉着汤杳问她所在学校的院系，还说自己过两年读大学，也要回国来，想读中文系或者历史系。

司机去接长辈了，今天是闻柏苓亲自开车。

听见茜茜这样说，闻柏苓笑着接一句："你小婶刚去蹭过人文历史学院的课，很着迷，废寝忘食的，让她给你讲讲？"

这话里意有所指，茜茜听不懂，只有汤杳才明白。她从后排把手伸过去，像掸掉灰尘那样，轻轻地打闻柏苓一下，不痛不痒，反被他不正经地勾住指尖，摩挲着又捏了捏食指指腹。

"小叔、小婶，你们打什么哑谜呢？"

其实汤杳和闻柏苓是在说前些天晚上发生过的一些事——前阵子，闻柏苓朋友送给他们两张票，是很经典的话剧表演。头天晚上睡前，汤杳还兴致勃勃地和闻柏苓讨论过，说自己还从来没去看过话剧，明天要早些过去，一下班就出来，晚饭也干脆等到演出结束再吃。

她说过的话，闻柏苓当然很放心上。当天下午在公司开完会，他连口温茶都没喝,赶着开车去了汤杳学校大门口。

平日里,他们之间是有默契的。他到了学校外面不用打电话,汤杳忙完下班,自然会跑出来找他,跟他回家。

那天是个例外。

闻柏苓左等右等,甚至看见过汤杳的同事从里面走出来,却始终不见她人影。他拿出手机按了汤杳的手机号,又怕打扰她,没拨通电话,改成发微信,问她是否在加班,几点结束。

又过了将近二十分钟,汤杳的电话才回过来,声音惊恐得不成样子:"怎么办啊闻柏苓,我去蹭课把看话剧这事给忘了……"

听声音,她是在跑着的。

于是闻柏苓温声安慰:"别跑,快不了一分钟半分钟的,别再摔了。时间还有富余,待会儿我们尽量往那边赶。"

"可是我也不只是紧张话剧。"

"那你急什么?"

汤杳还在跑,气息极不稳:"是急你,怕你等得太久。"

闻柏苓忍不住弯起嘴角:"那就更不用急了,等你多久我都愿意。"

见了面,汤杳坐进车里,闻柏苓当时逗她,历史系的课这么好听,听得那么入迷,把时间都给忘了?怎么,以后想跳槽去历史学院?

闻柏苓边说边调出导航系统,汤杳原本还在慢条斯理地说,自己虽然不擅长历史,但认真学习久了,也许也能做出点成绩。

《法华经》里都说"日拱一卒,功不唐捐",肯定不是诓人的。

说着,她往导航屏幕上看去,刚出口的音调变为一声惊呼。

西三环北路到复兴路,堵得一片浅红深红,比秋天香山上的枫树还精彩。

那天他们堵在路上,没能及时赶到大剧院,错过了入场时间,汤杳还挺遗憾的。但闻柏苓握着她的手,说他查过了,这话剧后面还有几场,回头托朋友再去问问还有没有多余的票。

汤杳是非常守时又非常勤俭的姑娘,这种事情在她身上很少发生,兀自垂着头看着手里两张作废的话剧票,很是迷茫,一时没了主意:"那我们现在怎么办?"

车子变道去了左转道路上。

闻柏苓说:"来都已经来了,前些天不是说过想吃火锅吗,刚好附近有家不错的店,我们吃火锅去。"

火锅吃得是挺开心。但听课入迷这事儿,也成了"小尾巴",经常被闻柏苓拿来逗汤杳,"废寝忘食啊汤老师"总被他挂在嘴边。

263

这段故事，茜茜当然不知道，车上只有闻柏苓在轻声笑着。

多年前，汤杳跟着闻柏苓去和朋友们吃饭，很多时候听他们讲话，她都听不懂。

也不是他们有意防着她什么，只是闻柏苓和他们相识太多年，很多话不用说得特别详细，甚至一个半个的眼神，彼此已经知晓其中意思。

唯有她刚入局，听得云里雾里。

现在汤杳和闻柏苓日日夜夜在一起，成了彼此最亲密的存在。他们在默契上，无人能及。

前天夜里和费裕之他们打扑克牌，汤杳只是抬眼看了闻柏苓一眼，闻柏苓就已经知道她手里的大概牌势，故意放她一马，让她赢了。

费裕之在牌桌上"哇哇"乱叫，还叫人大名，全然不是早年时离家出走、住在闻柏苓家里一声声叫着"闻哥"的样子："闻柏苓，我才是和你一伙的啊。"

路上，闻柏苓接到闻母的电话，询问他们走到哪里。

闻柏苓报完位置，没挂电话，和闻母贫嘴："怎么只给未来儿媳做了香囊，都没见有我的份？春困秋乏不是人之常情吗，怎么，有了儿媳就不顾小儿子了？"

茜茜都忍不住发声，说这事可不能怪奶奶："小叔，你不是和所有人说过，只要小婶高兴，你就高兴？"

茜茜给汤杳描述他们回国前一晚，闻柏芪给闻柏苓打了视频电话，想让他看看他们回国的随身物品。

她掰着手指头数给汤杳听："我爷爷、我奶奶、爸爸、妈妈，还有家里的胡奶奶，都给小叔买了礼物，但小叔就像我这样，淡着一张脸看，没什么特别的惊喜。"

茜茜板起脸，做了个严肃表情："后来，我妈妈给小叔看了他们给你准备的礼物……"

才回国十天，茜茜已经染上了京腔，问汤杳"你猜怎么着"。

不等汤杳做反应，茜茜就忍不住自问自答："我小叔眉开眼笑的，还说把镜头凑近点，要帮你挑挑那些礼物呢。"

茜茜说闻柏苓"事儿特多"。

某牌子的巧克力说忒甜，齁人，不让给汤杳带；某牌子的包包又说他去商场看过，链条和包本身自重太沉，背多了会让肩颈劳累……

去饭店的路程挺长的，茜茜的话匣子一打开就关不上了，又给汤杳讲起以前的事情——

"有几年,我小叔特别不爱笑。"

茜茜说的是他们分开的那些年,平时在家里很少能见到闻柏苓,偶尔他回家吃饭,也是匆匆忙忙吃完又走掉。

有一年除夕前,他们家里整理旧物,茜茜个子长得快,很多衣服、鞋子都不能穿了,打算整理出来送给阿姨家的孩子。

收拾到两套公主裙,茜茜拿着有些犹豫,闻柏苓的嫂子就劝茜茜:"这衣服不适合你现在的年纪了,穿不下,送给妹妹吧。"

茜茜说自己知道,她只是有点不舍得。衣服是新的,本来是小时候买了等汤杳来一起穿的。

家里很久很久,没有人提起过这个名字。

茜茜经历了爸爸重病、家庭经济危机等变故,过去很多常来家里做客的熟悉面孔,那时也不见踪影。很多事情,茜茜并不十分清楚,但出于小孩子的敏锐,也察觉到哪个名字可以提、哪个名字不该提及。

唯有"汤杳",是不确定的。

所以在说完的瞬间,茜茜下意识去看了自己小叔所在的方向。

那一年闻柏苓已经不像过去那么忙碌,偶尔能在家里歇上几个小时,正坐在沙发里和闻柏芪聊公司的事情。听见汤杳的名字,闻柏苓猛然回眸,半晌,才垂下眼睑,扯着嘴角笑了一下。

茜茜趴在汤杳耳边耳语,说很难形容小叔那种笑容。

像开心,可又像很不开心。想了很久,茜茜才从自己贫瘠的国语词库里,搜索出这么个词:落寞。

说了一路,车子终于停进停车场。

茜茜还是未成年,没谈过恋爱,对太复杂的情感没有过多同理心。

导航报得实时,茜茜知道到了目的地,已经按捺不住跳下车,一溜烟跑进饭店里去找家人。

汤杳也下车,走到闻柏苓身旁,忽然紧紧环住他的腰,把头埋在他胸前。她是容易害羞的姑娘,脸皮薄,在公共场所很少和他有这种过于亲密的举动。

闻柏苓一愣,捏了捏她的脸颊:"好了,没事的。"

他把手机举到汤杳面前,给她看自己刚收到的短信。是哥哥闻柏芪发来的,说两家人在楼上包间里相谈甚欢,已经列了几个好日期,留着给汤杳和闻柏苓结婚用。

过去的不开心到底已经过去。

至于现在,闻柏苓问:"这几个日期,有喜欢的吗?"

汤杳指了其中一个,说还是喜欢春天。

闻柏苓没有第一时间回应，汤杳就问他，是不是不满意她选的日期。
他说不是，只是有些迫不及待。
汤杳特别好说话，拿着他的手机，又去看那些日期："那怎么办，我再选个今年的临近日子？"
"不用，就选你喜欢的。"
"你不说迫不及待……"
"等你的话，我有的是耐心。"
那天两家人坐在装修雅致的饭店里，把婚礼相关的很多事情都聊得差不多。闻父早已经戒酒，喝了几杯茶，却像喝多了般激动，说这门亲事太好了，他们也能过过儿女双全的瘾。
笑声太过豪放，被闻母看了一眼他才收敛。
闻母说："他这个人就是这样，早年就很希望有个女儿。汤杳妈妈，你把女儿教育得这么好，我们也跟着享福了，是我们占了你的便宜。"
汤杳妈妈拿纸巾擦眼泪："哪里的话，小闻也是很好的孩子……"
闻柏芘都开了个玩笑："爸，您看您，把汤杳妈妈都给吓哭了。"
一桌人笑着，汤杳和闻柏苓在桌下十指相扣，也跟着相视而笑。
汤杳想，他们此生，应该再也不会有分离的时刻了。

闻柏芘的妻子听说汤杳，是在很早的时候。
那时候流言蜚语传到国外，简直不堪入耳，晚上睡觉前，闻柏芘的妻子忍不住问："你有没有听说，柏苓身边多了个女孩子。"
夜深人静，闻柏芘把财务分析报告放在床边的矮柜上，他摘了眼镜，也有些头疼："听说是个大学生。"
"嗯，好像……和韩昊还有扯不清的关系。"
韩昊家里属于上梁不正下梁歪，行事作风很不受人待见，简直不像头脑正常的人。和韩昊搭上过关系的人，听起来就不太靠谱，做嫂子的都感到担心，更别说大长辈们。
闻柏芘帮妻子盖好了被子，说回头他去找人了解了解，让妻子不要想太多："你工作已经够劳神了，柏苓那边我去说，早点睡吧。"
工作确实忙，闻柏芘的妻子也没再过问这些，只有闻柏苓被禁足在家里画山水画、写毛笔字那段时间，她去找闻柏苓聊过。
闻柏苓握着支狼毫，大笔一挥，毛笔在宣纸上柔顺地划过，落笔成"杳"字，犹嫌不足，又写了一个"杳"，看着墨黑的两个字，他眉眼温柔得要命。
他说汤杳单纯得很。
嫂子没反驳，只是在心里留了些保留意见，总觉得，普通大学生好像也没有什么机会和闻家人频繁接触。

猜不透其中到底是因缘际会，还是有人怀着目的故意为之。

后来闻柏芪带女儿回国，回来也这样说："就一单纯的学生，性子还挺讨喜的。你不是讨厌和生意场里的人打交道吗？真见到她，也许能够合得来吧。"

茜茜更是喜欢汤杳，喜欢得不得了，总偷偷给人家打电话，屡教不改，说汤杳读英文故事的声音是世界上最好听的。

闻柏芪的妻子到底多心些，有意听过电话内容。

可怎么听都感觉汤杳和茜茜说话确实很耐心，也爱笑，总有笑音在，应该是认真地把茜茜当成朋友的。渐渐地，她也就放下戒心。

那时候家里生意已经开始有不好的迹象，闻柏苓某次回国外家里，闻柏芪的妻子抱着熟睡的茜茜回楼上卧室，撞见他在过廊和人通电话。

她无意多听，只是看见闻柏苓笑得特别开怀，心里又开始担心，担心如果生意出现问题，长辈们能同意弟弟娶一个普通人家的女孩？

幸好，闻家人重情更多，把钱财看得没有想象中那样重要。

闻柏芪的妻子初见汤杳，是前些天，汤杳陪同闻柏苓一起在机场接机。汤杳落落大方地站在闻柏苓身旁，也许是有些紧张，脸颊有些粉红，模样清秀，不像她想象中那样的风格，反而很有知性的美。

上车之后，汤杳主动递给茜茜一小束栀子花，说以前答应过会去国外看茜茜，阴错阳差，没有去成，是自己食言了，先给茜茜道个歉。

花束包扎得非常有心，用了茜茜很喜欢的中式元素，里面还有一把浅色折扇。

闻柏芪的妻子是生意场里的女强人，阅人无数，在汤杳说这些时，还特地去看了汤杳的眼睛。

目光清澈，没有精明算计，也没有刻意讨好，是很真诚地在表达自己对茜茜毁约一事的在乎。

接触几天后，闻柏芪的妻子终于接受了大家的说法。汤杳的确是讨喜的姑娘，很善良、很真诚，也很可爱。她们开始相约逛街，也开始谈心做朋友。

有天她和闻柏芪去参加商业晚宴，临别时合作伙伴提了礼物，是一整套陶瓷餐具和荷香香薰。

他们是不爱收礼的，拿人手短，再加上合作还没正式启动，无功不受禄，哪怕对方再三说并不过分昂贵，也都拒绝了。

夜里敷着面膜躺在床上，闻柏芪的妻子突然惊坐起，问闻柏芪："客户送的那套香薰，你看见是什么牌子了没？"

267

闻柏芪有些不解，扶了下眼镜："怎么了，你喜欢那个？"

"不是，柏苓不是说过汤杏喜欢荷花，那个香薰好像是荷香，他们打开袋子给我们看时，我闻到了，很清新，想买一套送给汤杏。"

闻柏芪都笑了："怎么你也和柏苓一样，中了汤杏的毒，大半夜不睡觉，净想着人家汤杏呢？"

闻柏芪问妻子，早年不是对汤杏防备心很重吗，还觉得她是手段很厉害的那种女孩，只是他们都没看出来。

"那是误信谣言。"

闻柏芪的妻子把面膜撕下来，叹了一声，说在生意场里打拼惯了，总把关系利益看得重，也以为别人都是这样，都快忘记怎么做个有真情的人了。

"不说和柏苓的缘分是人家汤杏故意为之了？"

"他们啊……"闻柏芪的妻子想到什么，笑了一声，已经开始向着汤杏说话，"真要是有人刻意，刻意的人也是你弟弟，吃顿饭总在看汤杏，一瞧不见就浑身难受似的。"

而这天晚上，闻柏苓做了个梦，夜间把汤杏按进自己怀里，吻她的唇。

汤杏转醒，迷迷糊糊地问他怎么了。

闻柏苓就顺着她的耳侧向下亲吻，说他梦见她是个小荷花精。

"荷花精是个什么妖精？"小时候读《西游记》读《山海经》，从来没听说过荷花也能成精的。

卧室里拉着遮光窗帘，一片温馨的漆黑。

闻柏苓想了想："可能也没什么害处，估计是善良的精怪，就是对着他施法，也只是勾走了他的魂。"

汤杏在他怀里笑，还使坏："闻柏苓，我真要是有勾魂的本领，你怎么知道我就一定去勾你呢？"

闻柏苓手往她衣服里面探："不然你还想勾谁？"

"你，你你你你，只勾你……"

被妖精勾魂的人还挺高兴："这还差不多。"

小姨真正和家人们提到恋情，是初夏。

那天是母亲节，小姨亲手给母亲做了翻糖蛋糕，蛋糕上有母亲的形象，是个坐着轮椅的笑眯眯的老太太。

面包坯是无糖的，口感特别好，姥姥含着蛋糕连连点头，笑得几乎合不拢嘴。

汤杳和妈妈也对蛋糕赞不绝口。换了平时，小姨一定很得意，说起她喜欢的甜品定会滔滔不绝地讲材料、工艺，那天是有些反常的，小姨不知道想什么，喝饮料都呛住。

小姨咳到脸色发红，汤杳帮小姨拍着背，又递纸巾。

出乎意料地听到小姨说："妈、姐、小杳，我最近……交了个男朋友，你们想不想和他吃顿饭什么的。"

这简直是天大喜讯，不是说小姨必须要谈恋爱或者结婚生子，如果遇不见善缘，单身女人一样可以生活得幸福又快乐。

说是"喜讯"，是因为小姨在说这些话的时候，脸羞得绯红，和天边晚霞同色。

汤杳看得出来，小姨是真的高兴的，她也由衷地为小姨感到高兴。

曾错走过一段艰难歧途的小姨，曾坐在京城小店里掩不住失意的小姨，终于找到了自己的幸福。

那阵子汤杳很高兴，她们全家和小姨的男朋友吃过两顿饭，一顿在饭店，一顿在家里。

那男人比小姨大两岁，是个实在善良的人，脾气特别好，笑起来有些憨厚。最重要的是，他对小姨很好。妈妈和姥姥都很喜欢他，汤杳又恢复了过去的活泼劲儿，称呼小姨的男朋友为"未来小姨夫"。

星期日晚上，汤杳在妈妈家吃过晚饭，再回到和闻柏苓的小家，给他讲关于小姨和小姨男朋友的事情。

她拎了套护肤品回来，说是小姨送的，进门换了家居服，头发也绾成一团顶在头顶，一会儿跑进洗手间里拆了化妆品，一会儿又举着补水喷雾跑出来找他，边喷喷雾，边和闻柏苓分析小姨男朋友的性格。

"他们真的超级合适的……"

家里面积大，但有汤杳在时，总是温馨的。

闻柏苓喜欢听汤杳跟他分享任何事情，觉得分享就是爱的表现。他已经办完工，把笔记本电脑扣上，拉着汤杳坐进自己怀里。

汤杳在他怀里转了个身，跨坐在他腿上，有些担心地问："你给我讲讲韩昊的近况吧。"

这可有些为难闻柏苓。他天生就不是个爱听八卦的性子，很多事情左耳进右耳出，记不住，不像费裕之他们，说起这些话题，能聊个通宵。

闻柏苓半合着眼想了很久，才想起去年年底听人说过的一些琐碎。

听朋友们说，韩昊人在国外，几乎流落街头。富裕惯了，他总不甘心自己的境遇，四处找人借钱去赌，试图东山再起，浑然不觉自己只是博彩业的韭菜。有人说韩昊连着输了半年，欠债不还，被债主们围堵在街角昏晃里，拳打脚踢。

汤杳承认自己是小心眼，听说韩昊倒霉，她都特别想冲出家门去，放两挂鞭炮。

她拿了手机就要跑，说给小姨打电话报喜。

闻柏苓拉住她的手腕，眼睛一眯："听完就跑？"

她回头，撒娇还是和吕芊、陈怡琪她们学来的老法子，两只手臂举过头顶，对着他比了个大大的爱心，扭着腰左右晃。

办法老套到没眼看，可闻柏苓还真就特别吃汤杳这一套。或者说，汤杳怎么样，他都看着欢喜。他似乎努力绷了面孔，但没忍住，终于还是偏头笑了笑。

闻柏苓听见汤杳在里间给小姨打电话，兴高采烈地和人家说，要讲一个生活中无关紧要的小喽啰活该悲惨的人生。

闻柏苓靠在沙发里笑出声，也拿了电话，给费裕之发消息，问费裕之，最近有没有什么高级点的八卦。

费裕之秒回：八卦还有高低级？

后来费裕之索性把电话拨过来："我还以为你手机让人给偷了，不然你怎么会听八卦，你病了？"

几天后刚考过驾照的汤杳，开车回家，把车给剐了，有些怏怏不乐。

闻柏苓把从朋友们那儿搜刮来的八卦统统贡献出来，犹嫌不足，抱着人安慰："要不我给你讲讲我和我哥名字的来由？"

汤杳终于笑了："闻柏苓，你当我得了阿尔茨海默症是不是，你们一'苓'一'芪'都取自中药材，茜茜都和我讲过八百次了……"

闻柏苓的朋友说做生意，原以为只是瞎侃一通就算了。

等到夏末汤杳再和他们聚餐，竟然听说那位朋友已经在郊区山里买了房子，正在翻修，钱都投进去不少。

吃饭对话间，他们依然插科打诨，交换圈子里的八卦，连费裕之上次喝多，出门摔了个跟头，把脚扭伤被送进医院的事情，都拿出来调侃。

"费裕之这腿脚，回头泡泡我们店里的药浴，没准儿能好。"朋友拍拍胸脯，"我那药浴的配方，可是请了特有名的老中医调的。"

费裕之喝了半杯酒："你先把你那痛风泡好了再说我吧，我又没疼得满床打滚，还哭。"

在家里，闻柏苓通常比闻柏芪贫嘴些，也经常逗着汤杳开玩笑，可在这群人里，他算是沉稳的，烟酒都不来，端着茶杯看热闹。

汤杳和闻柏苓说悄悄话，被朋友逮住："嫂子，你那个书店弄得不错，我前天开车路过，整条街就书店人满为患，都挤着往门里进，要不你给我打个广告？"

书店不盈利，好多人当成图书室在用，也有人进去打卡拍照，确实很火爆，但广告要怎么打？

她是比较认真的性格，听朋友随口提过便记在心里，回家和闻柏苓商量，打广告这件事要怎么实践。

闻柏苓见她感兴趣，也认真地和她探讨过。那几天她这个生意小白满腔热血，下班回来就拿着新点子和闻柏苓商量，又抱着笔记本电脑做计划。

最终敲定计划，已然是这一年的初冬。

山里下过一场小雪，朋友那边的店面已经装修结束，找人设计了批特别漂亮的门票，又邀大家去做内测。

之前玩笑提出来的设想竟然实现了些，温泉蒸腾着雾气，人造雪景还堆着雪人，昂贵的一瓶瓶红酒插在雪里，漂浮板上摆着各色的水果、点心。

他们这群人泡过温泉，穿着浴袍坐在楼上休息厅里聊天。

那天孙绪和吕芊也在。孙绪是受邀过来拍短视频的，发到平台上，设置同城热搜，也算是宣传方式的一种。吕芊没什么任务，纯属是过来放松身心的。

她们聊汤杳那家书店，汤杳说"杳"的楼上已经设计成自助养生茶厅。

茶厅里面满墙的亚克力格子，存放着各种茶类：红茶、绿茶、白茶，连果茶都有，还有干水果片，泡什么都可以，热水随便续杯。收费很便宜，挺受顾客欢迎的。

"薄利多销。"汤杳说。

给朋友打的广告也在茶厅里，喝自助养生茶再加一点点钱，就可以拿到开业期间这边温泉的门票，卖了很多。

朋友挺高兴，离老远就拎着红酒瓶，嚷嚷着要请汤杳和闻柏苓吃饭。

汤杳不好意思，觉得都是朋友间的情谊，不用这么客气，伸手捅了捅闻柏苓。

闻柏苓明白她的意思，笑着对朋友说，请客就不必了，回头婚礼多随点份子钱。

吕芊拿着手机，正往本科时的三人小群里发拍的合影，听见闻柏苓的话，幽幽地叹："好久没见到陈怡琪了，我们姐妹该好好聚聚。等你结婚，让陈怡琪请个年假，来京城多住几天。"

顿了顿，吕芊又说："真希望你们两个早点办婚礼。"

汤杳还没回答，先听见闻柏苓说："谁不希望呢。"

群里有了动静。

陈怡琪说自己在加班,好羡慕她们离得近,随时都能约上。

吕芊像个前线记者,把周遭的景物都拍了小视频发进群里,说带她云参观一下。

过了几分钟,陈怡琪发来一张视频里的截图,里面有个人被她圈出来。

语音里,陈怡琪颤抖着说,这张脸,她看见就浑身发冷。

汤杳去看截图里的方向,认出那张面孔——当年陈怡琪被骗,骗子就是顶着闻柏苓那朋友的照片,和她的室友甜言蜜语。

当年的画面重回脑海。

那年汤杳和吕芊扶着失魂落魄的陈怡琪,在派出所门口等那位朋友时,朋友从车里钻出来,脸上还贴着面膜,说是SPA没做完就出来了,说话又快又犀利,击碎了陈怡琪不可能醒来的幻梦。

只是那时候,朋友到底还算是个风流倜傥的公子哥,天天又是健身又是SPA的,身材确实保持得不错。用他的照片,也能有欺骗性可言。

现在朋友胖了不止三十斤,人都富态了许多,被费裕之调侃,说像他大姨,也难为陈怡琪还能认出来。

这几句感慨,汤杳当然不便张扬,只拣了四下无人的时间,和闻柏苓悄悄咬耳朵。

谁知道对面软塌里那团乱蓬蓬的毛毯下面,还陷着一个人。是谁不好,偏偏是大嘴巴的费公子。

费裕之掀开毯子,两眼放光地坐起来。

他已经是当父亲的人了,竟然一点也没沉淀出稳重气质,"哈哈"大笑着叫那位发福的朋友——

"哎,也就是当年,现在恐怕没有'杀猪盘'肯盗你的照片了吧?太肥,骗不到人……"

那位朋友最开始还素质极好地解释,说他家开美容院还能心里没数?胖一点是好事,胶原蛋白充足,不容易长皱纹……

后面连着听了费裕之几个"肥",太阳穴青筋暴起,干脆扑过去:"废话真多……"

毕竟原话是从她嘴里说出来的,汤杳有些不好意思,脸都红了,小声去问闻柏苓,朋友会不会生气。闻柏苓说不会。费裕之和他是发小,从小就这么互损。

上学时费裕之和那朋友玩两人三足,两人齐心得很,有难同当,一起摔掉了门牙,说话漏风时都要嘴欠地互相损几句。

成年了一起去玩游乐场里的激流勇进项目,这两个损友也会在水流冲

272

击来临之前，互相扯碎对方的一次性雨衣。

旧事不提，三天前费裕之倒车撞在饭店门口的石墩子上，还收到过朋友连着十条六十秒的大笑声作为"恭喜"。

"老恩怨了，甭理他们。"

汤杳忍不住笑。

手机里的群聊还在继续，时隔经年，当年在派出所门口瑟瑟发抖的陈怡琪已经换了两任男友，吕芊有孕在身，汤杳也要准备嫁人，而她要嫁的人就在身边。

冬天，朋友开的温泉场所里上了新项目，网络上盛行的"围炉煮茶"，被他们照搬过来。仿泥塑的炭炉上架着红泥小壶，茶汤"咕嘟咕嘟"沸腾，蒸汽袅袅。

真要是凑几个人喝茶，围着炉子，画面是挺温馨的。就是这地方水涨船高，现在价格不便宜，茶也卖得贼贵，就不怎么近人情。

闻柏苓握着壶侧的手柄，把滚烫的茶汤倒进杯子里。

朋友说："闻哥，嫂子那个自助养生茶的模式挺不错的，我也想弄一个，要不然，你回去帮我和嫂子说说？"

闻柏苓瞥他一眼："你自己去问，少拿我打人情牌。"

正聊着，他手机在桌面上响起来，是闻母的来电。

闻母说，之前给汤杳定制的婚纱已经做好了，设计师想约汤杳这两天抽空过去看看。

工作日，汤杳有课，闻柏苓给她发去信息。

隔了半个小时，手机又是一响。

闻柏苓拿起手机，坐在他身旁的朋友跟着凑头去看，还没瞧出什么内容，只看见发件人写着"小杳"，闻柏苓已经起身，拿了桌上的车钥匙，看架势是准备要走了。

"晚上不和我们一起吃饭了？"朋友问。

窗外是白雪覆盖的崇山峻岭，温泉池子上方雾气缭绕。流行似乎是个轮回，这一年的服装流行色系又和过去的某一年有些相像。搭在白色布艺沙发上的羽绒服是闻柏苓新买的，一种很特别的绿，像"苍筤"，是春竹初生时的颜色。

闻柏苓穿上羽绒服，笑容令人想起孟郊的"春风得意马蹄疾"。

他说："不和你们吃了，听说汤杳的婚纱做好了，去接她下班，试婚纱。"

这一年的冬天,京城没下过几场雪,暖得总让人以为春天就快来了。
待到春花再绽时,闻柏苓将会娶汤杳为妻。
曾经生日宴会上,有朋友问过身为宴会主角的闻柏苓,问他有没有什么愿望。
闻柏苓面前的翻糖蛋糕叠了十几层,他想了想,微笑着这样回答——
"也没什么特别的愿望,那就希望桑榆晚景时,汤杳还在身旁吧。"

番外三
/ 想要的

去定制婚纱那天,汤杳累坏了。

设计师是闻母的朋友,约过时间后由闻柏苓带汤杳过去。

工作室空间宽敞,进门有紫罗兰的清香。

设计师看见裴未抒和汤杳进门,放下手里的软皮尺,推一下金边镜框:"欢迎。"

汤杳对婚纱这方面没什么主意,只能遵从自小看过的婚礼模式,把主纱颜色确定到白色,对样式完全是不懂的。

设计师说好办,试试就知道了。

试婚纱是个体力活。那些重工款式看上去轻盈蓬松,其实绣了水晶或者珍珠,好沉的。

穿上再脱,脱了再穿,如此反复。

汤杳热得脸颊红扑扑的,每次换件新的出来,问闻柏苓好不好看,他都是同样的神情。

倒也不是敷衍。

鱼尾型、公主风、法式,无论她穿什么款式,他总是那样深情款款地认真看着,眼里全是笑,都说好看。

汤杳本来就没主意,伴侣又件件都说好,这就更是选不出来。

身上这件V字领口的蕾丝无袖款婚纱穿出来,闻柏苓仍然说好看。她不乐意了:"闻柏苓,你这样我没办法选,到底哪件好看?"

闻柏苓很认真地皱了皱眉,想十几秒:"真的都好看,不然多做几件?"

"你别闹呀,我们就结这么一次婚,要那么多婚纱干什么?"

闻柏苓换了个玩笑语气:"要不每年结一次?"

汤杳温暾地反驳:"你就确定我每次都会嫁给你吗?"

闻柏苓笑看她一眼,没说话,目光很调侃,传达出来一个字的意思,"哟"。

换婚纱都是助理在帮忙,设计师抱臂站在一旁,见他们两个你来我往地逗着、聊得开心,也没开口干预过。

汤杳选不出来,怕给人家添麻烦,脸更红了:"不好意思……"

设计师摇头,招呼助理拿平板电脑过来,等电脑的空隙,说:"不用担心,我喜欢给你们这种情侣设计婚纱。"

闻柏苓倒了杯温水递给汤杳,问:"我们是哪种?"

"对视时,眼睛里没有精明算计只有爱的。"

定制婚纱不好抉择,刚才看汤杳试了那么多,设计师这边也有些灵感建议。

接到平板电脑后,设计师细细地和汤杳敲定裙型、腰身、袖口和裙摆长度等,聊到领口样式时,设计师刚好带着汤杳走到布料间里。

设计师把平板电脑上的示例图片给汤杳看:"汤小姐,领口这里,我建议你做卡肩式的,你的锁骨很漂亮,肩直、背薄,很适合这种款式……"说着,扭头瞥了眼闻柏苓。

汤杳和闻柏苓都捕捉到这一眼,几乎是同时问设计师:"怎么了?"

也许是接触过太多各色顾客,设计师脸上没有什么特别的表情,波澜不惊地说:"有些准新郎是有要求的,不要低领口或者开衩露腿的设计。"

室内供暖很足,且设计师和助理都是女性。

为了方便随时量手臂腰身这类尺寸,汤杳身上穿着工作室的薄款连衣裙,这会儿没再折腾着试婚纱,脸不再红了,手臂有些微凉,一直下意识地握着盛着温水的一次性杯子取暖。

闻柏苓听设计师说话的同时,手揽着汤杳的肩臂抚几下,在帮她驱寒。

他答道:"我这边无所谓,什么样式都好,只要她喜欢。"边说,边拿了外套给汤杳披。

设计师赞许地点头,继续沟通。

等约好出设计稿再走出工作室,算算时间,居然用了五个多小时。

汤杳午饭没吃,饿得肚子叫,附近又都是被用作各种工作室的独栋小别墅,不便捷,连便利店的关东煮都没得吃。

闻柏苓带人往车边走,在她想要奔着副驾驶车门方向去时,适时拉了她的手腕。

汤杳步子乱掉了。

她茫然地顺着闻柏苓的力道往右走了两步,看他打开后面的车门,然后整个人被他推着一起坐进后排座椅里。

"……我们不走？"

闻柏苓抬腕看手表："等会儿再走。"

话音刚刚落下，就有跑腿代购的小哥敲响了车窗。

闻柏苓下车，和对方简单两句对话，接过牛皮纸袋子。

重新坐回车里时，他把纸袋塞进汤杏怀里："吃吧，附近实在没什么适合路上吃的，只有三明治了。先垫垫肚子，等下带你吃火锅。"

"你怎么知道我饿？"

"听见你肚子叫了。"

汤杏拆三明治包装的动作马上停住，不好意思地问："声音那么明显吗？"

其实没有。

闻柏苓只是想起初识的那年春天，这姑娘提着一只飘香的炸鸡，在电梯里和小姨通话。细胳膊细腿的年轻小姑娘，朝气蓬勃，像朵小荷花。一点也不需要靠节食保持身材，有吃嘛嘛香的可爱模样，对着电话里的人抱怨，说自己超级饿，还要给人家听肚子叫声。

蛮招人喜欢的。

那段时间，汤杏大概被她小姨灌输过一点圈层概念，和他算是互不搭理的阶段。

现在她完全不避讳，懒洋洋地靠在他身上咬着三明治，把手机举给他看："小姨代姥姥问我们，这星期什么时候有时间回去吃饭呢。"

声音、动作都很亲昵，非常有"自己人"的状态。

闻柏苓垂头占便宜，亲了两下，才说："我这星期不算忙，看你时间。"

"那星期三晚上回去一趟？"

"好。"

闻柏苓帮忙拿着三明治，汤杏依然靠在他身上，回过小姨的信息，才接过三明治闷头又咬一口，嚼完，疲惫地说："闻柏苓，结婚好复杂，原来只是定制婚纱就这么累人的啊。"

闻柏苓逗人："这就后悔了？"

"当然不是后悔，我很期待的。"

有时候想想会后怕。分开的几年时间里，但凡他们两人中有谁稍稍走差一步半步，最终属于他们的结局就不会是现在这样。

车窗密闭，隔绝了外面的部分声音。

空调风暖暖地吹着，闻柏苓勾起汤杏一缕发丝，手指绕着，问她，经过这么多年的努力，走到今天，现在所发生的一切是不是她想要的。

汤杳是个实心眼的姑娘。读了这么多年书，也就对外人装装样子，面对最亲密的人仍然是实在的，半点弯子都不绕，点头："是啊，是啊。"

闻柏苓笑道："知道了。"

过一会儿，汤杳吃完三明治，忽然想起问闻柏苓同样的问题："那你呢，现在这些是不是你想要的？"

"是，最想要的。"

闻柏苓说，能娶汤杳，对他来说是最幸运且幸福的事情，也是曾经哪怕在梦里都不敢奢望的事。

夜色渐浓，闻柏苓发动车子驶向回家的路。无论什么时间偏头，副驾都有汤杳笑吟吟的模样。她指尖敲在手机屏幕上，一定在和家人聊刚刚在定制婚纱的工作室里经历过的一切。

而他们在未来，会有一场婚礼。

闻柏苓想，他给她的婚礼要美、要令她难忘，也许会选一条人工河道，插满清雅的荷花，层层雾气裹挟着人工香氛弥漫。

花与雾的尽头，是他将要此生携手的新娘。

这是他想要的。

/后记

整理实体稿件准备发给编辑的几天里,重新看了一遍《春日沼泽》这个故事。

小杏这个姑娘,在最初遇见闻柏苓时,有过一眼惊艳,却没有因为惊艳沉溺进去。

她会觉得陪伴伤心的室友比和他约晚饭重要,会觉得把积蓄借给被骗的室友比打肿脸充胖子请他吃米其林重要。

喜欢上闻柏苓时,她是清醒的。

我想,就是这样的喜欢才最为致命啊,她那么实心眼,又不懂玩玩就算了。

我一边看着,一边回忆着——在连载期时,觉得这个故事很难讲。

他们两个在生活环境上确实太不相同了,经济方面差异也太大。

选择浓墨重彩去写闻柏苓家生意的大厦将倾,最后 BE,可能反而会好讲些。

也恻隐过,不然干脆就 BE 算了。但生活里已经听闻太多这种案例,我想给他们好的结局。

想给勇敢爱过的人们一个好的结局。

他们分开太久,总以为会走散。

那些没有彼此的春天里、乍暖还寒的寸寸光阴中,他们都在埋头努力。

不曾有过靠肤浅情欲排解寂寞和压力的念头,无望地、下意识地走向对方。

讲完这个故事,刚好是去年万圣节前后的那段时间,和朋友去了长隆的万圣节。

街道上"百鬼夜行"，有个走在我们前面的陌生姑娘被化骷髅妆的NPC吓到捂嘴尖叫，转身，毫不犹豫地扑进男朋友怀里。

　　那时候我想到汤杳和闻柏苓，突然庆幸他们有幸福的结局。

　　无论兜兜转转多少年，他们还是有机会在开心或者难过时拥抱，我们小杳和我们柏苓，也会下意识这样依赖地拥抱对方吧。

　　又是春天。

　　想起这些，想起去年鬼使神差的安排，我依然感到很庆幸。

殊娓
2024年3月2日 于北京

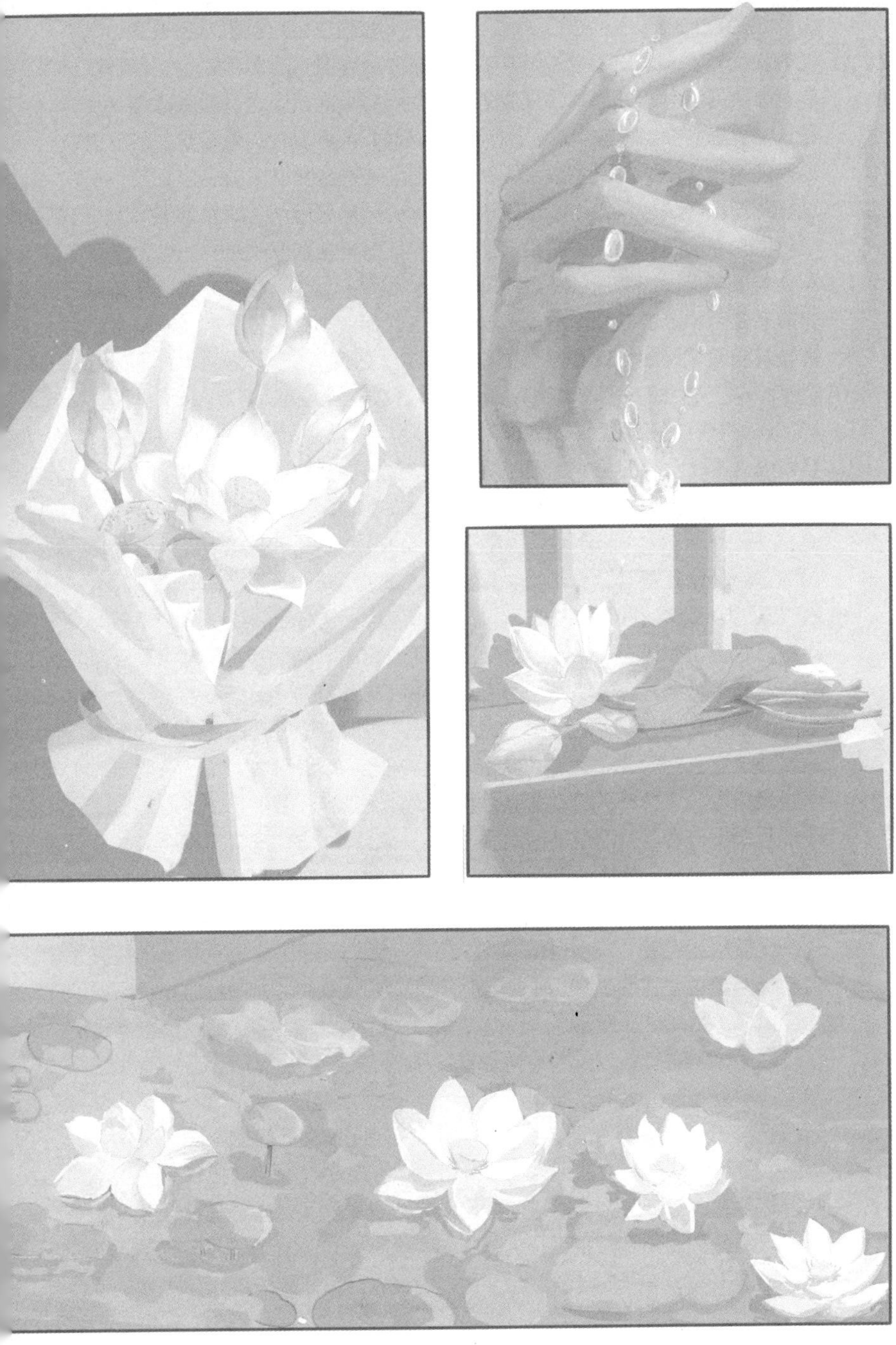

春日沼澤